SV

Meagan Jennett
DU KENNST SIE
Thriller

Aus dem amerikanischen Englisch
von Birgit Salzmann

Herausgegeben von
Thomas Wörtche

Suhrkamp

Die Originalausgabe erschien 2023 unter dem Titel
You Know Her
bei MCD, einem Imprint von Farrar, Straus and Giroux, New York.

Erste Auflage 2024
suhrkamp taschenbuch 5421
Deutsche Erstausgabe
© der deutschsprachigen Ausgabe
Suhrkamp Verlag AG, Berlin, 2024
Copyright © 2023 by Meagan Jennett
Alle Rechte vorbehalten.
Wir behalten uns auch eine Nutzung des Werks
für Text und Data Mining im Sinne von § 44b UrhG vor.
Umschlagfotos: Ryan Matthew Smith/Stocksy (Cocktailglas);
Magdalena Russocka/Trevillion Images (Frauengesicht);
FinePic®, München (Kratzer)
Umschlaggestaltung: zero-media.net, München
Druck und Bindung: CPI books GmbH, Leck
Printed in Germany
ISBN 978-3-518-47421-1

www.suhrkamp.de

DU KENNST SIE

Für Jeffrey und Arada, die ich sehr vermisse.

Danach
(Vor dem Ende)

Es ist fast schon Oktober.

Falls die Bienen um mich herum das wissen, zeigen sie es nicht. Stattdessen tänzeln und taumeln sie in der dunstigen Luft, berauscht von der Hitze des Sommers, der sich schon viel zu lange hinzieht. Sie schweben von Blüte zu Blüte und sammeln klebrige Batzen Pollen an schwarzen Beinen. Ein paar von ihnen haben meinen Picknickkorb entdeckt und sich über mein offenes Glas Brombeermarmelade hergemacht, fahren mit gierigen Zungen über den Rand. Eine von ihnen kriecht ins Glas, gefährlich nah ans gelierte Verderben. Eine andere prallt gegen eine Blume, gerät ins Trudeln und rollt in die Mitte des schaukelnden Blütenkopfs. Ihr Verhalten wirkt irgendwie ungestüm, ganz untypisch für die gelassenen Summtierchen, für die wir sie halten. Und doch leben die Blumen dafür, für diese aggressive Art der Bienen.

Über mir fällt Sonnenlicht durch die knorrigen Zweige eines Apfelbaums. Ich habe mich zwischen seine Wurzeln gelegt und bin kurz darauf halb eingedöst, versunken in der monotonen Symphonie der Flügelschläge und dem sanften Streicheln der Spätvormittagssonne auf meiner Haut. Irgendetwas stört mich allerdings.

Unter dem süßlichen Gestank faulender Äpfel liegt noch etwas Durchdringenderes, ein Geruch, den ich beinah greifen kann; ein Hauch nur, aber er wird immer stärker.

Zum Summen der Bienen hat sich ein neuer Klang gesellt. Ein beharrlicheres Sirren, höher als der Bariton der Bienenflügel; eine Flöte, die den Gleichklang der Celli durchkreuzt. Kurz darauf landet etwas, leicht und zart, auf meinen Lippen.

Die Flöte verstummt.

Winzige Füßchen tippeln über meinen Mund. Ich spitze die Lippen und befördere den Besucher mit einem Atemstoß in die Luft. Die Flöte setzt wieder ein. Sie ist jetzt über meinen Augen, und wenn ich aus dem richtigen Winkel hinaufschaue, kann ich sie sehen.

Eine Schmeißfliege.

Ich hatte mich schon gefragt, wie lange es wohl dieses Mal dauern würde, bis sie auftauchen. Ich beobachte, wie sie umherfliegt, landet und langsam über die bläulich verfärbte Leiche läuft, die neben mir liegt.

DEZEMBER

Sophie

Meine Geschichte beginnt wie so oft: Ich ignorierte einen Mann an einer Bar. Ich übersah ihn absichtlich, ehrlich gesagt, weil er in all den Monaten, in denen er nun schon herkam und kaum einen halben Meter entfernt mir gegenüber an der Kupfertheke saß, nicht ein einziges Mal nach meinem Namen gefragt hatte. Dafür rächte ich mich gewissermaßen, indem ich seinen vergaß, ihn aus der Tasche zog und auf den Boden fallen ließ, damit er am Ende des Abends mit den Essensresten weggefegt werden konnte. Er selbst wurde einfach zu Bud Light, bekam den Spitznamen, den ich ihm angesichts der einzigen Worte verpasste, die er je in meine Richtung geworfen hatte. Er gehörte in dieselbe Kategorie wie Whisky Ginger, Beer Is the Only Thing That Can Have Too Much Head und Give Me a Smile Girl.

Als ich noch jung und neu im Geschäft war, hielt ich solche Typen bloß für Müll, üble Rückstände, wie schmierigen Schimmel unter der Spüle, etwas, das es nur in den schäbigen Spelunken gab, in denen ich zu meinen Anfangszeiten abends Cocktails mixte. Ekelhaft, aber mit ausreichend scharfen Mitteln leicht zu entfernen. Doch bald schon begriff ich, dass sie in jeder Bar existierten, von College-Partyhöhlen mit klebrigen Fußböden bis zu eleganten Nachtklubs. Sie gehören ebenso zur Ausstattung wie die Fruchtfliegen. Früher dachte ich, sie wären harmlos, und lachte über sie. Doch dann lösten sie sich aus dem Schimmel wie die Maden und flogen mir in den Mund. Tausende züngelnder Zungen legten ihre Stimmen wie Eier an die weichen Stellen in mir, wo sie dann schlüpften; mit jedem schmierigen Kompliment, das mir über den Oberschenkel glitt, mit jedem unverschämten Witz, der mir in die Taille kniff. Ein ganzes Universum von Milben kam zum Vorschein und machte sich kriechend und krabbelnd unter meiner Haut breit.

Sie hätte es besser wissen müssen. Das sagen sie immer. Sie hätte nicht so dumm sein dürfen, hätte nicht spätabends alleine unterwegs sein dürfen, nicht diesen Rock tragen, nicht diesen Stimmen ihren lachenden Mund öffnen dürfen. (Auch nicht, wenn das Lachen ihr Schutzschild war, was oft genug zutraf.) Hätte sie ihren Mund, ihre Schenkel, ihr Herz geschlossen gehalten, wären sie niemals hineingekommen.

Ich hätte es besser wissen müssen, denn ich kannte sie, auch wenn ich mich nicht sofort daran erinnerte. Als Mädchen war ich im Wald hinter unserem Haus oft stundenlang durchs hohe Gras und dichte Unterholz gestreift. Meine Beine, bis auf ein paar zerrissene Shorts nackt, bildeten ein leichtes Ziel für Sandflöhe und Kleemilben. Als ich die winzigen Tiere zum ersten Mal meine Knöchel hinaufkrabbeln und sich in meine noch blasse Frühlingshaut fressen sah, fing ich an, laut zu schreien. Mein Vater lachte, als ich ihm die Bisse zeigte. Milben, sagte er, seien der Preis, wenn man hinaus ins raue Leben ging. Wenn ich den nicht zahlen wollte, müsse ich mich warm anziehen oder nicht vor die Tür gehen. Dann zeigte er mir, wie man farblosen Nagellack auf die Löcher auftrug, die sie gebohrt hatten. Die Milben unter meiner Haut seien zwar lebendig, erklärte er, könnten aber durch einen Pfropf getrockneten Lack ganz einfach erstickt werden. Ich pinselte und wartete ab, während mein Körper zu einem Friedhof wurde, und nach ein paar Tagen hörte der Juckreiz auf. Bevor er mir auch noch zeigen konnte, wie man die Löcher zupinselte, die Männerzungen bohrten, war mein Vater weg.

Nachdem ich Bud Light und seinesgleichen jahrelang zugenickt, mir lächelnd das Gejammer über ihre belanglosen Sorgen angehört und über ihre geschmacklosen Witze gelacht hatte, während sich ihre Stimmen immer lauter unter meine Haut gruben, bin ich zu einem Scheusal geworden, das sich hinter einer freundlichen Fassade versteckt.

Lächle, sagen sie mir, und ich lasse die Milben an meinem zerfressenen Kieferbogen entlang nach hinten krabbeln und mir den Mund zu einer Halloweenmaske verziehen. Voilà, mein grinsender Schädel.

Es kam eine Zeit, da nervten mich ihre Stimmen nicht mehr so sehr; seit ich merkte, wie viel Macht mir der beengte Raum hinter einem Bartresen verlieh. Männer reichen dir, öfter als sie glauben, das Seil, das du brauchst, um sie zu erhängen, verstehst du?

Jener Abend, der letzte Abend des Jahres, war wie ein Atemzug, der mir in der Kehle stecken blieb. Unser nettes kleines Städtchen Bellair, Zuhause von gerade einmal 7000 Seelen, ist kein Partyort. Wer hier Silvester feiern will, verschwindet über die dornige Stadtgrenze in den Glanz des nahe gelegenen Charlottesville oder in den Schmutz und Glimmer von Richmond. Ein paar investieren vielleicht sogar das Geld für eine Reise nach Washington D.C. Ein paar weitere ziehen es vor, ihre eigene Party zu feiern, schauen mal kurz rein, um diejenigen Mitarbeiter einzuladen, die sie mögen (*Komm vorbei, wenn du Feierabend hast! Bei uns geht dann immer noch was ab!*). Alle anderen bleiben zu Hause und kämpfen vor plärrenden Fernsehern gegen den Schlaf. Später dann durchstreifen Cops, deren grell erleuchtete Zellen darauf warten, gefüllt zu werden, auf kurvigen Sträßchen die Dunkelheit wie hungrige Haie, auf der Suche nach Verirrten. Sauf-Feiertage sind nun mal nichts für eine Kleinstadt.

Wir saßen in diesem kleinen Lokal fest, dem Blue Bell, und warteten auf den riesigen Andrang, der kommen würde oder auch nicht. Auf die Menschenmassen, die jeden Moment hereinplatzen würden, da war unser furchtloser Restaurantleiter Ty sich sicher. Denn »das eine Mal«, rief er uns zum hundertsten Mal vom Ende der Theke aus in Erinnerung und zog seine

Krawatte gerade, »Silvester 2015, als wir nicht vorbereitet waren. Da haben sie uns den Arsch poliert. Erinnerst du dich noch, Soph?«

Woran ich mich erinnerte, waren ein verkaterter Tellerwäscher, der nicht hinterherkam, und ein Hilfskellner, der zu sehr damit beschäftigt war, mit dem weiblichen Bedienpersonal zu flirten, um sich auf seinen Job zu konzentrieren, aber ich ließ Ty reden. Seine Stimme ist wie eine Mücke, die mir um den Kopf schwirrt, leicht auszublenden. Unterdessen standen die Kartons mit den neuen Champagnerflöten, die er extra für den Abend bestellt hatte, noch da, wo er sie abgestellt hatte, ungeöffnet unter der Eiswanne. Mein Barhelfer hätte sie schon längst auspacken und spülen sollen, aber er war vor zwanzig Minuten nach unten gegangen, um Limetten zu holen und noch nicht wieder aufgetaucht. Höchstwahrscheinlich tratschte er irgendwo. Wenn Ty die Gläser selbst säubern und polieren wollte, bitte. Ich würde es ganz bestimmt nicht tun.

Irgendwer, wahrscheinlich die Empfangshostess, hatte Luftschlangen aufgehängt. Im Licht der niedrigen Deckenlampen golden und silbern glänzend schlangen sie sich quer durch den Raum. Riesige Luftballons wippten am Ende dünner Schnüre, die an Stuhl- oder Tischbeinen befestigt waren. Die Servicekräfte machten sich einen Spaß daraus, sich gegenseitig mit einem Ballon vorm Gesicht zu erschrecken oder ihn jemandem so kräftig über die wohlfrisierten Haare zu reiben, bis sie sich elektrisch aufluden. Nach einer Weile sahen sie mit ihren hochstehenden Flusen alle aus wie Küken mit wehenden Flaumkronen auf den Köpfen. Kreischen und Gelächter schallten durchs Lokal, und irgendwer erwischte meinen Barhelfer, als er aus dem Keller hochkam, die dürren Arme mit Flaschen beladen und schwere Tüten mit Obst an den Händen baumelnd. Er stolperte, fing sich wieder und lief rot an. Ich versuchte, nicht die Augen zu verdrehen. Was mir schwerfiel angesichts des »Happy New

Year«, das auf dem albernen Haarreif prangte, den Ty mir verpasst hatte. Ich machte mich genauso lächerlich wie alle anderen.

Eine Viertelstunde vorm Aufmachen tauchte Chefkoch aus seiner Küche auf, verkündete die Spezialgerichte des Tages und schubste einen Teller mit irgendeinem toten Fisch über meine saubere Arbeitsfläche. Kurz vor meinem Ellbogen kam er schlitternd zum Stehen, der Fisch starrte mit glasigen Augen auf die schimmernden Luftschlangen über sich. Die Leute vom Service versammelten sich, sahen das Tier mit gierigen Blicken an und hörten halbherzig der Lektion über die Aussprache des Namens einer bestimmten Sorte Pfeffer zu, der rund um den Tellerrand gestreut war.

»Goldstück«, säuselte Chefkoch und reichte mir eine Gabel. Das ist ein Spielchen, das die Kerle aus der Küche alle spielen, ein verbaler Ausrutscher, ein Versprechen mit Haken. Goldstück nennen sie einen, solange sie in guter Stimmung sind. Wenn wir erst drei Stunden in der Abendschicht und knietief in der Scheiße stecken, verwandelt sich ihre Liebeserklärung schnell in scheppernde Töpfe und verdammtes Miststück, um dann wieder in Süßholzraspeln umzuschlagen, wenn sie zehn Minuten später Eiswasser brauchen. Goldstück Nummer eins bin ich, weil ich die Kontrolle über die nächste Sodapistole habe und, was noch wichtiger ist, über den Alkohol. Das macht mich wahrscheinlich auch zum Miststück Nummer eins.

Die restlichen Gabeln wurden unsanft neben den Teller geworfen, damit die Servicekräfte darüber herfallen und sich glibberige Fischstücke in die Münder schaufeln konnten. In Minutenschnelle war der Teller leer, Ty wischte mit dem Finger den letzten Soßenrest auf und nahm ihn weg.

Schlachtpläne wurden gemacht, Tische aufgeteilt, letzte Schliffe verpasst. Um fünf atmeten wir tief durch und schlossen in voller Garnitur strahlend die Tür zu einem verlassenen Ort auf, zu einem Wartesaal, einem leeren Restaurant an Silvester.

Sophie

Mit wem ich nicht rechnete, war Bud Light, der kurz nachdem wir aufgemacht hatten, reinmarschierte. Einmal das Übliche, sagte er und lümmelte sich auf seinen Lieblingsbarhocker. Dessen wackelige Holzbeine knarzten unter der Wucht seines Gewichts, und ich wartete mit angehaltenem Atem darauf, dass er zusammenbrach. Aber leider hielt der Hocker stand. Enttäuscht über Buds Glück reichte ich ihm eine Flasche Bier, stellte am Fernseher das Footballspiel an und wandte ihm den Rücken zu, bis er vielleicht irgendwann ein bisschen interessanter werden würde.

Und dann öffnete die Nacht ihr träges Maul und lullte uns alle in den Schlaf. Während der Cocktail Hour drehten wir Däumchen, die Servierkräfte scharten sich um die Computer, bis Ty sie mit dem lächerlichen Spruch verscheuchte, den sämtliche Restaurantchefs draufhaben: »Wer Zeit hat, um zu ruhn, der kann auch etwas tun. Sucht euch ne Beschäftigung, Leute.«

Sie liefen auseinander, für den Moment. Zwei, um zu tratschen und vorzugeben, sie würden die Terrasse fegen, ein weiteres Paar ging in die Küche, um zu sehen, was sie von den Sous schnorren konnten. Mein Barhelfer, der offenbar fürchtete, die Aufforderung würde auch ihm gelten, sortierte ein paar meiner Cocktailkarten und setze sich dann mit einem Stirnrunzeln an den äußeren Rand der Theke, was er wahrscheinlich für einen Ausdruck von Konzentration hielt. Der Karton mit den Gläsern, der jetzt unter meinem Ende des Tresens stand, wartete weiter ungeöffnet. Immerhin warf er einen Blick darauf, wobei man ihm ansah, dass er mit dem richtigen Gedanken spielte, bevor er ein Poliertuch nahm und stattdessen nur daran herumfummelte. Es gab mal eine Zeit, da hätte ich den Karton einfach selbst ausgepackt. Zwei Minuten, und die Sache wäre erledigt gewesen. Kein Ding also – genau wie diesen Socken aufzuheben, den dein Mann auf dem Schlafzimmerboden hat liegen lassen und an dem er, ohne ihn eines Blickes zu würdigen, vorbeiläuft; genau wie den Klositz runterzuklappen, wenn er es mal wieder vergessen hat. Aber ich habs satt, für Männer verantwortlich zu sein. Der Barhelfer war mein Hilfspersonal, ich hatte nicht vor, diesen Frauenjob für ihn zu übernehmen.

Also blieb der Karton stehen.

Ein paar Gäste tröpfelten herein und tröpfelten wieder hinaus. Bud leerte ein Bier, dann ein zweites und noch eins, bestellte Steak mit Pommes, dann noch ein Bier. Sein Blick klebte immer am Fernseher. Wenn er mich brauchte, grunzte oder winkte er oder machte sonst irgendwas Nerviges, bis ich Notiz von ihm nahm. Dieses Spielchen, das wir für die paar Dollar Trinkgeld spielten, die er mir gab, hätte die ganze Nacht so weitergehen können, wenn der Wind, der uns umwehte, sich nicht irgendwann gedreht hätte.

Vier Stunden vor Mitternacht fing Bud an, mit seiner letzten fast leeren Bierflasche zu wedeln. Das hätte das Zeichen sein können, dass er eine neue wollte. Oder es war ein Zucken, ausgelöst durch den Tackle, der den Ball seiner Mannschaft kurz vor der benötigten Yardline stoppte. Third Down. Wie frustrierend.

Während er Spandex-gepolsterten College-Jungs dabei zusah, wie sie ineinanderkrachten, sah ich dabei zu, wie der letzte Schluck Bier den glatten Flaschenhals entlangrann und in seiner Kehle verschwand. Als er die Flasche wieder auf die Theke stellte, hörte ich eine Spur Unmut im Klopfen des Glases auf Kupfer, ein Klopfen an meiner Tür. Er schob sie mit seiner schwieligen Fingerspitze noch ein paar Zentimeter in meine Richtung. Den Blick weiter auf den Bildschirm gerichtet, auf die Jungs, die schon wieder ihre Offensive vermasselt hatten und nun die Köpfe zusammensteckten, um eine neue Strategie auszuhecken.

Bud fluchte leise, tippte mit den Fingern gegen den Flaschenboden. Ich fragte mich, wie lange es wohl dauern würde, bis er sie über den Thekenrand geschubst hatte. Jetzt war er interessant, die Schlinge legte sich um seinen Hals.

Mein Barhelfer erspähte die Chance, etwas Sinnvolles zu tun, und nahm die Flasche von der Theke, um sie wegzuwerfen. Er vergaß allerdings zu fragen, ob Bud Light noch irgendetwas wollte, weshalb die Hände das Mannes nun leer herumzuckten. Die Schlinge zog sich zu.

Gerade als im Fernseher Werbung lief und es aussah, als müsste er tatsächlich mit mir sprechen, schoben sich zwei fette rosa Hände durch den schweren Vorhang vor unserer Eingangstür.

Ty hängt dieses fürchterliche Ding pünktlich jeden Herbst nach dem ersten Frost auf. »Um die Leute warm und die Kälte draußen zu halten«, sagt er. Kann schon sein. Hauptsächlich eignet er sich aber dazu, alte Damen in Wogen aus schweren Stoff zu fangen, sie so lange in ein Meer aus schwarzem Filz zu hüllen, bis sie wie angestochen auf der anderen Seite wieder herausstolpern; angriffslustige Bienen, bereit, den erstbesten bedauernswerten Kellner zu stechen, der vergisst, ihnen Wasser *mit* Zitrone zu bringen. Wenig Eis. Unsere Hostess, ein nettes kleines Ding direkt aus der örtlichen Highschool, war inzwischen an diesen Irrsinn gewöhnt und trat beim ersten Anzeichen von Händen sofort in Aktion.

Ihre Maßnahmen waren einfach: vorsichtig den Vorhang zur Seite ziehen, um den armen Ankömmling nicht in Verlegenheit zu bringen, ihn freundlich begrüßen, während sie ihn oder sie hereinführte, und dann den Vorhang wieder schließen. Danach streckte sie die dünnen Arme aus, fing bereitwillig jedes Schnauben und jeden abgelegten Wollmantel auf, der ihr zugeschleudert wurde, und verbarg die Anstrengung, die sie das kostete, während sie ihn auf den Garderobenständer hängte.

Es folgten die üblichen Fragen: »Sie sind nur zu zweit? Sehr schön. Bevorzugen Sie einen Tisch oder einen Platz an der Bar? Oder an einem unserer neuen Bartische vielleicht? Dann haben Sie von allem etwas und einen wunderschönen Blick auf die Berge. Hätten Sie heute Abend gern die Speisekarte oder nur Getränke und Dessert? Speziell zu Silvester bieten wir Ihnen frischen Rotbarsch an. Der Koch hat mich vorhin einen Happen probieren lassen, einfach köstlich! Außerdem natürlich ein Glas Champagner aufs Haus für alle, die mit uns das neue Jahr einläuten!«

Um in diesem Geschäft Erfolg zu haben, musst du gut lügen können, eine Eigenschaft, die wir wahrscheinlich mit Kindergärtnerinnen und Callgirls gemeinsam haben. Lächle, verberge, was du denkst, hebe deine Stimme. Es kommt darauf an, gerade so viel von dir selbst hinter deiner Maske zu zeigen, nur so viel von der Wahrheit preiszugeben, dass die Gäste unvorsichtig werden.

Man sollte keiner von uns jemals trauen.

Dieses bestimmte Paar Hände war mit einer grauen Tonne verbunden, die auf zwei dünnen Stelzen saß. Hellbraune Docksider, Oakely Brille und knallbunt gestreifte Krawatte vervollständigten das Ganze. Ich kannte diesen Typen. Ich hatte ihn schon unzählige Male gesehen, bei Footballspielen und Verbindungsfeiern und Country-Club-Mittagessen. Er ist der Stiefbruder von Whisky Ginger und der Cousin von Too Much Head. Das ist Jungle Juice in seiner Pi-Kappa-Partykeller-Kluft, obwohl er, seit er nun erwachsen und frisch gebackener Doktor der Rechtswissenschaft ist, versucht, sein Daddy zu sein und sich deshalb Maker's Mark Old Fashioned nennt, wenn ich bitten darf.

Falls das welkende Veilchen hinter ihm so typisch ihre Mutter war wie die Perlen, die sie um den Hals trug, wäre sie Pinot Grigio gewesen, aber ich setzte auf Rosé, weil das rosa Getränk das Gesöff erster Wahl für die spießigen Damen der amerikanischen Generation Y darstellte.

Ich beobachtete, wie die Hostess auf sie zuging, ihnen mit einem strahlenden Lächeln die hingehaltenen Mäntel und Handschuhe abnahm, während sie hinter sich nach dem Stapel Speisekarten auf ihrem Empfangstisch griff. Aber dieser Junge, der uns glauben machen wollte, er wäre ein Mann, rauschte, die Hand auf dem Rücken seiner Partnerin, einfach an ihr vorbei und steuerte auf meine Bar zu.

Unter meinem rechten Schulterblatt brannte es plötzlich, mitten in der Verhärtung, die sich vor ein paar Jahren dort gebildet hatte und die ich seitdem nicht mehr lösen konnte, wie sehr ich mich auch anstrengte. Bis zu diesem Silvesterabend hatte sie sich durch Zungen und Zähne und dumpfen Muskelschmerz so verfestigt, dass sie sich nie wieder lockern würde.

Barhocker schrammten über den Boden, das Paar nahm Platz. Bud hüstelte.

»Happy New Year.« Ich schob ihnen Getränkekarten hin. Die außer Acht gelassene Hostess presste sich die Speisekarten an die flache Brust und blieb zurück. Sie wusste, wann sie sich unsichtbar machen musste. Und doch sah ich ihre Enttäuschung; daran, wie sie sich auf die Lippe biss, bevor sie lächelte, am kurzen Wippen ihres Pferdeschwanzes, als sie, durch ihre Missachtung abgewiesen, wieder in ihren Empfangsstand trat. Auch in ihr hatten die Milben sich schon breit gemacht, sie merkte es nur noch nicht.

»Wir waren den ganzen Tag auf Weinproben«, verkündete Old Fashioned, als ich ihn fragte, was ich ihnen anbieten darf. Als wäre das eine Antwort, mit der ich etwas anfangen könnte.

Im Augenwinkel sah ich, dass sich noch weitere Hände durch den Vorhang tasteten und sich noch mehr verwirrte Gesichter hereindrängten. Langsam fragte ich mich, ob wir an dem Abend doch mehr zu tun kriegen würden als gedacht, ob der gefürchtete Ansturm mit Verspätung kam. Immerhin bringt es Geld, oder? Volles Lokal, Trinkgeld von überall. So heißt doch die alte Volksweisheit. In Wahrheit sind die späten Gäste eine Strafe. Mit jedem neuen von ihnen kommt Chaos durch die Tür, die Stimmung wird gereizt, Fehler passieren, und die Leute, die um diese verspätete Essenszeit hungriger und ungeduldiger sind, meckern und nörgeln, während ihre Großzügigkeit gleichzeitig schwindet.

Noch mehr Hände, noch mehr Mäntel, die an einer immer dicker anschwellenden Garderobe landeten. Servicekräfte, die sich um die Sodastation drängelten und Tabletts mit Mineralwasser beluden. Im Fernseher über mir wurde der Spielstand eingeblendet, das Spiel war fast vorbei. Gleich würde ich auf einen anderen Sender schalten müssen.

Ich wandte mich wieder Old Fashioned zu und verwandelte seine Aussage in eine Frage. »Klingt nach einem schönen Tag. War vielleicht ein besonders guter Tropfen dabei, den Sie auch hier gern trinken würden? Oder hatten Sie erst einmal genug Wein?«

»Irgendwas Nettes, denke ich«, antwortete er in trägem Tonfall. Die Zähne, die in meine Schulter bissen, ließen los und Tausende winzige Lebewesen bewegten sich mit der schleimigen Absonderung seiner Stimme Wirbel für Wirbel an meinem Rückgrat hinunter.

»Etwas zum Feiern – wir haben uns nämlich gerade verlobt!«, quiekte sie und streckte mir ihre Hand über die Theke entgegen.

»An Weihnachten, genau genommen«, fügte er hinzu.

Vorn im Restaurant zog die Hostess ihren Notizblock hervor, um eine Warteliste anzulegen. Hinter mir begann die Bonmaschine Bestellungen auszuspucken.

»Oh! Wow.« Ich weiß nie, wie ich auf so was reagieren soll. Ich legte ein strahlendes Lächeln über mein Gesicht. »Na dann, herzlichen Glückwunsch. Wie wunderbar.«

Es war alles andere als das. Verlobungen bedeuteten Dessert und ein Glas Champagner aufs Haus. Verlobungen sind schlecht für Barkeeperinnen, die auf Umsatz und Trinkgelder angewiesen sind. Aber hast du schon vergessen? Ich bin eine gute Lügnerin.

»Sophie«, flüsterte die Hostess, die plötzlich wie aus dem Nichts neben mir stand. Sie hatte den Telefonhörer am Ohr und ein Stück Papier in der Hand und nickte in Richtung des Paares. »Sein Dad ist am Telefon, sagt, er übernimmt die Rechnung. Ich hab mir seine Kreditkartendaten notiert.« Sie bekam leicht feuchte Augen. »Ja, Sir, sie steht direkt neben mir … Ob du sonst noch irgendwas von ihm brauchst?«

Ich warf einen Blick auf den Zettel in ihrer Hand, auf die Ziffern in der ordentlichen Mädchenschreibschrift.

»Nee. Das reicht, junge Dame. Danke.«

»Dein Vater lädt uns ein?«

»Sieht so aus.«

Bud sah zu mir und setzte zum Sprechen an, als würde er tatsächlich versuchen, sich an meinen Namen zu erinnern. »Ich bin gleich für dich da«, zwitscherte ich und überging ihn. Sollte er sich doch selbst erhängen.

Es gibt einen Trick, den wir Barleute anwenden, wenn wir etwas wollen. Wir unterscheiden uns nämlich nicht von dir – wir wollen das, was wir nicht haben können; so wie diese Flasche Wein an den Mann bringen, die unser Boss nicht glasweise verkauft, die er bei Steak mit Pommes frites und Fladenbrot mit seinen Kumpels trinkt, von der er seinem Personal nicht mal ne kleine Kostprobe gönnt.

Du musst deine Kunden bloß richtig einschätzen. In einer Kleinstadtbar wie dieser werden die meisten vor dem Preis der Flasche zurückschrecken, die ich für sie ausgewählt habe. Diejenigen, die über ihren Schatten springen und sie kaufen, leeren sie gewöhnlich auch. Aber diese beiden hier hatten schon den ganzen Tag lang getrunken, was an dem glänzenden Film auf ihren Augen und den rot blühenden Flecken auf ihren Wangen zu erkennen war. Daddy würde garantiert wollen, dass er seiner Verlobten den passenden Wein zu dem teuren Klunker an ihrem Finger kauft. Und wenn sie genug für ihre Barkeeperin übrig hatten, würden sie ihr vielleicht den letzten Schluck übrig lassen. Das ist eine andere Schlinge, feiner und schwieriger umzulegen.

Ich stellte meine Falle, platzierte die Flasche vor ihnen auf der Theke, so dass sie sich vorstellen konnten, sie gehörte schon ihnen. Ein weiteres Paar schob sich neben Bud auf zwei Barhocker. Der Bondrucker sprang an und ratterte noch mehr Bestellungen raus.

»Service!« Chefkoch rief nach jemandem, der Essen abholte. »Tisch 3, Tisch 4, Tisch 7!«, donnerte seine Stimme durch die Schwingtür, die zur Küche führte.

»Der ist rot.« Old Fashioned zog einen Flunsch. »Claire ist kein großer Fan von Rotwein. Haben Sie vielleicht einen schönen Rosé. Oder einen trockenen Weißwein. Irgendwas aus Fox Hall. Da waren wir heute, die Weine waren vorzüglich.«

»Entschuldigung, Miss!« *Miss*. Ich hasse dieses Wort. Ich bin erwachsen. »Hallo. Können wir etwas Wasser bekommen?« Der Mann links neben Bud pochte ungeduldig auf die Theke. Wo war mein Barhelfer? Er hätte sich darum kümmern müssen.

»Ah, ja. Fox Hall«, stimmte Rosé zu, die offenbar Claire hieß.

»*Miss?*«

Die Bonschlange hinter mir plumpste über den Druckerrand und taumelte abwärts, während die Glocke über der Tür schon wieder läutete. Weitere Hände tasteten sich herein. Am Ende meiner Theke stapelten sich langsam schmutzige Gläser. Wo war bloß mein verdammter Barhelfer?

»Können wir bitte die Getränkekarte haben?«

Da drüben, er räumte Tische für die Leute vom Service ab. Warum zum Teufel war er im Restaurant? Wo war Ty?

»He, Sophie, hast du was dagegen, wenn ich rasch die zwei Bier fertig mache, die ich bestellt habe? Tisch elf wird langsam unruhig.« Einer der Kellner tippte mich an den Ellbogen.

»Nur zu. Aber vergiss nicht, den Bon aufzuspießen.«

»Service! Essen abholen!«

Im Notfall wenden Ärzte die Methode der Triage an, um festzulegen, um welche Patienten sie sich wann kümmern. In überfüllten Restaurants läuft es ziemlich nach demselben Prinzip. Erst kommt dein Sterbender an die Reihe: der Mann, der Wasser und eine Speisekarte braucht, bevor er einen richtigen Aufstand macht. Dann dein Verletzter: Ich machte Bud noch ein Bier auf, stellte es ihm vor die Nase und zog meine Bons aus der Maschine. Schließlich: die mit den kleinen Wehwehchen.

Und bevor du überhaupt irgendetwas tust: tief durchatmen. Such die Ruhe im Auge des Sturms.

Vergiss nicht zu lächeln, Sophie.

»Weißwein?«, wandte ich mich an das Paar, während ich flüssige Zutaten in einen leeren Shaker goss. *Zwei Teile Wodka, ein Teil Cointreau. Limette. Cranberry. Ein dermaßen einfacher Cocktail, dass es mich langweilt. Weiter.* Ich stellte den Drink an der Servicestation ab, kam zurück, nahm die unliebsame Weinflasche und drehte sie in den Händen. Sie waren der Schlinge schon so nah. Ich konnte diese Schlacht gar nicht verlieren, schließlich hatte ich eine Waffe.

Ich suchte Claires Blick. Sie musste glauben, wir wären Freundinnen, sie könnte mir vertrauen.

»Sie haben völlig recht. Virginia ist nicht unbedingt für seine Rotweine bekannt, ich kann verstehen, dass Sie keine mögen. Der hier allerdings? Der ist etwas ganz Besonderes – wurde bei der königlichen Hochzeit serviert. Ein Geschenk der ersten Kolonie der zukünftigen britischen Königin.« Dass diese Hochzeit schon Jahre zurücklag, dass sich niemand außerhalb unseres kleinen Winkels der Welt dafür interessierte, spielte keine Rolle. Was diese Frau brauchte, war die Chance, sich wichtig zu fühlen. Und was ihr Verlobter brauchte, war die Chance, ihr dieses Gefühl zu geben. Die Menschen sind einfach zu leicht zu durchschauen.

Der nächste Bon. *Rum. Coke. Weiter. Double-Shot Wodka, gekühlt. Ein Spritzer Zitrone. Einfacher Sirup. Gezuckerter Rand. Jetzt bin ich klebrig. Das nervt. Weiter. Bier. Mist.* Das Bier war einen Schritt entfernt, ich drehte mich um, verschwendete Sekunden, um einen Zapfhahn zu betätigen. Zeit für den nächsten Spielzug.

»Sie meinen ... doch nicht etwa *die* königliche Hochzeit. Die von Kate und William?«

Das ist der Augenblick, in dem du ihn ansiehst, um ihn in die Verschwörung mit einzubeziehen. Bei Paaren kommt es darauf an, das richtige Gleichgewicht zu finden, damit keiner sich übergangen fühlt. Und wenn ich mich weiter auf die beiden konzentrieren würde, könnte ich vielleicht den Blicken von Glas Wasser einen Moment länger aus dem Weg gehen.

Sie brauchten zu lange. Irgendwelche Finger trommelten einen ungeduldigen Wirbel auf meine Theke. Mein Barhelfer schob sich hinter mir herein. Zwischen seinen Fingern baumelten jede Menge schmutzige Gläser, und weitere hatte er sich unter den Arm geklemmt. Ich presse mich nach vorn, um nicht mit ihm zusammenzustoßen. Sein Ellbogen fuhr mir über den Rücken.

»Ich mach schnell das Bier hier fertig.« Ich hielt den Bon in die Höhe, verwandelte meinen Blick in eine Bitte. »Überlegen Sie es sich, ich bin gleich wieder für Sie da.« Ein Anflug von Leichtsinn überkam mich und »Soll ich vielleicht schon mal zwei Gläser bereitstellen, nur für den Fall?«, platzte ich heraus.

»Hunter, wir müssen!«

»Ganz wie du willst, Claire-Bärchen.«

Überall um mich herum füllte es sich, und ich merkte, wie das hektische Gedrängel eines unerwarteten Ansturms das Lokal in den Würgegriff nahm. Wenn ich es schaffen würde, ruhig zu bleiben, hübsch lächelnd das nervöse Kribbeln zu ignorieren, das mir die Beine hochkroch, Meckern und mürrische Gesichter und betrunkenes Lachen an mir abperlen zu lassen, dann hätte ich in ein paar Stunden vielleicht auch etwas zu feiern. Dieser Wein machte sich verdammt gut in einem Glas.

»Na dann, zum Wohl!«

Ich hatte mit einem öden Abend gerechnet, stattdessen ging es von null auf hundert, während sich immer mehr Gäste ins Blue Bell drängten. Um in Erfahrung zu bringen, woher sie kamen und warum sie ausgerechnet in diesem Jahr hier auftauchten, blieb mir keine Zeit, denn ich hastete von einem Gast zum anderen, nach hinten in die Küche, um nach einem Teller zu fragen (»He, Goldstück, reservierst du mir einen Neujahrskuss?«), zu Bud, der immun gegen das Chaos zu sein schien, das ihn umgab, und schließlich zur Bonmaschine, die nicht aufhörte, quietschend eine Bestellung nach der anderen auszuspucken. Unterdessen begann die Verhärtung in meiner Schulter zu glühen und zu brennen, das lädierte Schulterblatt verwandelte sich in Feuerstein, meine Lippen verzogen sich zu ihrem knöchernen Grinsen.

Es dauerte keine zwanzig Minuten, bis der Karton mit den Sektflöten hastig aufgerissen, bis Pappe, unter dem plötzlichen Angriff ächzend, zerfetzt wurde. Ty rammte wie ein Soldat in irgendeinem Kriegsfilm die Hände hinein, zog jedes Glas mit einer schnellen, präzisen Bewegung heraus, um es dem Barhelfer zu reichen, der es im Eiltempo spülte. Wenn der Boss in der Nähe war, arbeitete er immer besser.

Gereinigt, getrocknet und gefüllt landeten die Gläser auf

Serviertabletts und in dem Meer aus leeren, ungeduldigen Händen, die mir hinter der Theke entgegengestreckt wurden.

Zehn ... neun ... Paare fanden sich zusammen ... acht ... sieben ... sechs ... die Leute vom Service schnappten sich schnell irgendein herumstehendes Glas und füllten einen Spritzer Champagner hinein ... fünf ... vier ... Ich machte dasselbe ... drei ... Bud nahm sein Bier ... zwei ... eins ...

Wir kippten über das wackelnde Drahtseil der Mitternacht, und plötzlich fühlte sich die Welt leer an, die Stunden gespannter Erwartung fielen in sich zusammen und brachten nichts weiter hervor als ein halbherziges »Auld Lang Syne« und einen Kuss auf die Wange von Chefkoch, der aus seiner Küche geeilt war, als der Countdown begann, um sich den letzten Rest aus einer Champagnerflasche in den Mund zu schütten.

Feierlichkeiten beendet.

JANUAR

Sophie

Das Schließritual begann.

Als sie merkten, dass sie nicht mehr wirklich erwünscht waren, schwärmten unsere mitternächtlichen Gäste zur Hostess am Eingang. Mit heiterem Dauerlächeln und höflichen Abschiedsfloskeln wich sie aus, während alle um sie herumschwirrten und nach Mänteln, Schals und Mützen griffen.

Im Restaurant stürzten sich derweil die Kellner auf Tische, räumten eiligst Champagnergläser ab und stellten sie mir zum Spülen auf die Theke, bevor sie erneut ihre Runde machten, um Essensreste von klebrigen Tischplatten zu wischen. Jemand holte Eimer und Besen hervor, um Champagnerflötenscherben aufzufegen, die funkelnd in einer warmen Lache auf dem Boden lagen. Ballons wurden von Stuhllehnen geschnitten, und wieder zerriss kreischendes Kichern die Luft, als sie in müde Gesichter gepresst oder über inzwischen erschlaffte Haare gerieben wurden. Nicht mehr lange, dann würden diese gackernden Kellner und Kellnerinnen um einen Platz an den Computern rangeln und ausgehungert in den Küchengängen auf jeden Happen Essen lauern, den der Koch ihnen vielleicht zukommen ließe, sobald er mal eine Pause vom Töpfe- und Pfannenklappern einlegen und nicht mehr in seinem selbst erfundenen Spanglish unter Einsatz unanständiger Gesten mit seinem Küchenpersonal scherzen würde. Mein Barhelfer stand in der Ecke und starrte in die Ferne, während er mit einem Geschirrtuch ein Whiskyglas polierte. Mit dem typischen Blick eines Kriegsversehrten. Ich ließ ihn einen Moment in Ruhe; der Schock, mal eine Stunde nützlich sein zu müssen, saß sicher tief. Im Augenwinkel sah ich, wie Ty durch den Flur in sein ruhiges Büro entschwand, wie immer, wenn der Abend vorbei war.

Bud, noch immer bei uns, warf ein, zwei Blicke auf die wachsende Kolonie schmutziger Gläser, die sich langsam seinem Ellbogen näherte, bevor er ein Bündel Geldscheine auf seine Rechnung warf, von seinem Barhocker kletterte und verschwand, wohin auch immer. Kaum war er draußen, läutete die Glocke über der Tür. Alle zuckten zusammen, Pawlowsche Reaktion auf das Geräusch eines Eindringlings nach einer sehr langen Schicht.

Falscher Alarm. Wohltuende Stille trat ein.

Wieder läutete es.

»Ich komm doch nicht etwa zu spät?« Eine Stimme, die ich nur zu gut kannte, sickerte mir am Ohr entlang und den Nacken hinunter. Der Knoten unterhalb meines Schulterblatts begann zu brennen wie Feuer. »Ihr macht doch nicht etwa schon zu?«

»Aber nein, Mr Dixon«, flötete die Hostess am Empfang. »Die Küche ist zwar schon geschlossen, aber Sophie hat sicher noch ein bisschen auf, falls Sie sich an die Bar setzen wollen. Brauchen Sie die Cocktailkarte?«

Ich hätte sie umbringen können, so nett die Kleine auch war. Stattdessen hob ich den Blick und lächelte den Mann an, der sich auf Buds frei gewordenen Platz schob.

»Wie gehts meiner Lieblingsbarkeeperin?«, fragte Mark Dixon und ließ die geweißten Zähne blitzen. »Hast du's gut angefangen?«

»Ich hab gearbeitet, Mark.« Um meine Antwort zu unterstreichen, schob ich die Tür der Spülmaschine zu und stellte sie an. Lautes Rumpeln und Zischen ertönte aus dem stählernen Gehäuse und unterbrach die Unterhaltung. Mein Barhelfer spürte meine stählerne Ausstrahlung und verschwand in den Keller, um Getränkenachschub zu holen.

»Letzte Runde«, sagte ich. »Was darfs sein?«

»Arbeit würde ich das nicht direkt nennen, Sophie«, sagte Mark und strich mit dem Finger über die Kante meiner Theke.

»Ich schließe jetzt, Mark.«

»Komm schon! Entspann dich. Es ist Neujahr. Warum immer so *ernst*, Sophie. Hör zu, mach mir einen Drink, und mach dir doch auch einen. Lindsey hat sicher nichts dagegen.« Er warf mir mit einer lässigen Handbewegung den Namen meines Chefs hin. »An so einem Abend hast du doch bestimmt irgendwas übrig. Noch einen Schluck Schampus im Kühlschrank vielleicht? Oder sonst irgendwas, das noch weg muss? Ich bin nicht wählerisch.«

Ekel kroch mir übers Schlüsselbein.

Im Lauf der Jahre war ich zu Marks Lieblingsspielzeug geworden. Manchmal fragte ich mich, ob er den Knoten wohl sah, der sich unter anderem durch ihn in meinem Rücken gebildet hatte, so tief verborgen, dass selbst ich ihn nicht erreichte. Auf jeden Fall hatte er irgendwie Spaß daran, einen Schlüssel hineinzuschieben und mich aufzuziehen, was er sich erlauben konnte, weil er ein Freund des Besitzers war, und zwar ein echter.

Keiner von denen, die glauben, sie würden den Boss kennen, weil er mal an ihrem Tisch vorbeigeschaut und sich erkundigt hat, wie ihr Abendessen war. Keiner von denen, die die Empfangsdame anbrüllen, weil sie nicht gleich platziert werden, wenns mal rappelvoll ist, denn »*Wir kennen den Chef, wissen Sie das nicht?!*« Nein, das hätte Mark niemals nötig, denn er würde bereits auf seinem Platz an der Bar sitzen, der ihm jederzeit zur Verfügung stand, egal, wie viel wir zu tun hatten. Mit einem kostenlosen Drink in der Hand.

Mark Dixon war ein Freund, den Lindsey zwanzig Jahre zuvor im Verbindungshaus einer riesigen Uni kennengelernt hatte, deren offizielles Maskottchen ein zwar karikaturartig verzerrtes, aber die Sitten und Gebräuche der Studentenschaft angemessen widerspiegelndes Bierfass war. Er gehörte zu den Freunden, die bei Wohltätigkeits-Golfturnieren in Lindseys Mannschaft spielten, die mit ihm in die Karibik flogen, wenn sie mal eine Woche frei nehmen und sich volllaufen lassen wollten, während ihre aktuellen Freundinnen kichernd das Chaos, das sie hinterließen, wieder in Ordnung brachten und sich »typisch Jungs eben« sagten.

Mark nannte sich Investor in lokale Unternehmen, was bedeutete, dass er mit seinem vielen Geld nicht wusste, wohin, und dass sein einziges Lebensziel daher die Suche nach dem nächsten perfekten Barhocker war. In jeder anderen Kneipe wäre er sicher ein Tequila Tonic gewesen, doch hier im Blue Bell war er *Premium-Gast: Was immer er will, wann immer er es will, und wie wäre es mit einem Lächeln, Sophie?*

Es ist eben nicht leicht, für jemanden zu lächeln, der es sich zur Gewohnheit macht, kurz vor Feierabend noch reinzuschneien, während er ganz genau weiß, dass jeder andere Kunde abgewiesen werden würde; der verlangt, dass du für ihn schon weggepackte Säfte aus dem Kühlschrank nimmst und neue Flaschen vom Regal; der, ohne mit der Wimper zu zucken, deine frisch polierten Gläser wieder einsaut. Hätte er mir jemals ein Trinkgeld gegeben, wären wir vielleicht ins Geschäft gekommen. Aber seine Bezahlung bestand offenbar aus seiner Anwesenheit, über deren Wert wir unterschiedliche Ansichten hatten.

Irgendwas fertig Gemixtes oder der letzte Schluck Schampus würden nicht reichen, das wussten wir beide. Also goss ich zwei Fingerbreit von dem neuen Mezcal auf meine letzten Eiswürfel, den Lindsey bestellt hatte, um ihn über die Feiertage auszuprobieren, warf ein Stück Orangenschale dazu und schob Mark das Glas hin. In der Hoffnung, es würde ihn beschäftigen, bis er genug davon hatte, mich zu nerven. Mezcal schmeckt rauchig und brennt im Mund, so dass die Leute ihn gewissermaßen kontemplativ geschlossen halten. Manchmal musst du eben dafür sorgen, dass du deine Ruhe hast.

Der Drink würde ihn zumindest so lange beschäftigen, bis die Servicekräfte sich quasselnd um meine Theke versammeln und auf ihren Feierabenddrink warten würden. Dann konnte er sich mit denen unterhalten. Ich hatte in der Zwischenzeit die Abrechnung zu machen, das Bargeld zu zählen und wegzuschließen, Obst einzupacken, Flaschen abzuwischen und jede Menge Gläser zu polieren. Ich wandte Mark den Rücken zu. Das war ein Fehler.

Seit ich hinter dem Tresen stehe, halte ich eine bestimmte Ordnung in meiner Kasse: die größten Scheine links, die kleinsten rechts, der Rest in absteigender Reihenfolge dazwischen. Alle müssen mit dem Gesicht nach oben zeigen, das Präsidentenkinn nach links. Jeder Abweichler wird sofort wieder auf Linie gebracht. So entsteht kein Chaos, wenn ich sie am Ende des Abends herausnehme. Keiner ist in die Ecke gerutscht oder zerrissen. Keiner ist feucht geworden. Keiner liegt im falschen Fach, um meine sorgfältige Zählung zu torpedieren. Alles ist sinnvoll geordnet, und meine Geldscheine gleiten mir trocken und sauber mit einem befriedigenden Knistern durch die Finger, wenn ich sie zähle.

Ich zog die Kassenschublade auf.

Ein großer Hunderter ... hundertfünfzig.

Barhockerbeine schrammten über den Boden, tausend Stimmen erwachten plötzlich zum Leben, begannen, mir in den Nacken zu schwafeln; Zähne und Füße robbten sich meine empfindlichen Halswirbel hinauf. So dringen Männer wie Mark Dixon in mein Hirn.

Hundertsiebzig ... neunzig ... zwei-zehn.

Derbe Gummisohlen pressten sich auf die Fußmatte neben mir. Sein Rasierwasser schlang mir einen holzig-scharfen Schleier ums Gesicht.

Konzentrier dich. *Zweihundertdreißig ... zwei-vierzig ... fünfzig ... sechzig.*

Ein schmatzendes Geräusch, dann ein kalter Luftzug, der auf mein Bein traf, als er den Weinkühlschrank öffnete. Flaschen klirrten, als sie von fremden Händen herumgeschubst wurden.

»Was machst du hinter meiner Theke, Mark?«

»Nur mal sehen, was du hier Schönes hast, Darling.«
»Nenn mich nicht Darling.«
Fünfundsechzig … siebzig … fünfundsiebzig.
»Schätzchen.«
Der Knoten, der inzwischen kein Knoten mehr war, sondern hart wie ein Feuerstein, verwandelte sich in ein Messer. Das sich glühend heiß durch Muskeln und Knochen bohrte und mich (*Musculus subscapularis und Musculus infraspinatus*) mit seiner glänzend scharfen Klinge durchtrennte, an deren Spitze meine Würde baumelte. Mark erhob sich hinter mir, sein Atem streifte eine meiner Haarsträhnen, während er mühsam von den nicht mehr ganz so jungen Knien hochkam. Ich hörte sie knarzend und knacksend aufbegehren, dann Stille. Und dann: Anspannung. Der Raum zwischen uns nahm plötzlich Gestalt an, wurde zu etwas Festem, Starrem, Körperlichem, elektrisch aufgeladen wie ein Gewitter. Ich presste mich dicht an die Kasse, doch es gab kein Entkommen. Rühr mich nicht an, warnte ich Mark im Stillen, während ich zu Ende zählte.

Zwei-achtzig … fünfundachtzig … neunzig … eins-zwei-drei.

Er langte über meinen Kopf, um die Flasche Mezcal aus dem Regal zu holen, streckte den anderen Arm knapp an meiner Hüfte vorbei, um ein Glas von der Theke zu nehmen.

Vier-fünf-sechs.

Das Gluckern des Tequilas beim Einschenken war ein Finger, der mir über die Hüfte strich. Wieder streifte sein Atem meine Haare, als er die Flasche an ihren Platz zurückstellte. Die Luft knisterte, ein Gewittersturm erhob sich zwischen meinen Wirbeln.

Siebenachtneun.

»He, Sophie.« Seine Schuhe quietschten, als er sich wieder auf den Barhocker hievte. »Schälst du mir noch ein bisschen mehr von der Orange, bevor du das Obst wegpackst? Oder vielleicht Limette. Limette passt besser zu Tequila, oder?«

Mezcal ist nicht bloß irgendein Tequila, Mark. Die Orange nimmt dem Raucharoma die Schärfe. Limette würde sich damit beißen. Man sollte meinen, bei deiner ganzen Kohle hättest du so was wie Geschmack entwickelt ...
»Und hast du das Eis schon weggekippt?«
Dreihundert.

Einmal hatte ich mich beim Restaurantleiter über Mark beschwert, nachdem ich zwei oder drei Mal das Vergnügen gehabt hatte. Nachdem er Bemerkungen über meinen Körper gemacht hatte, bei denen ich am liebsten im Erdboden versunken wäre.

»Was soll ich machen?«, hatte Ty von seinem Platz an dem wackeligen Tisch in der Bar auf der anderen Straßenseite aus gefragt, einer Kaschemme mit dem Namen Tap House, die auch den übelsten Vorlieben ihrer Gäste gerecht wurde. Angeblich war ihr Besitzer, ein stämmiger Bursche namens Joe, in seiner Jugend durch Europa gereist und hatte erfahren, dass TAP die Kurzbezeichnung für »Typical American Prick« war. Und so wurde eine Bar geboren.

Zuerst dachte ich, die Sorge in Tys Blick gelte mir, bis ich bemerkte, wie oft er zu dem Fernseher hinaufzuckte, der an der Wand hing. Tiger hatte ein Comeback, und es sah aus, als hätten die Amerikaner eine Chance, dieses Jahr den Ryder Cup zu gewinnen.

»Kannst du mal mit Lindsey reden? Ihm sagen, dass sein Freund ein Widerling ist?«

Ty seufzte. »Hör zu. Tut mir leid, wenn du das so siehst, aber mir sind die Hände gebunden, das musst du verstehen. Ich weiß, dass er manchmal ne große Klappe hat, mich nervt er auch, glaub mir, aber er ist harmlos. Er hat dich doch nicht etwa angefasst?«

»Nein, aber –« Wie hätte ich ihm sagen sollen, dass Mark mich eines Nachmittags von oben bis unten gemustert hatte, um zu erklären, wie niedlich meine Figur doch sei und dass meine Brüste genau die richtige Größe für ihn hätten: »Ne Handvoll, Sophie. Was immer die Kerle behaupten, sie wollen nichts, was sie nicht mit einer Hand packen können.«

»Soph.« Ty seufzte wieder. »Tut mir leid. Mehr kann ich dazu nicht sagen. Ignorier ihn einfach und mach deinen Job.«

Sein Blick wanderte über meiner Schulter nach oben. Irgendwo in Europa versenkte Tiger den Ball.

»Lächle, Sophie.«

Marks leeres Glas schlidderte auf mich zu. Ich streckte automatisch die Hand aus, fing es auf, bevor es über den Thekenrand fliegen konnte, und stellte es in den Geschirrkorb. Das mit der Kontemplation, das hatte ich vergessen, funktioniert nur bei Leuten, die nicht jedes bisschen Alkohol, das man ihnen hinstellt, auf ex trinken. Der ganze Rauch, samt Zeit und Handwerkskunst der Barkeeperin, zack, einfach runtergekippt. Zwei zerfledderte Stücke Orangenschale lagen auf dem Tresen. Ich sammelte sie auf. Sie lagen klebrig in meiner Faust.

»Hast du sonst noch was? Irgendwas, was du bloß wegtun würdest? Du musst doch noch Champagner übrig haben.«

»Die Bar ist geschlossen, Mark. Geh doch rüber ins Tap House. Die haben sicher noch ne Weile auf.«

»Ich will aber lieber hierbleiben und meine Lieblingsbarkeeperin nerven.«

»Also, da solltest du dir vielleicht was anderes einfallen lassen.«

Wie gerufen strömten in diesem Moment die Servicekräfte zu meiner Theke, stapelten Stempelkarten, Trinkgeld und das Bargeld fürs Haus ans Ende, bevor sie der Reihe nach auf Barhocker kletterten und dasaßen wie die Hühner auf der Stange. Mark begrüßte einen nach dem anderen und lud alle auf einen

Drink ein, um das neue Jahr zu feiern, was sie bereitwillig annahmen. Hatte ich irgendetwas anderes erwartet? In meiner ganzen Zeit an der Bar hatte ich es nicht ein Mal erlebt, dass ein Kellner einen kostenlosen Feierabenddrink ablehnt.

Die Krawatten gelöst, die Hemdkragen geöffnet, saßen sie rechts und links neben ihm und strahlten erleichtert, weil ein langer Abend zu Ende ging. Irgendwer verlangte eine Reihe Shots, und innerhalb kürzester Zeit war meine saubere Theke wieder mit Whisky, Wodka und Tequila versifft, während sie den Inhalt ihrer Gläser in die aufgesperrten Münder kippten. Eine von ihnen zog eine halb geleerte Flasche Champagner aus ihrer Serviertasche, die sie herumreichten, um sich ausgelassen Luxusschaumwein die Kehlen runterlaufen zu lassen. Chefkoch, der sie lärmen hörte, kam aus der Küche, um auch einen Schluck zu nehmen. Ein kurzer Blick zur Seite verriet mir, dass mein Barhelfer nervös in der Nähe des Empfangstischs stand und von einem Fuß auf den anderen trat. Ich nickte. Sollte er abzischen.

Ty wartete in seinem Büro auf mich, mit seiner üblichen Tasse Kaffee und einem Glas Jameson daneben.

»Mischst du sie heute nicht?«, fragte ich und nickte in Richtung der Getränke.

»An Neujahr will ich meinen Whisky schmecken«, antwortet er nur. »Wie viel hast du draußen noch zu tun?«

»Hängt davon ab, wie schnell die Leute vom Service sich verziehen. Sie haben mir die Bar wieder eingesaut. Und Mark hat seinen Hintern zwischen ihnen geparkt.«

»Wenn sie verschwinden, geht er auch.« Während er mit mir sprach, zählte er das Geld in seiner Hand, prüfte Bons nach, zeichnete jeden einzeln ab. »Kannst du alleine zumachen oder soll ich dableiben?« Eine Frage, die eigentlich keine war.

»Ich krieg das schon hin.«

»Super. Danke, Soph.« Er sah mich an. »Du bist die Beste.«

Ich weiß.

Ein Zootier

»Sophie.«

Eine Drohung, ein Erstickungsgefühl, eine unangenehme Verpflichtung klopfte ans Fenster. Ich sah nicht hoch.

»Sophie.«

Als kleines Mädchen unternahm meine Mutter mit mir einmal einen Ausflug in den National Zoo oben in D.C. Um die Mittagszeit des Tages, den wir damit verbracht hatten, über verschlungene Kiespfade zu laufen, waren wir im lauten Getümmel des Affenhauses gelandet. In der darauffolgenden Stunde bestaunten wir singende Gibbons, tollpatschige Orang-Utans und Lemuren mit geringelten Schwänzen, die länger waren als ihr ganzer Körper. Über unseren Köpfen feixten Kapuzineräffchen, während sie sich durch die Reihe Bäume hangelten, die den Mittelgang säumte. Ein paar Wochen später, nachdem einer von ihnen entwischt und auf den verstopfen Straßen D.C.s verschwunden war, sperrte man sie in einen Käfig, doch an diesem Nachmittag glotzten sie uns noch von ihren Zweigen aus an und verzogen die kleinen Schnauzen zu breitem Grinsen; wie das, das ich mir eines Tages selbst ins Gesicht schmieren würde.

Zur Hauptattraktion gelangten wir, als wir den Horden von Kindern zu einer großen Glasscheibe folgten, die von fettigen Gesichtern ganz verschmiert war. Dahinter saß im Halbdunkel eines Betongeheges der alte Silberrücken, ein riesiger Gorilla. Zusammengekauert, mit verschränkten Armen wandte er sich trotzig von den ganzen Rotznasen ab, die ihn rufend und grölend dazu bringen wollten, in ihre Richtung zu schauen und sie so zu unterhalten, wie schon seine Cousins es getan hatten. Doch er rührte sich nicht, blieb einfach stur sitzen und zeigte sich selbst den lautesten Schreihälsen nur von hinten. Noch lange Zeit später musste ich bei dem Gedanken an dieses Tier lächeln, das sich wie ein Kind benommen hatte, das glaubt, es sei unsichtbar, wenn es sich nur die Bettdecke übers Gesicht zieht.

Das war lange bevor ich anfing, im Gastgewerbe zu arbeiten; bevor ich es mit meinen eigenen Horden zu tun bekam, die sich gegen die Scheibe der Eingangstür pressten, mit den Händen das Glas verschmierten, darauf warteten, dass wir öffneten und sie hereindrängen konnten. Nachdem ich jetzt selbst zu einem Zootier geworden bin, verstehe ich die wahre Stärke, die darin liegt, wegschauen, die lästigen Eindringlinge eine Weile in irgendeinen anderen Winkel der Wirklichkeit verbannen zu können.

Ich richtete den Blick auf meine Arbeit

»*Sophie.*« Es pochte, Knöchel auf Glas.

Nein. Würde ich hochsehen, würde, wer immer es war, das als Einladung verstehen. Jeder wäre gern der eine Gast, der nach Geschäftsschluss noch reinkommen darf. Wir hatten zwei Uhr früh, die Tür war verschlossen, mein Licht schon gelöscht. Alles, was ich wollte, war in Ruhe gelassen zu werden.

»Sophie!«

Die Bar war fast schon sauber. Noch ein Durchgang mit dem Lappen, dann würde sie blitzblank auf den nächsten Tag warten. Noch eine Runde Wischen, dann konnte ich endlich das Glas Wein trinken, für das ich so hart gearbeitet hatte; all die Stunden, die mir vorkamen, als lägen sie schon Tage zurück. Der Mann vor dem Fenster ging nicht weg. Seine Gestalt verschwamm im Dunkeln, blieb mir im Augenwinkel hängen. Winzige Füße schlichen mir auf Zehenspitzen den Hals hinunter, die glatte Oberfläche des Platysma entlang, über den Musculus sternohyoideus und den Musculus sternocleidomastoideus; über die ganzen riskanten Stellen, an denen die Atmung beschleunigt oder unterbrochen werden kann. Ich spürte, wie sie anhielten, sich in der weichen Vertiefung über meinem Schlüsselbein sammelten.

Das Pochen wurde noch fester, beharrlicher. Es wanderte an der Scheibe entlang auf das Ende meiner Theke zu. Ich versuchte, mich zu beherrschen; unter meiner Haut kribbelte es.

»Sophie, ich seh dich. Lass mich rein!«

Als ich den Kopf hob, erblickte ich Marks Gesicht, das sich nur wenige Zentimeter von meinem entfernt an die Glasscheibe presste. Seine Augen tränten, er konnte nicht geradeaus schauen, seine Wangen waren gerötet. Das war es also, was der Gorilla gesehen hatte, als er auf die ganzen dämlichen Touristen blickte, die seine Aufmerksamkeit wollten. Er hätte lachen sollen. Ich hätte lachen sollen. Endlich sah Mark wie das Schwein aus, das er war.

Zufrieden, dass ich ihm endlich Beachtung schenkte, hämmerte er wieder ans Fenster.

»Ich habe geschlossen, Mark.« Zuckersüß lächelnd ließ ich jedes einzelne Wort von der Zunge rollen.

»Ich muss pinkeln!« Wieder ein Rumms, ein lauter, dumpfer Schlag, der die Scheibe erzittern ließ. »Bitte! Ich kanns nicht mehr halten. Wenn du mich nicht reinlässt, piss ich euch auf den Bürgersteig.«

Scheiße.

Kaum hatte ich ihm aufgemacht, torkelte er herein, murmelte ein kurzes Danke und wankte, die Hände zwischen die Beine gepresst wie ein Kleinkind, das sich gleich in die Hose macht, Richtung frisch geputzter Toilette. Der Klositz wurde hochgeklappt, den Rest versuchte ich zu überhören; sein Bedürfnis war so dringend gewesen, dass er vergessen hatte, die Tür hinter sich zuzumachen.

»He, Sophie«, sagte er, als er kurz darauf wieder zum Vorschein kam, während er sich die nassen Hände an der Hose abwischte. Er zog einen meiner Barhocker heraus, dessen Metallbeine laut über den Boden schrammten, und ließ sich darauf nieder. Jetzt kam sie, die Frage, von der ich wusste, dass er sie stellen würde. Der eigentliche Grund, weswegen er wieder hier war.

»Ja, Mark?«

»Hast du noch was gefunden, was du loswerden willst?«

Ich nahm den Korb Gläser, den ich in der Spülmaschine vergessen hatte, als Entschuldigung, nicht gleich zu antworten, trat die Stahltür auf und blieb einen Moment in der wirbelnden Dampfwolke stehen, während ich jedes Wort, das ich sagen würde, sorgfältig wählte, wie ich Äpfel beim Pflücken auf Faulstellen und Makel im Farbton überprüfte. Es kam darauf an, das Richtige zu sagen. So betrunken, wie er war, standen die Chancen zwar gut, dass Mark vergaß, dass dieses Gespräch jemals stattgefunden hatte; wenn allerdings nicht, war die Wahrscheinlichkeit groß, dass ich von Ty hören würde.

Ich entschied mich für die einfache Wahrheit. »Ich glaube, du hattest genug.«

»Was ist mit dem Wein, den du da hinten stehen hast?« Er nickte in Richtung Claires und Hunters Flasche, die halb verdeckt hinter der Kasse wartete. Die inzwischen geleert war, bis auf diesen letzten Rest. Ihr Glas schimmerte dunkelgrün im matten Licht, ein samtiges Friedensangebot. Während wir sie nachdenklich betrachteten, regte sich so etwas wie Resignation in meiner Brust.

»Der gehört mir, Mark.«

»Hat deine Mutter dir nicht beigebracht zu teilen?«

»Natürlich.« Ich ließ meine Stimme flöten, um ihn zu verwirren. »Natürlich hat sie das. Aber heute bin ich ausnahmsweise egoistisch. Für diese Flasche hab ich hart gearbeitet, und ab und zu sollte eine Lady sich auch mal was gönnen, meinst du nicht?«

Hochgezogene Braue, koketter Schmollmund, mein Schwert und Schild in Situationen wie dieser.

»Na ja, dagegen ist nichts einzuwenden«, sagte Mark, dessen

sonst so breiter Südstaatenakzent vom Alkohol ganz schlaff geworden war; träge rannen ihm die Worte über die Lippen. Mit hängenden Lidern sank er auf seinem Barhocker zusammen und stützte sich mit den Ellbogen auf dem Tresen ab, um nicht mit dem Gesicht nach unten darauf zu landen.

Ich ließ ihn vor sich hin lallen, während ich die Gläser aus dem Korb räumte. Bei jeder Berührung verfärbten sich meine Fingerspitzen rot, doch ich spürte keinen Schmerz. Jahrelanges Hantieren mit heißem Geschirr und Glas hatte mich taub dagegen gemacht. Mit der Zeit gewöhnst du dich an alles.

Highballgläser wurden einfach kopfüber auf die Abtropfmatte gestellt. Wenn sie nur als Wassergläser dienten, mussten sie nicht poliert werden und konnten über Nacht an der Luft trocknen. Die Weingläser, die Whisky-Tumbler und die Snifter dagegen mussten blank poliert werden, bevor sie schlafen gelegt wurden. Ich zählte im Stillen die Zeit runter. Noch zehn Minuten. Zuerst mussten sie etwas trocknen, sonst würde es beim Polieren Streifen geben. Wäre ich allein gewesen, hätte ich mir jetzt das Glas Wein eingeschenkt. Stattdessen stand es nun hinter der Kasse, unerreichbar, es sei denn, ich hätte teilen wollen.

»Sophie.«

»Mark.« Ich werkelte herum, versuchte noch irgendetwas anderes zu finden, das die Zeit ausfüllte, versuchte, die kleine Meute zu beschwichtigen, die an den Fasern meines Musculus supraspinatus entlangkroch. Ich spürte, wie Marks Blick abwärts glitt, sich schwer wie eine Hand auf meinen Rücken legte.

»Kannst du mich nach Hause fahren?«

Mir verschlug es die Sprache. »Ist das dein Ernst? Kannst du nicht jemand anderen bitten?«

Die Frage, ob er ein Taxi gerufen hatte, sparte ich mir. Es war schon an gewöhnlichen Abenden schwer genug, sie dazu zu bringen, bis hier raus zu kommen. Kurvenreiche Nebenstraßen und zwanzig Minuten bis zum nächsten Kunden schreckten die meisten Taxifahrer ab. Schaffte man es dennoch, eins zu ergattern, hieß das lange warten und viel zahlen. An Silvester, wenn sie in Charlottesville kurze Fahrten zu fetten Preisen machen konnten, dachten sie nicht im Traum an unser kleines Bellair. Was ich ihnen nicht verdenken kann. Und wer sich jetzt, liebe Großstädter, vielleicht fragt: *Und was ist mit Uber?* Also, an dem Tag, an dem Uber oder schnelles Internet unser verschlafenes Nest erreichen, werden sie garantiert mit Glanz und Gloria begrüßt. Diese Aussicht scheint sie aber bisher noch nicht gelockt zu haben.

Nein, wer hier lebt, ist es gewohnt, selbst mit dem Auto nach Hause zu fahren, dabei höllisch aufzupassen und Stoßgebete gen Himmel zu schicken, dass er nicht den Graben oder ein Stück Wild erwischt. Heute Nacht würde da keine Ausnahme bilden.

»Die anderen waren schon alle weg, als ich so weit war.« Mark schwankte beim Sprechen, sein Atem wehte zu mir herüber, und der Gestank von billigem Fusel, den er an irgendeinem schmutzigen Tresen runtergekippt hatte, zog mir in die Nase. Ich überlegte, ihn einfach hierzulassen. Sollte er doch zu Fuß nach Hause gehen, falls er noch konnte. Vielleicht würden die Cops ihn auflesen. Eine Nacht in der Ausnüchterungszelle würde ihm guttun. Das wäre zumindest ne Story, die er sicher gern seinen Golfkumpels erzählen würde, ein Skandal, den er herumreichen könnte wie Popcorn. Aber wahrscheinlich würden die Cops ihn einfach nur heimfahren. An Typen wie Mark bleibt nie irgendwas hängen. Die Leute reichten ihm die Hand, räumten ihm den Weg frei, schüttelten lächelnd den Kopf über seine Eskapaden. Die Gelegenheiten, in denen es mal eng für ihn wurde, entwickelten sich zu Geschichten, die er um sich spann und genau im richtigen Moment abspulte. Für Mark Dixon war das Leben ein großes Abenteuer.

Mit zusammengepressten Händen ließ er sich auf die Theke

sinken. »Bitte!? Ich machs wieder gut. Mit dem besten Trinkgeld deines Lebens.«

Ich musterte ihn eingehend, von seinen geröteten Wangen über den trüben Blick bis zu den Stellen an den Schläfen, wo seine Haare langsam schütter wurden. Er lächelte, ein schiefes Grinsen, das die Erinnerung an einen gewissen Charme und gutes Aussehen Lügen strafte, die mittlerweile durch die erbarmungslose Tragweite des mittleren Lebensalters verblasst waren.

»Na schön.« Die Sache war die: Ich verabscheute diesen Mann. Dieser Mann widerte mich an. Dieser Mann half mir, meine Rechnungen zu zahlen. »Aber zuerst muss ich die Gläser polieren, und vorher rauche ich noch eine. Kannst du so lange hier warten?«

»Du bist meine Lieblingsbarkeeperin. Weißt du das?«

»Wenn das so ist, dann fang!« Ich warf ihm eins der blauen Poliertücher zu. Einen Gast wie Mark mit irgendwas zu beschäftigen, war die beste Methode, um Ärger zu vermeiden. »Kümmer dich um die Whiskygläser, während ich draußen bin.«

»Wird gemacht, Ma'am!«

Es gab Zeiten in meinem Leben, da dachte ich, dass mein Bauchgefühl mich vielleicht täuscht, dass es nicht Weisheit und Lebenserfahrung sind, die aus mir sprechen, sondern der Überrest irgendeiner typisch weiblichen Schwäche wie Eifersucht oder der chemischen Eigenschaften von Östrogen. Es heißt ja, Frauen denken zu viel, neigen zu Hirngespinsten und allen möglichen albernen Ängsten; es wären keine Alarmglocken, die wir da hören, sondern die Vorboten des Wahnsinns. Niemand will als verrückt gelten, also setzen wir unsere rosarote Brille auf und lassen alle roten Fahnen weiß aussehen.

So kam es, dass ich einen kurzen Moment an mir zweifelte, als ich wieder hereinkam und Mark hinter dem Tresen stehen sah. Vielleicht war ich zu streng mit ihm gewesen. Vielleicht hatte Ty recht und auf seine unbeholfene, kindische Art meinte er es eigentlich gut. Immerhin war er gerade dabei, meine Gläser zu polieren und wegzuräumen, obwohl ich nicht gerade nett zu ihm gewesen war. Ich holte tief Luft, nahm mir vor, freundlich zu lächeln, und ging zu ihm, um ihm zu helfen.

»Danke, Mark. Das war bloß ein Scherz vorhin. Du musst nicht wirklich ...« Doch dann sah ich, was ich eigentlich nicht sehen konnte, weil das schwache Licht und mein dämlicher Selbstzweifel es im ersten Moment vor mir verbargen. »Was machst du da?«

Er erstarrte, das Glas in seiner Hand halb erhoben. Seine Lippen waren rot und feucht und glänzten. Ein schmales rotes Rinnsal lief ihm übers Kinn. Die Flasche, meine Flasche, stand leer auf dem Rückbuffet.

Ich spürte ein Brüllen in der Brust und musste mich beherrschen, es zu unterdrücken. Heißer Zorn stieg mir in die Wangen, und der Knoten, der ein Feuerstein war, der ein Messer war, wurde plötzlich so scharf, dass mir beinah die Luft wegblieb. *Reiß dich zusammen, Sophie.* Ich durfte nicht ausrasten. Nicht hier. Nicht jetzt.

»Raus«, flüsterte ich stattdessen mit eisiger Stimme. Am Rand meines Blickfelds türmten sich zornrote Wolken.

»Soph, das ist doch kein Ding. Ich spendier dir irgendwo einen Drink –«

»Das war ne Zweihundert-Dollar-Flasche, du Idiot! Verschwinde! *Bitte.*« Tränen brannten mir in den Augen, aber ich ließ sie nicht fließen. Ich würde nicht vor diesem Mann weinen und ihm die Munition liefern, meine Wut wegzulachen.

Schweigen senkte sich wie ein Vorhang zwischen uns, so bleiern und schwer, dass es fast einen eigenen Raum einnahm. In der Stille hörte ich meinen doppelten Herzschlag. Mark sah mich an. Ich konnte sehen, wie seine Hirnrädchen sich drehten, wie zutiefst erschrocken er war. Dann schien er irgendwie einzuknicken, stand da wie ein getretener Hund, mit gesenktem Kopf, den Blick auf meine Füße gerichtet. Er öffnete den Mund, schloss ihn, öffnete ihn wieder, stellte das schmutzige Glas auf die Theke.

»Kann ich trotzdem mitfahren?«

War das wirklich sein Ernst? *Nein!*, hätte ich am liebsten gebrüllt. *Nein, kannst du nicht, nie wieder kannst du mitfahren, einen Drink, einen Platz oder ein Lächeln kriegen.* Was mein verräterischer Mund von sich gab, war: »Ja, kannst du. Aber geh raus. Sofort.«

Als ich ein paar Minuten später aus dem Lokal kam, lehnte er an meinem Auto. Sein Atem kondensierte in der kalten Nachtluft.

»Hasst du mich jetzt, Sophie?«, fragte er kleinlaut.

»Du bist betrunken, Mark.« Ich schloss auf und stieg ein. Der Wagen schwankte, als Mark sich neben mich auf den Sitz fallen ließ. Sein Sicherheitsgurt klickte ins Schloss. Der bittere Geschmack von so etwas wie schlechtem Gewissen drang mir über die Lippen. »Ich hasse dich nicht. Ich bin müde. Ich hatte einen langen Abend, und ich hatte mich wirklich auf dieses Glas Wein gefreut.«

Er sagte nichts, während wir langsam vom Schotterparkplatz hinter der Bar fuhren, rauf zur einzigen Ampel der Stadt, die rot über der Kreuzung zwischen Peach und Ellwood Street leuchtete. Ich ließ den Blick über die Straßen schweifen, die sich zu beiden Seiten von uns wie lange dunkle Bänder erstreckten. Keine Cops zu sehen. Überhaupt niemand zu sehen. Selbst das Tap House lag im Dunkeln. Wir waren die letzten Menschenseelen in einer ausgestorbenen Stadt, und rund um meinen Wagen senkte sich die Nacht.

Die Ampel blieb stur auf Rot. Ich fuhr trotzdem los. Wer sollte uns schon sehen?

»Es tut mir leid, Soph. Kann ich es irgendwie wiedergutmachen?«

Vor meinen Scheinwerfern huschte ein Schatten vorbei, Fuchs oder Katze, war im Dunkeln schwer zu erkennen; verschwunden, kaum dass ich ihn wahrgenommen hatte, und daher kein Problem. Worauf man wirklich aufpassen muss, sind die Hirsche. Die bleiben mitten auf der dunklen Straße stehen, starren mit leuchtenden Augen ins Scheinwerferlicht, sehen den Tod auf sich zukommen und warten darauf, dass man sie überfährt.

»Hast du einen Neujahrskuss gekriegt?«

»Was?« Ich umklammerte das Lenkrad. »Nein, Mark, ich brauch auch keinen.«

»Komm schon. Ich entschuldige mich. Außerdem bringt es Glück.« Seine Stimme war nass und schwer. Sie schwappte über den Zwischenraum, der uns trennte.

Ich errichtete eine Mauer. »Ich fahre. Außerdem ist es schon nach zwölf. Die Zeit für Neujahrsküsse ist vorbei.«

»Mach dich doch mal locker.«

Ich hörte das leise Rascheln seines Mantelstoffs, das Reiben seines Sicherheitsgurts, während er sich über die Lücke zwischen uns beugte. Heißer Atem drang mir ins Ohr, dann seine Zunge, seine Stimme. »Du bist anstrengend, weißt du das?«

Ich brachte abrupt den Wagen zum Stehen, Reifen quietschten auf glattem Asphalt.

»Du musst aussteigen.« Unter meiner Haut kribbelte es überall. Das Herz hämmerte mir so fest gegen die Brust, dass ich meinte, es würde gleich herausspringen. Jede Nachsicht, die ich mit Mark gehabt hatte, war dahin.

»Herrgott, Soph! Es ist bloß ein Spiel!« Er drängte näher, ließ seine Hand über meinen Schenkel gleiten. »Entspann dich einfach. Hast du dich nie gefragt? Ich dachte ... ich spür doch manchmal, dass da was ist zwischen uns.«

Unser Atem ließ die Scheiben beschlagen, die Nacht rückte näher, hielt den Wagen fest in ihrer Faust.

»Aber doch nur, weil du ein Gast bist und ich nett zu dir sein muss.« Ich hoffte inständig, er würde sich am nächsten Morgen an nichts mehr erinnern.

»Sehr witzig.« Seine Hand schob sich unter meine Bluse, kalte Finger, feuerheiß auf meiner nackten Haut, grabschten nach dem Bügel meines BHs. »Komm schon. Bloß ein kleines Spiel. Macht vielleicht Spaß, wenn wir erst mal dabei sind.«

Einmal, als ich noch jung war, bevor ich auf eigenen Füßen stand, hatte ich zugelassen, dass ein Junge mich küsste, weil er mich darum bat. Davor war er ein Freund gewesen. Danach hatte er, während wir Trickfilme schauten, angefangen wegen seiner Freundin zu jammern. Die er, das war ihm, während er seine Lippen auf meine presste, klar geworden, wirklich liebte und niemals würde verlassen können. Es war bloß ein Test gewesen, verstehst du, ein Test, den er seiner Ansicht nach bestanden hatte. Anschließend war ich nie wieder in der Lage, ihm mit der geringsten Achtung zu begegnen. Von da an lag für mich immer ein Moder auf seinem Gesicht, ein schleimiger, faulender Schatten. An diesem Tag begriff ich, dass ich selbst für diejenigen nur ein Spielzug war, die behaupteten, mich zu lieben, ein Werkzeug, ein Etwas, das man benutzte. Ich merkte, wie Ekel und Scham einem den Magen umdrehen und sich in Zorn verwandeln konnten. Ich merkte, dass Männer das nicht registrierten, obwohl sie die Ursache dafür waren. Und sie waren alle gleich.

Ich sah Mark an, seine glänzenden Augen, seine hängenden Lippen, die offen standen wie die eines Schweins. »Raus. Sofort. Oder ich bring dich verdammt noch mal um.«

Eine Sphinx stellt eine Frage

Glaubst du, er wäre ausgestiegen?

Nora

Das tote Mädchen lag am Ende des Flures. Schatten glitten über ihren mondbeschienenen Körper, wurden länger, während sie sich um eine Kurve streckten und in einer gebrochenen Armbeuge sammelten. Ein paar lösten sich und schlängelten sich durch helle Haarsträhnen, die ihr vor dem Gesicht hingen, ein makabrer Vorhang am Ende der Vorstellung. Über ihr durchzog ein Spinnennetz aus gesprungenem Glas das Fenster, dessen Scheibe beim Aufprall ihres Kopfes zertrümmert worden war, einmal, zweimal, immer wieder, bis Knochensplitter aus ihrem Hinterkopf barsten. Als Nora Martin barfuß durch ihren dunklen Flur tappte, drang ein Atemzug, ein Windhauch, ein Keuchen durch die kaputte Scheibe und schlang sich um ihre Knöchel.

Lauren Morris, einundzwanzig. Erdrosselt. Erschlagen.

»Sie ist nicht real«, flüsterte Nora. »Du weißt, dass da hinten kein Fenster ist. Du weißt, dass der Flur leer ist. Du bist in deinem eigenen Haus, Herrgott noch mal, und sprichst offenbar gerade mit dir selbst … und du musst pinkeln, bevor du dir in die Hose machst.«

Die Frau im Bad ließ sich schwerer ignorieren. Nora presste die Knie fest zusammen, während sie auf der Toilette saß, um nicht die Hand zu streifen, die schlaff über dem Badewannenrand hing. Selbst mit geschlossenen Augen sah sie den starren, ins Leere gerichteten Blick des Phantoms vor sich. Wusste, dass sie, wenn sie hinschauen würde, die gespenstischen blauroten Finger sähe, die wie eine bizarre Halskette die Kehle der Frau umschlossen. Sie stand auf, um sich die Hände zu waschen. Eine Luftblase entwich den blau verfärbten Lippen der Toten, platzte seufzend auf der stillen Wasseroberfläche, die, genau wie die gesprungene Fensterscheibe, gar nicht existierte.

Patricia Ng, dreiundsiebzig. Ertränkt.

Ein quälender Durst zog Nora die Treppe hinunter in die Küche, vorbei an den tagealten Überbleibseln einer Neujahrsparty, vorbei an der Frau, die leblos am Deckenventilator hing. Ihre geschwollenen Füße hatten sich in den Schnüren einiger schlaffer Ballons verheddert, so wie sie sich damals in den Geißblattranken verfangen hatten, nachdem ein Mann sie und ihre Partnerin an einer knarzenden Kiefer oben in den Blue Ridge Mountains aufgeknüpft hatte.

Samantha Wyatt, vierundzwanzig. Erhängt. Rachel Barber, siebenundzwanzig. Vergewaltigt, erhängt.

Jane Doe, ungefähr Anfang vierzig, hing über der Couchlehne, während sich unter ihrem Kopf eine dunkle Blutlache auf dem alten Holzboden bildete. Ihr Gesicht, das wusste Nora, ohne die Frau anzusehen, die definitiv nicht da war, war mit einem stumpfen Gegenstand, einem Montiereisen höchstwahrscheinlich, zertrümmert worden, nachdem sie am Straßenrand gestoppt hatte, um dem Mann zu helfen, der sie umbringen würde. Sie war sein erstes Mordopfer. Die anderen beiden hatte er nur vergewaltigt, nachdem er sie angehalten hatte, um sie nach dem Weg zur nächstgelegenen Tankstelle zu fragen. *Nur.* Nora hasste dieses Wort.

Was sie ihn gern gefragt hätte, nachdem sie zu dem verlassenen Wagen an der Route 64 gerufen worden waren (zu dem Wagen, der, wie sich später herausstellen sollte, gestohlen worden war, der all ihre Hinweise zunichtemachen sollte. Nora tippte darauf, dass er Janes Wagen zur Flucht benutzt, diesen zurückgelassen und ihre Fahrzeugpapiere mitgenommen hatte), was sie ihn gern gefragt hätte, war, ob er wusste, dass die Frau, die er totgeprügelt hatte, Mutter gewesen war. Ob er, als er sie misshandelte und zum Sterben in einem Graben zurückließ, die Narben und Risse gespürt hatte, die sich über ihr Becken zogen, den Schmerz, den sie einmal bereit gewesen war, aus Liebe auf sich zu nehmen?

Ein Jesus-Tattoo lugte unter Jane Does nackter Schulterwölbung hervor, die Hände zum ewigen stummen Gebet gefaltet.

Die Leuchtziffern der Uhr an der Mikrowelle zeigten 5:36. Noch zwei Stunden bis Sonnenaufgang. Eigentlich wäre sie gern wieder ins Bett gegangen, zurück zu Dan, der sich inzwischen wahrscheinlich auf ihre Seite gewälzt hatte, um das letzte bisschen ihrer schwindenden Wärme einzufangen. Er schlief wie ein Seestern, der sich mit schlaksigen Gliedmaßen peu à peu auf der Matratze breitmachte und dabei leise schnarchte, wie jemand, der sicher war. Ihn verfolgten die Geister nicht im Traum. Er hörte sie nicht in mondhellen Nächten leise die Treppe hinunterwanken. Sah die anderen nicht von unsichtbaren Deckenbalken über ihrem Bett hängen. Seine Nächte blieben ungestört, seine Träume leere Seiten. Anders als Nora lag er nicht nachts wach und spürte den Schmerz der gebrochenen Herzen im Schlag des eigenen.

»Was solls«, flüsterte sie und trank einen Schluck aus ihrem Wasserglas. Sie würde nicht zurück ins Bett gehen.

Ihrer Schlaflosigkeit ergeben, stieg sie auf den wackeligen Küchenhocker, den Dan schon lange reparieren wollte, und öffnete den Schrank. Über dem Kühlschrank bewahrte sie ein Geheimnis auf, dem sie sich nur in Nächten wie dieser hingab, wenn ihre Albträume Gestalt anzunehmen und in die wirkliche Welt zu dringen schienen.

Dieses Gesicht war das Schlimmste, obwohl das Baby sie nie ansah. Bis auf ein kleines Rinnsal unter seiner Nase war nirgends Blut zu sehen. Das kleine Mädchen lag zusammengerollt in der Schrankecke, genauso wie sie dagelegen hatte, als Nora sie an jenem schrecklichen Frühlingsnachmittag fand; von ihrem Stiefvater in den hinteren Winkel des Küchenschrankes ihrer Mutter geschoben, um dort einsam zu sterben, während er zu verbergen versuchte, was er getan hatte.

Diese Erinnerung, dieses Gespenst, dieser Geist, dieses kleine Mädchen war starr und blau; hatte die winzigen Hände vor sich ausgestreckt, wie um den Mann abzuwehren, der sie geschüttelt hatte, bis ihr Gehirn angeschwollen war. Oder vielleicht, als wollte sie ihn umarmen, um ihn auf die einzige Art zu besänftigen, die sie kannte. Wie früh Mädchen doch lernen, den Zorn der Männer zu mildern.

Arya hatte ihre Mutter sie getauft. Die Starke. Arya Ward, zehn Monate. Totgeschüttelt.

Nora schloss die Augen, streckte suchend die Hand nach der grünen Blechdose aus, und nach der Erleichterung, die sie darin versteckte. Falls Dan von ihren Zigaretten wusste, dann erwähnte er es nicht. Dafür war sie dankbar. Wie sollte sie ihrem Freund erklären, dass sie manchmal einfach draußen sitzen musste, bis ihr die Füße froren und die Hände zitterten, während sie Rauch und Nikotin einsaugte und darauf wartete, dass die Sonne aufging und die dunklen Schatten im Flur vertrieb?

»Schattengeister«, hatte ihre Mutter an einem Junimorgen vor langer Zeit zu ihr gesagt, »sind nur Menschen, die mit unausgesprochenen Fragen von uns gegangen sind. Sie kommen nicht in den Himmel, mein Schatz, bevor sie nicht ihre Antworten haben.«

Es war ein regnerischer Tag gewesen, zu kühl für Ende Juni. Sie hatten keine Lust mehr gehabt, drinnen zu sitzen und dem nervtötenden Trommeln des Regens an den Scheiben zuzuhören, und waren hinaus auf ihre überdachte Veranda gegangen. Nora, damals ein schlaksiger Teenager mit knubbeligen Knien und Ellbogen, hatte es sich auf der Holzschaukel bequem gemacht und neugierig die Hand nach den verschlungenen Ranken der blauen Prunkwinde ausgestreckt, die sich durchs Geländer wand. Bei dieser Witterung hatten die Blüten sich zu Fäusten geballt, sich zum Schutz vor Nässe und Kälte fest geschlossen. Nora zog eine zu sich, um sie zu entfalten und in ihr verborgenes Gesicht zu schauen.

»Vorsicht mit den Blumen, Kind«, hatte ihre Mutter gesagt, und so wie alle Mütter, die Nora kannte, das ›d‹ am Ende des Wortes verschluckt und durch ein müdes ›t‹ ersetzt, das irgendwo im Atem zwischen ihren unteren Zähnen und der Zunge hängen blieb. *Kint.* Und genau wie alle Mütter, die Nora kannte, brauchte sie ihre Tochter nicht einmal anzuschauen, um zu wissen, was sie vorhatte. Stattdessen hatte Emma den Blick auf die Decke über sich gerichtet und die Lippen nachdenklich zusammengepresst. Ihre Haare, ein üppiger Wirrwarr blonder Locken, waren mit einem grünen Kopftuch gebändigt, unter dem ein paar Strähnen hervorlugten, um ihr eine Schattenkrone auf die Stirn zu werfen, als sie sich im sanften Sonnenlicht bewegte. Nora hatte sich schon oft gefragt, von welchem ihrer Elternteile sie wohl ihre eigenen wilden Locken hatte. Was ihre Augen betraf, stellte sich die Frage nicht, es waren die ihres Vaters, braun wie ein aufgewühlter Creek nach einem Sommergewitter.

Auf dem Fensterbrett stand eine Aluschale Farbe. Nora beobachtete, wie Emma eine Farbwalze hineintauchte, über den Kopf hob und an die Decke drückte. Die Walze traf mit klebrigem Knistern aufs Holz, wo sie sie vorwärts rollte, einen Streifen Blau auf ihren künstlichen Himmel malte.

»Ich tu ihr nicht weh, Momma. Ich will sie bloß öffnen.« Sie schob einen Fingernagel unter den dünnen Rand eines Blütenblatts.

»Diese Blumen sind gefährlich, mein Schatz.«

»Was?« Nora fühlte sich betrogen. Wie viele Jahre schon hatte sie mit diesem Feind auf ihrer Veranda gespielt? Sie ließ die halb geöffnete Blüte los, die sich langsam wieder zusammenrollte.

Emma lachte. »Du stirbst nicht davon. Dir wird nur ein bisschen schlecht, wenn du ihre Samen isst. So richtig schlecht, wenn du zu viele isst. Anfassen kannst du sie ruhig. Pass bloß auf die Blüten auf, mehr nicht.«

»Warum?« Nora blinzelte sie misstrauisch an.

»Weil, mein Kind: Verletzt du meine Blüten hier, passiert von mir dasselbe dir.« Emma lächelte über ihren gereimten Scherz, über das ungläubige *Mommaaa* ihrer Tochter, während ihr Arm geschmeidig vor und zurück über die Decke glitt und die blaue Stelle immer größer wurde. Ein paar Tropfen Farbe fielen auf die Plane, die sie auf dem Boden ausgebreitet hatte. Nora zählte mit: ein Platsch, zwei Platsche, drei, vier. Sie schlug mit dem nackten Fuß den Takt dazu, streckte wieder die Hand nach der Blüte aus, um sie aus ihrem Strauch zu ziehen.

»Warum blau? Die Decke?« Die Blütenknospe in der Hand, wandte Nora den Blick nach oben.

»Um die Schattengeister fernzuhalten«, antwortete ihre Mutter mit nüchternem Tonfall, als würde sie den Wetterbericht verkünden.

»Fürchten die sich denn vor Blau?«

»Die Wespen auf jeden Fall.« Ihr Vater schob sich durch die Fliegengittertür, die aus Protest missmutig quietschte, weil das Holz durch Hitze und Feuchtigkeit aufgequollen war. »Kommst du voran mit dem Streichen, Emma? Hast du schon alle Geister vertrieben? Mir schien, als hätte ich heute Morgen im Garten einen gesehen.«

»Dass du nicht an sie glaubst, heißt noch lange nicht, dass es sie nicht gibt.« Ihre Mutter strich weiter, beugte sich vor, um auch den Rand der Decke zu erreichen, die Wangen so rosa wie die Azaleen, die ihre Einfahrt säumten, und genauso störrisch. Ihr Vater legte die Hände an die kippelnde Leiter, um sie festzuhalten. Sie hatten den gleichen satten Braunton wie die nasse Erde in Emmas Blumentöpfen.

»Danke, Ron«, sagte Emma.

Nora beschäftigte sich weiter mit ihrer Blütenknospe. Es dauerte nicht lange, da hatte sich die kleine weiße Faust in ihrer Hand in einen geöffneten Blütenkelch verwandelt. Sie presste ihn sich an die Nase. »Ich rieche gar nichts.«

»Hmm?« Emma sah nach unten. »Ah. Nein. Prunkwinden duften nicht besonders. So hübsch, wie sie sind, finden die Bienen sie auch so.«

»Und wenn sie kommen, empfangen wir sie mit unserer schicken neuen blauen Decke.« Ron kicherte und schob Noras Beine zur Seite, um sich neben sie auf die Schaukel zu setzen. »Sie mögen die große blaue Fläche nicht, halten sie für den Himmel, was sie daran hindert, ihre Nester unterm Dachvorsprung zu bauen. *Dazu* ist das Blau tatsächlich gut.«

Er zog eine Schachtel Zigaretten aus der Tasche. Das Rauchen war eine schlechte Angewohnheit, was er freimütig zugab, aber eine, die er noch nicht aufgeben wollte. Nora beobachtete, wie er die umgedrehte Schachtel ein paar Mal auf die Handfläche klopfte, bevor er sie aufklappte, um eine Zigarette zu nehmen.

»Es wäre mir lieber, du würdest vor dem Kind nicht rauchen«, sagte ihre Mutter, während sie von der Leiter stieg und an der nächsten Stelle zu streichen begann.

»Und mir wäre es lieber, du würdest ihr keine Gespenstergeschichten in den Kopf setzen, aber dazu ist es wohl zu spät.« Er zwinkerte Nora zu.

»Hoffentlich sterbe ich vor dir, damit ich zurückkehren und dich nachts heimsuchen kann.«

»Dann sperre dich in ein Einmachglas und häng dich an den alten Baum hinterm Haus.« Er grinste, dasselbe Grinsen, das Emma Shifflett fünfzehn Jahre zuvor den Atem verschlagen hatte und das sie noch heute erröten ließ, wenn sie sich neckten. Dieses Lächeln war es auch gewesen, hatte Nora gehört, das die Sorgen ihres Großvaters wegen der Heirat seiner Tochter mit einem Schwarzen milderte. Nicht dass es *ihm* etwas ausgemacht hätte, hatte er gesagt ... aber das Gerede der Leute.

»Das ist bloß ein Witz. Das Blau macht sich gut, Emma. Und wir können bestimmt mit Sicherheit sagen, dass keine Geister unsere Veranda heimsuchen werden.«

Was Emma Martin jedoch nicht wusste und was sie auch ihre Tochter nicht lehrte, war, wie man Geister davon abhielt, einen Menschen heimzusuchen. Einige ließen sich einfach nicht abschütteln, schlangen einem starke Arme um den Hals und klammerten sich fest; stinkende, verweste Phantome, die einem selbst an sonnigsten Tagen das Blut in den Adern gefrieren ließen. Sie hatten Namen und Stimmen, unerzählte Geschichten, Fragen, die nach Antwort suchten. Sie lauerten in jeder Ecke, verbargen sich im dunklen Schatten, sickerten Nora mit einem rasselnden Raunen ins Gehör, das knapp unterhalb des Lärms des Alltagslebens lag.

Draußen auf ihrer Veranda, einer neuen, weißen, sauberen Veranda, die sie mit Dan teilte, sah Nora jetzt zu, wie der Himmel sich erhellte, sich in ein Aquarell verwandelte; mit jedem Lichtstrahl neu verwaschen, wieder und immer wieder, bis nichts mehr von den dunklen Nachtpigmenten übrig blieb; bald schon war er nur noch grau, und die winterliche Sonnenkrone schob sich über sanfte Hügel, die schwarzblau in der Dämmerung lagen und von Dunst umgeben waren.

»Schatz.« Dans Stimme ließ sie zusammenzucken, und sie versteckte hastig den längst erkalteten Zigarettenstummel.

»Gott. Ich hab dich gar nicht kommen hören!«

Er stand, in eine Decke gewickelt, verschlafen in der Tür. »Tut mir leid. Hier.« Er streckte ihr ihr Handy entgegen. »Es hat geklingelt. Bin davon wach geworden. Ich wäre nicht rangegangen, aber ich glaube, es ist Murph.«

Sie bedankte sich, und er schlurfte wieder ins Haus. Noch bevor sie dazu kam, ihr Telefon zu entsperren, klingelte es wieder.

»Murph. Was gibts?«

»Wird auch Zeit, Martin«, ertönte eine schroffe Stimme. »Ich habs schon drei Mal versucht.«

»Ich war draußen. Dan hat mir gerade gesagt, dass du angerufen hast.«

»Hmm … Immerhin ist einer von euch sich seiner Pflicht bewusst.«

Sie verdrehte die Augen.

»Fährst du heute Streife, Martin?«

»Ja, bin später dafür eingeteilt.«

»Okay. Ich ruf Barb an und klär das mit ihr und dem Sergeant. Zieh dich an. Zivil. Du kommst heute mit mir. Charlie hat gerade angerufen. Er ist seit fünf Uhr früh bei der Mülldeponie – da haben sie heute Morgen eine Leiche gefunden.«

Persephone sieht sich selbst

Als ich im kalten, klaren Sonnenlicht des neuen Jahres erwachte, erkannte ich mich kaum wieder. Ich steckte in meinem Körper, so viel stand fest; ich hatte zwei Arme, zwei Beine, Brüste, Bauch, Hals; die ganze fade, schwache Anatomie, an die ich schon mein Leben lang gekettet war. Ich sah Sommersprossen, wo ich sie erwartete, die üblichen Falten und Narben. Der Spiegel zeigte die vertrauten Ringe auf der zarten Haut unter dem Augenpaar, das aussah wie meins. Ich atmete tief ein, spürte, wie sich eine Lunge dehnte, so wie sich meine gedehnt hatte, mit sanftem Druck auf Gewebe und Muskeln und feine Blutgefäße. Ein und aus, ein und aus, Sauerstoff und Blut zirkulierten in den Adern eines neuen Körpers, der auf dem Körper ruhte, den ich schon immer kannte, den ich bisher nie in Frage gestellt hatte. Ich fühlte mich wie eine Schlange, die beginnt, sich aus ihrer alten Haut zu schälen, wie eine Zikade, die aus ihrem Sommerpanzer schlüpft.

Hier im Süden hat jeder Geburt eine Taufe zu folgen, und so hielt ich unter der Dusche mein Gesicht ins Wasser, spülte die Überreste meines alten Ichs in den Abfluss, fort an unbekannte Orte.

Später, am Küchentisch, blickte ich auf meine neuen Hände. Eine rosa Linie zog sich über meine Handflächen, noch wund, empfindlich, wenn man sie berührte. Und ich erinnerte mich wieder. An die Dunkelheit. An Tausende rebellierende Milben. An den Sicherheitsgurt, der mir beim Festhalten in die Haut geschnitten hatte. Erleichterung rann mir über den Rücken, und ich merkte, wie sich die winzigen Körper unter den dichten Fasern meiner Bandscheiben verkrochen, sich vergruben; um auszuruhen, um zu schlafen, um nicht zu träumen. Im stockenden Atem meiner Küche, in dieser erschreckenden Neuartigkeit, spürte ich, wie sich mein Dasein wandelte, sich mit zitternden Fingern aus der Erde streckte, in der ich meine Seele vergraben hatte. Wiedergeboren begann ich mich selbst neu zu erfinden.

Judith tötet Holofernes

Einen Mann zu töten ist leichter, als man glaubt, solange du weißt, wonach du tasten musst. An seinem Hals verlaufen, genau wie an deinem, wie an meinem, zwei identische, ziemlich ungeschützte Zweige der Halsschlagader. In diesen langen, dicken Strängen aus Kollagen und weichen Muskeln befindet sich die geschäftige Durchgangsstraße der roten Blutzellen, die mit jedem kräftigen Herzschlag aufwärtsströmen.

Nimm deine Finger. Presse sie in den Hohlraum hinter deinem Kieferbogen. Fühlst du es? Wie es schlägt? Stark und beharrlich.

Du bist am Leben.

Würde dir aber jemand seine Hände um den Hals legen und zudrücken oder dich mit einem Sicherheitsgurt strangulieren, würde es gerade einmal siebzehn Sekunden dauern, diesen Herzschlag zu ersticken, bis er nur noch kraftlose Stille wäre, nichts weiter als der eiskalte Tod.

Mark stieg nicht aus meinem Wagen. Stattdessen sah er mich an. Seine Augen weiteten sich zu diesem Unschuldsblick, den Männer aufsetzen, wenn sie sich ertappt fühlen, wie kleine Jungs, wenn sie ausgeschimpft werden, weil sie Dreck ins Haus getragen haben. Die Luft zwischen uns schien einen Moment stillzustehen, das Zwicken unter meiner Haut hielt inne; einen Atemzug lang verharrten unsere beiden Leben in der dumpfen Anspannung des Abwartens, was er wohl tun würde.

Was er tat, war, seine Hand in einen Mund zu verwandeln, der sich unters Seidenfutter meines BHs schob, um in meine Brustwarze zu beißen, während sein Gesichtsausdruck zu einem schelmischen Grinsen wurde. »Entspann dich, Sophie. Wir haben doch bloß ein bisschen Spaß ... Gott, fühlst du dich gut an.«

Und plötzlich blieb kein Raum mehr zwischen uns, kein Entweichen, sein Gesicht war direkt vor meinem, und ich war komplett auf meine linke Brust fixiert, die jetzt durch eine Berührung malträtiert wurde, der ich nicht zugestimmt hatte. In einem kläglichen Moment Panik erstarrte ich, hielt den Atem an angesichts seiner Attacke, schwer und klebrig von den Kneipendrinks und dem gestohlenen Wein. Er rutschte ab, kippte mit einem Ruck vornüber, seine freie Hand landete neben mir auf der Rücklehne, sein Gesicht irgendwo unter meinem rechten Ohr.

»Mark, im Ernst …« Die Worte drangen keuchend aus meiner Brust. Mir blieb die Luft weg, meine Kehle verengte sich, schnitt mir die Stimme ab.

»Komm her mit deinem Mund.«

Ich zog mich irgendwohin in mein Inneres zurück und stieß auf rasende Wut. Die unzähligen Wesen, die sich unter meiner Haut schlängelten, blähten sich, brüllten angewidert auf. Sie krochen in meine Zehen und in meine Fingerspitzen, sie krabbelten mir über die Augen, verzerrten meine Sicht, und plötzlich sah ich meine ganze Vergangenheit und Zukunft in Momenten brennender Scham vor mir ausgebreitet.

»Sophie, komm her, Schatz«, sagte meine Mutter bei unserem ersten Ausflug ins Einkaufszentrum, das in der Nachbarstadt eröffnet hatte. In meinen vier kurzen Lebensjahren hatte ich so etwas noch nie gesehen. Dieses schillernde Labyrinth heller Leuchtstofflampen, überdimensionaler Crackerpackungen neben Kleiderbergen, Gartenstühlen und Grills. Das war ein Ort, an dem Kinder sich verlaufen konnten. Oder entführt werden.

Mom hob mich hoch und schnallte mich in den Kindersitz unseres Einkaufswagens. Für solchen Babykram war ich schon zu groß, also fing ich an zu brüllen, als mir das Metall in die Schenkel schnitt. Sie jedoch schenkte meinem Widerstand keine Beachtung.

»Heute darfst du mal fahren, Liebling. Ist das nicht lustig?«
In ihrer Stimme lag eine Anspannung, die ich nicht verstand, die mich noch mehr aufbrachte.

»Ich will aber laufen!«

Ohne mich zu beachten, schob sie den Einkaufswagen weiter und warf den beiden Männern einen kurzen Blick zu, die neben dem Stapel Fruit-of-the-Loom-Unterwäsche standen, den wir kurz vorher durchgeschaut hatten. Der Mann, der mir sagte, ich hätte eine gute Wahl getroffen – eine Garnitur mit hübschem Tiermuster in Regenbogenfarben –, winkte mir zu, während Mom mich wegkarrte. Als ich die Hand hob, um zurückzuwinken, schlug sie sie weg.

»Du sprichst nie wieder mit einem Mann, den du nicht kennst, Sophie. Nicht, wenn ich es dir nicht erlaube. Verstanden?«

Mark war noch immer angeschnallt, der Gurt lag mir weich in den Fingern. Zitternd ließ ich eine Hand über seine Brust zum Schloss gleiten, während er zufrieden seufzte und mir seine nassen Lippen auf den Mundwinkel presste.

Es war August, die erste Woche der sechsten Klasse. Wir saßen im Schneidersitz auf dem schmutzigen Boden unserer Schulturnhalle, der glühend heiß und feucht war, trotz der offenen Türen. In der Ecke drehte sich nutzlos ein Ventilator von meiner Körpergröße. Schweiß rann uns in dünnen Bahnen zwischen den sprießenden Brüsten herab, die schmerzempfindlich waren, wenn man sie berührte, und in unseren Augen die falsche Form hatten; keine prallen Rundungen wie bei den Frauen in den Zeitschriften, sondern armselige kleine Dreiecke mit Dehnungsstreifen. Meine Mutter hatte mir einen Sport-BH gekauft, den ich mit einer Mischung aus Stolz und Scham trug, die damals neu für mich war, später jedoch meine zweite Haut wurde, die ich täglich überstreifte.

Die Frau vor uns schritt ungeduldig auf und ab. Sie hatte Besseres zu tun, und auch sie schwitzte. Wir mussten uns in einer Reihe aufstellen, die Handflächen an unsere dünnen Beine gelegt. Ich wurde mir plötzlich der Haare bewusst, die dort seit kaum ein paar Wochen wuchsen, dunkel, wie die meines Vaters. *Reichen eure Fingerspitzen bis unter den Saum eurer Shorts?*, wurden wir gefragt. Ich presste meine Hände in den khakifarbenen Stoff und schob den Saum so weit wie möglich nach unten. Mein Körper wuchs nicht immer plangemäß, deshalb konnte ich nie sicher sein, ob ich eine Schlampe war oder meine Arme über den Sommer bloß ein bisschen zu lang geworden waren. Sie ging an der Reihe entlang, maß den Abstand zwischen Shortssäumen und Kniescheiben. Zehn Zentimeter lautete die Vorschrift. Mehr nicht. Die großen Mädchen beobachteten sie ängstlich. Dies war der Tag, an dem wir lernten, dass unsere Körper uns verraten konnten. Dies war der Tag, an dem wir lernten, uns selbst zu hassen.

Als Nächstes zeigte uns die Lehrerin, wie man sich sanft die Hände um den Hals legt, um zu überprüfen, ob sich unsere Blusenkragen nicht unterhalb unserer Handgelenke befanden. Und so würgten wir uns zum Frausein. Stinkend und blutend und behaart, aber stumm. Sittsam.

Mark hatte die Augen geschlossen. Er presste sein Gesicht an meins. Ich merkte, dass ich Angst vor ihm hatte, das machte mich wütend. Der Ekel, den ich schon seit ich denken konnte, mit mir herumtrug, schwappte wieder hoch, gerann, verursachte mir einen bitteren Geschmack im Mund. Warum mussten Männer immer drängen? Bis du keine andere Wahl mehr hast, als dich zu fügen und dann die Scham zu ertragen, ein Spielzeug zu sein. Bis du deinen Zorn über ihre dämliche Schwäche wie eine Waffe benutzt, wie einen spitzen Schnabel, der dir aus dem Mund schießt, und es dir später, wenn er dich wie ein getretener Hund ansieht, leid tut, sie eingesetzt zu haben. Dafür hasste ich Mark, und der Hass saß fest und kalt in meinem Inneren. Erinnerungen wanden sich um uns wie ein Seil in der Dunkelheit.

»Nur ein Kuss«, hörte ich meinen Freund betteln, noch lange bevor Mark so dreist war, dasselbe zu verlangen. »Wir müssen es ja niemandem sagen.«

Der Junge, mit dem ich damals zusammen war, boxte nur wenige Zentimeter neben meinem Kopf gegen die Wand, als ich ihn beim Fremdgehen ertappte. »Du bist verrückt!«, rief er, als seine Faust den Putz durchbrach. »Sieh dir an, wozu du mich gebracht hast«, knurrte er später, während er sich die blutende Hand hielt und ich ein Tuch durchs warme Wasser zog, um ihm beim Saubermachen zu helfen, um zu versuchen, das schlechte Gewissen wegzuwischen, das sich in mir breitmachte. »Tut mir leid«, antwortete ich kleinlaut.

Tu was! Die kribbelnden, krabbelnden Stimmen zeterten in den verzweigten Höhlen hinter meinen Augen. *Tu etwas! Sofort!*

Marks Mund war auf mir. Seine Zunge, seine Hände, sein Geruch, die schwere Last all dessen begrub mich. Jemand schrie. Meine Hände, die einem natürlichen Instinkt folgten, den ich bisher nie zugelassen hatte, packten seinen Sicherheitsgurt und wickelten ihn ihm um den Hals, einmal ... zweimal ...

»... wand ich in einer langen gelben Schnur drei Mal um ihren schmalen Hals ...«

»Sophie?«

»Robert Browning, *Porphyrias Liebhaber*, genau gesagt.«

Bevor ich es mir anders überlegen konnte, hob ich die Füße, rammte Mark den einen in die Brust und den anderen zwischen die Beine.

Ich hielt meine Mitbewohnerin in den Armen, nachdem ein Mann, den sie für ihren Freund gehalten hatte, über sie hergefallen war, nachdem die Cops ihr nicht geglaubt hatten, nachdem die Schule abgelehnt hatte, ihren Stundenplan zu ändern, bis sie, nachdem sie monatelang das Klassenzimmer mit ihrem Angreifer hatte teilen müssen, die Schule abbrach. Ich weinte auf einer Party mit einer anderen Freundin, die schwanger wurde, nachdem sie zum ersten Mal Sex gehabt hatte. Die alleine in die Klinik gefahren war, weil sie sich schämte, es jemandem zu sagen, und weil er es nicht für nötig hielt, sie zu begleiten und ihr die Hand zu halten, während sie den Inhalt ihrer Gebärmutter ausblutete. Ich saß fassungslos da, als ich eines Morgens die Zeitung aufschlug und mir eine weitere Freundin entgegenblickte, ermordet von einem Mann, von dem sie dachte, er würde sie lieben. Angeblich ist kein Zorn schlimmer als der einer verschmähten Frau, aber ich habe noch nie gelesen, dass ein Mann umgebracht wurde, weil er einfach bloß *nein* gesagt hat. Die Tränen der Frauen hingegen reichen, um einen Ozean zu füllen.

Mark begriff langsam, dass etwas nicht stimmte, und streckte die Hand nach mir aus. Es war eine kindliche Bewegung, wie ein Baby, das nach seiner Mutter greift. Ich merkte, dass etwas in mir innehielt, dass etwas zweifelte, nachgab. Ich lehnte mich in Richtung Fahrertür, zog die Schlinge fester zu.

»Sophie!« Ein Keuchen, röchelnd und würgend. Jedes Nach-Luft-Schnappen war ein Geschenk für meine erlahmenden Hände. Fester, fester, er würde mir helfen, sich selbst zu erhängen.

»Kannst du dir vorstellen, dass wir dieses Gedicht in der Highschool lesen mussten, Mark? Er hat sie erwürgt! Jetzt ist sie nichts weiter als noch eine schöne Tote. Wie krank ist das?« Danach hatten wir Mädchen alle geübt; hatten uns die Haare um den Hals geschlungen, um zu sehen, ob wir uns auch in den Tod befördern konnten. Keine von uns schaffte es drei Mal herum. Porphyria muss sehr lange Haare gehabt haben.

»Soph…«

Ein paar Tage nachdem ich in meinem ersten Restaurantjob angefangen hatte, folgte mir einer der Köche in den Kühlraum. Als ich wieder hinauswollte und ihn bat, mich vorbeizulassen, versperrte er die Tür. Es war das typische Spiel, das er und die

Küchenmannschaft gern spielten: die Mädchen in enge Ecken zu drängen, sich mit ihrem Unterleib an uns zu pressen, während wir uns nach Zucker, Ketchup oder Oliven für die Bar reckten, uns ihre Lust ins Ohr zu flüstern. Wehrten wir uns gegen ihre Zudringlichkeit, fingen sie an zu lachen. Es sei doch nur ein Spiel! Alles nur ein Spiel. Frauen sind ja so *empfindlich*.

Mark zuckte, zappelte, rang nach Luft. Sein Gesicht wurde im Halbdunkel meines Wagens schwarz.

Der Mann, der an der Bar neben mir saß, zahlte ohne zu fragen mein Bier. Als ich eine halbe Stunde später zur Toilette ging, folgte er mir. »Ich dachte, du hättest verstanden«, sagte er, als ich mich umdrehte und ihn an der geschlossenen Tür lehnen sah.

»Schönes Tattoo«, sagte einmal ein Kunde, als ich ihn fragte, was ich ihm zu trinken machen könne, während sein Blick auf meinem Oberschenkel klebte. »Warum lächelst du nicht?«, wollte ein anderer jedes Mal wissen, wenn ich an seinem Stammplatz am Ende der Theke vorbeikam. »Sie ist ein bescheuertes Miststück«, schimpfte ein Freund über seine Ex. »Verdammt, ich vergesse immer, dass du auch ein Mädchen bist«, sagte er lachend, als wir später ein Bier zusammen tranken. »Du bist so cool, Sophie.« »Du bist praktisch unsere Mom.« »Du bist meine Schwester.« »Du bist ne Schlampe.« »Du bist ne Nutte.« »Sieh dir an, wozu du mich gebracht hast.« »Du wolltest es. Ich habs an deinem Blick gesehen.« »Du würdest es mir doch sagen, wenn du dich unwohl fühlst?« »Ja, Mami!« »Du bist schön.« »Ich liebe dich so sehr, dass es mir Angst macht.« »Ich bin noch nicht so weit. Du hast was Besseres verdient. Gib mir noch ein paar Jahre.« »Hübsche Beine, Schätzchen.« »Stell dich nicht so an.« »Ich bin total fasziniert von dir.« »He! Ich rede mit dir.« »Du machst mich ganz nervös.« »Flittchen!« »Du hältst dich wohl für was Besseres?« »Miststück.« »Sieh dir an, wozu du mich gebracht hast.« »Sie ist nicht so unschuldig, wie sie vorgibt.« »Frauen lügen.« »Nimm nie einen Drink von jemandem an, den du nicht kennst.« »Lass nie dein Getränk aus den Augen.« »Sei nachts nicht allein unterwegs.« »Geh nie mit Ohrhörern joggen.« »Mach dir keinen Pferdeschwanz – damit kann man dich leichter packen.« »Tu so, als würdest du mit einem Freund oder einem Verwandten telefonieren, damit er dir nichts tut.« »Was hast du erwartet in diesen Klamotten?« »Wer hat, der hat.« »Wenn du keine Frau wärst, würd ich dir jetzt eine reinhauen.« »Sieh dir an, wozu du mich gebracht hast.« »Du bist verrückt.« »Du bist verrückt.« »Du bist verrückt du bist verrückt du bist verrückt du bist verrückt du bist verrückt dubistverrücktdubistverrücktdubistverrücktdubistverrücktdu bistverrücktverrücktverrücktverrückt.«

Ach ja?

»›Und so sitzen wir nun zusammen, haben uns die ganze Nacht nicht gerührt, und doch hat Gott kein Wort gesagt …‹

Sieh dir an, wozu du mich gebracht hast, Mark. Sieh dir nur an, wozu du mich gebracht hast.«

Wird ein Mensch erdrosselt, passiert im Körper dreierlei. Zuerst erfolgt die plötzliche Unterbrechung des Blutstroms zwischen Herz und Gehirn. Die Halsschlagader hat zwei Schwestern, die blauen ruhigen Jugularvenen, die seitlich am Hals entlanglaufen und die erschöpften Blutzellen zum pulsierenden Leben des schlagenden Herzens zurückführen. Nichts weiter als gummiartige Röhren, ein läppischer Druck von zwei Kilo genügt, um die Schwestern zuzupressen. Willst du so richtig spüren, wie das Herz sich aufbäumt, reicht ein Tacken mehr Hebelkraft schon aus. Ein Druck von fünf Kilo bringt die Muskeln einer Halsschlagader zum Erlahmen. Um das Ganze in größerem Zusammenhang zu sehen: Fünf Kilo entsprechen der Druckkraft eines zehnjährigen Mädchens. Der Händedruck eines Mannes liegt durchschnittlich bei über hundert. Was für zarte Wesen wir doch sind.

Jetzt kommt es zu einem Stau, weil die Blutzellen in den Gefäßen festhängen und sie verstopfen. Finden sie nicht schnell einen Ausweg, tritt ein akuter Notfall ein. Tausende sammeln sich in der Aorta, die ihr Dasein bis vor Kurzem damit zugebracht hat, sich würdevoll über das schlagende Herz zu spannen, ohne sich groß um irgendwas zu kümmern. Aufgeschreckt durch den plötzlichen Druckanstieg sendet sie jetzt eine panische Nachricht durch ihr Netzwerk flimmernder Nerven und schreit den Gefäßen im Gehirn zu, sie sollen sich weiten, (*sofort!*), bevor alles platzt. Sie ist eine Armeekommandantin unter Beschuss, die ihren Männern befiehlt, sich neu zu formieren.

In diesem Moment erlebt das Opfer womöglich eine Art Euphorierausch, weil seine Gefäße sich mit einem Schlag erweitern. Ein Zustand, der schon als Gefühl plötzlicher Befreiung, sogar Schwerelosigkeit beschrieben wurde. Es gibt Menschen, bei denen so etwas einen Orgasmus auslöst, die sich selbst beim Sex den Hals abschnüren, um diesen Zustand zu erreichen. Bei Leichen von erdrosselten Männern wurden zuweilen schon Erektionen festgestellt.

In dem verzweifelten Versuch, den Blutstrom zu verlangsamen, der noch immer in die verstopften Gefäße drängt, sinkt die Herzfrequenz. Bremse die Flut, wenn du sie nicht eindämmen kannst. Hat unser Opfer jedoch viel getrunken, so wie Mark, dann hat es kein solches Glück. Rote Blutzellen sind Schwämme für Alkohol, sie saugen sich voll, werden immer fetter wie mikroskopisch kleine Bierbäuche. Sein Gehirn hatte seinen Gefäßen schon vor Stunden signalisiert, sich zu weiten, um Platz für diese tollpatschigen, aufgequollenen Zellen zu machen. Ich sah es an seinen geröteten Wangen, am Glanz seiner Augen, und es machte es einfacher, ihn zu töten. Während er Drinks runtergekippt hatte und seine Blutgefäße sich aufblähten, um mitzuhalten, war sein Herz gezwungen gewesen, doppelt so schnell wie gewöhnlich zu schlagen. Um ihn wach zu halten, am Leben. Als es jetzt erneut herausgefordert wurde, reagierte es nur noch mit einem hektischen Flattern.

Es gab einen Moment in der Dunkelheit, zwischen seinem stotternden, röchelnden Husten, in dem ich daran dachte, ihn zu verschonen. Vielleicht würde er sich nicht erinnern, und selbst wenn, welcher Mann würde schon anzeigen, dass eine Frau ihn gewürgt hatte? Während er sie küsste. Es wäre ihm zu peinlich, etwas zu sagen; vielleicht würde er mich anschließend sogar in Ruhe lassen. Wenn ich es schlau genug anstellte, könnte ich ihn wahrscheinlich sogar überzeugen, dass es seine Idee gewesen war. Männer sind so sehr von sich eingenommen, dass sie keine Sekunde in Erwägung ziehen, dass die Frauen, denen sie jahrzehntelang zugesetzt haben, eines Tages zurückschlagen könnten.

Meine Arme begannen zu zittern, meine Hände wurden müde. Ich sah Mark über den vibrierenden Sicherheitsgurt hinweg an und schöpfte neue Tatkraft.

Das war also Macht. So fühlte es sich also an, die Welt in der Hand zu haben. So fühlte es sich an, ein Mann zu sein. Ich holte Luft und zog den Gurt fester.

Ob er in diesem Moment wohl spürte, wie eins nach dem anderen die Äderchen in seinen Augen platzten, wie Feuerwerkskörper in der Nacht? Ob er spürte, wie wir uns verwandelten, uns zusammen auf eine neue Ebene des Lebens erhoben?

Man muss siebzehn Sekunden lang zudrücken, um einen Mann zu erdrosseln. Und die eigentliche Herausforderung folgt in den Minuten darauf. Du musst stark sein. Anfangs wird er sich wehren. Selbst nachdem er das Bewusstsein verloren hat, wird sein Körper heftig zucken. Deine Hände werden krampfen und zittern. Er wird Luft ausstoßen wie ein Raucher, der Marathon läuft, seine Lider werden flattern, sein Rücken wird sich versteifen. Bleib ruhig. Bleib stark. Du darfst nicht aufgeben, wie sehr deine Finger auch schmerzen, wie sehr deine Arme vor

Anstrengung auch beben. Halte durch, vertraue dir selbst, dann ist es zu schaffen.

Und du, hier in meinem Herzen, hier in meiner Geschichte mit mir, wende nicht den Blick ab. Wie oft hast du schon Frauen schreien gehört? Aus Spaß, wegen des Nervenkitzels, in Podcasts, Pornofilmen, im Primetime-Fernsehen auf billigen Sendern? Du verschlingst unseren Schmerz wie Süßkram, stets gierig nach der nächsten Handvoll, nach der nächsten Story, je reißerischer, desto besser. Nun, jetzt war er an der Reihe.

Wage es bloß nicht, wegzuschauen.

In meinem Rückspiegel blitzten Scheinwerfer auf.

Mist.

Ein Wagen hielt neben mir an, die Scheibe wurde heruntergelassen. Fremde, Gott sei Dank.

»Alles in Ordnung bei Ihnen?« Die Stimme einer Frau. Süß und würzig, Carolina Barbecue.

»Ja, Ma'am! Mein Handy ist in den Fußraum gefallen, da bin ich lieber rechts ran, statt zu versuchen, es während der Fahrt aufzuheben. Mein Freund hier ist leider keine Hilfe.« Ich nickte in Richtung Marks zusammengesackter Gestalt.

Die Frau kicherte. »Sieht aus, als hätte es sich jemand zu gut gehen lassen.«

»Kann man so sagen.«

»Da hat er ja Glück gehabt, dass Sie da sind und sich um ihn kümmern. Na dann, Schätzchen.« Der Wagen fuhr wieder an. »Passen Sie auf sich auf. Und frohes neues Jahr!«

Nora

Es war laut im Inneren des Müllentsorgungszentrums. Deutlich lauter, als Nora erwartet hatte, als sie kurz zuvor vor dem gewaltigen Gebäude aus Stahl und Beton stand. Um sie herum huschten gedämpfte Gespräche, das Surren und Klicken von Kameras, das Schrammen von Stiften auf Papier wie Ratten durch die riesige Halle.

»Gnädigste.« Murph reichte ihr ein paar blaue Überziehschuhe aus einer Schachtel auf dem Boden. Sie nahm sie wortlos und streifte sie über ihre abgetragenen schwarzen Sneaker.

Ihnen gegenüber standen eine Reihe offener Gitterboxen, in denen sich glänzende Müllbeutel stapelten, weiße, schwarze, einige in Knallgrün. Ein paar waren gerissen, gaben verfaulte Eingeweide frei, die die Luft mit einem Gestank erfüllten, den nicht einmal die Kälte milderte. Nora fragte sich, wie jemand an einem solchen Ort arbeiten konnte. Vergaßen die Menschen den Geruch von verdorbenem Essen und Babywindeln, altem Blut, Erbrochenem und Duschabflussdreck wieder? Sie rümpfte die Nase und war heilfroh, dass noch nicht Sommer war.

»Zum Glück muss ich hier nicht arbeiten«, murmelte Murph und sprach aus, was sie dachte. »Wo ist Val? Bringen wir die Sache hinter uns, damit wir wieder an die frische Luft kommen.«

»Ich glaub, sie ist da drüben.« Nora deutete auf den Abfallberg ganz rechts, vor dem ein paar Leute von der Spurensicherung hockten, Fotos schossen und sich Notizen machten, sich wie riesige, schlaksige Fliegen über den Tatort bewegten. Nora fand sie schon immer ebenso verstörend, diese Menschen, die den Tod so genau inspizierten. Wenigstens lagen ihre eigenen Aufgaben abseits von alldem, außerhalb des Labors, entfernt vom Autopsietisch. Sie hingegen begaben sich knietief in die Geheimisse und Schrecken, denen die Meisten aus dem Weg gingen.

Neben den Forensikern stand mit verschränkten Armen, das Gesicht in tiefe Runzeln gelegt, eine hochgewachsene Frau. Murph nickte, als er sie sah. »Erstklassige Polizeiarbeit, Martin. Bald kannst du meinen Posten übernehmen.«

»Wenn ich diesen alten Kerl irgendwann los bin, der sich noch auf meinem Platz breitmacht.«

»Glaub mir, Kleine, ich bin bereit für meine Ruhestandsparty. Wann immer du bereit bist, sie für mich zu schmeißen.« Er ging zu der großen Frau hinüber. »Morgen, meine Schöne!«

Val blickte von den Müllsäcken hoch. »Du musst aufhören, mich so zu nennen, Murph. Mein Mann wird eifersüchtig.«

»Na, dann hätte Jim nicht eine so umwerfende Frau heiraten dürfen.«

Val winkte ab und wandte sich an Nora. »Tut mir leid, dass Sie ihn ertragen müssen, Schätzchen. Ich freu mich, Sie wiederzusehen. Sind Sie inzwischen Detective oder noch auf Streife?«

»Immer noch in Uniform.«

»Aber nicht mehr lange«, sagte Murph. »Ich hab die Chefetage bearbeitet, und ich hab das Gefühl, dass Martin hier schon bald meine Stelle einnehmen wird. Wahrscheinlich muss ich bloß Barb noch ein bisschen nerven. Die einzige Person auf Erden, vor der Wright sich fürchtet. Und nichts hasst diese Frau mehr, als ihren Plan ändern zu sollen. Wenn ich ihm Martin weiter entführe, wird Wright sie in meine Abteilung versetzen müssen, bloß damit Barb nicht aus Protest kündigt.«

»Du Schlitzohr.« Val lachte.

»Ich nenne das Initiative ergreifen. Sie hatten jetzt monatelang Zeit und haben immer noch keinen eingestellt, der Martins Platz einnimmt, damit sie meinen einnehmen kann. Also helfe ich ein bisschen nach. Aber genug gejammert. Kommen wir zur Sache. Sollen wir einen Spaziergang machen?«

Sie ließen Val den Weg bestimmen, eine gemächliche Runde um den Fundort. Als leitende Ermittlerin war es ihre Aufgabe, zwischen ihren Leuten und den anderen Abteilungen zu vermitteln, ob Kriminalbeamte, Streifenpolizisten oder Mitarbeiter der Gerichtsmedizin, die eine Leiche abholten. Der Job erforderte einen scharfen Blick, eine rasche Auffassungsgabe und ein gewisses Durchsetzungsvermögen, das Nora bewunderte. Sie ließ sich nie von den Jungs schikanieren. Selbst Murph beschränkte seine Hänseleien Val gegenüber auf ein Minimum.

»Wer hat ihn gefunden?«, fragte er jetzt. Sein Atem bildete eine Wolke in der eiskalten Luft, während sie sich einer Reihe von Toren näherten, die nach draußen führten. Val deutete auf einen grauen Mülllaster, der vor dem Gebäude parkte. Große rote Buchstaben auf der Außenseite wiesen darauf hin, dass er zur Firma Webb Disposal gehörte, dem größten Abfallentsorgungsunternehmen in der Gegend. Im Rückspiegel erkannte Nora den Fahrer, der mit kreidebleichem Gesicht auf seinem Sitz kauerte.

»Mit ihm reden wir gleich«, kam Murph ihrer Frage zuvor. »Lass uns zuerst den Fundort näher ansehen, dann kann Val ihren Job machen. Sie kanns bestimmt kaum erwarten, mich wieder loszuwerden.«

»Du sagst es.« Val grinste. »Der Ärmste wollte gerade losfahren, als die aus der Zentrale ihn gestoppt haben. Behauptet, er hätte nichts von der Leiche gewusst, die er transportiert hat. Soweit ich weiß, kippt er seine Ladung ab, und die Männer schieben sie auf diese Stapel. Sie waren gerade dabei, die Müllsäcke zu verteilen, als sie unseren Freund hier gefunden haben.«

Sie blieb stehen. Sie waren wieder da angelangt, wo sie losgegangen waren. »Darf ich vorstellen, Mr Unbekannt.«

Er war, typisch für Leichen, blau angelaufen, als wäre er einem zu kalten Pool entstiegen. Nur die schwarz verfärbten Fingerspitzen deuteten auf etwas Unheilvolles hin. Der Kragen seiner zerknitterten Cabanjacke war nach oben geschlagen; keine unübliche Angewohnheit in dieser Stadt. Von Noras Position aus war nichts Außergewöhnliches zu erkennen. Kein sichtbares Blut, keine äußere Verletzung. Nichts, was darauf hindeutete, dass dieser Mann etwas anderes gemacht hätte, als in einem Müllcontainer einzuschlafen und langsam unter Bergen von entsorgten Essensresten erdrückt zu werden.

Murph hockte sich neben ihn, ließ seinen Adlerblick über die Leiche gleiten, bevor er über die Schulter zu dem Laster sah und dann mit dem Blick seinem Weg zur Müllstation folgte.

»Was brauchst du von uns, Val?«, fragte er.

»Also, meiner Ansicht nach ist das hier nicht unser Tatort.«

»Ich stimme dir zu.«

»Deshalb möchte ich ihn so schnell wie möglich auf dem Weg zum Gerichtsmediziner sehen. Es ist kalt draußen, das kommt uns gelegen, aber der Müll wird alle etwaigen Beweise kontaminieren. Je kürzer er hier liegt, umso besser. Ich hab mit Charlie gesprochen, bevor ihr gekommen seid. Der Fahrer sagt wohl, dass der große Müllcontainer, der von den Restaurants an der Peach Street in Bellair benutzt wird, zu seinen Abholstellen gehört. In Essensabfällen finden sich weiß Gott was für Krabbelviecher. Würde mich nicht wundern, wenn wir da drin schon jede Menge Fruchtfliegenmaden finden.

»Lecker.« Murph verzog den Mund. »Nun, wir sollten keine Schlüsse ziehen, ohne die Meinung meines Schützlings hier zu hören … Martin, was denkst du?«

Nora nickte. »Ich bin ganz eurer Ansicht. Hier ist er zwar am Ende gelandet, aber es sieht nicht so aus, als wäre er hier auch gestorben. Ich kann mit dem Fahrer reden, Murph, wenn du zu Charlie willst? Stehen wir Val nicht länger im Weg rum.«

»Du ergreifst Initiative. Sehr gut. Das gefällt mir.« Er erhob sich mit knacksenden Knien und klopfte ihr auf die Schulter. »Gib uns Bescheid, Val, wenn der Gerichtsmediziner da ist. Ich würd gern noch einen genaueren Blick auf die Leiche werfen.«

»Geht klar. Bis gleich.«

Nora nahm zwei Becher dampfenden Kaffee aus dem weißen Zelt mit, das direkt vor der Absperrung stand, und ging zu dem Mülllaster, um mit dem Mann zu sprechen, der noch immer zusammengesunken im Führerhaus saß.

»Mr Pugh!« Sie begrüßte ihn durchs Fenster der Beifahrertür und hielt die Kaffeebecher in die Höhe. »Haben Sie etwas dagegen, wenn ich mich zu Ihnen setze?«

Wortlos beugte der Mann sich über den Beifahrersitz, um an den Türgriff auf ihrer Seite zu langen. Quietschend öffnete sich die schwere Lastwagentür. Nora streckte ihm einen der dampfenden Becher entgegen, den er mit gemurmeltem Dank nahm, bevor er sich wieder auf seinem Sitz zurücklehnte. Sie stieg ein.

»Guten Morgen, Mr Pugh.« Nora bemühte sich um einen warmherzigen, freundlichen Ton, was nicht leicht war bei dieser Kälte, die ihr Heiserkeit verursachte und ihre Stimme schwächte.

»Woher kennen Sie meinen Namen?« Sein Blick war ein Faustschlag. Er hielt sich den Kaffee dicht vor die Brust, machte aber keine Anstalten, davon zu trinken, als würde er ihr nicht ganz trauen.

Sie zwang ihre Lippen zu einem Lächeln. *Bleib ruhig, bleib ruhig.* »Tut mir leid, ich hätte mich vorstellen sollen.« Sie streckte ihm die Hand hin. »Ich bin Officer Martin. Ich helfe bei den Ermittlungen zu dem Mann, der heute Morgen aus Ihrem Laster gefallen ist. Mein Partner hat mir Ihren Namen gesagt. Ich hoffe, das ist Ihnen recht.«

Er starrte auf seinen Kaffee und schwieg hartnäckig. Nora schob ihren Ärger darüber beiseite und zog ihre Hand lächelnd wieder zurück. Die sanfte Stimme ihres Vaters schwebte ihr über die Schulter. *Nimms nicht persönlich, mein Schatz. Irgendwer hat dafür gesorgt, dass er sich klein fühlt. Vielleicht hat er Angst – vergiss nicht, was er heute Morgen erlebt hat. Er wird versuchen, es an dir auszulassen, lass dich nicht provozieren. Was haben wir in der Kirche gelernt? Halte die andere Wange hin.*

Aber Daddy, hatte sie schon so oft widersprochen, *warum sollten wir das tun?*

Weil man sich an einem kleinen Mann am besten revanchiert, indem man ihm zeigt, dass seine Schläge wirkungslos sind.

Sie atmete tief durch, rief sich in Erinnerung, dass sie hier diejenige mit der Dienstmarke und der Waffe war. »Also, Mr Pugh, ich weiß, dass die Geschehnisse heute früh Sie sehr schockiert haben müssen, und es tut mir leid, dass ich deswegen Ihre Zeit in Anspruch nehme, aber bevor ich Sie nach Hause gehen lassen kann, muss ich Ihnen ein paar Fragen stellen.«

»Beschuldigen Sie mich etwa wegen irgendwas?«

»Nein, Sir.«

Der Laster schwankte, irgendwo hinter ihnen blitzte eine Kamera auf. Die Leute von der Spurensicherung mussten im Aufbau sein. Sie stellte sich vor, wie sie wie die Käfer herumkrochen, wie sie wühlten und stocherten und jede Ecke inspizierten.

»Ich hab schon mit einem Officer gesprochen«, knurrte er und starrte in den Außenspiegel auf der Fahrerseite, wo er die Forensiker sicher sehen konnte, die in seinen Laster hinein- und wieder hinauskletterten. »Was machen die da? Und warum fragen Sie nicht den anderen Officer, was ich gesagt habe? Ich dachte, Sie wären bloß gekommen, um mir mitzuteilen, dass ich gehen kann.«

Der Kaffee in ihrer Hand war noch zu heiß, um ihn zu trinken, also spielte sie am Becher herum, schob den Rand des Plastikdeckels hoch, um den Dampf herauszulassen. »Ich würde die Geschichte wirklich gerne von Ihnen hören, Mr Pugh.«

»Fragen Sie lieber die Männer, die unten standen. Die haben es gesehen, nicht ich.« Er hielt den Blick weiter auf den Spiegel gerichtet. Er wollte sie nicht ansehen.

Bleib ruhig. Er ist ein kleiner Mann. Sie merkte, wie sie sich anspannte. »Ja, Sir, mit denen sprechen wir auch, aber ich würde gerne Ihre Sichtweise hören. Vielleicht ist Ihnen etwas aufgefallen, was die anderen nicht bemerkt haben.«

»Was ist mit dem Mann, mit dem Sie rumgelaufen sind? Mit dem älteren. Wo ist er? Ich werde mit ihm reden.«

Mit so etwas hatte sie gerechnet, trotzdem musste sie sich zusammenreißen. Im Lauf der Jahre hatte Nora öfter, als ihr lieb war, erfahren, dass die Realität eine Decke war, an der sie sich den Kopf stieß, und manchmal frustrierte sie das dermaßen, dass sie am liebsten laut geschrien hätte. Sie hätte sich jetzt wehren können, sie hätte sich groß genug machen können, um diesen ganzen Laster auszufüllen, so groß, dass dieser mickrige kleine Mann sie hätte ansehen müssen. Sie hätte ihm drohen können, wegen Widerstands gegen die Staatsgewalt, wegen Behinderung der Ermittlungen, mit all den Sprüchen, mit denen die Männer, die ihre Uniform trugen, um sich warfen, wenn sie sich mächtig fühlen wollten. Wahrscheinlich hätte es auch eine Weile funktioniert. Aber was hätte es letztendlich gebracht, sich mit diesem Mann auf einen Streit einzulassen? Also dankte sie Mr Pugh für seine Zeit und stieg aus, um sich auf die Suche nach Murph zu machen.

»Er will mit dir reden.« Murph rauchte gerade eine mit Charlie, der Streifendienst gehabt hatte, als die Meldung des Leichenfunds reinkam. Er war einer der wenigen auf der Wache, die Nora nicht das Gefühl gaben, etwas zwischen den Zähnen zu haben, wenn er mit ihr sprach.

Murph sah sie an und wusste Bescheid, und das war einer der Gründe, warum sie ihn vermissen würde, wenn er in Rente ging.

»Schon gut, Kleines. Verstehe.« Er klopfte ihr auf die Schulter, bedankte sich bei Charlie für die Zigarette und trottete Richtung Mülllaster davon.

»Alles in Ordnung, Martin?«, fragte Charlie.

»Ja. Alles gut.« Sie seufzte und blickte zu dem Lastwagen hinüber, wo sich Murph jetzt ins Führerhaus schob. Er sagte etwas, Mr Pugh lachte, und die schroffe Miene auf seinem Gesicht schmolz zu einer jungenhaften Scheu, kaum dass der Detective neben ihm saß. »Hast du noch eine?«

»Ich wusste gar nicht, dass du rauchst.« Murph stand wieder neben ihr, mit einem frischen Becher Kaffee in der einen und einer neuen Zigarette in der anderen Hand.
»Nur wenns sein muss. Wie gehts meinem neuen besten Freund?«
»Er weiß nicht viel. Wahrscheinlich geht er jetzt runter in die Bar und erzählt allen seinen Kumpels von der bösen Polizistin, die ihm unterstellen wollte, er hätte was mit einem Mord zu tun.«
»Ich hab ihm nicht ...«
»Ich weiß, Kleine. Komm, rauch zu Ende. Ich glaub, ich hab die Jungs von der Gerichtsmedizin kommen sehen, und ich will noch einen Blick auf die Leiche werfen, wenn sie sie anheben.«
»Ich wollte euch gerade holen«, sagte Val, als sie die beiden sich dem Leichenfundort nähern sah. Etwas abseits standen zwei Männer, neben ihnen eine Bahre mit geöffnetem Leichensack. Den Anblick dieser Säcke hatte Nora noch nie gemocht. Sie erinnerten sie an riesige Mäuler, die darauf warteten, Menschen zu verschlingen.
»Hast du alles, was du brauchst?«, fragte Murph.
»Jepp. Viel mehr kann ich nicht tun, solange er hier nicht raus ist. Hoch mit ihm, Jungs!«
Die Männer bewegten sich auf die Leiche zu wie Aasfresser, die sich lautlos herabstürzten, lasen ihm ein paar verirrte Abfallreste vom Rücken und zogen eine Plastiktüte unter seinem Gesicht hervor.
»Vorsicht«, ermahnte Val sie vom Rand des Geschehens aus.
Sie nickten und fuhren mit ihrer grausigen Aufgabe fort. Nora beobachtete, wie einer dem Mann die Hände unter die

Brust schob, während der andere sich durch den Müllhaufen wühlte, bis er auf das stieß, was hoffentlich seine Beine waren. Sie arbeiteten schweigend, systematisch, präzise. Als sie die Leiche anhoben, passierte es mit einer langsamen entschlossenen Bewegung. Nichts fiel herunter. Nichts wurde losgerüttelt. Sie trugen ihn sanft wie eine Mutter ihr Neugeborenes.

»Heiliger Bimbam, er hat keine Hose.« Murph stieß einen scharfen Atemzug aus. »Das wars dann mit seinem Ausweis. Keine Hose, kein Geldbeutel. Aber, Nora, sieh dir an, wie schlaff sein Körper ist. Was sagt dir das?«

»Nichts.« Val sah über die Schulter.

»Hör nicht auf sie, sie weiß nicht, wovon sie redet.« Er zwinkerte Nora zu. »Also, denk nach. Was weißt du über menschliche Körper? Was passiert nach dem Tod damit?

Genau wie Murph ließ Nora ihre Gedanken stets im Kopf kreisen, bewegte sie hin und her, betrachtete sie von allen Seiten, bis sie so weit war, eine Einschätzung abzugeben. »Sie werden steif. Nach ein paar Stunden setzt die Leichenstarre ein ... aber dieser Mann liegt schon seit mehreren Stunden hier.«

»Genau.«

»Das stimmt nicht ganz, Murph.« Val beobachtete, wie die Männer den Toten zu der Bahre trugen. Er war schwer, sie mussten sich anstrengen. »Bitte dreht ihn auf den Rücken, bevor ihr den Leichensack schließt.«

Sie nickten und setzten ihren stillen Kampf mit dem Toten fort.

»Die Leichenstarre hält ungefähr sechsunddreißig Stunden an«, fuhr Nora fort, der das Rätselspiel gefiel. »Ich würde sagen, er ist zu bleich, um erst vor Kurzem gestorben zu sein, aber er ist weiß, und es ist Winter, er könnte also einfach blass sein ... allerdings sehen wir Blut.« Sie deutete auf die Hände des Toten. »Die lila Verfärbung in seinen Fingerspitzen. Es ist geronnen, es hatte Zeit genug, sich dort anzusammeln.

»Du hasts erfasst, Martin. Also, auf einen Nenner gebracht. Was verrät uns das?«

»Er ist bereits mehrere Tage tot.«

»Bingo! Natürlich« – er beugte sich zu Val hinüber –, »die Gerichtsmediziner werden es noch bestätigen müssen, aber ich würde sagen, unser Freund hier ist seit ungefähr einer Woche tot. Die Kälte ist ein großartiges Konservierungsmittel, aber die Leichenstarre verzögert sie nicht. Ich denke, die hat er bereits hinter sich.«

Val verzog die Lippen, wandte aber nichts ein. An der Bahre gelang es den Männern, die Leiche umzudrehen.

»O Gott.« Nora hielt sich die Hand vor den Mund. Sie wusste nicht genau, was sie erwartet hatte, aber sicher nicht das.

Der Mann starrte mit aufgerissenen Augen an die Decke. Sein Mund, der nicht zu sehen gewesen war, während er mit dem Gesicht nach unten im Müll lag, war ein klaffendes, blutiges Loch. Normalerweise schob sich die Zunge einer Leiche aus dem Mund – die plötzliche Muskelanspannung, gereizte Nerven, Verwesung. Aber dieser Mann besaß keine Zunge. Um seinen Hals, der, wie sie jetzt deutlich sehen konnten, verdreht und überstreckt war, verlief ein breiter dunkler Bluterguss. So etwas kannte Nora von Selbstmorden durch Erhängen, aber Tote, die sich erhängt hatten, warfen sich nicht selbst in Mülltonnen. Außerdem waren seine Genitalien verstümmelt worden, regelrecht zerfleischt, wie von einem Wildtier, obwohl sie kein Tier kannte, das derartig über etwas herfallen würde.

Murph trat einen Schritt vor und legte den Kopf zur Seite.

»Murph?«

»Ich glaube, ich kenne unser Opfer, Kleines. Wenn ich mich nicht sehr irre, ist das Mark Dixon.«

Eine Harpyie lässt Gerechtigkeit walten

Er war schwer, aber ich bin stark. Zehn Jahre lang Bierfässer durch Kühlräume wuchten, Wein- und Getränkekisten auf die Theke hieven hatten mich gelehrt, richtig zu atmen, aus den Beinen heraus zu heben, auf meine Kraft zu vertrauen und diesen Mann durch die rechteckige Öffnung eines Müllcontainers zu stoßen. Leicht war es nicht. Es kostete mich fast eine ganze Stunde, während mir kalter Schweiß auf die Stirn stieg und sich um mich herum heißer Atem ansammelte wie ein Heiligenschein in heller Mondnacht. Als ich den leisen Aufprall hörte, mit dem seine Leiche auf die Müllsäcke traf, spürte ich, wie all meine Last sich versammelte und von mir löste, ein klarer Strom, der sich über meinen Rücken ergoss. Er schmeckte salzig, wie Blut oder Tränen, wie Erleichterung.

Durch seinen Tod fand ich zu einer neuen Selbstwahrnehmung. *Ich bin nichts weiter als ein Körper*, dachte ich. Genau wie er, wie Mark. Beide bestehen wir aus Fleisch und Blut und Knochen, den elektrischen Impulsen zwischen ein paar Nervenbahnen und dem Luftstrom durch eine dünnwandige Lunge. Dessen beraubt wäre ich genauso kalt wie er, würden meine Augen mit dem gleichen leeren Blick in die Dunkelheit starren, an irgendeinen unsichtbaren Ort. Aber er war tot und ich nicht, in jenen Stunden war ich sogar lebendiger als je zuvor. Ich zog ihm die Hose aus, weil mein Schuh einen Abdruck in seinem Schritt hinterlassen hatte, als ich ihn gegen die Wagentür presste, und weil ich wusste, dass er seine Geldbörse in der Gesäßtasche trug. Meine Schultern entspannten sich. In einem Anflug überschwänglicher Erregung kastrierte ich ihn, warf das Etwas den Tieren im Wald zum Fraß vor. Ich schnitt ihm die Zunge heraus, denn ich war es leid, ihm zuzuhören; leid, ihnen allen zuzuhören, ihren mickrigen Stimmen, ihren schwachen Egos. Ich brachte ihn zum Schweigen. Die Anspannung in meinem Kiefer löste sich, und ich ließ die krummen Arme der Bäume am Flussufer mir Schreie aus der Kehle ziehen und in die dunkle Morgenluft schleudern. Das silberne Antlitz des Mondes stand schon unter dem Bergkamm, als ich das Ritual vollendete, das ich für uns erschaffen hatte; die Opferhandlung, die Verstümmelung, die Reinigung meiner Seele von dem Ekel, den ich empfand. Endlich konnte ich atmen. Endlich konnte ich zum Mond hinaufblicken, zum samtschwarzen Himmel, und mich frei fühlen.

Die Stunde vor der Morgendämmerung ist ein Hexensabbat an diesem Ort in den Bergen, rau und ungezähmt. Keine Menschenseele sollte um diese Zeit hier draußen sein, es sei denn, sie ist darauf gefasst, auf eine Bestie wie mich zu treffen.

Schließlich habe ich ihn in den Müll geworfen, denn genau das war er.

Was meinen Wagen betrifft, Tequila reinigt ebenso gut wie Bleiche, und niemand wird eine Barkeeperin fragen, warum ihr Auto nach Alkohol riecht.

Eine Sphinx

Seine Leiche wurde gefunden. Dann kamen sie.

Dass es *sie* sein würde, damit hatte ich nicht gerechnet.

Ihn kannte ich. Murph war ein Dienstagnachmittag-Golfer, ein Sonntagmorgen-Baptist und ein Jederzeit-Cuba-Libre-Trinker im Blue Bell. Er war ein Freund von Lindsey, im Sinne von, sie liefen sich oft genug über den Weg, um sich nicht nur als flüchtige Bekannte zu betrachten. Aus verschiedenen Generationen und sozialem Umfeld zwar, aber Brüder im Geist aufgrund ihrer gemeinsamen Wurzeln als überzeugte Mitglieder des Ol' Boys' Club, einer bunt gemischten Vereinigung von John-Deere-Kappen und Poloshirts, alle aus demselben Holz geschnitzt.

Murph kam hereinstolziert wie eine Gans auf den Bauernhof. Seinen Bauch, der an Umfang nicht gerade abgenommen hatte, wie bei vielen Männern seines Alters, schob er wie eine Ankündigung vor sich her. Ich beobachtete, wie er sanft damit an den Empfangstisch prallte, wo mit großen Augen die Hostess stand. Sie wusste nie so richtig, was sie mit sich anfangen sollte, wenn Murph auftauchte, und der nutzte diese jugendliche Verwirrtheit zu seinem Vergnügen aus, indem er seine Dienstmarke zückte und zusah, wie sie rot wurde. Er wusste, dass sie unschuldig war wie ein Lamm, er wollte bloß ein bisschen mit seiner Beute spielen.

Hinter ihm stand mein eigentliches Interesse. Ich hatte sie noch nie gesehen. Sie kam nicht von hier, so viel stand fest. Es war weniger ihr Gesicht, das mir fremd vorkam, als ihre Körperhaltung: irgendwie zusammengekauert, trotz ihrer starken Wirbelsäule, die gerade und kräftig war. Die Menschen in dieser Stadt sind generell mit einem überhöhten Selbstwertgefühl ausgestattet, sie hingegen machte sich ungeachtet ihrer starken Erscheinung selbst kleiner. Diese Frau wusste, was es hieß, eine

Maske zu tragen, sich nach innen zu kehren, sich vor der Welt zu verschließen. Spürte sie die Milben etwa auch? Nagten sie an ihr, während sie Murph wie ein Schatten folgte, ihm aus dem Weg ging, wenn er ohne Vorwarnung die Richtung änderte? Ließ seine Wichtigtuerei sie irgendwo unter dem Gesicht zusammenzucken, das sie über ihr eigenes gezogen hatte?

Ihre Augen waren das Einzige, was sie nicht verstecken konnte. Sie sahen mehr, als ihr bewusst war, das spürte ich gleich. Vor ihr würde ich mich in Acht nehmen müssen. Sie wusste, was es hieß, ich zu sein. Und das war gefährlich.

Ich überprüfte meinen Gesichtsausdruck, vergewisserte mich, dass er mir nicht entgleiten würde, während wir sprachen. Die Unterhaltung verlief so:

Ja, ich habe ihn an diesem Abend gesehen.

Er hat hinter meiner Theke ein Glas Wein gestohlen.

Nein, es war nicht das erste Mal, dass er so etwas gebracht hat. Lindseys Kumpel erinnern mich alle gern mal daran, dass sie »mit dem Chef befreundet sind« und dass der nichts dagegen hat, wenn sie sich selbst einen Drink genehmigen. Was ... gut, meinetwegen. Nur dass er sich dieses Mal *meinen* Drink genehmigt hat. Aber so ist Mark eben, wissen Sie? Er gehört zu den Männern, die sich nehmen, was sie wollen, und sich später dafür entschuldigen. Es würde mich wirklich nicht wundern, wenn er mal an den Falschen geraten ist und mehr bekommen hat, als er dachte.

Danach? Ist er, glaube ich, noch ins Tap House rüber.

Die hatten noch auf, als ich zugemacht habe. Die Leute vom Service wollten hin, die haben ihn, soviel ich weiß, mitgenommen. Sie sollten sie fragen. Ich kann Ihnen die Namen geben.

Jepp. Das war das letzte Mal, dass ich Mark gesehen habe. Als er durch die Tür da drüben ging.

(Was nicht die Unwahrheit war. Es war tatsächlich das letzte

Mal gewesen, dass ich Zeugin wurde, wie er lebend durch die Eingangstür marschierte.)

Hmmm … und ich weiß noch, dass David Flickinger und seine Freundin Mattie ihn mit in die Stadt genommen hatten. Vielleicht haben sie ihn auch nach Hause gefahren?

Tut mir leid, dass ich Ihnen nicht mehr sagen kann. Alles in allem war es ein ziemlich normaler Abend hier.

Darf ich Ihnen etwas zu trinken anbieten, bevor Sie gehen?

Eine Sphinx zweifelt an sich

Vielleicht habe ich zu viel gesagt. Ich war nervös.

Zum Glück war Murph der einzige Detective am Leichenfundort. Die Frau – Officer Martin –, habe ich gehört, ist nur sein Anhang. Das ist nicht ihr Fall, ich würde sie nicht lange austricksen müssen. Und Murph allein zu täuschen, wäre ein Kinderspiel. Männer hören mir sowieso nie zu.

Eine Außenseiterin

Nora ging nicht zur Beerdigung. Es erschien ihr nicht angemessen. Sie gehörte noch nicht dazu in Bellair; ihre Anwesenheit war während der wenigen Monate, in denen sie hier wohnte, von den Südstaatenseelen der Einwohner kaum wahrgenommen worden. Ihr Akzent glich zwar dem ihren, ein weiches Rollen von Farmfeldern und glatten Konsonanten; sie war damit aufgewachsen, auf denselben Ladeflächen verrosteter Erntelaster zu sitzen, hatte denselben Pfirsichpunsch auf denselben Lagerfeuerpartys getrunken. Ihre Geschichte bildete eine Schnittmenge mit der aller alteingesessenen Bewohner Mittelvirginias, einem wilden Durcheinander, das entfernt nach Schießpulver roch und das bei Berührung schmerzte. Aber sie war keine von ihnen. Ihre eigenen Wurzeln lagen im roten Lehm zwölf Kilometer entfernt, hinter einem dunstig blauen Bergkamm. Die Leute hier waren Bürger Piedmonts, sie hingegen kam aus *dem* Tal, was etwas hieß, als die kleine Stadt in Trauer versank.

Mit einem Mal wurde sie sich des Platzes, den ihr Körper einnahm, auf eine Weise bewusst, die sie nur allzu gut kannte. Während sie in dem Ford Sedan, den sie jetzt mit Murph teilte, durch die Stadt fuhren, fragte sich Nora, ob sie jemals ein Zuhause finden würde, an dem sie sich einpassen würde, ohne das Gefühl zu haben, dass Zweifel an ihr nagten wie Aasgeier. Der Gedanke nahm immer mehr Raum ein, und sie spürte, wie er auf Murphs Gedanken traf, während der ungewöhnlich schweigsam auf dem Fahrersitz neben ihr saß.

»Bleib doch im Wagen, Kleines«, sagte er, als sie auf den knirschenden Schotter des Kirchenparkplatzes einbogen. Seine Stimme klang leise, vorsichtig. Sie merkte, wie er jedes Wort zögerlich abwog, und sie wartete angespannt darauf, dass er sie aussprach. »Nicht dass sie es nicht zu schätzen wüssten, wenn du mitkommst ... ich denke bloß, deine Anwesenheit könnte die Sache erschweren. Wenn du dabei bist, machen sie ein zu großes Ding draus.«

»Murph.« Nora streckte unwillkürlich die Hand aus, zog sie dann aber wieder zurück. »Ich bin nicht beleidigt. Ich weiß, wie das in Kleinstädten läuft. Ich bin selbst in einer aufgewachsen.«

»Ach, ja? Ich dachte, du bist in ner Höhle groß geworden. Habt ihr so was nicht drüben auf der anderen Seite der Berge?« Kaum war seine Sorge verflogen, kehrte seine Frechheit zurück.

»Nee, die Höhlen sind alle oben in Luray. Ich bin in einer Hütte aufgewachsen, ganz was anderes. Die menschenfressenden Hinterwäldler, die mich großgezogen haben, haben mich sogar einmal im Monat rausgelassen, um mit anderen wilden Kindern zu spielen.«

»Ich erzähl deiner Mutter, dass du das gesagt hast.«

»Sie wird lachen und dir wahrscheinlich antworten, dass diese Beschreibung auf ihre halbe Familie zutrifft. Lass mir aber den Schlüssel da, in Ordnung?«

»Damit du mir das Auto klauen kannst?«

»Irgendwie muss ich schließlich meine Rechnungen bezahlen.«

»Manchmal mach ich mir Sorgen um dich, Martin.« Er schüttelte den Kopf.

Im Rückspiegel blitzten Scheinwerfer auf, und als Nora nach hinten schaute, sah sie eine Wagenkolonne auf den Parkplatz rollen; Trauergäste in umweltfreundlichen Kombis, Monster-Trucks, eleganten Sportwagen, schlammverschmierten Klapperkisten in sämtlichen Formen und Größen. Alle strömten sie zur Kirche, um zu tratschen, zu gaffen und zu weinen. In der Nähe der Eingangstreppe standen einige Frauen zusammen und nahmen sich gegenseitig in die dürren Arme. Ihre Schals flatterten im Wind, edelsteinfarbene Vögel, die vom Meer schwarzer Kleider fortstrebten. Einige trugen Hüte, breitkrempig und dunkel, die sie rasch an die Köpfe pressten, als der Wind drohte sie wegzuwehen. Es war ein Bild so alt wie die Menschheit, schwarz gekleidete Frauen, eine Stadt in Bedrängnis. Ihre Tränen und Erinnerungen waren plötzlich sichtbar, jedes Gefühl besaß Bedeutung, musste auf Hochglanz gebracht und sorgfältig auf der Skala der öffentlichen Meinung platziert werden.

Ein Mann stieg die Treppe hinauf, das Gesicht verhärmt und vom Weinen verquollen. *Lindsey*, dachte Nora. Das war der Mann, der Marks bester Freund gewesen war. Die Frauen zogen ihn in ihre dünnen Arme, drückten bleiche Wangen an seine, bewegten die Lippen in geflüstertem Beileid. Von ihrem Platz hinter der Windschutzscheibe aus erschienen sie Nora wie Fische, die in einem Aquarium nach Luft schnappten. Sie hielten ihm Taschentücher hin und strichen ihm über die Arme, bevor sie gemeinsam in die Kirche traten.

»War Mark wirklich so beliebt?«, fragte Nora.

»Er war eben einer von den Jungs«, sagte Murph einfach. »Wie auch immer, ich sollte besser reingehen, bevor sie die Tür zumachen. Dürfte ungefähr ne Stunde dauern. Bist du sicher, dass du hier draußen klarkommst?«

»Keine Sorge.«

»Ich hab gelernt, Angst zu haben, wenn Frauen das sagen.« Er klopfte ihr auf die Schulter. »Hier ist der Schlüssel, falls du die Heizung anstellen musst.«

Er hievte sich aus dem Wagen, der kurz in Schieflage geriet, ein paar Mal schwankte, als er die Tür zuschlug, und sich dann nicht mehr rührte. Nora holte tief Luft, blies eine Wolke in die Stille.

Sie wartete, beobachtete, wie die letzten Trauergäste über den Schotterparkplatz hasteten, mit wehenden Jacketts und Rocksäumen gerade noch hineinhuschten, bevor die Kirchentür sich schloss. Die Welt verstummte, nur sie atmete zwischen der versammelten Menge Autos. Über dem Creek hinter dem Parkplatz erhob sich Nebel. Gesichter blitzten darin auf, Arme streckten sich heraus, zerfielen im Sonnenlicht. Nora blinzelte sie weg.

Neben ihren Füßen lag ihre alte Umhängetasche. Sie zog die Autopsiefotos heraus. Die Leiche, der Mann, der Good Ol' Boy, der ihr darauf entgegenblickte, wirkte überrascht, als wäre er um eine unübersichtliche Kurve gebogen und plötzlich seinem Tod begegnet. Konnte es wirklich ein solcher Schrecken gewesen sein? Es wollte ihr nicht in den Kopf, dass etwas so Grausames, so Persönliches, so völlig unerwartet passiert sein sollte. Doch für einen Mann wie Mark Dixon, der anscheinend durchs Leben geglitten war wie ein Aal, war es das vielleicht.

Sie kannte diese Männer. Sie gediehen auf jedem Boden, hinter jedem Bergkamm. Sie lebten als ewige Kinder, tanzten durch sämtliche Fallen und Fallstricke, die das Leben bereithielt, wandten den Blick nie nach unten. Das hatten sie nicht nötig, denn sollten sie einmal stürzen, wartete ein Netz aus Armen, das sie auffing, wenn sie stolperten, und aus sanften Worten, die jegliche Reue wegwischten, bevor sie so tief werden konnte, dass man sie hätte ernst nehmen müssen. Nora spürte ein heißes Brennen auf den Wangen. Das gefiel ihr nicht, sie wollte nicht so über einen Toten denken.

Etwas zupfte am Rand ihrer Erinnerung. Vor nicht allzu langer Zeit hatte es noch einen Todesfall gegeben. Der Täter war auch einer dieser aalglatten Typen. Nur dass es damals noch ein Junge gewesen war, der Murph und ihr gegenüber am Tisch saß und Fotos von dem Mädchen betrachtete, das er zu Tode geprügelt hatte.

»Das warst du.« Die Frage hatte sich damals in eine Anschuldigung verwandelt, als sie Nora über die Lippen kam. Sie hatte schon gespürt, wie sich das Mädchen in ihre Gedanken schlich.

»Sie hat mich verrückt gemacht.«

Das war alles, was sie erfahren sollten, bevor sein Anwalt das Gespräch an sich riss. Als sie den Jungen das nächste Mal sah, war er von weinenden Frauen umringt, Marias am Fuß dieses schändlichen Kreuzes, alle mit geblümten Schals in Pastell, perfekt geschminkt, perfekt frisiert. Sie blitzten Nora an, die niemals sie sein könnte, und weinten um diesen Jungen, diesen Mann, diesen Mörder, versicherten ihm, dass alles gut werden würde, dass er sein Leben zurückbekäme. Sein Vater packte den Sohn fest im Nacken, während dessen Schweigen eine Festung um sie alle baute.

Nora schob die Erinnerungen weg, konzentrierte sich auf den Mann vor sich, der, ungeachtet seiner Sünden, jetzt kalt und tot war. Wer immer er im Leben gewesen sein mochte, das hatte er nicht verdient. Auf den Fotos war sein Gesicht blass, genauso blau verfärbt wie am Fundort, sein Hals war abgeknickt und deformiert. Der Gerichtsmediziner hatte bestätigt, dass er erdrosselt worden war, nicht dass daran große Zweifel bestanden hätten. Sein Mörder war so brutal vorgegangen, dass er ihm die Luftröhre zerquetscht und das Genick gebrochen hatte, das nun schlaff herunterhing, wie das eines Vogelkükens. Seine Genitalien waren mit einem kleinen scharfen Gegenstand verstümmelt worden. Jemand hatte ihn immer wieder hineingerammt. Mit hemmungsloser Wut. Heiß und rasend. Unkontrolliert. Sie sah das nicht zum ersten Mal. Auf diese Weise töteten Menschen, wenn sie hassten. Am meisten erschreckte sie sein Mund. Bevor das passiert war, musste er gut ausgesehen haben. Seine Kieferpartie wirkte, selbst in gebrochenem Zustand, kantig und markant. Seine Augen waren einmal blau gewesen und hatten bestimmt gefunkelt, wenn er irgendwelchen Unsinn treiben konnte. Doch das war jetzt nur noch Spekulation, ein Gerücht, das über dem Entsetzen seines toten Gesichtes hing, über dem Mund, der weit genug aufgerissen wurde, damit sein Angreifer hineingreifen und ihm die Zunge herausschneiden konnte. Keine leichte Aufgabe, nachdem man jemanden erdrosselt hatte. Keine leichte Aufgabe, wenn er mit zusammengebissenen Zähnen starb.

Aber warum die Zunge? Seine Genitalien ergaben Sinn, diese Art Entmannung hatte sie schon in Fallstudien gesehen. Es war ein animalischer Instinkt, den die Menschen noch nicht überwunden hatten, jemanden auszulöschen, indem man ihm die Möglichkeit auf Nachkommenschaft, auf Leben nach dem eigenen, nahm. Aber seine Zunge? Wenigstens hatte er es nicht mehr gespürt. Dem Bericht zufolge war er bereits tot, bevor es zu den Verstümmelungen kam.

Sie brauchte frische Luft. Trotz der Kälte in dem Wagen erschien er ihr stickig, hatte sie das Gefühl, Fieber zu bekommen, wenn sie zu lange darin sitzen und auf das tote Gesicht blicken würde. Ein paar Meter entfernt stand eine Bank im Gras, gegenüber einer felsigen Flussbiegung und den dahinterliegenden Apfelplantagen. Dort würde ihr Zufluchtsort sein, bis Murph zurück war.

Musik klang aus der Kirche herüber, als sie sich auf das kalte Holz setzte; leise Choräle, begleitet von den blechernen Tönen eines elektrischen Keyboards, das wahrscheinlich irgendein Teenager spielte. Das Lied konnte sie nicht richtig erkennen, es hätte »Amazing Grace« sein können. Etwas völlig Unangemessenes, das überhaupt nicht zu dem Bild passte, das sie sich in den letzten Tagen von Mark gemacht hatte. Mark war nicht errettet gewesen. Er war ein Mann, der noch zu viel Spaß hatte, zu viel Unruhe stiftete. Und dafür hatte ihn jemand bestraft.

Seufzend streckte Nora die Beine vor sich aus, spürte ihre Knie knacksen, das Überbleibsel einer Sportlerinnenkarriere an der Highschool. Vor ihr schlängelte sich der Creek in einer sanften Kurve um die Kirche. Die Kälte der letzten Tage hatte ihn zufrieren lassen, das einzige Zeichen von Leben nur noch ein Rinnsal, das leise unter der glatten Oberfläche plätscherte, über die ein Dunstschleier zog. Im Frühling würde diese Aue voller Bienen und blühender Farbe sein, reich an Brombeeren und Geißblatt und üppigen Schlingpflanzen. Jetzt war sie nur ein trockenes, lebloses Braun.

Auf der anderen Seite, etwa fünfzehn Meter nördlich, klammerte sich eine knorrige Weide ans Ufer und ließ die dürren Zweige übers Eis hängen. Sie schwankten im Wind, der vom Fuß des nahe gelegenen Berghangs herüberwehte und die hölzernen Stängel leise rascheln ließ. Dahinter lag ein Apfelfeld. Blätterlos wirkten die Bäume wie tot, die Stämme gespenstisch grau, die Zweige dünn und verschrumpelt. Es war schwer vorstellbar, dass schon in ein paar Wochen die ersten spitzen Blättchen daran sprießen sollten.

»Ich habe die Apfelwiesen im Winter schon immer gehasst.«

Nora wandte sich zu der Stimme, die um die Bank glitt und neben ihr Platz nahm.

»Da gabs nie einen guten Ort zum Verstecken«, sagte die Frau, der sie gehörte, und hob die Schultern zu einem kaum merklichen Zucken. Ein sanftes Lächeln umspielte ihre Lippen. Sie hatte dunkle Augen und einen klugen Blick, in dem etwas lag, das Nora schon beim ersten Mal aufgefallen war, als sie Sophie Braam begegnet war: ein gewisses Einvernehmen, eine ausgestreckte Hand, die sie zur Konspiration einlud.

»Guten Morgen, Ms Braam. Was führt Sie denn her?«

»Bitte nennen Sie mich Sophie. Und wahrscheinlich dasselbe wie Sie – Mark Dixon. Ich dachte, ich bekomme noch ein bisschen was von seinem Trauergottesdienst mit, bevor ich zur Arbeit muss. Lindsey gibt eine Gedenkfeier, Cocktails und Häppchen.« Ihre Stimme klang sanft. Sie war es gewohnt, mit Menschen zu sprechen.

»Ja, ich weiß«, sagte Nora. »Murph und ich wollen nachher auch hin.«

»Um festzustellen, wer schuldig aussieht?« Sophie hob lässig die Braue, und da war es wieder, dieses Strahlen. Sie lachte, hell wie ein Bach, der im Sommer über Felssteine plätschert, und berührte Nora am Arm. »Ich hab oft genug *Criminal Minds* geschaut, Detective.«

»Officer. Immer noch Officer«, korrigierte Nora, während ihr ein Brennen den Hals hinaufkroch.

»*Officer*. Tut mir leid. Ich weiß jedenfalls, wie das läuft. Ist auch wirklich perfekt. Die ganze Stadt – zumindest jeder, dem irgendwas an Mark gelegen war – in einem Raum versammelt. Mix ein bisschen Alkohol und ein paar Tränen drunter, und wer weiß, was zutage kommt? Stimmt es, dass Täter immer wieder an den Ort des Verbrechens zurückkehren?«

»Wir kennen den Tatort nicht.«

»Na ja, Sie wissen, was ich meine. Alle werden da sein. Wenn ich einen Mann umgebracht hätte, würde ich bestimmt gern zu seiner Beerdigung gehen, um zu hören, was die Leute über mich sagen.«

Sophie lächelte. Hinter Sophie verbarg sich mehr, als es den Anschein hatte. Sie besaß etwas Besonderes, eine gewisse Präsenz, einen lebendigen Geist, der die Dinge von allen Seiten betrachtete, aufmerksamer und wacher, als die meisten Menschen es taten. Nora, die sich, seit sie hergekommen war, nach Freundschaft sehnte, wollte die Hand liebend gern ergreifen, die sie ihr hingestreckt hatte.

»Wahrscheinlich würde ich auch einen guten Detective abgeben«, fuhr Sophie fort. »Barkeeper müssen genauso aufmerksam sein, wissen Sie. Und genauso tough, könnte ich mir vorstellen. Männerwelt und so.«

»Beim Barkeeper-Job würde ich nicht unbedingt an eine Männerwelt denken.«

»Dann kommen Sie mal nach Feierabend vorbei, wenn wir zugemacht haben und sie sich in der Küche über den Hintern der neuen Kellnerin auslassen. Oder wenn der Koch über alles quasselt, was ihn an diesem Tag genervt hat. Ein Haufen Riesenbabys. Manchmal wünschte ich, sie würden einfach die Klappe halten, wissen Sie?«

Das konnte Nora verstehen. »Warum sind Sie dann kein Detective geworden?«

»Drei Gründe. Erstens«, Sophie streckte einen Finger in die Luft, »ich mag keine Cops. Nehmen Sie's mir nicht übel, aber Ihre Kumpels von der« – sie verzog das Gesicht zu gespielter Autorität – »*Alcoholic Beverage Control* nerven uns ein bisschen zu viel. Und wozu braucht ein Getränkekontrolleur überhaupt ne Waffe?«

Nora hob die Hände. »Fragen Sie nicht mich.« Sie war froh, dass Sophie sie nicht auf eine Antwort festnagelte. An dem Tag, als sie ihrem Vater mitgeteilt hatte, dass sie zur Polizeischule gehen würde, hatte er einen langen Spaziergang gemacht. Wohlmeinende Fremde brachten es öfter zur Sprache, als ihr lieb war. Wie konnte sie bloß, fragten sie, zu denen da gehören wollen?

»Zweitens«, fuhr Sophie fort, die Noras gerunzelte Stirn nicht bemerkte oder zu höflich war, um sie zu erwähnen, »wenn ich weiter für den Ol' Boys' Club arbeite, verdiene ich wahrscheinlich allein mit den Trinkgeldern mehr als alles, was sie Ihnen als Gehalt zugestehen.«

»Da ist etwas dran«, räumte Nora ein.

»Und drittens muss ich an den Familienbetrieb denken.«

Sie schwang den Arm in einem weiten Bogen über die knorrigen Apfelbäume. »Die Plantage ist leider nicht mehr das, was sie einmal war. Als mein Großvater starb, haben wir den größten Teil der Bäume an einen Betrieb bei Charlottesville verkauft. Von denen, die uns noch geblieben sind, gehen die meisten ein oder sind kurz davor, aber ich würde die Firma gerne wieder aufbauen. Eigentlich gehört sie meiner Großmutter, aber sie hat mit dem Anwalt gesprochen, und ich bin vor einer Weile ins Farmhaus gezogen, bevor sie ganz den Verstand verloren hat.

Demenz.« Sie warf Nora ein Lächeln zu, um das Mitleid abzumildern, das gleich folgen würde.

»Tut mir leid, das zu hören.«

»Schon gut. Sie erkennt mich schon seit ein paar Jahren nicht mehr. Durch meine Arbeit an der Bar habe ich jedenfalls ein paar Kontakte zu örtlichen Weingütern und Brauereien aufbauen können, und ich glaube, wir können unsere kleine Plantage in Bellair wieder zu etwas machen. Die Früchte selbst bringen nicht mehr viel, aber wenn man es schafft, sie in Flaschen oder Dosen pressen zu lassen, wird man reich. Oder zumindest wohlhabend. Besser, als Cocktails zu mixen. Apropos«, sie beugte sich mit leuchtenden Augen zu Nora, »wissen Sie, wie wir die Äpfel jedes Jahr zum Wachsen bringen?«

»Durch Beten?« Das war das Erste, was ihr im Schatten der Kirche in den Sinn kam.

»Fast …« Sophie legte eine Kunstpause ein. »Wir *schreien*.«

»Ach.«

Sophie lachte wieder, dieses herzliche Lachen, das einen in seinen Bann zieht. »Man nennt es ›Wassailing‹ – ein alter Brauch – viel älter als dieser Quatsch da.« Sie deutete Richtung Kirche, in der irgendjemand schief sang. »Ende Januar, wenn alles unter der Erde anfängt sich zu rühren, stehen wir draußen und brüllen. Damit sollen die bösen Geister vertrieben und die Äpfel in einer neuen Welt willkommen geheißen werden. Geschichten, die meine Großmutter immer erzählt hat, als meine Cousinen und ich noch klein waren.«

»Meine Mutter kannte dieselben Geschichten.« Nora erwiderte Sophies Grinsen. »Funktioniert es?«

»Besser als Beten jedenfalls.«

Sophie

In der Bar gab es eine Gedenkfeier.

Natürlich.

Die Hostess stand erwartungsvoll am Eingang, um diejenigen zu begrüßen, die aus der Kirche strömten, ein weinendes, schluchzendes Knäuel waberndes Schwarz. Gemeinsam beobachteten wir, wie der Wind sie rüttelte, während sie die vereiste Straße entlangliefen.

Ich entwickelte eine ungeahnte Schwerkraft. Ich stand da, in meiner Ecke dieses düsteren kleinen Lokals, und spürte, wie meine Füße in die Erde unter unser Fundament sanken. Meine Arme wurden so lang, dass sie die ganze Stadt in eine Umarmung hätten ziehen können, sie an mich drücken, fester und fester, bis wir alle gemeinsam unsere unbedeutenden Körper im selben Raum verbrannten. Ihre Gesichter tränenüberströmt, mein eigenes eine Maske, um übertüncht zu werden. Ich zog sie an mich und wurde eine Sonne, ein Planet, ein flirrendes schwarzes Loch, beobachtete sie schweigend vom Rand des Geschehens aus. Genau wie sie trug ich Trauerschwarz. Die Farbe, die ich täglich bei der Arbeit trage. Die Farbe, in der ich Mark umgebracht habe.

Lindsey stolperte an meine Theke, und ich reichte ihm den Drink, den ich schon fertig hatte, als er ankam. Genau den gleichen Mezcal, den auch Mark in seinen letzten Lebensstunden runtergekippt hatte; ein großer Eiswürfel, eine Spur prickelnder Rauch und ein Spritzer Zitrone. Er bedankte sich und sank zurück in das Nest aus Umarmungen, das auf ihn wartete. Die Cops bewegten sich wie Käfer durch die Trauernden, spitzten die Ohren, sammelten Geschichten, Tränen, geflüsterte Schuldgefühle, verstauten alles gut für ihre späteren Ermittlungen. Ich beobachtete das Ganze mit einem heimlichen Lächeln. Das war mein Werk. *Ich verfolge sie,* dachte ich. *Ich habe einen Albtraum erschaffen. Ich bin ein böser Geist.*

»Alles in Ordnung, Sophie?« Ty erschien auf der Bildfläche.

»Wahnsinn, das alles, was?«

»Ja, Wahnsinn«, stimmte ich zu.

Er klopfte mir auf die Schulter. Ich spürte ein Zittern unter der Berührung seiner Hand.

»Lass uns einen trinken.«

Er winkte die Kellner herbei und reihte fünf glänzende Shotgläser auf. Ohne zu fragen, füllte er sie mit Fernet, dem ultimativen Getränk der Wahl fürs Restaurantvolk, wenn einer von uns das Zeitliche segnet. Eigentlich hätte ich beleidigt sein können, dass man Mark als einen von uns betrachtete, aber das war er jetzt wohl. Er war mehr mit mir verbunden, als irgendwer von denen, die nun die Gläser an die Lippen hoben, ahnte.

Ty verscheuchte die Servierkräfte und schenkte uns noch einen ein. »Chef-Privileg ... Auf Mark!«

Und so legte ich den Grundstein für mein neu erschaffenes Leben – mit einem Abendmahl.

FEBRUAR

Nora

Wochenlang durchforsteten sie alles. Niemand, der ein Leben wie Mark geführt, der sich so zur Schau gestellt, der so viele enge Verbindungen in dieser Stadt gehabt, der nie mit seiner Meinung hinter dem Berg gehalten hatte; niemand, der so gelebt hatte, hätte ein solches Geheimnis sein dürfen. Aber das war er.

»Ich brauche den Tratsch, Nora. Alles, was dir draußen auf Streife zu Ohren kommt. Wen er gevögelt hat, mit wem er im Clinch lag, wer ihm Geld schuldete«, sagte Murph eines Nachmittags, drei Wochen nachdem Marks stinkender Leichnam gefunden worden war. Die beiden standen hinter der Wache, sie fröstelnd mit einem Becher Kaffee in der Hand, er Zigarettenrauch in die Lunge saugend.

»Mark war … Junggeselle. Das ist die nette Art, es auszudrücken. Ich hab mehr als ein Gerücht darüber gehört, dass er was mit verheirateten Frauen hatte. Wir müssen rausfinden, mit wem. Ein eifersüchtiger Ehemann steht ganz oben auf meiner Liste.« Er nahm einen Zug. »Und wir sollten uns bei der State Police erkundigen. Sicher haben sie auf der anderen Seite der Berge auch was mitgekriegt, schließlich ist die Route 29 nicht weit. Ich mochte Mark, aber sein spezielles Partyleben ist mir nicht entgangen.«

Nora nickte. Sie wusste genau, was er meinte. Sie befanden sich zwischen den beiden Highways, die den größten Teil des zwischenstaatlichen Drogenkorridors bildeten. Sie durchquerten Florida bis hoch nach D.C. und von da aus den Rest des Landes. Für eine verschlafene kleine Gegend, die zwischen sanften Berghügeln lag, hatten Bellair und die umliegenden Gemeinden mehr als ihren gerechten Anteil an Kriminalität und Gewaltverbrechen abbekommen.

Murph bückte sich, um seine Zigarette auszudrücken. Sie zischte auf dem kalten Boden, ließ eine Dampfspirale aufsteigen. »Leute wie Mark enden nicht einfach in einem Müllcontainer. Er muss jemanden wirklich wütend gemacht haben.«

Sophie

Das Liebste an jeder Schicht ist mir die Zeit, in der ich das Obst schneide. Das Gleiten eines Messers durch Zitrusschale hat etwas Beruhigendes, das anschließende Aufplatzen, Eindringen, das leise Spritzen des Saftes etwas Andächtiges.

In diesen Momenten werde ich zum Leuchtturm in einer Welt, die sich selbst wachrüttelt. Vorne im Restaurant plaudern die Kellner, während sie von Tisch zu Tisch laufen, Wassergläser und Salzstreuer platzieren, Kerzen anzünden, Vorspeiseteller und in Servietten gewickeltes Silberbesteck eindecken. Sie werfen sich unanständige Witze zu, tratschen über One-Night-Stands und Katerstimmung, foppen sich gegenseitig wie Kinder auf dem Spielplatz. Ty beobachtet sie vom Ende der Bar aus und gibt Kommentare darüber ab, wer zu spät gekommen ist, wer aussieht, als wollte er heute Abend zumachen, ob es sich lohnt, bei dem Wetter die Terrasse zu öffnen. Wenn ihm langweilig wird, schlendert er rüber und fängt an, Amber aus dem Konzept zu bringen, die es mit ihren Tischen ganz genau nimmt. Eine kaum merklich verschobene Besteckrolle, ein umgestülptes Wasserglas, so was bringt sie zur Weißglut. Sie lässt sich einfach zu leicht ärgern.

In der Küche trällert Chefkoch vor sich hin. Immer einen Tacken zu laut und haarscharf daneben. Er wärmt sich für später auf, wenn er anfangen wird zu schreien. Seine Stimme wird vom leisen Schmatzen halbhoher Türen unterlegt, die auf- und zugehen. Der Sous-Chef und der Tellerwäscher begrüßen sich, indem sie Beleidigungen austauschen, Schimpfworte, die sich zwischen ihnen auf dem fettigen Fußboden wälzen.

Die Hostess an ihrer Empfangstheke betet leise die Litanei ihrer Reservierungen herunter, überprüft noch einmal Uhrzeiten und Tischnummern, löst im Geist jede mögliche Streitigkeit, bereitet sich auf den bevorstehenden Ansturm vor. Mein Barhelfer geht, sobald er feststellt, dass es bei mir nichts für ihn zu tun gibt, zu ihr hinüber, um ihr zu helfen. An den meisten Abenden habe ich nicht viel für ihn, bevor der Betrieb anfängt, also verbringt er seine Zeit damit, gewissenhaft ein Besteckteil nach dem anderen zu polieren und es in gestärkte Servietten zu wickeln. Seine Handgriffe sind quälend langsam und wohlüberlegt. Am liebsten würde ich ihm sagen, dass es keine Prüfung gibt, aber wahrscheinlich würde er den Witz nicht mal verstehen. Die Hostess hat allerdings gekichert, als ich es ihr an einem ruhigen Nachmittag einmal zugeflüstert hatte.

Inmitten dieser Betriebsamkeit meditiere ich. Eine glänzende Fruchtkugel, die aus meiner Hand auf ein sauberes Schneidebrett rollt, wird zur Betrachtung des Zusammentreffens von Fingernagel, Zinke und Fruchtfleisch. Ich lasse sie atmen, lasse sie zum Stillstand wippen; meine Zitrone, meine Limone, in der Vormittagsschicht meine Orange, bis sie in stummer Bestätigung ihrer Opferbereitschaft vor mir liegt. Um sie zu fixieren, steche ich hinein. Ein Seufzer erhebt sich, als Haut und Zwischenhaut der metallenen Spitze nachgeben. Ist das Opfer ruhiggestellt, fährt die Klinge durch den rundlichen Körper, bis die Frucht von selbst in zwei glänzende Hälften zerfällt. Sie schaukeln auf dem Rücken wie zwei umgedrehte Schildkröten.

Ein scharfer Schnitt quer durch die freiliegende Unterseite reißt eine schmale Öffnung, die man auf den Rand eines Cocktailglases schieben kann. Meine Fruchtspalten wandern nicht in ihre Drinks. Ist die eine halb fertig, schlitze ich die andere auf. Sauber. Glatt. Die ersten Tropfen Fruchtsaft benetzen meine Hände. Manchmal treffe ich Kerne, die wie Knochen im Fleisch vergraben sind. Eine rasche Drehung des Handgelenks genügt, um sie aus dem Weg zu schieben.

Fertig eingeritzt, werden die Hälften auf ihre blutende Seite gedreht. Flach ausgestreckt liegen sie vor mir, jede von einer

Saftlache umgeben. Zwei schnelle Schnitte über die sanfte Wölbung ihres Rückens bringen aus jeder Hälfte drei perfekt geformte Spalten hervor – Fragmente einer Kuppel aus Fruchtfleisch und Schale und klebrigem Saft. Ich nehme eine nach der anderen mit dem Messer hoch und befördere sie in die bereitstehende Schale. Ein Eisbett darunter hält sie frisch und glänzend; sie lächeln breit, um durstige Kunden zu begrüßen.

Wie kühler Morgendunst hängt nach dem Schneiden ihr Duft in der Luft. Wenn der Vorgang abgeschlossen ist, sind meine Finger mit Fruchtsaft bedeckt. Nur ungern wasche ich ihn ab. So klebrig er auch sein mag, er ist angenehm; etwas Frisches, Sauberes, Ruhiges in der Hektik der Abendschicht. Ich achte immer darauf, mir ein wenig davon hinters Ohr zu tupfen, bevor ich die Hände unter den Wasserhahn halte.

Der zweite Mann war einfacher.

Sein Hals, prall wie eine leicht überreife Limette an ihrem letzten guten Tag, platzte, als ich mein Messer hineinstieß. Sein Blick erstarrte, vor Entsetzen und Fassungslosigkeit und Schmerz. Die normalen Verhaltensregeln wurden nicht befolgt. Das hätte nicht passieren dürfen.

Charybdis

Es ist nicht leicht, die Übergriffe zu verstehen, denen man im Dienstleistungsgewerbe ausgesetzt ist, wenn man nicht einmal selbst seinen Lebensunterhalt damit verdient hat. Einen Sommer lang Eiskrem in der prallen Sonne an der Uferpromenade verkaufen oder der Teilzeitjob in der heimischen Kneipe, die gleichzeitig der Ort ist, an dem du als Minderjährige deinen Alkohol abgreifst, reichen da nicht. Das sind lockere Jobs, bei denen das Geld leicht verdient ist und alle dich mögen, weil du ach so nett bist. Es ist leicht, nett zu sein, solange du Licht am Ende des Tunnels siehst.

Du siehst Licht, deshalb kannst du darüber hinwegschauen, wie dieser Mann dich am Handgelenk gepackt hat, als du seinen Teller abräumen wolltest. Stimmt, er hatte ihn seit zehn Minuten nicht mehr angerührt, aber schließlich hat er noch zwei Pommes übrig, *Miss*, also hören Sie auf, ihn zu drängen, verstanden? Vielleicht ist es auch seine Frau, die was gegen dich hat, weil sie einmal du war; der, jetzt, wo sie nicht mehr so straff wirkt, auffällt, wie die Blicke ihres Gatten über Körper wandern, die nicht ihrer sind. Bevor sie geht, ruft sie garantiert den Restaurantchef herbei, um sich über das Lächeln zu beschweren, das du dir ins Gesicht gekleistert hast, wie du mit dem Hilfskellner über etwas gekichert hast (das sie gewesen sein muss). Vielleicht sagt sie auch nichts, besteht aber darauf, die Rechnung zu bezahlen, und geht, ohne dir irgendwas an Trinkgeld auf die 2,13 Dollar draufzulegen, die du pro Stunde verdienst; 0,00 Dollar, nachdem du das Hilfspersonal ausbezahlt hast und die Steuer abgegangen ist.

Du siehst Licht, deshalb kannst du lachen, als der Mann, der diesen Tisch in deinem Bereich belegt und mittlerweile seit Stunden hütet wie ein Märchendrache seinen Goldschatz, dir die Lippen ans Ohr presst und seinen Zimmerschlüssel in die

Tasche steckt. »Für später, wenn du Feierabend hast«, sagt er, während seine Finger in deinen Gürtelschlaufen ein Haken sind, von dem du dich erst befreien kannst, als du lächelst.
Verstehst du jetzt?
Aber wie solltest du? Bevor du nicht all den Dreck unter den Fingernägeln, die Knoten im Rücken und die Schmerzen in den Beinen hast; bevor du nicht deinen Stolz und deinen Verstand so oft runterschlucken musstest, dass dir ganz übel wurde? Wie solltest du es da verstehen können?
Ein bisschen ist es so, wie eine Frau zu sein.
Weshalb ich, sobald ich die Chance dazu hatte, hinter einen Bartresen zu treten, diese ergriff. Ich kann zwar die Blicke nicht verhindern, die abfälligen Fragen über meine Rezepte, die spätabendlichen Anmachsprüche und das Geld, mit dem sie mir vor der Nase herumwedeln, alles meins, wenn ich nach ihrer Pfeife tanze ... Aber sie können mich nicht mehr anfassen. Sie können mich nicht erreichen. Das bisschen Edelstahl und Holz ist ein Ozean, und ich bin Charybdis. Sie können den Arm nicht über die Weite strecken, ohne in meinen Abgrund zu stürzen. Meine Bar ist klein, aber sie ist alles.
Ich war auf dem Rückweg von der Bank, den Geldbeutel voller Münzgeldrollen für die Kasse, und dachte an diese Bar. Die Hauptstraße von Bellair, die Peach Street, ist ein gekrümmter Straßenarm, an dessen Ellbogen eine verwahrloste Gasse namens Garland Avenue abzweigt, die auf der Rückseite der Geschäfte entlangläuft und größtenteils von Lieferwagen, Rauchern und Restaurantangestellten genutzt wird, die mal frische Luft schnappen müssen. Außerdem ist sie der bevorzugte Zugangsweg zur Arbeit fürs Personal. Es macht mehr Spaß, die Schlampe von hinten zu nehmen, wie die Küchenjungs gern scherzen. Sehr originell. Da war es wahrscheinlich passend, dass ich auf dem Rückweg von der Bank an Brüste dachte.
Wenn man schon an Feiertagen arbeiten muss, besteht die

Kunst darin, so viel Spaß wie möglich dabei zu haben; alles sollte ein Spiel sein. Sonst machen einen die übergroßen Egos und die unterdimensionierten Trinkgelder wahnsinnig. Deshalb überlegte ich, während ich auf meinem Weg über die Garland aufmerksam auf versteckte Eisflächen achtete, Ty zu überreden, uns ein paar Schalen für den rosa Valentinstag-Champagner zu bestellen. Champagnerschalen bergen nämlich ein köstliches Geheimnis.

Beginnen wir mit den Grundlagen: Die Fermentation von Wein, Käse, Bier ist nichts anderes als ein kontrollierter Fäulnisprozess, der über Tausende von Jahren durch Versuch und Irrtum von den Menschen perfektioniert wurde. Angeblich wurde das erste Bier rein zufällig gebraut, als den alten Ägyptern etwas Merkwürdiges im Abwasser auffiel, das beim Brotbacken entstand. Eine glückliche Fügung des Schicksals, die sich auf ihre Begeisterung für Landwirtschaft ausgewirkt haben könnte, und in der Folge auf die Welt, wie wir sie kennen. Wenn die Legende wahr ist, schulden wir diesen mikroskopisch kleinen Pilzen namens Hefe ewige Dankbarkeit. Genauer gesagt, dem Appetit der Hefe. Das Äthanol, das uns eine rosige Farbe auf die Lippen malt und uns die Zungen löst, ist ein natürliches Abfallprodukt der Unmengen winziger Mäuler, die sich voll Zucker fressen.

Wir können sie bremsen, den Prozess in die Länge ziehen, damit aus dem sanften Verderben kein übles Verfaulen wird; sie in ein Fass oder eine Flasche sperren, damit ihr Festmahl Jahre statt Wochen dauert. Aufhalten kann sie nur der Tod. Das wussten die Mönche, die Champagner herstellten, ganz genau.

Der Wein, ein dunkler Pinot Noir oder ein strohgelber Chardonnay für einen Blanc de Blanc, wird mit einem zusätzlichen Löffel Zucker in Flaschen gefüllt, bevor er ins Regal kommt. Drei Jahre liegen die Flaschen dort im Dunkeln, werden nur gelegentlich sanft auf ihrer Lagerstätte gedreht. Im Inneren der gläsernen Hülle ist eine Weile alles bestens; die extra Portion

Zucker ein Segen für die Hefepilze, die sich ohne einen Gedanken ans Morgen vollmampfen. Währenddessen beginnt das Äthanol, das sie produzieren, nach und nach ihr Zuhause zu vergiften. Und so sterben sie langsam.

An der Stelle wird die Sache interessant. Nachdem ihr der Zucker ausgeht, bleibt der Hefe, ausgehungert, wie sie ist, keine andere Wahl, als die Leichen ihrer Brüder und Schwestern zu fressen. Autolyse nennt man das. Selbstzerstörung. Diesem Kannibalismus verdankt der Champagner sein Brot-Aroma und seine Vollmundigkeit. Er erzeugt außerdem die Perlen.

Hefepilze sind nicht die einzigen Organismen, die sich selbst vertilgen. Auch du gehörst dazu, wobei es sich bei dieser Selbstzerstörung den größten Teil deines Lebens um geordnete, wohlgesittete Autophagie handelt. Eher um ein *Selbstanknabbern* als um ein *Selbstauffressen*. Im Tod ändern sich allerdings die Spielregeln. An Marks leblosem, blau verfärbtem Körper am Boden dieses Müllcontainers war eine wahre Orgie mikroskopisch kleiner Mäuler im Gange.

Interessant, wirst du jetzt sagen, aber wo ist das Spiel? Hier ist meine Antwort: Es ist ein Irrtum, dass Schaumwein am besten in der Flöte serviert werden sollte. Der lange Glaskelch, der zwar schön anzusehen und von zierlichen Händen leicht zu halten ist, taugt lediglich dazu, die Perlen zur Schau zu stellen. Der Champagner in deinem Glas jedoch ist das Ergebnis jahrhundertealter Anstrengung und chemischer Prozesse und unzähliger Tode und sollte als solcher respektiert werden. In einer Flöte ist er hübsch anzusehen, aber eindimensional. Darf er sich jedoch in einer weiten Schale entfalten, verwandelt er sich in eine multisensorische Geschmacks-, Klang-, und Duftsymphonie. Der Teil der Hefepilze, der die Hungersnot überlebt hat, kann die frische Luft atmen und anfangen zu singen.

Hätte ich einen eher unterentwickelten Geschmack gehabt, wäre mir das vielleicht egal gewesen, dann hätte ich mich vielleicht über eine Bar voll aufgetakelter Pärchen gefreut, die die üblichen phallischen Flöten an die Lippen heben. Eine herrliche Vorstellung eigentlich. Ich habs aber gern ein bisschen anspruchsvoller. Der Legende nach waren Marie Antoinettes Brüste so schön, dass ihr Ehemann König Ludwig XVI. seine Trinkgläser danach gestalten ließ. Der Phallus hat ausgedient. Sollen sie Champagner aus Brüsten schlürfen; was für ein Riesenspaß das doch sein würde.

Gerade als ich das vor mich hin grinsend entschieden hatte, machte sich der Mann bemerkbar, der mein Opfer Nummer zwei werden würde.

»Du hast ein hübsches Lächeln, Kleine. Schenkst du mir eins?«

Zuerst konnte ich sie gar nicht einordnen, diese plötzliche Störung meiner geheiligten Ruhe. Das war nicht möglich, er gehörte hier nicht her. Dieser Ort zwischen Unkraut und Schotter, der ein bisschen nach Müll und eisenhaltigem Schlamm roch, diese Hinterhofgegend, ist unser Heiligtum, in dem wir, die wir stets Lächeln auf unsere Gesichter heften, die schon ganz wund sind, wo wir unseren Stolz abgezogen haben, uns geben können, wie wir wirklich sind. Hier zwischen stinkenden Mülltonnen, Stapeln mit kaputten Paletten, ramponierten Stühlen und Transportkisten ist der Ort, an dem all die Randfiguren unserer Vera-Bradley-Taschen tragenden, in Vineyard Vines gekleideten rosaroten Paisley-Welt sitzen und durchatmen, sich einen Moment von Blicken, Pfiffen, Grapschern erholen können.

Und da steht er plötzlich, stört diesen ehrwürdigen Frieden. Ich spürte, wie sich in meinem Nacken eine Gänsehaut bildete, wie sich langsam hunderte Haarmuskeln zusammenzogen, die zwischen den Zehen Tausender winziger Füßchen steckten.

Am westlichen Rand wird die Garland Avenue vom Creek gesäumt. An die andere Seite grenzen mehrere Gassen, die wie Adern die freundlichen Ladenfronten und Bars an der Peach

Street durchschneiden. Düstere, enge Durchgänge, die jeweils am östlichen Ende durch einen hohen Holzzaun oder eine vollgepackte Abstellfläche begrenzt sind, um unseren Müll von der Hauptstraße fernzuhalten, um die vornehme Öffentlichkeit vor unseren Raucherpausen und Kleiderwechseln, vor unseren unfreundlichen Gesichtern zu schützen. Das Blue Bell teilte sich die Gasse mit dem Friseur nebenan und der darüberliegenden Buchhandlung. Er stand zwischen mir und dieser Gasse, die noch gute zehn Schritte entfernt war. Wenn ich an ihm vorbeikäme, müsste ich, um dem Mann zu entkommen, nur noch die paar Stufen über die Hintertreppe ins Restaurant.

Zur Arbeit.

Bevor meine Pause zu Ende war.

Der Gedanke reizte etwas an meinem Kieferbogen, direkt hinter der abgerundeten Stelle des Unterkiefers. Ein Brennen im Rachen. Ein Juckreiz. Sämtliche Muskelfasern meiner Schulterblätter zogen sich zusammen. Das hier war mein Platz, meine freie Zeit. Und er hatte sich hereingedrängt, meine Aufmerksamkeit verlangt. Meine Hände ballten sich zu Fäusten. Ich hatte die Wahl.

Die Tür war gleich dahinten, nur ein paar Schritte entfernt.

Die Hinterfenster waren geschlossen, die Vorhänge zugezogen, um die Kälte abzuhalten. Aus dem Küchenabzugsrohr stieg Dampf auf. Das Heizaggregat, das an diesem frostigen Tag Schwerstarbeit leistete, rumpelte und ächzte. Niemand konnte uns hier sehen, niemand hören. Es war Winter, die Dunkelheit setzte früher ein, die Gasse versank schon in sanftem Schatten. Würde mich jetzt hier jemand überfallen, niemand würde es merken. Niemand würde mir helfen.

»He! Ich rede mit dir!« Ein Anschreien, kurz und schroff, Schritte auf Schotter, das Knirschen von Eis. Dann ein Knurren, Spucken auf den gefrorenen Boden. »Schlampe.«

Ein Gedanke, den ich hatte wegschlagen wollen, flatterte mir heftig zwischen den Ohren: Warum sollte ich zurückgehen, um bei der Arbeit belästigt zu werden, nur um nicht in meiner Pause belästigt zu werden?

Plötzlich entwickelte meine Hand ein Eigenleben, glitt in meine Tasche, um die Handschuhe hervorzukramen, die irgendwo unter diversen Stiften und Stundenzetteln und dem Päckchen Zigaretten vergraben waren, das dazu diente, an knallvollen Abenden die Köche zu besänftigen, um sicherzustellen, dass sie ihre Sophie liebten, die sich immer so wunderbar um sie kümmerte. Es waren dünne Baumwolldinger, diese Handschuhe, zum Schutz vor der Kälte brachten sie, ehrlich gesagt, wenig, aber zum Vermeiden von Fingerabdrücken waren sie perfekt.

Als ich mich wieder zu ihm drehte, ließ ich meinen Körper eine Einladung sein, hielt sicherheitshalber noch die Packung Zigaretten hoch. Er folgte mir unter die Hintertreppe.

Männer mögen keine Frauen mit leerem Mund. Bring ihn zum Schweigen, stopf ihn voll, bevor sie ihn mit ihrer Stimme füllt. Vielleicht war das der Grund, warum ich kein Wort sagte, während ich nicht das tat, womit er rechnete. Nicht dass es nötig gewesen wäre. Er war sich seiner selbst so sicher, dass er mir freiwillig unter die Treppe folgte. Ich musste nur tun, was sie immer verlangten. *Lächle, Kleine. Du hast so ein hübsches Lächeln.*

In der Gasse stach ich auf ihn ein, wieder und immer wieder, während keine zwanzig Meter entfernt die Menschen ihrem Alltag nachgingen. Als der Schock nachließ und er schreien wollte, stieß ich ihm das Messer in die Wange, in die weiche Vertiefung unterm Kinn, in die Mulde, die seine Zunge trug. Zitternd prallte es auf seine Gaumenwölbung. Als ich es wieder herauszog, sprudelten ihm die wimmernden Schreie mit einem gurgelnden Blutschwall aus dem Hals. Ein letzter Stoß in die Kehle, und sein Schmerz verstummte. Sei still sei still *sei endlich still.*

Ich drängte ihn unter die Treppe, drehte ihn weg, um sein

Blut von mir fernzuhalten. Es spritzte mir auf die Schuhe, aber das war egal. Solange meine Arbeitsbluse sauber blieb, schwarz, würde niemandem etwas auffallen. Es spritzte auf die alten Kartons, und ich schob mit dem Fuß noch mehr davon unter ihn. Sollte die Pappe ihn aufsaugen; die war leicht zu entsorgen.

Er sank nach vorn. Ich stach wieder zu, dieses Mal in seinen Nacken. Mein Messer traf auf Knochen und Knorpel, ich drehte es, bis sie wegrutschten, nichts weiter als Zitronenkerne. Als er auf dem schmutzigen Boden zusammenbrach, ließ ich mich auf ihn fallen. Unter uns sammelte sich Blut, während ich darauf wartete, dass er den Geist aufgab. Männer, stellte ich fest, hatten ihre Schwachstellen. Sie waren nicht weniger aus Fleisch und Blut als ich, oder du.

Es war fast so schnell vorbei, wie es begann. Der letzte jähe Stoß in festes Fleisch, Keuchen und Zucken, und dann: die Erlösung. Stille. Ich rührte mich nicht. Einen ausgedehnten Atemzug lang blieb ich auf seinem Rücken sitzen und wartete seine letzten Zuckungen ab, während seine Nervenzellen eine nach der anderen kurzschlossen. Es hätte Spaß machen können, dieses lächerliche Zappeln eines Körpers, dem man plötzlich den Strom abgedreht hat, hätte ich mich nicht so ungeschützt gefühlt. Aber dieser offene Hohlraum unter ein paar wackeligen Holzstufen war kein Versteck, kein sicherer Ort, um innezuhalten und mich einen Moment daran gewöhnen zu können, an meinen zweiten Mord.

Sekunden vergingen, bleiern wie Stunden. Ich kauerte über ihm wie ein Tier, den Mund weit geöffnet, um den rauen Klang meines Atems über rissigen Lippen zu ersticken. Vor mir stieg Dampf von dem Blut auf, das er auf den kalten Boden gespuckt hatte. Wenn jetzt ein Angestellter Zigarettenpause machen würde. Was sollte ich sagen?

Schließlich brauchte ich keine Antwort. Niemand kam. Die Gasse blieb still und starr, dampfte friedlich vor sich hin. Die einzigen Laute waren der ferne Ruf der Krähen, das leise Plätschern des Creeks, das heftige Pochen meines Herzens.

Du kannst ihn nicht hierlassen! Du hast keine Zeit – wohin bringst du ihn? Und das Blut! Was, wenn dich jemand mit den Kartons sieht? Wohin ist es noch gespritzt? Was machst du jetzt? Was machst du jetzt bloß, Sophie? Pass auf! Sieh mich an!!

Da lag er. Mit dem Gesicht nach unten auf dem eisigen Boden, ausgelöscht, und blutete nicht mehr. Er war erbärmlich, dieser Widerling, der etwas von mir wollte, der dachte, ich würde ihm was schulden. Heiße Wut stieg in mir hoch, und ich verpasste ihm einen Tritt, fest. Dann begab ich mich an jenen Ort, der immer da war, dahin, wo ich Frieden fand, wenn die Welt um mich herum sich mit Lärm und mit Gesichtern füllte, mit Stimmen, die über die Kreidetafel meines Hirns schrammten. Dort ist es still, friedlich. Dort kann ich Luft holen, mich sammeln, eine Entscheidung treffen.

Im schwindenden Licht der kahlen Wintersonne konnte ich nichts mehr tun. Der Mann würde erst einmal bleiben müssen, wo er war. Leere Kartons und unbrauchbare Paletten wurden meine besten Freunde. Ich schob meinen Angreifer tief unter die Treppe und baute eine Festung um seine erstarrende Leiche. Seine Beine fanden Platz in einer alten Weinkiste, sein Kopf bekam einen seltsamen Hut in Form eines weggeworfenen Besteckkorbs. Der ganze Schrott, den die Bar ausgespuckt hatte, fand eine Wiederverwertung als bizarre Modeschöpfung, und er war mein Mannequin.

Ein vertrockneter Brombeerbusch unter der Treppe wurde mein stummer Verbündeter. Wie passend: Mein Nachname, Braam, ist Niederländisch für »Brombeere«. Seine dornigen Zweige würden mich schützen, würden mir Zeit geben zu überlegen, was zu tun ist.

Später, die letzten Gäste waren schon fort, die Sonne stand schon stumpf am Himmel, gab ich Ty meinen Stundenzettel und sagte, ich müsse eine Pause beim Saubermachen einlegen, ich hätte Krämpfe und bräuchte frische Luft. Männer stellen nie etwas in Frage, das mit der Menstruation zu tun hat. Alles, was du tun musst, ist, in deiner Handtasche zu kramen, als würdest du nach einem Tampon suchen, und schon überschlagen sie sich, von dir wegzukommen. Also wusste ich, dass keine Gefahr bestand; ein paar Minuten lang. Zuerst verschwand ich kurz auf der Toilette, um den Schein zu wahren. Dann entpackte ich mein Opfer Nummer zwei.

Selbst mit beiden Händen war es nicht leicht, seine Handgelenke zu umfassen, sie rutschten weg und wehrten sich. Ein, zwei Mal plumpste einer seiner Arme heraus, und ich hatte Mühe, ihn wieder in das merkwürdige Gebinde zu integrieren, das ich angefertigt hatte.

Er war schwer, sein Körper störrisch. Der Reißverschluss seiner Jacke verfing sich in vertrockneten Grasbüscheln, knirschte über Schotter. Ich musste mich hinhocken und ziehen, ein fester Schritt, dann noch einer, noch einer, einer noch, so schnell ich konnte, während mein Blick und mein Ohr auf der Suche nach Lebenszeichen die Gasse überflogen. Trotz der Kälte stieg mir Schweiß auf die Stirn. Der Atem zog mir aus dem Mund wie Rauch.

Als ich am gegenüberliegenden Ende der Gasse gegen eine zerbrochene Milchkiste stieß, hätte ich ihn fast losgelassen. Die spitzen Plastikstücke fühlten sich wie Finger an meinem Rücken an. Die Welt um uns herum stand still, mein Herzschlag wanderte wieder den Hals hinunter.

Das letzte Stück war einfach. Bleib ganz ruhig. Ich rollte ihn auf die Seite, verschob Kisten, setzte Paletten um, beförderte den kaputten Stuhl in die Ecke gegenüber. Niemand, der zufällig zum Rauchen hier rauskam, sollte versehentlich auf mein Opfer Nummer zwei treten. Dann folgten die Notwendigkeiten. Ich suchte in seinen Taschen nach einem Personalausweis, auf seinem Körper nach sichtbaren Spuren von mir. Ich las ein paar Baumwollfusseln auf, die von meinen Handschuhen stammten, wischte einen Schweißtropfen weg, zupfte ein paar Haare ab, die auf seiner Jacke gelandet waren. Den Rest, darauf musste ich vertrauen, würde die Witterung vernichten. Er hatte keinen Ausweis, und, so vermutete ich langsam, auch kein Zuhause. Niemand würde ihn vermissen. Das verschaffte mir Zeit.

Seine Zunge, die durch das Loch in seiner Kehle frei lag, ließ sich leichter entfernen als die von Mark. Ich steckte sie in meine Tasche und begrub ihn unter einem Berg Abfall, alter Kisten, vergessenem Unrat.

Den Schotter, der durch das Darüberziehen der Leiche aufgewühlt worden war, glättete ich wieder. Sein Blut hatte die Kartons gefrieren lassen. Ich sammelte sie in einem Müllsack und warf sie in einen Abfallcontainer. Das restliche Blut, das auf den Boden gespritzt war, löste ich mit ein paar festen Tritten, verteilte granatrote Eissplitter in der Gasse. Auf dass sie zu nichts zerschmolzen.

Kaum war ich fertig, begann es zu schneien, sanfte Küsse sanken auf mein Haar, meine Wangen, meinen Hals. Atme, sagten sie. *Atme.* Ich schloss die Augen, und jede kalte Berührung linderte ein bisschen das gefährliche Erröten meiner Haut. Ein Kichern prickelte mir im Hals, so etwas wie überschäumende Erleichterung. Ich unterdrückte es, bevor es herausplatzen konnte, doch es stieg weiter nach oben und brachte meine Augen zum Leuchten. Ich war mächtig. Ich besaß ein Geheimnis, zwei Geheimnisse, von denen sich eins verborgen in der Ecke dort hinten nach und nach selbst auffressen würde.

Als ich kurz darauf in die Bar trat und Ty mir sagte, die Schneeflocken sähen hübsch aus auf meinen dunklen Haaren, strahlte ich übers ganze Gesicht.

Nora

Die Luft gefror, und Anfang Februar waren ihr Reißzähne gewachsen. Obwohl Bellair durch die sanften Ausläufer der Blue Ridge Mountains vor Tiefschnee geschützt war, entging es nicht der Kälte. Der Winter sickerte die Berghänge herab, ergoss sich in Gräben und Flussbetten, malte zarte Spitzenmuster auf morgendliche Fensterscheiben. Im Februar verdichtete sich die eiskalte Luft, nahm eine Gestalt an, die Nora unter die Haut glitt, jeden Zentimeter ihrer Knochen umhüllte, die standhafte Armee ihrer Zähne rüttelte, bis sie anfingen zu klappern. Sie spürte wieder die nächtlichen Gesichter auf sich eindrängen; der Reif auf ihrer Veranda der glitzernde Beweis für ihre Seufzer im Dunkeln. Sie weckten sie am Morgen, diese entsetzlichen Tode, die sie allzu oft hatte bezeugen müssen; ihre Leichen waren zarte Erscheinungen, vom schwachen Sonnenlicht leicht zu zerstören, und hatten sich in Luft aufgelöst, sobald sie die Augen aufschlug. *Hier.*

Du bist hier. Sei hier.

Hier. Sie spürte ihr Herz schlagen, kraftvoll und beharrlich. Sie war hier, saß auf ihrem schiefen Bürostuhl. Hier, wo sich all die dunklen Wintertage, die sich dahinschleppten, seit sie und Murph Marks Leiche gefunden hatten, auf dem abgeblätterten Lack ihres kleinen Schreibtischs sammelten; hier unter flackerndem Neonlicht in diesem kalten Gebäude aus Beton und Backstein. Sie hatten nichts. Ihn in den Müll zu werfen, hatte so viele Beweise zerstört, hatte so viele Fragen rund um seine Leiche offengelassen. Sie hatten alte Geschäftspartner befragt, ehemalige Freundinnen, sogar seine alte Mutter, um herauszufinden, ob irgendjemand etwas weiß. Alles, was dabei herauskam, war das Bild eines Mannes, der vielleicht mehr gefeiert hatte, als es in seinem Alter gut gewesen wäre, und dessen Rastlosigkeit über eine gewisse bedauernswerte Einsamkeit hinwegtäuschte. Am nächsten waren sie einer richtigen Spur an dem Tag gekommen, als Murph Lindsey einbestellt hatte. Mark schuldete ihm Geld, eine Menge. Doch der Mann war so verzweifelt über den Tod seines Freundes gewesen, dass es schwer vorstellbar war, dass er dafür verantwortlich sein könnte. Außerdem hatte er ein wasserdichtes Alibi. Eine Woche Skifahren oben in Wintergreen. Das lag zwar nur eine Autostunde entfernt. Aber es gab genug Fotos, genug Leute, um seine Anwesenheit zu bestätigen.

»Eigentlich hätte er dort zu uns stoßen sollen«, sagte Lindsey mit tränenerstickter Stimme. »Als er nicht aufgetaucht ist, dachten wir, er hätte es sich spontan anders überlegt und wäre runter nach Ocracoke gefahren. So was hat er manchmal gemacht. Einfach abhauen, ohne jemandem Bescheid zu sagen.«

Also blieb Marks Akte leer, wurde ein tiefer Brunnen, der ihn komplett verschluckte. Und Nora hatte inzwischen zu viele Tage am Rand gestanden und hinunter ins Dunkel geblickt.

»Streck nie die Hand irgendwo hinein, wo du nicht hinsehen kannst, Kind.« Nora klang die Stimme ihrer Mutter im Ohr, als sie in diesen Brunnen sah. »Du weißt nie, was da lauert.«

Emma hatte natürlich an Schlangen gedacht.

Doch wie tief Nora auch stocherte, wie oft sie die Finger auch durch die Fragen kreisen ließ, die sich am Rand so vieler offizieller Aussagen und Befragungsnotizen drehten, außer einem kurzen Kribbeln in den Fingerspitzen nichts; ihre Antwort noch immer reine Vermutung ohne Hand und Fuß.

Ihr Schreibtisch verspottete sie. Sie saß mittlerweile viel zu lange daran. Wie sie alle. Durch die bittere Kälte nach drinnen verbannt, legten die Officer die straffen Rücken und die feste Muskulatur ihrer Sommerkluft ab und entblößten darunter die schlaffen Körper von Hauskatzen. So verwandelt hocken sie zusammengesunken an Schreibtischen und auf Stühlen, die Hände an Telefonen klebend, die an Blicken klebten, aus Augen, die vor Langeweile ganz glasig waren. Mit hängenden Mundwinkeln. Damit fing der Ärger an, das wusste Nora. Männern bekam es nicht, sich zu langweilen. Sie versauerten auf ihren Plätzen, wie Wein, der zu lange im staubigen Regal liegt und zu Essig wird.

Winter bedeutete, tagelang zusammengepfercht im Streifenwagen zu verbringen, stur vor sich hin zu frieren und möglichst die Rückenschmerzen von zu vielen Stunden sitzender Tätigkeit zu ignorieren, während die einzige Unterhaltung darin bestand, Hausfrauen zu beobachten, wie sie bei Glatteis die Kontrolle über ihre Autos verloren. Eine häusliche Auseinandersetzung unten auf der Farm der Sanderses war eine Befreiung, etwas Handfestes, Aufregendes, das das Leben aus dieser eisigen Flaute schütteln konnte. Ein Sattelschlepper, der unter der Eisenbahnbrücke festhing, war geeignet, einen Mann von einem Tag zu befreien, an dem er sonst an den Schreibtisch gekettet sein würde, um Aktenvermerke zu schreiben. Bettler an der Peach Street waren im Sommer vielleicht einfach bloß lästig, in der kalten Jahreszeit jedoch diente alles als Vorwand, um aufzustehen, rauszugehen, das Blut wieder in Wallung zu bringen.

Nora kümmerte sich um den Einsatz. Sie wusste, dass sie die Richtige war, um eine Mutter zu fragen, warum sie ihre Kinder mit zum Betteln an eine kalte Straßenecke nahm, während sie eigentlich warm und wohlgesättigt in der Schule sitzen sollten. Die Jungs hätten ihre Fragen zu einer Anschuldigung gemacht, hätten die Frau gegen sich aufgebracht. Nora, die behutsam vorzugehen wusste, konnte ihre Sorge in eine warme Decke verwandeln, konnte diese Frau und ihre Kinder darin einhüllen.

Das war ihr winterlicher Alltag: lange, lechzende Tage, die von Zornesausbrüchen und überschäumender Wut unterbrochen wurden. Die ganzen verschimmelten Abfälle menschlichen Verhaltens in eine so eisige Kälte gehüllt, dass dir die Augen tränten und die Nase brannte. Als es Februar wurde, merkte sie, wie ihre Zuversicht langsam schwand.

Und die ganze Zeit starrte sie zwischen Strafzetteln, Anzeigen und Zuschussanträgen Mark Dixon an, während ihm seine Fragen über die blau verfärbten Lippen glitten wie nasser Schnee vom Dach. Welche Beweise es auch immer gab, sie waren stumm geblieben. Mark war ein Geist ohne Zunge, seine Fragen sammelten sich nach und nach auf ihrem Schreibtisch zu einer Pfütze, bis die Gedanken an ihn ihre ganzen anderen Unterlagen durchweicht hatten.

Es ärgerte sie, obwohl sie das niemals zugegeben hätte. Mark gehörte Murph; sein Fall, seine Verantwortung. Noch war er der leitende Ermittler der Mordkommission, nicht sie. Dieser Umstand erleichterte und frustrierte sie zugleich, ein ständiger Juckreiz unter der Haut, unangenehm, beharrlich, nicht zu besänftigen.

Die Jungs rochen das, ihre Unzufriedenheit, wie sie auf der Stelle trat. Als sie noch neu war, hatten sie sie halbwegs toleriert, eine kalte Schulter hier, ein Tuscheln über die Diversitätsquote da, aber größtenteils waren sie ihr im August mit einer etwas schroffen Akzeptanz begegnet. Sie hatte es als das genommen, was es war, kleinstädtische Spielchen um Gebietsansprüche, die kleine Leute gern spielten. Doch als klar wurde, dass sie bleiben würde, dass sie Murphs Wunschnachfolgerin war, weshalb sie sich wohl für etwas Besseres hielt als sie, fingen die Probleme richtig an.

Anfangs waren es nur leise Unterhaltungen, die aus dem Pausenraum drangen. »Satterwhite wartet schon seit Jahren drauf, dass die Stelle frei wird, hat jede Menge harte Arbeit reingesteckt, und jetzt gibt Sarge sie einfach *der*?«

»Wieder mal so'n Linken-Scheiß, immer politisch überkorrekt. Sie müssen die Steuerzahler glücklich machen, bloß damit sie nicht mehr drohen, uns die Mittel zu kürzen. Als würden wir hier im Geld schwimmen. Ich habs so satt. Was wissen die verdammt noch mal über Polizeiarbeit? Ich erzähl den Politikern auch nicht, wie sie ihren Job machen sollen.« Seine Stimme senkte sich in gespielter Überheblichkeit eine Oktave. »*Warum haben Sie ihn nicht einfach ins Bein geschossen, Officer? Ein faules Ei verdirbt den ganzen Brei.*«

»Pass lieber auf, ich wette, sie schreibt mit, sucht nach Problemen, wo keine sind.«

»Was sie wohl macht, wenns zu einer Schlägerei kommt?«

»Heulen wahrscheinlich. Hat vielleicht sein Gutes, dass sie sie an den Detective-Schreibtisch ketten wollen. Ich hab keine Lust, erschossen zu werden, weil meine Partnerin gerade Regelschmerzen hat.«

»Kann man ihr trauen? Auf wessen Seite steht sie, wenns hart auf hart kommt?«

Nora biss sich auf die Lippen, beschloss, sich diesen Schuh nicht anzuziehen. Doch das Getuschel schlang sich wie Kletterpflanzen um ihre Knöchel, verfolgte sie in den Fluren, kratzte auf der nackten Haut.

Eines Morgens ertappte sie Charlie gerade noch dabei, wie er rasch eine Schachtel extragroße Tampons und eine Packung Schmerzmittel beiseitenahm, die jemand vor ihrem Spind platziert hatte.

»Das ist bloß ein dummer Scherz, Nora«, versuchte er die Sache zu erklären, ob sich selbst oder ihr, war ihr nicht ganz klar. »Lass dich von diesen Arschlöchern nicht unterkriegen. Murph und ich sind auf deiner Seite.«

Doch Charlie hatte keinen Dienst an dem Tag, als Davis eine Rebellenfahne auf seinen Schreibtisch stellte und lautstark verkündete, die Schule seines Sohnes kenne offenbar den Unterschied zwischen Tradition und Hetze nicht und hätte Konföderiertensymbole verboten, also würde er sie jetzt stolz hier präsentieren.

»Jede kleine Schwuchtel darf ihre Flagge behalten«, sagte er und pappte einen Aufkleber an die blaue Metalltür. Sie hatte dieselbe Farbe wie die verhassten Balken darauf, bemerkte Nora, als wäre er speziell dafür gemacht. Davis fuhr mit seiner Hetztirade fort. »Die Geschichte der einen zu zensieren und die der anderen nicht, ist doch nicht fair, noch dazu in ner staatlichen Schule. Findest du nicht auch?«, sagte er spöttisch grinsend und strich die Luftbläschen aus seinem Aufkleber. »Wenn ich mich nicht irre, haben wir alle hier unseren Eid geschworen, die Verfassung zu schützen. Ist deren Recht auf freie Rede etwa mehr wert als das meines Sohnes?«

Was sie ihm in dem Moment am liebsten geantwortet hätte, sich aber verkniff, war, dass die Fahne vielleicht ihre verfassungsmäßigen Rechte aufgegeben hatte, als sie ihrer eigenen Nation den Krieg erklärte.

Den Nachmittag dieses Tages verbrachte Nora in der Notaufnahme, mit einem Mädchen, das im Schultreppenhaus vergewaltigt worden war. Sie fragte sich unwillkürlich, ob der Junge, der das getan hatte, das wohl auch Tradition nannte, die Tradition der Stärkeren, sich durchzusetzen. Ihr Herz wurde zur Faust. Und als sie das nächste Mal einen Blick auf Mark Dixons Akte warf, boxte diese Faust ihr gegen den Brustkorb.

Als offensichtlich wurde, dass ihre Taktik nicht funktionierte, fingen sie einfach an, ihr die Einsätze wegzunehmen.

»Nein, du bleibst, wo du bist, *Nora*.« Ihr Name klang unangenehm glatt und klebrig, wenn sie ihn aussprachen, wie ein Ölfilm auf einer Theke, schwer wegzuwischen. »Murph braucht dich vielleicht, weißt du. Ist bestimmt besser, wenn Bowles sich um die Sache kümmert. Dann müssen wir uns nicht so drängeln, für dich einzuspringen, wenn du abgezogen wirst.«

Sie hätte sich mit ihnen anlegen können, sie hätte sie melden und einen Aufstand machen können, aber was hätte das gebracht? Dann wäre sie das gewesen, was sie wollten – wütend. Und wütend zu sein, war kein guter Zustand. Wut war genau das, wogegen sie ihr ganzes Berufsleben schon ankämpfte, in Hinterhöfen, im Pausenraum und an jedem fraglichen Ort dazwischen; Männer verspotteten sie, provozierten sie, brachten sie dazu, Gefühle zuzulassen, die sie als Knüppel gegen sie einsetzen konnten. Also biss sie die Zähne zusammen und rief sich in Erinnerung, dass sie nichts weiter als bellende Hunde waren, die ihre Eifersucht ersticken wollten. Sie würde ihnen nichts zu beißen liefern. Mittlerweile schmerzte aber langsam ihr Kiefer, und die Migräneanfälle, von denen sie glaubte, sie in der Pubertät zurückgelassen zu haben, drohten mit aller Macht wiederzukehren, versuchten inzwischen allzu oft, ihre dornigen Finger in die Dunkelheit hinter Noras Augen zu schieben.

»Alles in Ordnung, Kleines?«, fragte zuerst Barb, später ihre Mutter. Beiden antwortete Nora mit einem Nicken und einem Lächeln. »Ja, nur müde, das ist alles.«

Barb musste diese Antwort hinnehmen. Ihre Mutter tat das nicht. Denn als sie das nächste Mal auf der alten Veranda ihrer Eltern saß, kam ihr Vater zu ihr.

»Braucht Momma Hilfe in der Küche?«, fragte sie. Sie hätte eigentlich bei ihr sein müssen, um ihr beim Rühren oder Schnippeln zu helfen und sich den Klatsch und Tratsch anzuhören, den Emma in den vergangenen Wochen zusammengetragen hatte. Aber ihr war nicht danach. Lieber hatte sie sich in der Abenddämmerung nach draußen gesetzt, zu den schlafenden Ranken der Prunkwinde, die sich um das graue Holz wanden. Hier war der Winter friedlich, bis auf das entfernte Rauschen des Verkehrs auf dem Highway, zwei Kilometer weit weg und leicht auszublenden. Sonst nur Eis und Stille, so dass selbst ihre rastlosesten Gedanken Raum fanden, um in dem kalten blauen Abend zur Ruhe zu kommen.

»Nein«, antwortete Ron und ließ sich neben ihr auf der Verandaschaukel nieder. »Rutsch mal ein Stück.«

Was Nora tat. »Aber sie hat dich doch zu mir geschickt.«

»Sie macht sich Sorgen um dich, genau wie ich.«

Nora wusste, dass die Worte, die über ihre Lippen kamen, eine Lüge waren, wusste, dass ihr Vater das auch wissen würde. Trotzdem sprach sie sie aus. »Es geht mir gut, Daddy.«

Irgendwo im Haus waren Emmas und Dans Lachen zu hören, hell und warm wie frische Kekse und ebenso tröstlich für die Seele. Der Klang entzündete einen Funken Hoffnung in Noras Herz, glättete ein wenig die Falten auf ihrer Stirn. Sie fragte sich, worüber sie wohl lachten, nahm an, über eine ihrer Fernsehserien. Ihre Mutter begeisterte sich ebenso für diesen Unsinn wie Dan. Die beiden waren aus dem gleichen Holz geschnitzt, das war Nora gleich aufgefallen, als sie ihn vor zehn Jahren zum ersten Mal zum Abendessen mitgebracht hatte. Und sie war froh, dass Dan sich so gut in ihre Familie einfügte.

Die Stimme ihres Vaters drang aus der zunehmenden Dunkelheit, holte sie zurück auf die quietschende Schaukel. »Nora Jean Martin, ich kenne dich seit dem Tag deiner Geburt, und ich merke, wenn dich etwas bedrückt.«

Nora zwirbelte die Prunkwinde ihrer Mutter zwischen den Fingern. Im Winter war die Pflanze grau und vertrocknet, ein Blatt zerbröselte unter ihrem Daumen. »Krieg ich eine Zigarette?«

»Ich hab aufgehört. Vor zwei Wochen. Der Arzt sagt, mein Blutdruck ist zu hoch.«

»Mist.«

Er lachte. »Find ich auch. Aber ich bin lieber hier als unter der Erde, vor allem, damit meine Tochter mir sagen kann, was sie auf dem Herzen hat.«

Nora seufzte. Widerspruch war zwecklos, und vielleicht war ja ihr Vater genau der, mit dem sie reden sollte. Also erzählte sie ihm von dem Getuschel im Pausenraum und den Versuchen, sie auszubooten; von Davis, von der unverhohlenen Verachtung, die er ihr entgegengebracht hatte; wie alle zugesehen hatten und dass niemand etwas unternommen hatte, um ihn zu stoppen. Sie erzählte ihm, wie einsam sie sich fühlte. Selbst bei Charlie und Murph, selbst zu Hause bei Dan. Es kam ihr jämmerlich vor, es auszusprechen, sie fühlte sich kindisch, dickköpfig, und sie war wütend darüber. Sie verübelte es ihrem Team, dass sie sie auf dieses Niveau hinunterzogen, obwohl sie wusste, dass sie zu Recht verärgert war.

»Ich weiß, was du jetzt sagen wirst.« Sie zerdrückte ein weiteres Blatt, während ihr die Enttäuschung auf den Wangen brannte. »Dass ich mich nicht darüber aufregen soll. Dass ich sie einfach ignorieren soll, dass ich weitermachen soll. Die andere Wange hinhalten. Aber, Dad, mein Leben bei der Arbeit ist hart genug. Ich bin für viele der schlimmste Teil des Tages. Oder, wenn nicht, halte ich ihre Hand währenddessen. Ich bin daran gewöhnt, dass mich betrunkene Arschlöcher anspucken und beleidigen. Diese Männer müssten auf meiner Seite stehen.«

Ron dachte einen Moment nach, bevor er antwortete. Um sie herum verwandelte sich der blaue Abend in tiefes Schwarz. Nora beobachtete, wie in der Ferne zwei Scheinwerferlichter einen Hügel hinaufglitten und verschwanden. Schließlich seufzte ihr Vater und sagte: »Tut mir leid, Nora.«

Sie sah ihn an, blickte ihm in die Augen, die die gleichen waren wie ihre.

»Es tut mir leid, dass ich dich gelehrt habe, deine Probleme klein zu machen. Ein Vater sollte seine Kinder beschützen, und deine Mutter und ich haben einmal beschlossen, euch beizubringen, euch nicht unterkriegen zu lassen, euch zu lehren, dass mit euch nichts verkehrt ist, dass ihr sein könnt, wer immer ihr wollt, und tun könnt, was immer ihr wollt. Wir wollten euch nicht in einen Käfig stecken, bevor ihr überhaupt flügge wart.

Aber in gewisser Weise haben wir euch damit wohl verletzbar gemacht ... Hast du jemals mit deiner Mutter über ihre Familie gesprochen, Nora?«

Noch ein Scheinwerferpaar kletterte den Hügel hinauf, tauchte weg. »Ich weiß, dass sie einige Probleme mit ihrem Großvater hatte.«

»Er hat nie wieder ein Wort mit ihr gesprochen, nachdem sie meine Frau wurde. Hat einen Zaun zwischen seinem Grundstück und dem ihrer Eltern aufgestellt, so wütend war er. Auch mit ihnen hat er nicht mehr geredet. Vor lauter Zorn, dass sein Sohn zugelassen hatte, dass Emma jemanden wie mich zum Mann nimmt. Es ist schrecklich, wie grausam Kleingeister sein können. So sinnlos. So schade. Er hat deine ganze Kindheit verpasst und die deines Bruders, weil er sich entschieden hatte, mit Groll im Herzen zu leben. Und das hat deiner Mutter das Herz gebrochen. Jahrelang hat sie versucht, ihren Schmerz vor mir zu verbergen. Ich sollte nicht wissen, dass sie wegen eines Rassisten Tränen vergoss. Aber er gehörte zu ihrer Familie – natürlich war sie traurig. Und mich hat es wütend gemacht, um ihretwillen.« Er seufzte, und plötzlich spürte Nora wie nie zuvor die Last, die auf dem Leben ihrer Eltern lag.

»Du trägst die Schwierigkeiten im Gesicht, du kannst sie nicht verbergen, du kannst nicht davor fliehen. Und das solltest du auch nicht. Also zur Hölle mit ihnen!«

»Dad!« Noch nie im Leben hatte sie ihren Vater fluchen gehört.

»Nein, im Ernst, zur Hölle mit ihnen. Der Mann hat deine Mutter jahrelang gequält, und für was? Und dieser Davis? Er kann nicht mehr so tun, als ginge es bei seiner Flagge nur um die Familientradition. Die Welt hat sich weitergedreht, schmerzliche Fragen werden gestellt, Fragen, denen Leute wie er nicht länger aus dem Weg gehen können. Und das hat ihn so aufgebracht? Meinetwegen. Was solls. Auch das kann ›Die andere Wange hinhalten‹ manchmal bedeuten: Soll er merken, dass sein Wutausbruch nur leeres Getöse ist. Er kann dir nichts anhaben, gib ihm nicht diese Macht.

Deine Mutter und ich, wir sorgen uns um dich, Nora. Um deinen Bruder sorgen wir uns auch, aber im Gegensatz zu ihm stehst du an vorderster Front. Was, wenn du bei einem Einsatz in Schwierigkeiten gerätst? Wenn jemand eine Waffe auf dich richtet oder dich angreift? Ich weiß, für so was bist du ausgebildet«, er hob die Hände, »aber du bist immer noch kleiner als die meisten Männer da draußen, und wenn sie betrunken sind oder auf Drogen, wütend, dann sind sie stark. Was, wenn du in so eine Lage gerätst und deine Kollegen dir nicht beistehen? Das macht mir Angst. Raubt mir nachts den Schlaf. Sei also lieber ein Davis. Sieh zu, dass du so schnell wie möglich an diesem Detective-Schreibtisch sitzt. Und bis dahin lass dich nicht unterkriegen und erledige deinen Job so gut, wie ich weiß, dass du es kannst. Dann sehen alle, wie klein der Kerl und seine Kumpels in Wirklichkeit sind. Wenn du das tust, werden es die richtigen Leute mitbekommen, und das ist alles, was zählt.«

»Zur Hölle mit ihnen!«

»Zur Hölle! Und jetzt will ich dich nie wieder so sprechen hören.« Er tätschelte ihr das Knie. »Sollen wir reingehen und nachsehen, ob wir Dan retten müssen? Du weißt doch, wie deine Mutter beim Kochen ist.«

Der Umzug lag jetzt ein halbes Jahr zurück, und vielleicht hatten die richtigen Leute etwas mitbekommen, aber was nützte das, wenn die Falschen immer noch querschossen?

Ihre Übersiedlung war, obwohl sie überraschend kam, einfacher gewesen als gedacht. Dan, der den täglichen Fahrtweg über den Berg leid gewesen war, hatte als Erster darauf gedrängt. Sie hatten schon länger darüber gesprochen, ein eigenes Haus zu kaufen – warum nicht jenseits der County-Grenze?

»Weißt du noch, letzten Winter, Nor?«, hatte er eines Abends beim Essen gefragt, während er mit der Gabel seine Spaghetti mit Tomatenketchup aufwickelte, ein Lieblingsgericht aus Kinderzeiten, das sie vor ihren Freunden geheim halten müssten, wenn sie in zivilisiertere Gegenden zogen. »Da gabs kaum einen Abend, an dem ich nicht mit angehaltener Luft aus der Klinik nach Hause gefahren bin. Jedes Mal war es glatt auf dem Berg, dazu noch der Nebel. Und wenn ich übermüdet fahre, was ich meistens …«

»Ich will das nicht hören!« Nora hielt sich die Ohren zu. Sie hatte genug Autos gesehen, die in Gräben gelandet waren, nachdem der Fahrer am Steuer eingeschlafen war.

Dan nahm einen Bissen, rote Ketchupkleckse tropften ihm aufs Kinn. »Na ja … ein Unfall ist praktisch vorprogrammiert. Mehr sag ich nicht. Mir wärs auch lieber, nicht nach zwölf Stunden zu sterben, in denen ich vollgekotzt und vollgeblutet wurde. Es gibt bessere Möglichkeiten, seinen letzten Tag zu verbringen.«

Er hatte nicht unrecht.

»Ich weiß aber nicht, ob ich einen Job finde, Dan«, hatte sie gesagt. »Es sind schwierige Zeiten. Überall werden die Mittel gekürzt. Und ich stehe knapp vor der Beförderung zum Detective, auf die ich hingearbeitet habe. Darrow hats noch nicht offiziell bestätigt, aber ich rechne fest damit. Wood zieht im Herbst runter nach North Carolina.«

»Das schaffst du wieder«, sagte er, ohne groß hochzublicken. »Du machst deine Sache gut, Nor. Das sehe sogar ich. Hör zu, ich bin sicher, dass drüben jede Menge Jobs auf dich warten. Selbst die Uni hat ihre eigene kleine Polizeieinheit. Die verknacken sämtliche Erstsemester mit Alkoholvergiftung. Vielleicht kannst du erst mal bei denen anfangen, dann wären wir praktisch Kollegen.«

»Klar, das wäre der Gipfel meiner Karriere, auf betrunkene

Reichen-Kids aufzupassen, damit ich meinem Freund bei der Arbeit zuwinken kann.«

Dan streckte ihr die Zunge heraus und aß noch etwas von seinen Spaghetti. »Denk einfach mal drüber nach. Im Sommer ist der beste Zeitpunkt umzuziehen. Oder willst du etwa wirklich hierbleiben?«

Die Antwort auf diese Frage kannten sie beide.

Das Tal, in dem sie groß geworden waren, das sie umsorgt und geliebt hatte und sie die Cleverness lehrte, die nur diejenigen lernen konnten, die an solchen Orten aufwuchsen, verkümmerte langsam. Alles stagnierte. Dem weiten Kessel zwischen den Bergkämmen ging unter der Last, die sich irgendwann in Noras Kindheit auf das sanfte Grün gelegt hatte, der Atem aus. Die Erde war noch lebendig, der Boden roch noch immer frisch, das Getreide spross pünktlich, Kühe grasten auf sonnigen Weiden, und in den Wäldern wimmelte es förmlich von Wildtieren. Aber es war nicht die Natur um sie herum, die abstarb, es waren die Menschen selbst. Die Menschen in diesem Tal gingen zugrunde.

Es war nicht ihre Schuld. Generationen zerstörter Träume konnten Menschen das Rückgrat brechen, ihnen die Seele zersetzen. Nora hatte es gespürt, während sie aufwuchs, während sie selbst stark und beweglich wurde und zugleich die Farbe vom Holzboden ihres heruntergekommenen Hauses abblätterte. Die Feuchtigkeit, hatte ihre Mutter beteuert, während sie Nora eines Morgens so fest den Kamm durch die Haare zog, dass sie zusammenzuckte. Obwohl sie sich die größte Mühe gab, bekam Emma die widerspenstigen Locken ihrer Tochter nie richtig in den Griff.

Doch dann stürzte nach einem heftigen Gewitter eines Nachts das Dach der Bowlingbahn ein. Ihr Gerippe wurde zu einem Zwischenhalt, einem glitzernden Parkplatz voller zerbrochener Flaschen, entsorgter Spritzen; Kleinbussen voller Kinder, die auf den wöchentlichen Elterntausch warteten. Als Nächstes verschwand der Gemischtwarenladen, mit Brettern vernagelt und verlassen. Alte Häuser an der Straße ihrer Kindheit verstummten, ihre baufälligen Veranden wichen einem Urwald aus Unkraut und Schlingpflanzen, während ein paar Kilometer weiter an der Interstate neue Billigwohnungen zusammengezimmert und Bäume abgeholzt wurden. Der Ort, der einmal ihr Ein und Alles war, erschien ihr nach und nach wertlos.

Als die Stadt anfing zu schwinden und langsam im Erdboden zu versinken, passierte dasselbe mit den Menschen. Noch lachten und liebten sie einander, versuchten sich im Untergang bestmöglich über Wasser zu halten, aber Nora kam nicht umhin, einen gewissen Verschleiß zu erkennen, eine Resignation, die auf der Tatsache beruhte, immer Spielball in einem Kampf zu sein, der viel größer war als sie. Das war ihr Leben: *Seid froh, dass ihr an einem so schönen Ort wohnt. Versucht doch einfach, den Hühnermistgestank aus der Fabrik auf der anderen Seite des Highways zu ignorieren.*

Als sie erwachsen geworden war, blieben nur noch die Orte übrig, die verlassen wurden. Riesige Ladenketten machten auf, Schnellrestaurants, in denen niemand nach deinem Namen fragte. Gegenüber Walmart war Target eingezogen. Bald darauf eröffnete ein Starbucks. Eine Macht, größer als sie alle, walzte alles nieder, und Nora musste mit ansehen, wie das Tal, das sie so liebte, zerfiel und starb.

Anfangs hoffte sie, sie könnte diesen Niedergang ein wenig aufhalten. Also hatte sie sich ins Zeug gelegt, um durch die Polizeischule zu kommen, um eine Dienstmarke zu tragen, die ihr mehr Missachtung als Dankbarkeit einbrachte, aber das war es, wofür sie sich entschieden hatte. Wirkliche Veränderung war nie einfach, und niemand hatte sie um Hilfe gebeten. Nach sechs Jahren gab sie diesen Traum langsam auf. Sie war bespuckt worden, beschimpft und beschwatzt, sie wurde von Rednecks attackiert, die einen Groll auf die Regierung hegten, aber selbst schwere Schuld trugen. Sie hatte Kinder aufgegriffen, die sich in feuchten Kellern verkauften. Sie hatte Männer mit verfaulten Zähnen vernommen, die so oft unverhohlen ihren weiblichen Körper begafften, der sich unter ihrer Uniform abzeichnete, dass ihr Sergeant vorschlug, sie solle es doch mal mit einem Herrenmodell versuchen. Danach fühlte Nora sich schmutzig, wegen etwas, das sie nicht ändern konnte. Die Hose passte nicht richtig, aber sie trug sie trotzdem, wusch den widerlichen Schleim dieser Blicke nach jeder Schicht unter der Dusche ab.

Sie hatte Bekanntschaft mit dem stadtbekannten Säufer gemacht, der eigentlich harmlos war und nur ab und zu daran erinnert werden musste, nicht auf den Walmart-Parkplatz zu pinkeln. »Ich weiß, dass das ein Saftladen ist, Kevin, ehrlich. Aber Mrs Brown hat schon wieder angerufen, sie will nicht, dass ihre Kinder dich sehen, wenn du … urinierst. Klingt das verständlich?« Daraufhin hatte er gekichert und etwas ziemlich Unanständiges über Mrs Brown gesagt, das Nora geflissentlich überhörte. Das war ihre Gabe. So etwas konnte sie. Sie wusste, wann man mitspielen musste und wann nicht, wie man Gemüter beruhigte, bevor sie explodierten, wie man selbst die am tiefsten verletzten Egos besänftigte – Psychen, die durch zwei Irakeinsätze zerstört wurden, Mütter, die Pillenfläschchen statt Babys wiegten, Menschen, die so sehr vom Glück verlassen waren, dass sie keine Hoffnung mehr hatten.

Tag für Tag hatte sie eine schlecht sitzende Uniform angezogen und stundenlang einsam in einem unbequemen Wagen gesessen, war immer wieder durch dieselben Gegenden patrouilliert, bis ihr so langweilig war, dass sie am liebsten losgeheult hätte; alles nur für die Chance auf diesen Schreibtisch am Fenster, die Möglichkeit, sich vielleicht diese Fessel vom Knöchel zu lösen. Detectives waren die Einzigen, die der Welt wirklich Gerechtigkeit brachten, sagte sie sich. Sie war schon so nah dran gewesen, doch dann hatte sie den beginnenden Zerfall auch in sich gespürt. Dieser Ort war im Niedergang begriffen, und er würde sie mit sich reißen, wenn sie daran festhielt. Wenn sie sich weiterentwickeln wollte, musste sie ihn verlassen.

»Ich seh mich mal um«, hatte sie gesagt und beobachtet, wie Dan den letzten Rest seines Ketchups schlürfte, während ihm eine lange Nudel langsam durch die gespitzten Lippen glitt.

»Ich liebe dich, Schatz.« Er hatte sich über ihren kleinen Kunststofftisch gebeugt und ihr einen Kuss auf die Wange gedrückt.

Das wars. Sie hatte ihre Fühler ausgestreckt und innerhalb kürzester Zeit hatte jemand ihre Hand ergriffen.

»Dich ziehts also über die Berge«, hatte Sergeant Darrow gesagt, als sie es ihm mitteilte. »Nun ja, das wundert mich nicht. Du verdienst was Besseres, als Betrunkenen und Junkies nachzujagen. Aber vergiss uns nicht. Du bist jederzeit an einem Schreibtisch hier willkommen, wenn du feststellst, dass du zurückwillst.«

Sie hatte sich bedankt und ihm die Hand geschüttelt, mit dem festen Druck, den ihr Daddy ihr beigebracht hatte und der Männer jedes Mal überraschte. Vier Wochen später belud sie mit Dan den Lastwagen für einen Umzug, der eigentlich nicht weit in die Ferne führte, ihr aber vorkam, als ginge er in eine andere Welt.

Hier wirkten ihre Worte etwas schwerfälliger, ihr Benehmen nicht ganz so fein. Es gab weder Walmart noch Applebee's. Schicke Unterwäsche kaufte man nicht bei Target. Der Sprit kostete doppelt so viel. Die Rasen waren akribisch gepflegt, nicht mit irgendwelchen verrosteten Autogerippen verunstaltet.

Hier herrschten Ordnung und Sorgfalt. Der eigensinnige Stolz der langsam Sterbenden fand sich nur in vergessenen Winkeln, aber auch sie würden bald schon verdrängt sein und jedes Eckchen hinter ihnen aufgeräumt. Nora fühlte sich fehl am Platz, wie sie es erwartet hatte. Aber Fehl-am-Platz war ein Ort, an den sie gewöhnt war, also fügte sie sich ein. Sie würde das schon schaffen. Tief im Inneren waren alle Menschen gleich.

An ihrem zweiten Tag lernte sie Murph kennen, der sie sofort unter seine Fittiche und mit in seinen Bereich der Polizeistation nahm.

»Du kommst zu mir, Kleine«, sagte er gleich als Erstes. »Ich werd dich zwar noch ne Weile mit der Streife teilen müssen, aber dein alter Boss Darrow und ich kennen uns schon ewig, und er hat ein gutes Wort für dich eingelegt. Sagt, du warst schon kurz davor, Detective zu werden. Also dachte ich mir, ich schnapp dich mir, bevor Boggs es tut – er ist der zweite Detective in der Dienststelle. Mit dem willst du nicht arbeiten. Boggs kümmert sich um den langweiligen Kram. Das bisschen Cyber-Quatsch, den wir in der Gegend haben, der Grund dafür, weshalb er kaum hier ist.« Er beugte sich vor. »Er arbeitet viel mit den Kollegen aus Charlottesville zusammen. Ein Haufen Spießer. Du bleibst bei mir, Kleine. Die wirklich interessanten Fälle landen auf meinem Schreibtisch.

Außerdem kommst du gerade richtig. Ich kann hoffentlich bald aus diesem Laden abhauen. Ich weiß, ich sehe noch aus wie ein junger Hüpfer, aber das sind die guten Gene.« Er wartete darauf, dass sie lachte. Als sie es nicht tat, fuhr er fort. »Ich dachte, ich arbeite dich ein, bis du meinen Platz übernehmen kannst. Im Grunde such ich schon ne ganze Weile jemanden, aber von diesen Trotteln hier taugt keiner für den Posten. Ganz nette Jungs, bloß dass ich sie für die üblichen Hohlköpfe halte, aber jetzt … sagen wir mal so, ruhen meine Hoffnungen auf dir.«

»Kein bisschen Druck also.«

»Ich mag dich jetzt schon, Martin.«

Der Sergeant, ein ernster Mann namens John Wright, ließ sie wissen, dass er die Konstellation abgesegnet hatte, aber keinerlei Nachlässigkeit ihrerseits dulde. »Offen gesagt, Martin, ich bin froh, dass ich Sie habe. Sie kommen mit guten Referenzen. Aber wir sind derzeit personell unterbesetzt, und unsere Ausstattung ist knapp. Ich weiß, dass Murph Sie ganz für sich will, vorerst sind mir allerdings die Hände gebunden. Fahren Sie mit ihm raus, lernen Sie was von ihm, wenn möglich, aber Sie erscheinen hier täglich zum Dienst und geben Ihr Bestes. Wenn er sie abziehen will, muss er zuerst mit mir und Barb, meiner Sekretärin, reden.«

Barb winkte von ihrem Schreibtisch herüber.

»Ja, Sir. Ich bin Ihnen wirklich für alles dankbar, was Sie für mich tun. Ich werde Sie nicht enttäuschen.«

Im Moment, während Nora auf die Stapel offener Fragen auf ihrem Schreibtisch blickte, hatte sie das Gefühl, alle zu enttäuschen. Da war die Mappe mit den Fotos von Mark Dixons Leiche. Da waren die Zeugenaussagen, die Akten aus der Forensik, der Bericht des Gerichtsmediziners, da waren die ganzen losen Fäden, die an Marks Körper hingen und im Dunkeln flatterten. Er schien wie eine Marionette, die von ihrem Spielkreuz getrennt wurde; der Dreh- und Angelpunkt, der all diese Fäden zusammenhielt, fehlte, war nur noch ein klaffendes schwarzes Loch, das ihre Aufmerksamkeit fraß.

»Hör auf den Ratschlag eines alten Mannes«, sagte Murph, als er sie das dritte oder vierte Mal ertappte, wie sie Akten in die Tasche steckte, um sie mit nach Hause zu nehmen. »Mach eine Pause. Schalt mal ab. Es ist wie bei einem Puzzle – wenn du nicht mehr weiterkommst, lass es liegen und kehre mit frischem Blick zurück. Abgesehen davon … ist das nicht dein Job. Noch nicht. Lass mich mir meine Pension verdienen, sonst hab ich ein schlechtes Gewissen.«

Ihn jedoch verfolgten die Fragen nicht wie Schatten. Im Gegensatz zu ihr hatte Murph nicht das Gefühl, sich jeden Tag auf der Arbeit beweisen zu müssen; sie fragte sich, ob er das überhaupt jemals hatte. Als sie an diesem Abend zusammenpackte, steckte sie wieder Marks Akte in die Tasche.

Auf dem Weg zu ihrem Wagen küsste die Kälte ihre Wangen, gefror ihre Tränen und ließ sie wie Juwelen auf ihren Wimpern glitzern.

Die Neue

Niemals würde sie das Blut vergessen; selbst Tage nachdem sie die kleine Backstein-Ranch das erste Mal inspiziert hatten, hatten sie noch immer Reste gefunden, weit durch den Raum geschleudert, in die hintersten Ecken gespritzt, an Möbeln heruntergetropft, als würde das Zimmer selbst vor Trauer bluten. Nora hatte kaum einen Schritt machen können, ohne gegen irgendein gelbes Schild zu treten, das ein Stück Gehirn oder Knochen markierte, unzählige Einzelteile der Frau, die zu Tode geprügelt worden war, durch ihr vertraute Hände, in der Geborgenheit ihres eigenen Heims.

Was die Zikaden betraf, war es ein außergewöhnlich schlimmer Sommer gewesen, dieser erste Sommer, den Nora in Bellair verbrachte. Auch sechs Wochen nach Beginn ihres neuen Lebens fühlte sie sich selbst noch wie eine von ihnen, unbeholfen und unsicher, irgendwie deplatziert. Doch während es den Insekten, die sich mit bewundernswerter Souveränität auf Autos und Menschen stürzten, bevor sie ihr ohrenbetäubendes Zirpen in die feuchte Luft entsandten, offenbar nichts ausmachte, was man von ihnen hielt, registrierte Nora jedes angestrengte Lächeln, jeden prüfenden, zu festen Händedruck, jeden Blick, der ihr das Gefühl gab, sie hätte vergessen, Deodorant zu benutzen oder sich die Haare zu kämmen.

Von den Männern, denen sie in jenen ersten Wochen auf der Dienststelle begegnete, war Murph der einzige, der sie nicht wie einen Eindringling behandelte. Sobald sie sich etwas eingelebt hatte und genug über die Straßen und ihre Kollegen wusste, um nützlich zu sein, nahm er sie mit. Sie folgte ihm wie sein Schatten, wie sein Haushund, zu jeder Besprechung, zu jedem Verhör; schwieg, beobachtete, lernte.

»Es gibt am Ende keine Prüfung, Kleine«, scherzte er eines

Tages, als er die Runzeln auf ihrer Stirn bemerkte. »Bleib locker. Vertrau auf dich. Wright hat dich nicht grundlos hierher abgeordnet.«

Diese blutige Ranch war ihr erster richtiger Einsatz gewesen, seit sie ihn begleitete. Sie blieben einen Moment davor im Wagen sitzen, bevor sie hineingingen; Nora, um noch einmal tief durchzuatmen, Murph, um sie davor zu warnen, wie ein Magen angesichts eines Gewaltverbrechens reagieren könnte. »Das ist völlig normal, Martin. Die Jungs hier machen alle einen auf tough, aber ich hab jeden einzelnen von ihnen schon raus vors Absperrband rennen und kotzen sehen. Verdammt, ich habs selbst ein paar Mal gemacht. Du gehst einfach, wenn du musst, nicht nötig, mich zu fragen.«

»So unerfahren bin ich nicht«, sagte Nora, »aber danke.« Ohne hinzuschauen, wusste sie, dass sich in diesem Moment Gesichter aus der Finsternis des Waldes drängten, Hände, die darauf warteten, nach ihren Knöcheln zu greifen, sobald sie aussteigen würde. Ja, sie hatte dem Tod schon ins Auge geblickt.

»Ich weiß. Ich wollte bloß nicht, dass du das Gefühl hast, stark sein zu müssen.«

Warum?, hätte sie am liebsten gefragt, aber sie kannte ihn noch nicht gut genug, um diese Grenze zu überschreiten. *Weil ich eine Frau bin? Oder weil ich schwarz bin?* Eine Zikade prallte mit lautem Knall auf die Motorhaube des Streifenwagens, taumelte zirpend zu Boden.

»Verdammt. Diesen Sommer sind sie eine echte Plage«, sagte Murph. Redepausen konnte er nicht gut haben, hatte sie festgestellt. Er füllte sie immer mit Smalltalk oder dem Radio …
»Sind die auf der anderen Seite der Berge auch so schlimm?«

»O ja.«

»Mistviecher.« Er schüttelte den Kopf. »Also, sollen wir? Ich glaube, Charlie ist für den Fall zuständig. Hast du ihn schon kennengelernt?«

»Hab ich nicht.«

»Du wirst ihn sicher mögen.« Murph klopfte ihr auf die Schulter und schwang sich aus dem Wagen, der durch die Gewichtsverlagerung einen Moment schaukelte. Nora wartete, bis er zum Stillstand kam, dann stieg sie, den Blick auf das stumme Haus vor sich gerichtet, ebenfalls aus.

Es gab einen Vorgarten, sonnenverbrannter Rasen, ein paar verkümmerte Stauden. Darin, Seite an Seite vor einer verkohlten Feuerstelle, zwei Gartensessel. Im Gras zwei einsame Bierflaschen. Vergessen nach einem trauten Zwiegespräch beim Trinken, fragte sich Nora, oder liegen gelassen im Streit?

Das Haus glich allen anderen in der Straße, kauerte an der Ecke, die Fenster geschlossen. Genau so ein kleiner Kasten, wie der, in dem Dan und sie gewohnt hatten, während er die Krankenpflegeschule abschloss, perfekt geeignet für ein junges Paar, das ausprobieren wollte, was es hieß, erwachsen zu sein. Doch wo Leben hätte herrschen sollen – Musik, Lachen, Frühstücksduft –, lag nur eine schwere Decke Schweigen auf dem kleinen Zuhause. In der flirrenden, sirrenden Sommerluft war dieses Schweigen wie Eis in Noras Nacken …

»Morgen, Charlie!« Murph hob den Arm zum Gruß und marschierte in seinem watschelnden Gang auf das Gebäude zu. Nora folgte seinem Blick zu einem Officer, der mit verschränkten Armen direkt hinter der Polizeiabsperrung stand. Seine Lippen waren ebenso fest zusammengepresst wie seine Arme. Nie ein gutes Zeichen, das wusste sie.

»Murph.« Der Mann, augenscheinlich Charlie, schüttelte ihrem Partner die Hand, bevor er sich ihr zuwandte.

»Nora sagt, ihr habt euch noch nicht kennengelernt?«

»In der Tat«, antwortete Charlie und nahm ihre Hand. Sein Griff war fest, aber nicht unangenehm, eher eine Einladung als eine Herausforderung.

»Sie kommt aus *dem Tal*«, flüsterte Murph mit einem konspirativen Zwinkern. »Ist vor ungefähr sechs Wochen auf die richtige Seite der Berge gezogen. Ich hab beschlossen, sie unter meine Fittiche zu nehmen.«

Charlies Mund entspannte sich. »Viel Glück«, sagte er grinsend und sah Nora unverhofft an. Sein Blick war herzlich und blauäugig. Charlie, merkte sie, würde ein Freund werden. Die Einsamkeit, die sie seit ihrem Umzug überkommen hatte, lüftete sich ein Stückchen, weit genug, damit sich eine Hand darunterschieben und die ihre halten konnte.

»Wieso seid ihr beide euch eigentlich noch nicht begegnet?«, fragte Murph.

Charlie rieb sich den Hinterkopf und warf einen Blick über die Schulter zu dem verlassenen Haus. »Ich hab in letzter Zeit viel mit den Jungs von der County Police zusammengearbeitet. Eine laufende Einbruchsserie.«

»Du betrügst mich mit nem anderen Detective, noch dazu einem vom County?« Murph tat schockiert.

Charlie grinste. »So solltest du es eigentlich nicht erfahren … aber ja.«

»Gut, dass ich jetzt meinen neuen Schützling habe, was, Kleine?«

Als Murph ihr auf die Schulter klopfte, versuchte sie zu lächeln, aber der Scherz schien ihr verfrüht. Noch befand sie sich auf ungewohntem Terrain, und sie war sich nicht sicher, ob sie wirklich hierher gehörte. In ihrer Zivilkleidung fühlte sie sich unwohl, genau wie bei dem Gedanken, dass sie keine Ahnung hatte, wie das Ganze hier ablief, wie sie einen Tatort mit den Augen eines Detectives und nicht mit denen einer Streifenpolizistin betrachten sollte. Zwischen ihrem alten und ihrem neuen Leben bildete sich eine unangenehme Kluft. Falls Murph bemerkte, auf welch schmalem Grat sie wandelte, dann schenkte er dem keine Beachtung. Sie war seine Schülerin, sie hatte hervorragende Empfehlungen – mehr interessierte ihn nicht. Nora wünschte sich, sie könnte ihm ähnlicher sein.

»Na schön, Charlie.« Murphs Stimme riss sie aus ihrem Tagtraum. »Dann lass uns mal sehen, was wir haben.«

Das kleine rote Haus gab keinen Laut von sich, als sie sich hineinzwängten, obwohl Nora eine Art Schleier im offenen Eingang spürte, der zerriss, als sie hindurchtraten, und in der drückenden Hitze um sie herumflatterte. Charlie führte sie den Flur entlang, der den Atem anhielt, ihre Schritte dämpfte.

»Ihre Mutter hat sie entdeckt«, erklärte er auf dem Weg. »Sie wollten heute nach Charlottesville zum Einkaufen fahren, aber als sie Lauren abholen wollte, fand sie …« Er brauchte nicht weiterzusprechen, alle sahen, was Laurens Mutter gefunden hatte.

Unter dem Flurfenster, von dem Nora zuerst dachte, es stünde offen, dann aber sah, dass es zertrümmert worden war, lag das junge Mädchen. Haare bedeckten ihr Gesicht, das kein Gesicht mehr war. Der Geruch nach Eisen hing in der feuchten Luft. Nach Blut. Und noch etwas roch sie. Urin und Angst.

Später auf der Veranda blickte Nora zur Decke und stellte fest, dass sie nicht blau gestrichen war.

Als sie das Gesicht des Mädchens in der folgenden Nacht zum ersten Mal sah, schwärmten ihr Zikaden aus dem schreienden Mund.

Sophie

Einmal habe ich versucht, ihn fortzuschaffen, nachdem meine Schicht zu Ende war und ich sicher sein konnte, dass die Stadt schon schlief. Da war er schon ziemlich steif gefroren, und ich konnte nichts weiter tun, als ihn von der Rückseite des Pizzakartons zu lösen, auf den er gefallen sein musste, als ich ihn in die Ecke beförderte. Er war zu starr, um ihn so herumzudrehen, dass er sich wegrollen ließ, und der Boden unter meinen Füßen war zu glatt, um ihn wegzuziehen. Also blieb er liegen.

MÄRZ

Stechapfel

Im feuchtkalten Dunst des noch dunklen Frühjahrs spürte ich, wie eine Idee in den Hohlraum hinter meinem Brustkorb stieg. Sie nahm Form und Gewicht an, wanderte an meinen Knochen hinauf, um sich hinter meinen Ohren niederzulassen, wo sie anfing, eine Geschichte zwischen meinen feinen Haarsträhnen zu spinnen. Während ich lauschte, träumte ich von einer fernen Zukunft, noch unklar und doch greifbar, wenn ich den Finger in die Dunkelheit streckte. Zwei Mal hatte ich nun schon erlebt, wie sich mein Gesicht als Furcht im Blick eines anderen spiegelt. Das Messer war effektiv, mit ihm habe ich meine weibliche Haut abgestreift und sie gegen etwas Scharfes, Kaltes, Starkes ausgetauscht. Aber das Messer könnte gefunden werden; das Messer könnte abbrechen oder bei einem Kampf verloren gehen; das Messer hinterließ zu viel Blut. Außerdem floss dieses Blut zu schnell, war der Todeskampf zu rasch vorüber. Ich blickte in mich und stellte fest, dass ich eines Tages lieber zusehen würde, wie das Leben mit Atemzügen weicht statt mit keuchenden Blutströmen. Es würde Zeit brauchen, aber die hatte ich. Es würde Geduld erfordern und Sorgfalt und Planung, aber auch daran fehlte es mir nicht. Eine Hexe im Wald wird nicht über Nacht geboren, man lässt uns gedeihen.

Und so lud ich eine Freundin zu mir ein. Das Bild auf meinem Computer zeigte, wie sie eines Tages einmal aussehen würde, eine üppige weiße Glocke, die aus dichtem grünem Blattwerk wächst. Ihre Samenkapsel rund und mit Stacheln versehen. Ihr Name ist Stechapfel, sie ist die Schwester der Prunkwinde, das alte Weib unter den Heilpflanzen, seit Jahrhunderten von Hexen und weisen Frauen verwendet. Und ich hatte mit ihr etwas vor.

Sie kam schlafend zu mir, in Papier und Pappe gewickelt, in

Luftpolsterkissen, die auf meine Küchentheke segelten, als ich sie herauszog und sie mit dem Handrücken wegschob. Sie flogen hoch, schwebten auf den alten Holzboden, während ich ein Loch in ihre Wiege riss, sie aus ihrer papiernen Hülle in meine Handfläche gab. Sie gähnte zwischen dem leisen Seufzen hunderter winziger Samenkörner, dann Stille. Dann mein kraftvoller Atem, dann mein Herzschlag, die einzigen Laute in meinem stillen Haus. Ich bin der einzige Laut in meinem Haus. Ich bin ein Geist; in dieser brüllenden Leere habe ich angefangen, mich selbst heimzusuchen.

Ich bereitete ihr ein Bad. Lauwarmes Wasser, klar und rein. Es war der Ort ihrer Träume, dieser Grenzbereich, in dem sie beginnen konnte, den Gedanken an eine Welt um sie herum zu spüren. Bis dahin hatte sie zwischen Luftpolstern gelebt. Um sie mit den Füßen in die Erde zu setzen, musste ich sie vorher in einen Mutterschoß pflanzen. Auch wir lernen erst einmal schwimmen, bevor wir im Trockenen atmen. Jedes kleine Samenkorn kräuselte lautlos die glatte Oberfläche, als ich sie nacheinander ins Wasser fallen ließ, wirbelte sanft auf den gläsernen Grund meiner Schale. Sie würden diese Nacht in regloser kalter Stille schlummern. Wie mochte es wohl sein, fragte ich mich, am Boden eines Wasserbeckens zu liegen, während dein Körper davon träumt, sich zu entfalten?

Ich glaube, ich habe jetzt eine Vorstellung davon.

In der Morgendämmerung nahm ich sie aus dem Wasser, glänzend inzwischen, noch immer schläfrig, aber zitternd. Ich presste ihren Körper, Samenkorn, für Samenkorn, für Samenkorn in den Topf, den ich für sie vorbereitet hatte. Am Ende waren meine Fingerspitzen schwarz von feuchter Erde. Am liebsten hätte ich meine Hände verschlungen, die Erde in mich aufgenommen. Stattdessen wusch ich sie über der Spüle.

Ich hatte ein Zuhause für sie, vor dem südlichen Erkerfenster, zwischen den Wintertomaten und meinem wuchernden Jasmin, der mir seinen Duft ins Gesicht atmete, als ich mich hinunterbeugte. Dies war das Lieblingsfenster meiner Großmutter gewesen. Hell und warm, mit Blick auf die Apfelbäume und die sanfte Biegung des Creeks, die in der Ferne schimmerte. Hier würde sie noch ein bisschen weiterschlafen, meine Hexe. Und im Frühjahr, wenn sie gähnend einen dünnen Arm in die Luft strecken würde, würde mein Garten sie willkommen heißen. Würde ich sie dann benutzen? Würde ich es wagen? Ich wusste es nicht.

Geduld, flüsterten die Mäuler in mir. *Die schönsten Träume brauchen Zeit zum Wachsen.*

Eine Anatomin

Der März brach an. Mit prasselndem Regen, schweren Schneeflocken und mit einer Kälte, die mir auf der Nasenspitze brannte und mir die Augen tränen ließ. März ist der schlimmste Monat in dieser Gegend Virginias. Der Februar ist gnadenlos, die Luft so kalt, dass sie einem vorkommt wie eine feste Wand, die jeden Moment an den Rändern birst und dich aufspießt. Aber der Februar ist wenigstens ehrlich. Der März ist grausam. Der März streckt dir den Frühling entgegen, schiebt die Wolken zur Seite, lässt ein, zwei Stunden die Sonne scheinen, gerade lang genug, um dich glauben zu machen, das Wetter könnte sich drehen, bevor er die Hand rasch wegzieht und sich wieder schwarzer Winter aus seinem Maul ergießt. In dieser feuchten Kälte spürte ich, wie ich mich selbst in ein aufgequollenes, ächzendes Etwas verwandelte, wie die Feuchtigkeit in mir herabsickerte und sich in den knollenförmigen Fundamenten meiner Knochen sammelte. Schwer und kalt erstarrte ich, wie meine Hexe, um im kalten Wasser zu träumen.

Am liebsten hätte ich mir die Haut abgezogen, mich verschlungen, die Decke dieses furchtbaren Zustands weggeschleudert, bevor ich zu träge sein würde, um Luft zu holen. Meine Großmutter hätte mit diesem Unbehagen umzugehen gewusst. Bevor sie den Verstand verlor, war sie Masseurin gewesen und hatte ihre Tage damit verbracht, verklebte Faszien zu trennen, nervöse Verspannungen zu lösen, Körper zu öffnen wie Blütenknospen.

Sie tragen uns in sich, unsere Großmütter, weißt du; tief in den embryonalen Körpern unserer Mütter ruht eine winzige Kolonie von Eiern, die noch zehn Jahre schlummern. Du und ich, wir wurden, wie all die Generationen vor uns, fest in der Matrioschka-Umarmung unserer mütterlichen Vorfahren gehalten, haben ihre Schmerzen, ihre Freuden, ihre Ängste in uns aufgenommen. In diesem nassen, trüben März, der vom feuchten Grau des Beinah-Frühlings gebremst wurde, sank ich zurück in die Atome meiner selbst, die schon zwei Mal zuvor geboren wurden und nun zum dritten Mal das Licht der Welt erblicken sollten. Während sich im kalten Erdreich Blumen regten und sich die ersten Blätterknospen durch den Raureif streckten, erkundete ich die neue Welt, die in den dunklen Ecken meines Herzens sprießte.

»Du wärst in der Lage, einen Mann zu töten«, sagte meine Großmutter eines Nachmittags im September. Wir saßen auf ihrer Veranda und sahen den Äpfeln beim Wachsen zu. Noch waren es kleine, grüne Kugeln, zu unreif und zu sauer, um verspeist zu werden. Weitere vier Wochen mit kühleren Nächten, dann würden sie wachsen und ein leuchtendes Karminrot, ein dunkles Rosa oder ein zartes Buttergelb annehmen. Meine Schultern waren nackt, und meine Großmutter hatte die Hände daraufgelegt, um die Verhärtungen zu massieren, die sich schon unter meiner Teenagerhaut gebildet hatten.

»Was?«

Eine Biene landete auf dem Sommerflieder, der an der Verandatreppe stand. Schwer und unbeholfen klammerte sie sich an einen dünnen Blütenzweig, der unter ihrem Gewicht schwankte.

»Hör gut zu, mein Kind. Es ist wichtig.« Sie zog die Hände zusammen und knetete meine Muskeln wie Brotteig. Eine gewisse Linderung wanderte mir den Nacken hinunter. »Eins solltest du wissen. Ihr jungen Mädchen solltet das alle wissen. So wie ihr rumlauft. Dreh dich um, Sophie. Sieh her.«

Ich gehorchte. Sie nahm meinen Arm.

»Sieh dir an, wie du dich beugst«, sagte sie und drückte mir fest in die Ellenbeuge, so dass mein Arm zusammenklappte und sich beide Hälften annäherten. »Hast du dich je gefragt, warum wir so gebaut sind?«

Das hatte ich nicht. Irgendwann in der Middle School war mein Körper mir fremd geworden, immer zu viel, nie genug. In diesen Jahren war ich mir seiner zwar äußerst bewusst gewesen, des Raums, den er auf der Welt einnahm, der unangenehmen Geltung, die er langsam hatte, an ihn gedacht habe ich aber ungern. Würde ich meinen Körper als lebendiges, atmendes Wesen betrachten, dann müsste ich ein schlechtes Gewissen haben, weil ich ihn hasse.

Sie kniff mich in die Ellenbeuge, und ich zuckte zusammen. »Deshalb. Dein Körper beschützt, was geschützt werden muss. Nerven, Gefäße, die inneren Organe, die dich am Leben erhalten. Würdest du einen Mann hier fest genug schlagen« – sie tippte mir auf die Kniekehle – »oder ihm hier einen Stich zufügen« – sie hob meinen Arm hoch und presste mir ihre spitzen Finger in die Achselhöhle –, »würdest du ihm ziemlich wehtun. Ihn vielleicht sogar töten, wenn du ihn richtig erwischst. Und wenn du ihm wirklich etwas anhaben willst, dann schlag hier zu.« Mit einer schnellen Handbewegung presste sie mir ihre Finger unters Kinn. Erschrocken rang ich nach Luft, aber ich wich nicht zurück; saß stattdessen still wie ein Kaninchen in der Falle und lauschte meinem rasenden Herzschlag. Meine Großmutter hatte ein Händchen dafür, einem die Sterblichkeit bewusst zu machen.

Unbeirrt fuhr sie fort. »Ein einziger fester Hieb auf den Hinterkopf kann reichen, um jemanden niederzustrecken, wenn du gut genug zielst. Fühl mal.«

Sie presste mir ihre Finger in den Nacken, an die Stelle, wo er auf meinen Schädel traf. »Merkst du es? Hier ist ein Knochenansatz, unter dem deine Wirbelsäule verläuft. Die Vertiefung an dieser Stelle erlaubt dir, deinen Kopf zu bewegen. Aber Gott in seiner unendlichen Weisheit hat vergessen, die kleine

Spitze deines Hirnstamms zu bedecken, die an der Schädelbasis liegt. Sie ist schwer zu erreichen, es sei denn, du weißt, wo du sie findest. Liegt aber ein Mann auf dir, schiebst du dort deine Finger hinein und versetzt ihm einen Stoß.

Fürchte dich nie, weil du klein bist, Sophie. Das ist deine Geheimwaffe. Was klein ist, beachten Männer nicht. Bediene dich deiner selbst, wie immer du kannst.«

Während die Sonne im Winterboden versank und die Bäume vor ihrem Haus in Schlaf fielen, zog meine Großmutter mich sanft unter ihre Fittiche und lehrte mich den menschlichen Körper zu verstehen. Beginnen wir mit dem Wichtigsten, mit deinem Gerüst, der empfindlichen Konstruktion deiner Knochen. Ich schloss die Augen und sah irgendwo in meinem dunklen Geist die Spuren aufleuchten, die sie mit den Fingern zog.

Hier, die Langknochen – deine Oberschenkel, deine Arme. Sie besitzen eine hohe Dichte, um das Körpergewicht zu tragen, das eines Mannes ebenso wie das eines Kindes. Ihre Finger waren wie Regentropfen, als sie meine kurzen Knochen berührte – die Fußwurzel- und Handwurzelknochen, erklärte sie. Sie können verkleben und müssen dann gelöst werden, um Platz für die Nerven und Gefäße zu schaffen. Wenn dich jemand packt, nimm sein Handgelenk und drück fest zu, so fest du kannst, suche die Nerven, zeige ihm, was Schmerz ist. Hier sind deine platten Knochen; sie berührte meine Schädeldecke. Sie beherbergen dein ganzes Ich. Und schließlich, ihre Finger wanderten meinen Rücken hinunter, deine unregelmäßigen Knochen. Sie bilden die spitzen Wirbel deines Rückgrats. Das ist dein verborgenes Gerüst, stark und lebendig, in ständiger Erneuerung begriffen, um dich zu schützen und zu tragen.

Sie zeigte mir meine Muskeln. Damit stützt der Körper sich, angefangen bei den kräftigen Gesäßmuskeln, dem Quadrizeps, den Oberschenkelabduktoren, der Brustmuskulatur, der Bauchmuskulatur bis zur Unterschenkelmuskulatur und dem Bizeps. Und hier ist der Rückenstrecker, eine Gruppe von Muskeln und Bindegewebssträngen, die dich aufrecht hält. Sie führen zu deinen Rippen, Schultern, den gezackten Dornfortsätzen der Wirbelsäule. Deine Finger, deine Zehen, die lebhafte Muskulatur deines Gesichtes. Das macht dich aus, so bewegst du dich, so atmest du.

Fehlen noch die Bänder und Sehnen. Sie verbinden sich zu festen Strängen, um sich ins komplette Bindegewebe deiner Muskeln zu erstrecken, um die Puzzleteile in schimmerndem Weiß zusammenzuhalten.

Unter der Anleitung meiner Großmutter lernte ich, wie ein Körper sich zusammenfügt und wie er auseinandergenommen werden kann. Wäre ich ein Junge gewesen, hätte mich mein Großvater vielleicht etwas über glänzende Automotoren gelehrt. Sie aber kannte ein anderes Innenleben, auf das sie meine Hände legte. Sie brachte mir bei, wie man mit Geduld und Ausdauer eine Verhärtung löst, wie man die Geschichten liest, die unter die Haut gedruckt sind. Sie lehrte mich stillzusitzen und zuzuhören, die Schwingungen meiner eigenen kleinen Stärke zu spüren. Und dabei stets die Warnung, die Lektion: *So tust du jemandem weh, wenn nötig. Ein Körper ist ein offenes Buch, Schatz, du musst nur wissen, wie man die Seiten umblättert.*

Inzwischen, in diesem trüben, traurigen Frühling, war meine Großmutter nicht mehr sie selbst. In einem Pflegeheim an den Rollstuhl gefesselt, hörten ihre einst so ruhigen Hände nicht auf zu zittern und zu zucken, während sich langsam die Demenz durch ihr Hirn fraß. *Ich weiß es nicht. Ich weiß es nicht. Ich weiß es nicht.* Den ganzen Tag flüsterte sie einen Rosenkranz für den heiligen Antonius, bat ihn, er möge ihr helfen, ihren verlorenen Verstand wiederzufinden. *Ich weiß es nicht.* Ich hielt ihre Hände, wie jeden Samstagmorgen, und dachte an den Mann in der Gasse.

Er lag reglos da, schmolz unter einem Stapel Kartons und Kisten und zersplitterter Paletten. Ich hatte mir angewöhnt, ihm Gesellschaft zu leisten, an den Abenden, an denen ich alleine zumachte, bei ihm zu sitzen, eine Zigarette zu rauchen oder ein Bier zu trinken, jedes Mal den ersten Schluck auf ihn. Im Tod war etwas Besseres aus ihm geworden; fast kam er mir vor wie ein Freund, als gäbe es keinen Unterschied zwischen uns, zwischen mir in diesem Körper und ihm mit dem Gesicht nach unten zwischen dem Unrat. Ich sehe ihn mir nicht genauer an. Nach meinem ersten missglückten Versuch habe ich beschlossen, die Kartons nicht mehr anzufassen. Manchmal versuche ich jedoch, dazwischen durchzuspähen, einen Blick darauf zu erhaschen, wie er langsam in die Erde sickert, wie er Teil von etwas Größerem wird. Vielleicht war das seine Bestimmung. Und meine war es, sie zu erfüllen.

Die Fliegen haben ihn noch nicht entdeckt. Es ist zu kalt. Zu nass. Obwohl ich vermute, dass ein paar größere Tiere ihn gerochen haben könnten. Eines Morgens waren die Kartons auf einer Seite herausgerissen worden. Sollen sie doch kommen, dachte ich, während ich alles wieder richtig platzierte. Sollen sie ihn wegtragen. Eine Sorge weniger für mich.

Eine Frau in Schwarz

Es folgte ein Dritter. So still und leise, dass ich bezweifle, dass jemand es bemerkt hat. So unauffällig, dass sogar ich ihn manchmal vergesse, obwohl er auf gewisse Weise alles veränderte. Er war es, der mir den Geist aus dem Mund zog.

Es war ein Tag wie jeder andere Anfang März. Bäume, vom eisigen Februar in eine glatte Reifschicht gehüllt, schmolzen im prasselnden Regen zu schwarzen Gestalten, die sich krumm und blätterlos vor dem perlgrauen Himmel erhoben. An den Spitzen der Zweige brachen feste Knospen hervor. Noch ein paar Wochen, und sie wären grün vor neuem Leben; in der rauen Luft des erwachenden Frühlings jedoch schliefen sie noch kahl und zitternd. Die Sonne, wenn sie einmal durchkam, war nur ein schwaches Etwas, ein kleiner gelber Pinselstrich auf einer Wange; nichts weiter als ein Gedanke, vergessen, kaum dass er vorbeigezogen war. In der Gasse lag tropfend der Mann, der mich belästigt hatte.

Genau wie er fühlte ich mich zu nass, um mich zu regen, also wurde ich zu einem Wasserwesen. Durchnässt hielt ich die Bar am Laufen, schnitt Obst, spießte Oliven auf, schüttete das Cayenne-Salz für meine Bloody-Mary-Ränder in eine Schale. Von irgendwo unter der Oberfläche sah ich die Kellner durchs Lokal eilen und die Hostess ihren Empfangsstand ordnen. Chefkoch kam aus der Küche und murmelte etwas vor sich hin. Er schaufelte Eis in einen Plastikkrug, gab Wasser aus meiner Sodapistole dazu. Alles schien gedämpft, losgelöst. Meine Haut fühlte sich an wie Ameisen, die auf einer stillen Wasseroberfläche tanzen. Darunter überlegte ich.

Ich hatte zwei Männer ermordet. Und spürte nichts als ein diffuses Zufriedenheitsgefühl, wie die Katze, wenn sie den Kanarienvogelkäfig ohne Aufsicht antrifft. Die Genugtuung war angenehm, aber flüchtig, und im trüben Nass dieses Vorfrühlings begannen Fragen unter meiner Haut zu zwicken. Könnte ich es wiederholen? Wie oft würde ich dieses Spiel spielen können, ohne gefasst zu werden? Die Hexe bei mir zu Hause war ins Erdreich gepresst. Wenn sie groß genug war, wenn sie blühte, würde ich den Mut haben, sie einzusetzen? Oder würde sie nur als hübsche Dekoration, tödlich, aber harmlos, auf meiner sommerlichen Veranda stehen?

Die bessere Hälfte meiner selbst war ständig in Alarmbereitschaft. Was ich getan hatte, war richtig gewesen, versicherte sie mir. Mark war schmieriger Schimmel; der Typ am Hintereingang hatte mich belästigt. Ich war ein Opfer, eine Märtyrerin. Ich ließ mein Messer durch eine Orange gleiten, beobachtete, wie der Saft sich auf dem Schneidebrett verteilte. Ich langweilte mich. Ich wollte nicht warten, bis eine Blume blühte.

Töpfe klapperten, in der Küche fluchte jemand. Ich öffnete den Kühlschrank und stellte fest, dass mein Barhelfer am Vorabend die Vorräte nicht aufgefüllt hatte. Sie waren alle gleich, Männer. Nutzlos.

Zum Brunch kam an diesem Tag kaum jemand. Gegen elf stolperten ein paar vereinzelte Gäste herein, klatschnass und zerzaust wie Vögel, die zu lange im Vogelbad gewesen waren. Sie sanken auf Sofas in der Ecke des Lokals und bestellten heiße Grogs. Nachdem ich die Getränke serviert hatte, vergaß ich sie glatt, bis sie eine Stunde später, fest in dicke Mäntel gehüllt, ihre feuchten Schirme aus dem Ständer neben der Tür nahmen und wieder gingen. Die Kellner sahen ihnen sehnsüchtig nach, lechzten nach dem Trinkgeld, das sie heute nicht bekommen würden.

Um zwei hatte der Hüttenkoller eingesetzt, und sie zerstreuten sich in einer hektischen Mischung aus Kaffee, geschnorrten Drinks und kalten Pommes frites. Aus der Küche ertönte eine Lachsalve, als Chefkoch *Um Himmels willen raus mit euch, ihr*

Plünderer! brüllte. Die letzte Stunde war eine Sisyphusaufgabe im Geduld-Üben, im Ein-Glas-nach-dem-anderen-Polieren, im Flaschen-Abwischen, Zapfhähne-Reinigen, in allem, nur nicht auf die Uhr zu schauen wagen, um nachzusehen, wie viel Zeit vergangen war. Regen prasselte an die Scheiben, ein verirrter Zweig kratzte übers Blechdach. Um Viertel vor kapitulierten die Kellner, sanken auf die Sofas, lösten hastig Krawatten und Hemdknöpfe. Der Küchenchef machte ein finsteres Gesicht, brüllte mich an, ich solle sie anbrüllen, doch was kümmerte mich das?

Seine Stimme weckte die Wesen in mir. Sie hoben den Kopf, um mich zu ziepen, zu beißen, zu zwicken.

»Komm schon, *Boss*. Was, wenn ein Gast reinkommt und das sieht?« Sein Gesicht war gerötet, verschwitzt und geschwollen von zu vielen Stunden, die er in einem beengten, sauerstoffarmen Raum gestanden hatte. Vom Meckern, wir wären schließlich nicht Burger King, und es ginge tatsächlich nicht immer *nach dem Willen der Gäste*, wie sehr sie auch darauf pochten. Boss pro forma war ich nur sonntagvormittags, wenn Ty keine Lust hatte, die verkaterte Belegschaft zu beaufsichtigen. Männer sind alle gleich.

»Dann kann ja Ty ihnen den Kopf waschen, wenn er um drei reinkommt. Service, da bist du nicht zuständig.«

Er antwortete mit lautem Töpfeklappern und ein paar im Küchendunst verstreuten Flüchen. Ich ließ ihn toben. In einer Stunde würde er an der Bar sitzen, seine tägliche Ration Whisky runterkippen und mir Vorträge über die besten italienischen Weine halten. Sie sind alle einfach gleich.

Eine Zigarettenglut streifte mein Sichtfeld. Ich sah durchs regennasse Fenster, wie sie hinter den Bäumen entlangzog, meine Freiheit in Form eines ziegelroten Glimmens, das neben der Eisenbahnstrecke wippte, die nördlich der Peach Street verlief; von meiner Bar aus gerade noch zu sehen. Eine Idee schlich sich unter mein Kinn, hinauf in mein Ohr. Eine zweite kroch unter meinem schmerzenden Schulterblatt hervor. Meine Finger begannen zu kribbeln, sich zu verkrampfen. Das war es, worauf wir gewartet hatten.

Die Glut bewegte sich langsam, der strömende Regen war anscheinend kein Hindernis für ihren nachmittäglichen Streifzug. In zehn Minuten würde Ty kommen. Meine Hände fanden am Poliertuch Halt, meine Füße hefteten sich auf die Gummimatte am Boden. Ich sank unter die Oberfläche meines Teichs, kauerte am Rand; ich wurde zu einem Augenpaar im Schilf, wartete, beobachtete, wie das schaukelnde Licht nach Westen in Richtung Berge zog.

Die Bahngleise führen am südlichen Rand meines Grundbesitzes vorbei, also fuhr ich nach Hause, parkte den Wagen in der Auffahrt, um Fragen vorzubeugen, die womöglich jemand stellen würde. (*Sophie? Die war damals zu Hause. Hat sich vorm Wetter versteckt, wie wir alle.*) Das Herz pochte mir bis zum Hals, das tiefe Quaken eines Frosches in meinem Teich. Ich schlich mich zwischen die Bäume.

Es ist eine Fehlannahme zu glauben, dass der Wald im Winter weniger dicht ist, wenn auch eine verständliche. Kahle Zweige müssten leere Hände sein, die nichts als Luft und Himmel halten und diejenigen, die darunter entlanglaufen, ungeschützt lassen. Tatsächlich kannst du dich im warmen Sommergrün mit einem Arm, einem Bein oder deiner Seele ins wirre Herz dieses Ortes vortasten und weißt, dass du dich ausgedehnt hast, in etwas gestreckt, das größer ist als du. Der Sommer mit seinem Blätterdach, seinen jungen Trieben, seinen Pilzen und seinem frischen Farn ist eine Welt, die förmlich explodiert. Läufst du im Juni durch den Wald, meinst du, deine Seele ist ganz weit.

Im März dagegen, im kalten Nass des Spätwinters, erscheint der Wald dir dicht und eng. Alles senkt sich abwärts. Die Zweige brechen unter dem schweren Gewicht des nassen Schnees; selbst gut befestigte Wege werden zu tückischen Schlammpisten, die Spaziergänger zu Fall bringen, in aufgeweichte Laubgruben, wo Füße in schlammigen Fallen versinken. Rasiermesserscharf fegt der Wind durch die Bäume, bis rauschend und ächzend ihre Kronen gegeneinanderschlagen, in der alten Sprache einer längst vergangenen Zeit. Nur die gelben Narzissen wachsen im winterlichen Wald. Heitere Gesichter, die im endlosen Braun strahlen; nachts sind sie mondsüchtig, blasse Irrlichter.

Er war noch nicht weit gekommen, als ich aus dem Wald trat. Kaum einen Kilometer die Gleise hinauf, obwohl es schon eine ganze Stunde her war, seit ich ihn entdeckt hatte. Gebremst von Wind und Regen oder seinen zerstreuten Gedanken, schlenderte er an der Trasse aus durchweichtem Holz und Stahl entlang. Die nassen Haare, noch genauso rot wie in dem Moment, als er an meinem Fenster vorbeigeglitten war, hingen ihm in Strähnen ins Gesicht, und ich musste an die Westen denken, die die Jäger im Herbst überzogen. Diese leuchtorange Warnung, die signalisierte, dass sie kein Hirsch waren, kein Körper, der durchlöchert werden soll. Obwohl auch sie so reglos dastehen wie ein Hirsch und genauso leicht zu durchlöchern sind.

Ich setzte mich, zu neuer Tatkraft erwacht, in Bewegung, bahnte mir den Weg durch dichtes Gestrüpp und nassen Farn, durch vertrocknete Brombeerzweige und immergrüne Efeuranken, die auf dem aufgeweichten Boden hingen. An einer Biegung verließ ich den Schutz der Bäume und blieb im strömenden Regen stehen.

Als ich noch klein war und die Nacht ein hungriges Maul, füllte meine Großmutter es immer mit Geschichten, die sie durch schlanke Finger spann und durch Zigarettenqualm. Mit rauchig-rauer Stimme erzählte sie mir von Berghexen, die durch Fensterscheiben schlüpften, von gespenstischen Frauen, die sich aus Flussbetten erhoben, und von ihren Geliebten, die im Morgengrauen über einsame Wiesen und Felder wandelten.

Sie warnte mich auch vor der Todesfee, einer Geisterfrau, die es zu achten und zu fürchten galt. Die einst im Tauwerk eines Schiffes wohnte und sich mittlerweile zwischen den krummen Zweigen unserer Apfelbäume eingerichtet hatte. Die sich durch einen kalten Windhauch in deinem Nacken bemerkbar machte, oder durch ein Bild, das plötzlich von der Wand fiel. Sie war ein Kojote in dunkler Nacht, der heulte. Lauerte.

Würden sie mich sehen, jemand, der aus der Ferne herschaute? Würde mein Anblick ihnen den bösen Geist offenbaren, der seinen zuckenden Leib auf meinen gelegt hatte, mit meinen Beinen lief, mit meinen Augen sah? Wenn sie später die Geschichte des Jungen an den Gleisen erzählten, würden sie schwören, seinen Tod gesehen zu haben, der ihm in Gestalt einer Frau gefolgt war?

Der Regen strömte mir übers Gesicht, rann mir unter den Blusenkragen, fuhr mit der Zunge über die kalte Haut meiner Brust, meines Bauches, meiner Hüften. Der Wind schob mir spitze Finger unters Haar, zerrte es aus seinem Zopf, bis es mir um die Stirn peitschte, in dunklen Strähnen ins Gesicht schlug. Ich versank unter der stillen Oberfläche meines Teiches. Unter meiner Haut herrschte Aufruhr, doch ich selbst war hier, in dieser stürmischen Luft, ganz ruhig.

Der Schotter unter meinen Füßen war locker, rutschte bei jedem Schritt weg, so dass ich mühsam einen Fuß nach dem anderen hineingraben musste, um voranzukommen. Er balancierte über die Schwellen, leichtfüßig und in Gedanken verloren. Ein oder zwei Mal glitt er aus, fanden seine ausgetretenen Turnschuhe auf dem regennassen Holz keinen Halt.

Er war noch jung, stellte ich fest. Ein dünnes Etwas, groß und schmächtig, Bohnenstange hätte meine Großmutter ihn genannt. Sein Körper taugte gut, um sich in vorbeifahrende Bahnwaggons zu schwingen oder sich spinnengleich an ihre Seitenwände zu klammern. Wohin er wollte und warum, hatte ich keine Gelegenheit zu fragen.

Ich näherte mich ihm bis auf einen Meter, dann hörte er mich und drehte sich um.

Alles hielt inne. Der Wind, der Regen, der Schlag meines Herzens setzten einen Schreckensmoment lang aus, während wir einander an jenem regennassen Sonntagabend Anfang März, im Vorstadium des Frühlings, bei den Gleisen anstarrten.

Ich habe gelesen, dass man nicht weglaufen soll, wenn man einem Raubtier begegnet; dass es die Flucht, die schnelle Bewegung, die sichtbare Angst sind, die seinen Jagdinstinkt anspornen. Hätte er wohl überlebt, wenn er nicht nach unten geschaut und das Messer in meiner Hand gesehen hätte? Wenn er nicht beschwichtigend die Hände gehoben hätte und mit fragend gerunzelter Stirn lachend zurückgewichen wäre? Wenn ihm nicht beinah die Stimme versagt hätte, als er fragte, was ich da tue? Wenn wenn *wenn*. Wenn sie nicht diesen Rock angehabt hätte. Wenn sie nicht so viel getrunken hätte. Wenn sie ihn nicht wütend gemacht hätte.

Wenn er mich doch nur nicht angesehen hätte.

Während er mich ansah, stach ich zum ersten Mal zu; die Luft zwischen uns eine Frage, eine Herausforderung, etwas Lebendiges. Ich benutzte dasselbe Messer, das ich in der kleinen Gasse benutzt hatte, das ich an jenem Morgen benutzt hatte, um Zitronen und Orangen zu schneiden, das ich dem Koch geborgt hatte, als sein Schälmesser zwischen Buffet und Wand gerutscht war. Die Klinge war kurz, ihr Stoß wurde von seiner Jacke gedämpft, hinterließ kaum einen Kratzer auf seiner Haut.

»Was verdammt soll …?«

Ich musste ihm irgendwie die Jacke ausziehen. Seine Arme waren lang, damit wurde er zur unüberwindbaren Wand. Doch jetzt gab es kein Zurück mehr. Er hatte mein Gesicht gesehen. Ich musste ihm die Jacke ausziehen.

Männer sind alle gleich. Meine Haut kribbelte und brannte. Er versuchte wegzulaufen, aber ich packte seine Kapuze und hielt ihn fest. Um sich zu befreien, würde er seine Jacke abstreifen müssen. Er schrie und wand sich, stolperte auf den eisernen Schienen. Wir stießen mit den Köpfen zusammen; ein Atemstoß löste sich aus meiner Brust. Alles in mir dröhnte. Ich griff nach seinem Reißverschluss, er packte mich am Handgelenk. Wir kämpften zwischen den Bahnschwellen. *Er hat Angst vor dir.* Er umklammerte meine Handgelenke – *Männer sind alle gleich –*, aber ich schaffte es, ein Knie hochzuziehen und ihm zwischen die Beine zu rammen. Mit einem Schrei ließ er mich los, und es gelang mir, seine Jacke aufzureißen. Dann klang mir die Stimme meiner Großmutter im Ohr:

»Wenn du einen Mann unter den Achselhöhlen erwischst«, Qualm ringelt sich beim Sprechen aus ihrem Mund, »kannst du ihn überwältigen.«

Die Körperstellen, die wir beugen. Hier, in diesem weichen Hohlraum, der sich in deinem Oberkörper verbirgt, befindet sich deine Existenz, nur durch das dünne Schild aus Oberarm, Bizeps, Trizeps und Rippen geschützt. Aber da, in dieser Kuhle, der *Achselhöhle*, diesem Schwachpunkt deiner Ausstattung, ist die verletzliche Stelle des Drachen, der du bist. Achselarterie, Armnerven, innere Brustwandarterie, das ganze pulsierende Leben auf engstem Raum. Ein gut ausgeführter Schlag an diesem Punkt kann einen Menschen bereits töten. Ein bisschen tiefer, und du triffst Herz und Lunge. Dann ist es um ihn geschehen.

Er packte meine Haare, zerrte mich nach hinten. Doch indem er sich wehrte, gab er die Stelle frei, die ich brauchte. *Wenn. Wenn. Wenn. Wenn.* Ich stach zu. Sein Keuchen verriet mir, dass ich die Lunge getroffen hatte. Die Hitze seines Körpers ergoss sich sanft über meine Hände, stieg hinauf in die Luft. Meine Finger färbten sich rot.

Er klammerte sich weiter an meine Haare, die sich wie ein Leichentuch senkten, während ich ihn auf die Gleise legte, hinab in eine Tiefe, in die ich ihm nicht folgen konnte. Hinter seinem

Blick erhob sich sein Geist, die braunen Augen verdunkelten sich. Er zitterte. Sein Atem war nur noch ein schwacher Hauch, feiner Nebeldunst über einem Fluss am frühen Morgen.

Stille.

Der Boden unter uns begann zu beben. Dicke Regentropfen prallten von den Schwellen. In der Ferne, vielleicht einen Kilometer hinter uns, schrie ein Zug.

Bellair hat eine besonders gefährliche Lage. Die hohen Berge, die uns vor so vielen Naturkatastrophen schützen, werden zu Waffen, sobald ein Zug hindurchfährt. Er ist zu schwerfällig, mit einem zu schwachen Antrieb versehen, um ihn den steilen Berghang hinaufzubefördern, und kann nicht verlangsamen, wenn er unsere Stadt passiert. Dieses Problem hat zu einem schon jahrzehntelang andauernden Streit geführt, unsere Sicherheit gegen die Firmendollars der Eisenbahngesellschaft. Um uns zu beschwichtigen, haben sie ihrem Leviathan ein Maul gegeben, so dass er, wenn er sich nähert, eine Warnung herausschreit: *Ich komme! Aus dem Weg! Bringt euch in Sicherheit. Ich komme!*

Vor Schreck erstarrte ich, und er schaffte es, mich in einem letzten panischen Aufbäumen mit sich zu Boden zu reißen. Seine Finger in meinen Haaren verfangen, sein Griff mit der Kälte des nahenden Todes immer fester. Ich versuchte, mich wieder aufzurichten, aber er war zu stark, die Schwellen von Regen und Blut zu glatt geworden.

Die Gleise begannen unter uns zu beben. Ich spürte, wie meine Zähne anfingen zu klappern, mir das Hirn gegen die Schädeldecke sprang. *Steh auf! Steh auf!* Meine sämtlichen Hautschichten kribbelten. *Steh auf!*

Mit einem Schrei riss ich mich los, rollte mich ins Dickicht aus Gras, Brombeeren und dornigen Büschen, das den verwilderten Streifen zwischen Wald und Bahnstrecke säumte. Er wurde vom plötzlichen Aufwärtsruck meiner Haare mit nach oben gezogen, hing nun stumm auf den Schienen, wo er reglos verharrte.

Wieder schrie die Lokomotive. Ihre Front kam in Sicht. Schreiend und heulend warnte sie zur Vorsicht. *Aus dem Weg! Aus dem Weg! Aus dem Weg!*

Als man später seine verstümmelte Leiche fand, war von einem tragischen Unfall die Rede. Es gab Bürgerversammlungen und besorgte Mütter, und dann, als vier Wochen um waren, ging alles wieder seinen normalen Gang. Er war niemand. Ein Junge fern von zu Hause, fern von irgendwem, der sich um ihn sorgte.

Ich frage mich allerdings, was der Lokführer dachte, als er an mir vorbeiraste, das Gesicht verzerrt vor Entsetzen über den Körper, dem er nicht ausweichen konnte, und über die schwarz gekleidete blutbedeckte Gestalt, die im Gebüsch neben den Gleisen hockte. Ob er sich wohl anschließend bekreuzigte? Ob er betete? Ob er wusste, dass er dem Tod ins Gesicht geblickt hatte?

Die Zunge des Jungen war die einzige, die ich nicht mitnahm. Es war keine Zunge zum Mitnehmen da.

Eine erschöpfte Seele

Klar, wir haben es auch gemacht, als wir noch jung waren, aber warum tun Kids so was Dummes? Auf den Gleisen entlanglaufen?« Dan drückte sich den Teebecher an die Brust und Dampf zog ihm ins Gesicht, das nach den Stunden in Kälte und Regen ganz blass geworden war, in denen er den Freiwilligen geholfen hatte, die Überreste des Jungen einzusammeln. Eine grausige Aufgabe an einem grausigen Nachmittag – die Leiche war unter dem glühend heißen Rumpf des Zuges fast vierhundert Meter weit mitgeschleift worden.

Nora seufzte. »Weil sie noch Kinder sind.«

Das stimmte natürlich, doch etwas anderes ließ ihr keine Ruhe. Der Lokführer hatte, nachdem er sich endlich so weit beruhigt hatte, dass er sprechen konnte, ohne in eine Panikattacke zu verfallen, geschworen, dass er noch jemanden an den Gleisen gesehen hätte.

»Jemand, der ihn begleitete? Ein anderer Jugendlicher?«

Der Mann ließ den Blick in die Ecke des tristen Raumes gleiten, in dem sie saßen. Nora hatte versucht, ihn durch ein Lächeln etwas freundlicher zu machen, doch die Tatsache, dass es sich bei dem betonwandigen Rechteck um ein Verhörzimmer handelte, ließ sich nicht verbergen. Es war kein Ort, an dem man sich gerne befand. Der Lokführer zog seinen Styroporkaffeebecher näher zu sich und holte tief Luft.

»Sie werden mich für verrückt halten.«

»Versuchen Sie es«, sagte Nora und ließ ihre Stimme möglichst beruhigend klingen. »Glauben Sie mir, Mr Decker, ich habe schon so gut wie alles gesehen.«

»Es war kein Mensch.«

»Sie meinen, Sie haben ein Tier gesehen? Einen Bären vielleicht?« Für Bären war es eigentlich noch ein bisschen zu früh im Jahr, aber Nora hatte so etwas schon erlebt. Die Tiere zogen, nach monatelangem Winterschlaf ausgehungert, manchmal benommen durch Gebiete, die sie normalerweise mieden.

»Nein.« Er sah sie mit aufgerissenen Augen an. »Es war … ich kann es nicht erklären, ohne dass es sich anhört, als wäre ich verrückt.«

Nora wartete darauf, dass er weitersprach, während jeder ihrer Atemzüge langsam die Zeit zählte.

»Es hatte schwarze Augen. Und es hatte lange Haare, glaube ich. Dunkel, aber das lag vielleicht am Regen. Es sah aus wie ein Mensch, wie eine Frau vielleicht, die am Waldrand im Gras hockte. Als ich vorbeikam, hat es mich angestarrt, aber ich konnte nicht richtig hinschauen, weil ich gerade diesen Jungen überfahren hatte und …«

Sein Atem beschleunigte sich, er begann zu zittern. Nora legte ihre Hand auf seine, die noch immer den Kaffeebecher umklammerte.

»Sie machen das großartig, Mr Decker. Kaum vorzustellen, wie Sie sich fühlen müssen. Ist Ihnen sonst noch etwas aufgefallen? Sie sagten, dieses Wesen sah nicht wie ein Mensch aus?«

»Ich habe noch nie etwas gesehen, was weniger menschlich wirkte.«

»Könnten Sie mir erklären, wie Sie das meinen?«

Er holte tief Luft und bekreuzigte sich, flüsterte Gebete, flehentliche Bitten. Hinter ihrer Schulter zischte etwas; in der Ecke sank der Hauch eines Schattens zu Boden. Sie richtete den Blick auf den bebenden Mann ihr gegenüber.

»Dieses Gesicht, blutverschmiert. Blass, leichenblass, aber voller Blut. Und die Augen, sie waren schwarz, hab ich gesagt, aber das stimmt nicht ganz … Es war, als würde ich einen Totenkopf ansehen. In dem Moment, als ich vorbeifuhr, öffnete es den Mund, als wollte es schreien, aber ich konnte es wegen meinem eigenen Schrei und den quietschenden Bremsen nicht hören. Es war ein böser Geist, ich schwörs.« Er bekreuzigte sich noch einmal, und Nora sah seine Gedanken förmlich einen Schutzschild vor ihm bilden: *Ich bin nicht verrückt. Ich bin nicht verrückt. Ich bin nicht verrückt. Bitte glauben Sie mir.*

Sie drückte seine Hand. »Ich glaube Ihnen.« Das war im Grunde alles, was die Leute hören mussten.

»Es war ein Albtraum.«

»Ja. Das kann ich mir vorstellen.«

Sie entschuldigte sich, um Murph zu suchen, ließ Mr Decker zurück, der noch immer seinen Becher festhielt und vor sich hin starrte.

Später fand sie Geschichten im hohen Gras. Abgebrochene Zweige. Plattgedrückte Farnblätter. Direkt an der Baumgrenze stieß sie auf die Spur eines Fußabdrucks. Er war halb mit Regenwasser gefüllt und hatte jegliches erkennbare Profil verloren, aber er war noch da, ein schmutziger Krater im roten Lehm.

»Kein böser Geist also«, murmelte sie und hockte sich hin, um den Abdruck näher zu betrachten. Er hätte von dem Jungen stammen können; sie konnten ihn mit seinen Schuhen abgleichen, falls sie sie fänden. Doch etwas verunsicherte sie, als sie ihren Fuß danebensetzte, um ein Foto zu machen. Der Abdruck, was davon den Regen überstanden hatte, schien die gleiche Größe zu haben wie ihrer. Nur wenige Männer hatten so kleine Füße.

Eine Freundin? Zu schockiert oder zu verängstigt, um sich zu melden? Umherstreunende Jugendliche waren gern zu zweit unterwegs, zur Sicherheit, um Gesellschaft zu haben. Wer immer sie war, sie wusste etwas.

»Netter Fang, Martin«, sagte Murph, als sie ihm das Foto zeigte. »Aber ich glaube, du kannst das zu den Akten legen. Der Tod des Jungen war ein Unfall. Nicht nötig, Steuergelder für die Suche nach einem ›bösen Geist‹ zu verschwenden, der inzwischen schon lange das Weite gesucht hat. Diese Kids wissen, wie man von der Bildfläche verschwindet.«

»Du willst es dir nicht mal näher anschauen?« Sie war enttäuscht.

»So was passiert öfter, als du denkst, Martin, das wirst du noch sehen. Jugendliche auf den Gleisen, die mit den Gedanken woanders sind. Oder schlimmer noch, Selbstmord. Nehmen wir im Zweifelsfall an, dass er bloß gestolpert ist und nicht mehr rechtzeitig hochkam, bevor der Zug ihn erwischt hat.«

»Aber der Lokführer hat ...«

»Der Lokführer hat jemanden im Gras hocken sehen, was du nun möglicherweise beweisen konntest, aber wegen des Regens haben wir keine Chance zu bestimmen, wie frisch dieser Fußabdruck ist. Abgesehen davon können wir uns keine Spürhunde leisten, es sei denn, du willst die Kosten selbst übernehmen?«

Als sie nicht antwortete, fuhr er fort. »Was der Lokführer gesehen hat, war vielleicht ein böser Geist. Was er nicht gesehen hat, war ein Mord. Wir schließen den Fall nicht, aber momentan kann ich es mir nicht leisten, noch mehr Zeit darauf zu verwenden, falls ich keine neuen Erkenntnisse höre. Wir haben sowieso schon genug um die Ohren. Lass es gut sein.«

»Alles in Ordnung, Nor?«, fragte Dan später. »Soll ich dir ne Tasse Tee machen? Ich vergesse dauernd, dass du auch mit draußen warst. Ich bin wohl noch nicht daran gewöhnt, auf derselben Seite der Berge zu arbeiten wie du.«

»Nein, bleib hier. Ich mach das schon.«

Sie brachte ihren Becher und ihre Decke mit zur Couch und kuschelte sich in Dans ausgebreitete Arme, ließ sich von ihm halten, beklagte sich nicht, als er das idiotische Reality-TV einschaltete, das er so oft als Trost benutzte. Eine Angewohnheit, die er angenommen hatte, nachdem er jahrelang Menschen in den schlimmsten Momenten ihres Lebens begleiten musste; und die sie sich selbst, zu ihrem Erstaunen, nicht zu eigen gemacht hatte. Sie schaute nur mit, wenn er den Fernseher einschaltete. An diesem Tag jedoch versenkte sie sich in das Geschehen auf dem Bildschirm und versuchte, möglichst den Schauer zu vergessen, der ihr beim Anblick des Fußabdrucks im Schlamm über den Rücken gelaufen war; des Beweises, dass dort ein böser Geist im Gebüsch gekauert hatte.

Sophie

Ich hörte nichts.

Man munkelte etwas von einem bösen Geist an den Bahngleisen. Hausfrauen zogen ihre Kinder an sich; Jäger warnten einander davor, sich draußen im Wald zu betrinken, so verlockend es in langen, kalten Stunden auch sein mochte; Teenager verbreiteten Gerüchte über rachsüchtige Geister der Konföderierten und verschmähte Liebhaber. Zum zweiten Mal war ich aus mir herausgetreten, war ein Gespenst geworden, ein Phantom, das durch die Stadt streifte.

Sie errichteten einen Gedenkstein für den Jungen, ein einsames weißes Kreuz, das neben der Stelle im Gras stand, an der er starb. Auch das besuche ich jetzt. Beobachte, wie es in der samtenen Dunkelheit leuchtet. Im Freien spüre ich den Mond und die Sterne ungefiltert, hier an diesem Ort, an dem ich meinen Kiefer aus den Angeln hob und eine Bestie aus mir hervorbrechen ließ.

Wer bist du?, fragen die Sterne.

Die kriechenden Wesen unter meiner Haut antworten mit eisernem Schweigen.

Dornen graben sich mir in die Beine, als ich durch die Bäume zurückhaste. Jedes neue Leben fordert Blut. Ich spüre, wie ich in den Boden fließe.

Nora

Man fand ein Haar. Fest im Griff dessen, was einmal die linke Faust des Jungen gewesen war, fanden sie ein langes dunkles Haar. Wahrscheinlich war es nichts, das wusste Nora. Es hätte von jedem stammen können. Vielleicht hatte er es sich irgendwann von der Jacke gezupft, vielleicht hatte es auf den Schienen gelegen und war ihm bei seinem Versuch zu entkommen zwischen die Finger geraten. Vielleicht gehörte es auch einem bösen Geist, der beobachtet hatte, wie der Zug vorbeiraste.

Es hätte alles Mögliche sein können. Sie hatten kein Geld für Hunde. Der Junge war tot. Der Fußabdruck war voll Wasser. Der Junge war niemand.

Sie steckte das Haar in einen Beutel, schickte es zur Gerichtsmedizin, für alle Fälle.

Eine Frau

In den frühen Morgenstunden, der finstersten Zeit der Nacht, erhob sich das Mädchen am Ende des Flures. Ihre Beine waren schwach, dünn, nichts als eine Ansammlung von Dunst und Albträumen. Ihr Kopf wippte auf dem gebrochenen Hals, während sie auf das Zimmer zuwankte, in dem Nora schlief. Schon nächtelang machte der Schattengeist das nun, rastlos und von irgendetwas Schauderhaftem, Bösem im Äther aufgeschreckt.

Hätte Nora in dem Moment die Augen aufgeschlagen, hätte sie dieses flirrende, ängstliche Etwas am Fußende ihres Bettes stehen sehen, dann hätte sie die Fragen erblickt, die sich langsam aus dem zarten Mund des Mädchens lösten, hätte gespürt, wie sie sich den Weg durch ihren eigenen bahnten, wie sie sich schon jahrhundertelang ihren Weg durch die Münder der Frauen gebahnt hatten. *Warum hasst ihr uns? Warum zerstört ihr uns? Schlagt uns, bringt uns zum Schweigen, brecht uns die Herzen? Was haben wir getan? Was haben wir nur getan?*

Wäre sie aufgewacht, hätte Nora den spitzen Keim unter ihrer Zunge gespürt, der sie in letzter Zeit plagte, der als Erwiderung ihre eigenen Fragen stellte: *Warum sehe ich Mark nachts nicht in meinem Haus? Warum trauere ich nicht um ihn? Warum bin ich irgendwie ... froh?*

Das Mädchen hatte keine Antworten.

In der schwarz-grauen Stunde vor der Morgendämmerung erwachte Dan. Etwas Kaltes hatte seine Brust gestreift, Gänsehaut hatte sich auf seinen Armen gebildet. Die Decke war weg. Er drehte sich zu Nora und fand sie vor, wie er sie so oft morgens vorfand: schweißgebadet und in die Bettdecke verwickelt, die Stirn in Falten gelegt, die Lippen aufeinandergepresst.

»Diebin.« Er rollte sich zu ihr und küsste sie auf die Schulter, zog ein Stück Decke wieder über sich, bevor er den Arm um sie legte.

Das Mädchen in der Ecke sah zitternd zu. Als der Morgen sein Gesicht ans Fenster presste, rang sie nach Luft und zerfiel in tausend sonnenhelle Staubteilchen.

Ein Selkie

Ende März zerriss die Luft, zersplitterte der letzte Winterrausch, ein paar warme Sonnenstrahlen schoben sich durchs Himmelsdach. Die Wälder erwachten, der schwere Dunst wurde von einer sanften Brise aus den Bergen fortgetragen. Die Erde wimmelt von verborgenen Wesen, also muss ich nicht mehr ganz so still in ihr liegen, nicht mehr so passiv sein. Ich sank zurück in mich selbst, ein Phantom, ein Geist voll unzähliger scharfer Zähne, krabbelnder Beine, die mir unter der Haut brannten.

Das Blue Bell hat Faltfenster, und Ende des Monats hatte Ty sie vor dem Abendessen aufgeschoben, um einen frischen, lebendigen Luftzug einzulassen. Um die letzten Frostbeulen eines feuchten Winters zu vertreiben. Das rosige Dämmerlicht, inzwischen von erstem Frühlingsblumenbunt durchzogen, strich über warme Kerzen, deren kleine Flammen im purpurroten Abend tanzten. Hinter uns erwachte der Creek aus seinem Winterschlaf, befreite sich von den letzten eisigen Zähnen, die sein Ufer säumten. An diesen sanften Frühlingsabenden plätscherte und gluckerte er fröhlich, kalt und klar, noch ungetrübt von Sommergewittern. Die Laubfrösche sangen sich zum Leben, streckten wie jedes Jahr um diese Zeit dünne Stimmen in den Abend, riefen einander zu, wie schön es ist, erwacht zu sein. Eine Geschichte, so alt wie die Erde. Im Frühling werden wir alle wiedergeboren.

Ich stand hinter meiner Bar, überprüfte meine Lagerbestände, entsorgte, was über den Winter zu schal geworden war, und fragte mich, was dieses neue, vibrierende Leben wohl für mich bedeutete. Das Kribbeln begleitete mich inzwischen ständig, verbreitete sich wie Rauch unter der Maske meiner Haut, trennte Dura mater vom Schädel, Faszien von Muskeln und Knochen.

Ich war dabei, mich zu erheben, in mein Innerstes zu gleiten, ein neues Geschöpf zu werden.

»Alles in Ordnung, Sophie?«, fragte Ty mich eines ruhigen Nachmittags. Die Sonne schien warm durch die Fenster, das erste Anzeichen für die zu erwartende Sommerhitze, und ich hatte mich an die Theke gelehnt, um darin zu baden. Nur einen Moment, gerade lange genug, um zu spüren, wie mein Inneres langsam erwachte.

Diese Frage, ein Fingerschnipsen, eine Ohrfeige in meinen Ohren. Normalerweise hätte mich so etwas dazu gebracht, mich aufzurichten, aufmerksam zu wirken. Doch an diesem Tag war ich eine träge Schlange, die sich häutete, und so sah ich ihn bloß an und lächelte.

»Oookay«, sagte er und wich zurück. Die Hände dabei erhoben, als Frage oder Scherz, das war bei Ty nicht leicht zu sagen.

Ich habe Geschichten über Frauen gelesen, die sich die Haut abgezogen haben, um in der menschlichen Welt zu leben. Ich glaube, ich bin eine von ihnen, so wie diese juckende, brennende Qual, diese Hülle, die nie richtig zu mir gehörte, mich plagt; während meine eigene Haut weit fort auf einem Felsen am Meer trocknet. Deshalb bin ich an die dunkelsten Winkel meiner Selbst vorgedrungen, habe die Wahrheit über diesen Ort herausgefunden, an dem ich mich bewegte, und nun forderte er mich auf, sie herauszulassen. Meine Zähne sind lang geworden, meine Klauen scharf. Ich merke, wie ich mich von dieser Hülle trenne, die ich mir zum Schutz zugelegt hatte. Der Geschmack männlicher Angst war das Heilmittel gegen den Schmerz neu wachsender Haut. Nun würde ich mich meiner falschen Haut entledigen und meine ganze Wesensfülle zurück über mein langsam gedeihendes Ich legen.

APRIL

Sophie

Um einen Mann zu jagen, musst du clever sein, denn früher oder später wird jemand dich jagen. Dieser Gedanke beschäftigte mich, während ich meine Bar vorbereitete, während ich Bud ein Bier nach dem anderen reichte, während ich den glänzenden Käfig aus Glas und Edelstahl wienerte, putzte und polierte, den ich mir selbst gebaut hatte. Jeder Auftritt, jede Interaktion wurde zur Lehrstunde. Wer sind Männer? Wie ticken sie? Wie sehen sie die Welt und sich selbst darin? Bis jetzt hatte ich Glück gehabt. Aber Glück wurde langsam langweilig. Ich wollte mit dem Feuer spielen. Das hört man oft von Frauen, die ohne Vater aufwachsen. Dass wir ohne den ausgleichenden männlichen Einfluss in unserem Leben aus der Spur geraten, dass wir ständig auf Zehenspitzen balancieren, über den Rand der Klippe blicken. Zum Spaß, um uns lebendig zu fühlen, um zu sehen, ob sich jemand die Mühe macht, uns die Hand zu reichen und uns aufzuhalten.

Vielleicht wollte ich das, aufgehalten werden. Aber eigentlich wollte ich, glaube ich, gestoßen werden, in Brand gesetzt, um ein Spiel mit der Dunkelheit zu spielen, die sich hinter die elfenbeinfarbenen Stäbe meines Brustkorbs legte. Beachte mich. Interessiere dich für das, was ich tue. Das ist das Mantra, das ich seit meiner Kindheit wiederhole.

Die ersten Milben hatten sich eingenistet, nachdem er fort war. Sie bekamen Füße und vergruben sich irgendwo, wo ich nicht hingelangte. Es waren jedoch nicht dieselben Milben wie die, die später kommen sollten. Die machten sich im weichen Gewebe meines Herzbeutels breit, verwandelten sich in etwas Unnachgiebiges, Verbittertes, Wütendes. Aber sie gaben mir nicht das Gefühl, der Welt schutzlos ausgeliefert zu sein, wie ihre Schwestern es getan hatten. Verraten und verwirrt, wie ich mich fühlte, wurden sie mein Schutzschild, meine Freundinnen, so dass ich, als ich mit fünfundzwanzig einen Brief von ihm bekam, diesen zornerfüllt las.

Ich habe Jesus gefunden und einen Therapeuten. Ich möchte dich sehen, um etwas aus unserer Beziehung zu machen.

Also traf ich mich mit ihm. Saß ihm an einem glänzenden mit Eiskremresten verklebten Stahltisch gegenüber. Ich ließ ihn eine Stunde reden, über sein neues Leben, die Vergebung, die er bei Gott gefunden hatte. Und wieder spürte ich diese altbekannte Regung, Enttäuschung. Doch inzwischen war ich älter geworden, an ein gebrochenes Herz gewöhnt, und so vermischten sich die ersten Milben mit den neuen, und ich empfand Abscheu vor diesem Mann, der wollte, dass ich ihn Dad nenne.

Gegen Ende dieses Tages breitete er die Arme aus, wandte das Gesicht zur kalten, kahlen Decke und erklärte mir, dass sein Lieblingsvers aus der Bibel Lukas 23:24 sei, als Jesus vom Kreuz herab auf all jene blickt, die ihn geschlagen und bespuckt und ihn so aufgehängt haben, und Gott bittet: *Vater, vergib ihnen, denn sie wissen nicht, was sie tun.*

»Ist das nicht unglaublich?«, fragte er mich mit leuchtenden Augen.

Ich beugte mich über den Tisch und erklärte ihm, ich hätte den Spruch *Vater, Vater, warum hast du mich verlassen?* schon immer ergreifender gefunden.

Was würde er jetzt wohl von mir denken, wenn er mich sähe? Ich weiß es nicht, und es ist mir egal. Nach diesem Tag habe ich nie wieder etwas von ihm gehört. Männer sind alle gleich.

Alle gleich und deshalb leicht zu erforschen. Und so beobachtete ich, lernte ich, während die Hexe in meinem Haus zarte Blätter durch die Erde schob und das Messer glänzend auf meiner Bar lag und unter meiner Haut winzige Wesen krabbelten. Ich verwandelte mich in eine Schülerin.

Kisten auf meine Theke zu heben, wurde zur Prüfung. Wie oft von zehn Mal würde einer der Jungs darauf bestehen, mir zu helfen? Wie viele Sekunden würde das dauern? Ich zählte. Eins ... zwei ... sieben ... na, bitte. Das Bierfass. Wenn es ausgetauscht werden musste, wie oft scheuchte Ty mich aus dem Kühlraum und wuchtete das neue Fass selbst an seinen Platz? Wenn ich in der Küche etwas aus dem oberen Regal nehmen wollte, eine Schale für Sirup oder einen Teller für Salz, sah dann der Koch zu, wie ich mich abmühte, oder holte er es für mich herunter? Ich schummelte natürlich. Ich lebe im Süden. Hätte ich dieses Experiment an einem Ort durchgeführt, an dem kleine Höflichkeiten von Männern ungewöhnlich oder inakzeptabel waren, hätte ich vielleicht eine andere Strategie gewählt. Ein Raubtier weiß, wie es die Schwächen seiner Opfer ausnutzt.

Ich freundete mich mit meinem Körper an. Der zierliche Knochenbau, die schwächeren Muskeln, die ganze zarte Statur, die ich so lange verachtet hatte, betrachtete ich nicht länger als Makel, sondern als Segen. Männer fingen Frauen täglich im Netz ihrer Freundlichkeit, täuschten Verzweiflung oder Liebe vor, um sie zu ködern. Ich würde nicht auf eine solche Lüge zurückgreifen müssen. Ich musste einfach nur ich sein, die nackte Wahrheit meiner selbst als Püppchen, als Schätzchen, reichte mir als Falle. Wann hatte jemals ein Mann Angst, zu einer Frau ins Auto zu steigen?

Dort in der Bar, im hellen Licht des erwachenden Frühlings, wurde mir klar, dass mir zufällige Begegnungen nicht mehr genügten. Die Zeit war reif, um mit der Jagd zu beginnen.

Sophie

Nur wenige Ereignisse sind den Bewohnern dieses kleinen Zipfels von Piedmont wichtiger als die Steeplechases im Frühjahr. Der Renntag ist unser Heiligtum und wird immer am letzten Samstag im April voller Inbrunst zelebriert, ein Ritus, der in bestimmten Bereichen fast fanatische Hingabe verlangt. Es ist ein Tag, der sich dadurch auszeichnet, dass sich die besseren Gesellschaftsschichten dankbar ihren menschlichen Schwächen hingeben; ein Tag, um zu sehen und gesehen zu werden, um Whisky und Champagner und den süffigsten Klatsch hinunterzukippen. Diese Gelegenheit darf man keinesfalls verpassen. Und so pilgert die versammelte Gemeinde jedes Jahr wieder zu den geheiligten Gefilden der alten Montleigh Farm.

Die ersten Ankömmlinge sind die Studenten, die hoffen, wenn sie früh genug aufkreuzen, könnten sie ihre minderjährigen Kumpels unter dem Radar der noch übernächtigten Sicherheitsleute durchschleusen. Alkoholverbot herrscht zwar nicht, aber ein SUV, der wie ein Clown-Wagen mit Jugendlichen vollgestopft ist, sorgt garantiert für hochgezogene Brauen und wird am Eingang gründlicher inspiziert. Sind sie erst einmal drin, schwärmen sie aus und beginnen mit ihrer Pantomime der feineren Leute der Südstaaten. Die Jungs tragen ihr Faulkner'sches Sonntags-Outfit, Sakkos und Fliegen, in die Hosen gesteckte Button-down-Hemden. Gegen Mittag haben sie sich der Sakkos und Fliegen entledigt, weil bis dahin die Hitze so drückend geworden ist, dass ihnen der Schweiß die Stirn herabrinnt. Die Mädchen indessen, die selbst im kältesten Winter keine Jacken anziehen, öffnen sich der Sonne wie Blüten – gebräunte Dekolletés und Schultern, nackte, glänzende Arme. Während ihre Freunde Kühlboxen mit Light-Bier und Tütenwein und was sie sonst noch an den Sicherheitsleuten vorbeischmuggeln konnten, ins Freie schleppen, versenken sie ihre schlanken Hände irgendwo in ihre Kleider, um eine Armee von Mini-Flaschen zu befreien. Den Rest des Tages werden sie die Nasen tief in Plastikbecher gesteckt verbringen und kaum einmal lange genug auftauchen, um für ein Foto zu lächeln. Wenn sie bis zum Spätnachmittag nicht sturzbetrunken sind, ist die Zeit nicht gut genutzt.

An der Zielgeraden, wo Parkplätze teuer sind und lange im Voraus reserviert werden müssen, trifft man ein anderes Publikum. Hier, in der Nähe der Haupttribüne und dicht an der Ziellinie, ist der Ort, um zu sehen und gesehen zu werden. Die Stimmung ist ausgelassen. Frauen grüßen einander mit Luftküsschen, während die Männer sich mit Händeschütteln begnügen. Alle haben sich in ihr bestes Outfit geworfen, eine bunte Zusammenstellung aus diversen Paisleymustern und Tiermotivdrucken, schicken Sakkos, breitkrempigen Hüten und Pilotenbrillen, protzigem Schmuck, gestreiften Fliegen, dazu glänzende Silberflachmänner, die in der Sonne blitzen. Überall Partylaune, bist du hier, bist du eingeladen.

Die Pferde beachtet eigentlich niemand.

Wozu auch?

Ich habe mir etwas von den Jägern abgeschaut. Willst du an einem Ort nicht beachtet werden, an dem du normalerweise auffällst, musst du eine Tarnung um dich errichten. Ein Kasten im Baum am Rand eines Feldes, eine Leiter, die an einer knorrigen Eiche lehnt, Blätter, die einen Tacken zu perfekt daliegen, Zweige, ein wenig zu ordentlich gestapelt. Da lauert er, der Tod, ganz normal und unscheinbar. Genau so würde ich auch aussehen, ganz normal und unscheinbar, während der Blick meiner Beute direkt über mich gleiten und ich abwarten, auf meine Chance lauern würde.

Ich hüllte mich in Gelassenheit, übertünchte damit meinen

Atem, das Pochen meines Herzens im Hals, so dass der Sicherheitsmann nur nickte und mich einfach weiterwinkte, als ich lächelnd durch das Eingangstor fuhr. Hinunter in die taufeuchte Senke zwischen grasbewachsenen Hügeln, wo von der Kühle der Nacht noch etwas übrig war und ein paar träge Nebelschwaden vor mir über die Wiese zogen. In einer Stunde, sobald die Sonne höher stand, würden sie sich aufgelöst haben. Während ich meinen Wagen an die kurvige Umzäunung fuhr, die den hinteren Streckenabschnitt säumte, fragte ich mich, was die Sonne wohl sehen würde, wenn sie auf mich herabblickte.

Der Wagen verstummte seufzend, und ich saß da, an diesem verheißungsvollen Rand einer neuen Welt, und sammelte mich. Während auf beiden Seiten neben mir immer mehr Autos parkten, während die Leute Kühlboxen und Klappstühle aus Kofferräumen luden und sich mit fröhlichem Hallo begrüßten, errichtete ich meine Tarnung. Stück für Stück fand ich mich zusammen. Voilà, das honigsüße Lächeln; voilà, das glockenklare Lachen; und hier die Füße, ständig in Bewegung, damit du in keine Falle tappst. Einen bangen Augenblick lang lag mir mein Plan schwer auf der Brust, flößte mir eine gewisse Ehrfurcht ein. Bedenken meldeten sich zu Wort.

Würde ich es wirklich tun? Ich sah aus dem Fenster, folgte der mit Seersucker, Anzugjacken, schwingenden Röcken übersäten Schneise mit dem Blick.

Ja. ich würde es tun. Ja. Sie hatten es verdient. Ja. Es würde mir gefallen. *Männer sind alle gleich. Zweifle nicht an dir.*

Ich bin nicht verrückt. Das soll bloß niemand behaupten.

Das feuchte Gras war lang und kalt an meiner Haut. Der rote Lehm darunter klamm, wie etwas Totes. Meine Füße rutschten in den Sandalen, und ich musste mich anstrengen, um die ersten Schritte zu gehen. *Bist du dir sicher?*, hörte ich bei jeder Bewegung aufgeregte Stimmen flüstern, die mich prüfen, umstimmen, auf die Probe stellen wollten. *Willst du das wirklich? Ja*, antwortete ich mit jedem entschlossenen Schritt. *Ja.*

Während ich in meinem Wagen gesessen und mir in Erinnerung gerufen hatte, dass ich eine Lunge besaß, ein schlagendes Herz und ein Nervenkostüm, das Zweifel in mir schürte, hatte sich die Wiese gefüllt. Als ich den Umhang meines ruhigen Ichs umlegte, war der breite Hügel hell erstrahlt. Windschutzscheiben blinkten ein Morsealphabet aus blitzendem Sonnenlicht, ein SOS, das niemand las. Etwas weiter oben waren Zelte aufgetaucht, weiß und blau, schwarz, ein paar hässlich orange oder rot. Darum versammelt, noch träge und verschlafen, Menschen, die die Hand nach dem ersten Mimosa des Tages ausstreckten oder nach einem heißen Shot Fireball, nach irgendetwas, um das Frösteln zu vertreiben und ihren Lebensgeist zu wecken. Ich schlängelte mich durch sie hindurch, aufmerksam, wachsam, auf der Hut.

Früher hatten wir das Blue Bell am Renntag geöffnet – ein Zwischenstopp, um Lindseys Freunde auf ihrem Heimweg auf einen letzten Cocktail und einen Berg Pommes frites abzufangen; ihnen Gelegenheit zu bieten, durchzuatmen und der ersten Runde Cops zu entgehen, die es auf Schlangenlinien fahrende Autofahrer abgesehen hatten. Sie könnten ein bisschen ausnüchtern, so der Gedanke, und vielleicht würden sie sogar zum Abendessen bleiben. Es würde sich rentieren, versprach man uns. Wer gibt schon mehr Trinkgeld als Leute im Vollrausch?

So einige, stellte sich heraus. Trotzdem versuchten wir es ein paar Jahre, bis wir einsahen, dass das Ganze ein Reinfall war. Die sonnenverbrannten Feierwütigen taumelten bloß erschöpft herein, um auf der Stelle einzuschlafen, während ihnen der Sabber aus dem Mund über die polierten Holztische lief, auf die sie die Gesichter pressten. Nicht unproblematisch für die Bar. Wäre ein Cop aufgetaucht und hätte ein Lokal voller Betrunkener vorgefunden, hätten sie uns dichtgemacht. Die paar, die wach blieben, waren den Aufwand nicht wert. Unmöglich, eine Bestellung von jemandem aufzunehmen, der kaum noch in der Lage ist zu sprechen. Und versuch mal, mit einem zu diskutieren, der vergessen hat, wie hungrig er zwanzig Minuten vorher noch war, als er zwei Schüsseln Pommes plus einen Burger samt Pommesbeilage bestellt hat. Wir haben mehr Geld verschenkt, mehr Erbrochenes weggewischt, mehr Leute wachgerüttelt, als unsere Löhne wert waren, inklusive Trinkgeld.

Das Fass zum Überlaufen brachte mein Opfer Nummer eins, Mark Dixon, der eines Nachmittags nach einem besonders exzessiven Renntag auf der Toilette kollabierte. Ich war diejenige, die ihn fand, ihm die Hose wieder hochziehen, den Urin vom Boden wischen, ihm mit einem nassen Papierhandtuch das Kokain von der Nase tupfen musste, um damit die letzten Überreste meiner Achtung in den Müll zu werfen. Später an diesem Abend schickte Lindsey mir eine Nachricht. »Mark ist im Grunde nicht verkehrt. Ich hoffe, wir können die Sache vergessen und nach vorn blicken.«

Wir blickten nach vorn. Lindsey betrachtete die missglückte Geschäftsmöglichkeit als Chance, so zu tun, als würde er sich um seine Belegschaft kümmern, und erklärte den Renntag von da an zum Feiertag. Er mietete einen Stellplatz, errichtete ein Zelt und lud seine Mitarbeiter und Freunde ein, sich volllaufen zu lassen. Theoretisch war es freiwillig. Und wir kamen, sowohl wegen der Freigetränke als auch, um uns mal in anderen Farben zu sehen als in Schwarz. Sie würden von mir erwarten, dass ich mich dort blicken lasse; mein Fehlen würde auffallen. Um dich unsichtbar zu machen, darfst du nicht aus der Reihe tanzen. Es war das Beste, möglichst früh vorbeizuschauen, bevor sie zu betrunken waren, um sich daran zu erinnern, mich gesehen zu haben. Für den Fall, dass jemand nachfragt.

»Na, sieh mal, wer da ist!« Ty breitete die Arme aus, als er mich sah, mit einer Flasche Maker's Mark in der Hand.

Der Whisky, ein warmes Honigbraun, funkelte in der Sonne.
»Komm, ich hol dir einen Drink. Was willst du?«
Die Anordnung war jedes Jahr dieselbe. Lindsey parkte seinen Land Rover direkt am Zaun, mit erstklassiger Sicht, nur ein paar Meter von der Ziellinie entfernt. Der Kofferraum wurde aufgeklappt, und die übliche Auswahl an erstklassigem Schnaps und Wein kam zum Vorschein. Auf dem Boden standen Kühlboxen mit Bier, eine Zusammenstellung aus den besten örtlichen Brauereien, dazwischen ein paar Flaschen Coors Light für die Nachkommenschaft. Eine Reihe dahinter parkte Tys Truck, auf dessen heruntergelassener Heckklappe ein provisorisches Buffet aufgebaut war. Den Rest der Ladefläche hatte ein Trupp Serviceleute in Beschlag genommen, die kurz vor mir gekommen sein mussten. Sie hockten auf den Seitengeländern, hielten Plastikbecher und Handys in den Händen, schossen Selfies und kicherten.

»Die sind seit ungefähr zwanzig Minuten da«, sagte Ty, der meinem Blick folgte.

»Und was meinst du, wie lange es dauert, bis einer von ihnen da runterfällt?«, fragte ich.

Er lachte, als wäre meine Frage ein Scherz.

Und so nahm es seinen Lauf. Frühling in Virginia bedeutet warm errötete Wangen, weil einem das Blut plötzlich unter die kalte Haut schießt. Während die Sonne am Himmel höher stieg, wurde der kühle Morgen immer schöner und gipfelte in einem perfekten Sonnentag. Irgendwann gegen Mittag ertönte ein Horn und die Reiter des örtlichen Fuchsjagdvereins preschten in leuchtend roten Jacken vorbei, samt einer Meute Hunde, die sich unter ihnen im Gras drängten. Es gab Hunderennen und Eselrennen, ein Hobby-Horsing-Turnier für die Kinder, dazwischen marschierten Dudelsack spielende Männer in Schottenröcken vorbei, die Gesichter puterrot und verzerrt vom auf- und abschwellenden Atem der Musik. Und dann endlich kamen die Pferde.

Sie galoppierten vorbei, ein kurzes Aufblitzen bunter Seidentrikots, schleuderten schnaufend Erdklumpen in die dunstige Luft, von denen einer über den Zaun flog und in Tys Becher landete, woraufhin die Mädels und Jungs vom Service in eine Kichersalve ausbrachen. Amber wäre fast vom Truck gefallen, so lauthals musste sie lachen. Lindsey wankte zwischen seinem Land Rover und uns hin und her, zog uns alle in ungestüme Umarmungen, presste uns seinen Flachmann an die Lippen. Gegen drei hatte Ty sein blaues Leinenjackett ausgezogen, die Hemdsärmel hochgerollt und seine Sportsonnenbrille auf den Kopf geschoben. Meine Kollegen und Kolleginnen waren kaum noch in der Lage, aufrecht zu stehen, und hielten sich rotgesichtig mit glasigen Augen gegenseitig fest. Die Parole des Tages lautete »Über die Stränge schlagen«, und die setzten sie mustergültig um.

Ich hätte dortbleiben können. Es wäre so einfach gewesen, mich von Musik und Alkohol davontragen zu lassen, auf der Ladefläche des Trucks zu sitzen, mein Gesicht in die Sonne zu halten, bis meine Hände aufhörten zu zittern und die Milben, die in meiner Brust kribbelten, eingeschlafen waren.

Doch die Fragen hätten mir keine Ruhe gelassen: *Wer bin ich? Bin ich dazu fähig?*

Also schüttete ich das Bier, das man mir gab, ins Gras und nippte langsam an meinem Whisky, trank gerade genug, um meine flatternden Nerven zu beruhigen. Ich begann mich aufzulösen, alles in mir bebte und zuckte, und mich überkam Angst, dass etwas von meinem Inneren mir aus den Ohren dringen könnte. Eine Milbe kroch unter meiner Zunge hervor, versuchte, zwischen meinen Zähnen durchzuschlüpfen. Ich ertränkte sie mit einem Shot.

Es wurde Zeit zu gehen. Ich hatte so lange wie möglich gewartet, lange genug, damit alle sich betrinken konnten, mich als eine Freundin sehen. Wenn ich es tun wollte, dann jetzt oder nie. Ich nahm noch einen Schluck aus Tys Becher und entschwand ins allgemeine Trinkgelage.

Sämtliche aufgesetzten Umgangsformen vom Morgen hatten sich in Luft aufgelöst, an ihre Stelle war ein ausgelassenes Chaos Menschlichkeit getreten. Alle waren ein bisschen zu aufgekratzt, ein wenig zu überschwänglich. Augen begannen zu glänzen wie neue Cent-Stücke, während Wangen rot anliefen und das Gelächter langsam eine Spur hysterisch klang. Jemand schüttete mir warmes Bier übers Kleid; klebrige Hände landeten auf meinen Schultern, meinen Hüften, meinem Rücken. Ich wurde zum Geländer, an dem Fremde sich festhielten, damit sie nicht hinfielen. Mein Körper, dem Berührungen von Unbekannten nicht fremd waren, zuckte zusammen. Meine friedliche Tarnung bekam Risse, das Ich unter meinem Gesicht versuchte sich zurückzuziehen. Tief Luft holen. Bring die Münder zum Schweigen, die in deinen Ohren lachen; bleib ruhig, konzentriere dich.

»Sophie?«

Ich war so in Gedanken verloren, dass ich die Frau nicht bemerkt hatte, bis ich direkt in sie hineinlief.

»Oh, tut mir leid, ich … Officer Martin?« Mein Puls beschleunigte sich. Was machte sie hier? Jedes krabbelnde Etwas in mir sackte zu Boden.

Fern der Arbeit wirkte sie wie ein richtiger Mensch und nicht wie eine Gewitterwolke, in der sich Gedanken zusammenbrauten, um für den Nachmittag beiseitegeschoben zu werden. Eine Armlänge nach ihr folgte ein Mann mit Fliege, der das Gesicht zu einem verwirrten Lächeln verzogen hatte. Direkt hinter den beiden stand ein Zelt, vor dem sich ein paar Leute Schinken-Scones in den Mund schoben und sich lachend ihre Drinks schmecken ließen.

»Ich habe Sie gar nicht erkannt!« Ich zwang mich zu einem Lächeln. Natürlich würde sie hier sein, alle waren hier. *Bleib ruhig. Du trägst eine Maske.*

Sie zuckte mit den Schultern. »Ohne die Uniform bin ich ein anderer Mensch.«

»Das kann ich nachfühlen. Wenn ich meine schwarzen Klamotten nicht anhabe, erkennt mich auch keiner. Kommt mir immer komisch vor, eine andere Farbe als Schwarz zu tragen.«

Mir schien, die Andeutung einer Frage huschte über ihr Gesicht. Ich hielt den Atem an – hatte ich etwas Falsches gesagt? Doch dann lächelte sie.

Der Mann hinter ihr, der inzwischen den Kopf zur Seite gelegt hatte, trat einen Schritt vor. »Hi. Ich bin Dan. Sind Sie eine Freundin von Nor?«

Officer Martin wurde rot. »Dan, Sophie … Lebensgefährte, Barkeeperin«, stellte sie uns vor.

Der Mann namens Dan schüttelte mir die Hand. »Nett, Sie kennenzulernen, Sophie. Barkeeperin? Wo arbeiten Sie denn?« Sein Griff war schlaff. Ich befürchtete, ihm die Finger zu brechen, wenn ich zudrückte.

»Im Blue Bell.«

»Da waren wir noch nie. Ist es gut?«

Ich zog das Gesicht über, das ich an vollen Abenden trug. »Ich glaub schon. Aber traue nie jemandem vom Barkeepervolk. Wir lügen generell.«

Er lachte. »Na, dann müssen wir wohl irgendwann vorbeikommen, um uns selbst zu überzeugen. Wenn wir das nächste Mal zusammen frei haben, Nor?«

»Dan ist Pfleger im Krankenhaus«, erklärte sie. »Unsere Dienstpläne erlauben uns nur selten einen gemeinsamen freien Tag. Heute ist der erste seit … wie vielen Wochen?«

»Zu vielen«, sagte er.

»Zu vielen«, stimmte sie zu. »Jedenfalls würden mich normalerweise keine zehn Pferde zu einer solchen Veranstaltung kriegen, aber seine Arbeitskollegen kaufen jedes Jahr ein Kontingent Eintrittskarten und rotieren mit ihren Urlaubstagen. Und weil wir heute beide nicht arbeiten müssen … da sind wir.«

»Da sind Sie.« *Lächle.* Ich zog meine Maske fester, überprüfte die Ränder, vergewisserte mich, dass nichts von mir herausschaute. »Na, dann … lassen Sie sich durch mich nicht länger stören.« Jemand rempelte mich an, Bier lief mir über die Beine. Die Sonne erreichte ihren Höchststand und begann ihren langsamen Sinkflug Richtung Baumgrenze.

»Ach, Unsinn«, sagte sie. »Trinken Sie etwas mit uns. Wir haben jede Menge dabei.«

»Ja, Sophie«, meldete Dan sich zu Wort. »Ein Glas Wein? Ein paar Häppchen?«

Ich hob die Hand. »Ach nein. Danke, das ist sehr großzügig, aber ich möchte mich nicht aufdrängen, Officer …«

»Sie drängen sich nicht auf. Und bitte nennen Sie mich Nora.«

Nennen Sie mich Nora. Nennen Sie mich Nora. Jetzt war es raus, mehr brauchte ich nicht zu hören. Hätte sie das nicht gesagt, hätte ich vielleicht in Erwägung gezogen, eine Weile zu bleiben, zu versuchen, was immer ich konnte, über Mark herauszufinden, in Erfahrung zu bringen, was sie wusste. Dieser Satz jedoch verriet mir genug. Vielleicht hatten sie Fragen, aber eigentlich hatten sie nicht die leiseste Ahnung, wer Mark umgebracht haben könnte. Sie hielt mich für unverdächtig genug, um mich als Freundin anzusprechen. *Sophie. Nora.*

»Ich muss mich auf die Suche nach Ty machen. Ich hab ihn alleine beim Sattelplatz zurückgelassen, um die Pferde zu beobachten. Wer weiß, wenn ich ihn nicht bald rette, schleppt er am Ende noch irgendein Mädchen ab.« Die Lüge kam mir leicht über die Lippen.

»Das klingt doch gar nicht so übel.« Dan kicherte.

»Sie haben die Mädchen noch nicht gesehen, die er mit nach Hause nimmt, wenn er betrunken ist.« Nicht sonderlich originell, ich weiß, aber Dan lachte lauthals los. Falle zugeschnappt, in seinen Augen waren wir jetzt Kumpel.

»Dann nehmen Sie wenigstens das hier«, sagte Nora und drückte mir einen warmen Scone in die Hand.

Ich bedankte mich noch einmal bei ihnen. »Lassen Sie mich wissen, wenn Sie runter in die Bar kommen wollen. Ich reserviere Ihnen was. Die besten Plätze im Haus.«

»Abgemacht!«, sagte Dan zum Abschied.

Am liebsten hätte ich noch einmal über die Schulter geschaut, während ich mich entfernte, um festzustellen, ob sie mir nachsahen. Aber ich widerstand diesem Drang. Mit ihr musste ich vorsichtig sein.

Die Neue

Hätte irgendwer Nora gefragt, was sie eigentlich in dem einzigen Sonnenkleid, das sie besaß, auf dieser Wiese machte, während sie billigen Rosé trank und vorgab, sich über Witze zu amüsieren, die sie nicht lustig fand, wäre es ihr schwergefallen, eine ehrliche Antwort zu finden.

Tatsächlich, musste sie zugeben, wenn sie genau darüber nachdachte, war dies der letzte Ort, an dem sie den Tag verbringen wollte; sie war Dan zuliebe hergekommen, weil er sich schon jahrelang im Krankenhaus abrackerte und nun das große Los gezogen hatte, sich einen Tag lang vergnügen zu dürfen, statt darauf zu warten, dass der nächste Schwung Patienten mit Alkoholvergiftung durch die Tür taumelt. Er hatte es verdient. Sie freute sich für ihn und war froh, auch selbst einmal ausspannen zu können. Das redete sie sich jedenfalls ein, während sie beobachtete, wie er sich, die Krawatte gelöst und die Kappe nach hinten gedreht, wieder unter seine Arbeitskollegen mischte. Das redete sie sich ein, während sie es vermied, zu genau das alte Herrenhaus anzusehen, das am Ende der Wiese thronte und dessen weiße Säulen in der Nachmittagssonne leuchteten.

Inzwischen war es verlassen, nur noch eine leere Hülle, die für Hochzeiten und andere Feierlichkeiten genutzt wurde, Kulisse für unzählige Selfies. Trotzdem fühlte sie sich bei dem Anblick nicht wohl. Für Dan jedoch konnte sie das einen Tag ausblenden.

Sie beobachtete Sophie beim Weggehen. Die Frau fühlte sich offenbar genauso unwohl in ihrer Haut wie sie, während sie mit kurzen entschlossenen Schritten torkelnden Betrunkenen auswich. Keine von ihnen schien an diesen turbulenten Ort zu passen. Und nicht zum ersten Mal fragte sie sich, ob Sophie Braam vielleicht eine Freundin werden könnte.

»Nor! He, Nora, was machst du, Baby?« Dans Hand auf ihrer. »Alles in Ordnung?«

»Was? Ach, ja, ich denke bloß nach.«

»Das tust du zu oft.« Er küsste sie auf die Wange.

Sie lächelte. »Ich weiß.«

Sophie

Der Tag, der mir am Morgen noch so lebendig erschienen war, begann sich am Nachmittag in die Länge zu ziehen. Der prallen Sonne ausgesetzt, wurde die Wiese nach und nach zum Backofen, in dem wir alle schmorten. Schweiß rann mir über die Brust, während ich durchs dichte Gras stapfte. Noch mehr lief mir Arme und Beine hinunter.

Konzentrier dich, flüsterten mir heisere Stimmen ins Ohr. *Nicht unachtsam werden.*

Als ich plötzlich Metall gegeneinanderschlagen hörte, drehte ich mich um. Und da stand er.

Er war groß, mindestens einen Meter achtzig. Die Beine zu einem breiten Dreieck gespreizt, beugte er sich über ein Bierfass. Ich beobachtete ihn einen Moment, während er ohne Erfolg versuchte, Druck in das Fass zu pumpen, bevor er aufgab und den Zapfhahn scheppernd dagegenfallen ließ.

Er sah zu seinen Freunden, die sich um einen SUV versammelt hatten, wo zwei Mädchen in Duck Boots eine Art Tanz aufführten und reihum große Schlucke aus einer Flasche Champagner tranken. Schaum spritzte ihnen übers Gesicht, zur riesigen Belustigung sämtlicher Anwesenden.

Los. Jetzt.

»Brauchst du Hilfe?«, fragte ich und ging zu ihm.

Er zuckte zusammen, als hätte er einen Schrecken bekommen, und wandte sich zu mir.

»Weißt du, wie man mit dem Ding umgeht? Gegen mich hat es was.«

Seine Augen verbargen sich hinter einer Sonnenbrille, ich spürte trotzdem, wie sein Blick über meinen Körper glitt. Seine Lippen waren aufgesprungen, von der Sonne verbrannt. Seine Wangen zeigten das erste Rot vom Trinken.

»Ich bin Barkeeperin«, antwortete ich nur und nahm ihm Pumpe und Schlauch aus der Hand. »Mit Bierfässern kenne ich mich aus.«

»Eine Lady, die weiß, was sie tut!«

Das war praktisch eine Einladung; ich sagte nichts. Es war zu einfach, fühlte sich billig an.

Stattdessen streckte ich die Hand aus. »Gib mir deinen Becher.«

Unsere Fingerspitzen berührten sich. Seine waren klebrig, ob von Bier oder Schweiß, ließ sich nicht sagen. Ich spürte winzige Füße im Nacken und wandte mich ab, bevor er sehen konnte, wie sie in meinem Auge verschwanden.

»Du hast vergessen, die Dichtung zu schließen«, sagte ich. Kurz darauf war das Fass angestochen und mit ein paar kräftigen Pumpstößen sein Becher gefüllt, samt Schaumkrone.

»Meine Heldin«, sagte er.

»Hin und wieder machen Mädchen sich gern mal nützlich.« Ich zwinkerte und trank den ersten wohlverdienten Schluck. Ich wusste, dass er meinen Hals ansehen würde, und obwohl das meine Absicht gewesen war, überkam mich so etwas wie Scham. Ich unterdrückte sie mit einem tiefen Atemzug. Er beobachtete, wie sich meine Brust hob und senkte.

Ich gab ihm seinen Becher zurück, nickte in Richtung der Mädchen, die jetzt einen Handstand-Wettbewerb auf dem Gras veranstalteten, während ihnen verantwortungsvolle Freundinnen die Röcke zwischen den Beinen hochhielten und ihren wilden Tritten auswichen. Die Jungs umkreisten sie wie Wölfe, taten so, als würden sie sich für die akrobatische Einlage interessieren, wenn auch jeder wusste, wonach sie wirklich Ausschau hielten.

»Cheerleader. Beim Show-Machen.«

»Dein Bier schmeckt beschissen«, sagte ich und nahm mir den Becher wieder zurück, um noch einen Schluck zu trinken.

Männer mögen es, wenn du in kleinen Schritten Anspruch auf sie erhebst. Sie finden das niedlich.

»He, was hat dir Natty denn getan?«, fragte er grinsend und nahm mir den Becher wieder aus der ausgestreckten Hand.

»Nichts. Das ist das Problem.«

Er prustete.

Ich griff mir den Becher ein letztes Mal und kippte den Inhalt auf den Boden. »In meinem Wagen hab ich was Besseres. Ich wollte es gerade holen. Kommst du mit? Wenn du mir hilfst, es herzutragen, kriegst du ne Belohnung.«

»Was für eine Belohnung?«

»Das wirst du dann schon sehen.«

Das Besondere an diesen Freiluftveranstaltungen ist, dass in der grellen Sonne, der kühlen Brise, der perfekten Harmonie eines feuchtfröhlichen Tages jeder dein Freund ist.

Aber hat dir das deine Mutter nicht beigebracht? Steig nie zu jemand Fremdem ins Auto.

Er war betrunken, stolperte unbeholfen hinter mir her, klammerte sich an meinen Rock wie ein Kind an seine Mutter, während wir den flachen Hang hinunter auf meinen Wagen zugingen. Als ich genug von seinem hilflosen Gefummel hatte, drehte ich mich um und nahm seine verschwitzte Hand. Alle paar Meter verlangsamte ich meinen Schritt; ein Herzschlag, ein Atemzug, eine scheinbar unbeabsichtigte Gelegenheit, seine Fingerknöchel über meinen Oberschenkel streifen zu lassen. Ein Trick, den ich im Umgang mit Männern gelernt habe, besteht darin, dich sanft zu geben, anziehend zu machen. Alle anderen Gedanken aus seinem Kopf zu vertreiben. Also lief ich weiter, verlangsamte hin und wieder und ließ seine Hand über meine nackte Haut streichen, ließ ihn mein achtloses Einverständnis spüren, mich zu berühren.

Während wir uns weiter vom Getümmel der Hauptwiese entfernten, veränderte sich die Umgebung. Das Gras wurde höher, weniger gepflegt. Es schlang sich um unsere Knöchel, bremste unsere Schritte. Mehr als einmal musste ich stehen bleiben, die Richtung ändern, und er lief jedes Mal in mich hinein. Ich nahm mich zusammen, schluckte die Milben herunter, die in meinen Wangen tobten. Wir alle waren angewidert von seiner Berührung, von seiner klebrigen Hand auf meinem Schenkel.

Hier waren nur wenige Menschen, alle zurückgezogen in ihren Wagen, fest auf ihre jeweiligen Beschäftigungen konzentriert. Niemand verließ die Party, ohne etwas Bestimmtes im Sinn zu haben: Drogen, Sex oder den Alkoholnachschub. Wir kamen an einer Gruppe junger Leute vorbei, offenbar Erstsemester, die hinter einer offenen Autotür hockten und etwas untereinander herumreichten. Mit ihrem Kichern stieg Rauch in die Luft, verflüchtigte sich am Himmel. In einiger Entfernung war leises Keuchen zu hören; ich sah nicht hin. Der Junge hinter mir drückte meine Hand, presste sich an mich. Ich kam mir vor, als wäre ich wieder zwanzig, auf eine Art, die mich wütend machte. Die Milben bissen mir in den Kiefer, krochen mir zornig in den Hals. *Nicht mehr lange*, sagte ich meinem vielfachen Ich an diesem nicht enden wollenden Nachmittag. *Wir haben es fast geschafft.*

In meinem Wagen ließ ich mich von ihm küssen. Seine rissigen Lippen schabten über meine. Seine immer noch schwitzigen Hände strichen mir über die Arme, über die Beine. Ich hielt die Luft an und zog mich, so weit ich konnte, in meinen Schädel zurück, während er seine Hand unter meinen Rock schob, geschickt mit zwei Fingern mein Höschen wegzog.

»Wie feucht du bist«, flüsterte er und presste mir gierig die Lippen ans Ohr. Sein Atmen war laut.

Du denkst, ich lüge. Das ging zu schnell. Niemand lässt

sich so leicht verführen. Ich habe einmal erlebt, wie sich meine Freundin in einem Club in die Arme eines Jungen schmiegte. Kaum zwei Songs später waren die beiden im dunklen Flur verschwunden. Schon kurz darauf war sie zurück und schob ihre Hand in meine, die Wangen heiß vom Sex. Es ist möglich. Alle Männer sind Tiere.

Ich gab einen Laut von mir, der für ihn wie ein Stöhnen hätte klingen können, tat so, als würde mir sein Gefummel gefallen. Schon seit meiner Teenagerzeit weiß ich, dass mein Körper ein Lügner ist, dass er sich eher tot stellt, als sich zu wehren. Also ließ ich zu, dass er mich anfasste, verschlang ihn komplett in einer Falle, die er sich selber stellte.

Als ich hörte, wie er den Reißverschluss seiner Hose aufzog, stoppte ich ihn.

»Weißt du was?«, sagte ich und sah ihm in die Augen, die ohne seine Sonnenbrille groß und blau waren, »ich hab eine bessere Idee. Hier ist sowieso bald Feierabend, und ich hab keine Lust, beim Rausfahren im Stau zu stecken. Ich kenne einen besseren Ort. Da sind wir mehr für uns.«

Sein Blick wanderte zu den Zelten zurück, und ich spürte mein Herz pochen, während ich ihn überlegen sah. Als ich ihm begegnete, war er betrunken gewesen, doch der Fußweg, die Erregung hatten ihn halbwegs ausgenüchtert, und ich merkte, wie er schwankte: bei den anderen bleiben oder mit mir wegfahren? Was er überhaupt nicht bedachte, war seine Sicherheit. Das war keine Frage, die er sich gewöhnlich stellte. Seine einzige Sorge war, wie viel Spaß er haben würde.

»Ich hab mein Handy im Zelt gelassen. Ich sollte es besser holen.«

Ich drückte seine Hand. »Du kannst meins benutzen, wenn nötig. Sonst fragen deine Kumpels noch, wo du hinwillst, und es wird ne Riesensache draus oder du wirst abgelenkt. Außerdem« – wider meinen Stolz legte ich ihm die Hand auf den

Oberschenkel – »hab ich da draußen, wo ich wohne, keinen guten Empfang. Da wäre dein Handy sowieso nutzlos.«

»Die Unschuld vom Lande, was?« Er wurde weich, er war Wachs. Er saß in der Falle.

»Seit eh und je.«

»Sollte ich Angst haben?«

»Wenn, statistisch gesehen, irgendwer Angst haben müsste, dann ich«, antwortete ich zwinkernd. Er lachte, und ich fuhr uns davon.

Persephone

Alles war friedlich, als es vorbei war.

Nur wenige Augenblicke vergingen, bis seine Augen glasig wurden; die Auswirkung, habe ich gelesen, des Abbaus von Kalium im Blut. Am nächsten Morgen hatte sich sein Blick getrübt, so milchig wie der Nebel, der aus dem nahe gelegenen Creek heraufkroch und sich auf dem feuchten Boden über uns legte. Rote Flecken verteilten sich im Weiß seiner Augen, weitere säumten den zarten Rand seiner Hornhaut. Keine blutende Nase, auch aus dem Mund rann ihm kein Blut. Er lag einfach nur still da, ein Mensch, der in die Wolken starrt, die sich auf ihn herabsenken.

Ich saß bei ihm, an jenem ersten langen Abend. Während hinter uns die Sonne am Bergkamm unterging. Die kleine Stadt Bellair fiel in Benommenheit, gesättigt von einem Tag voller Hitze, Alkohol und Rennaufregung.

Zum ersten Mal kamen die Schmeißfliegen. Wusstest du, dass sie weiblich sind? Die Männchen sind eher sanftmütige Geschöpfe, die sich mit Blütenblättern zufrieden geben. Harmlos. Die Weibchen sind es, wenn sie schwanger sind und hungrig, die uns fressen, die ihre Eier unter unserer Haut ablegen. Von der Frühlingswärme zum Leben erweckt, präsentierten sie sich mir an diesem Tag als Freundinnen, als Partnerinnen bei dem grandiosen Spiel, das ich spielte.

In der goldenen Abendstunde beobachtete ich sie. Die ersten trafen ein, als er ungefähr eine Stunde tot war, herbeigetragen von einer sanften Brise, die den Creek herunterglitt. Er war noch warm, als sich ihre Zungen auf seine Wangen senkten. Unbeholfen schwirrten sie auf und ab, stießen gegen mich und gegeneinander, während sie kosteten, probierten, diesen Tod unter den Apfelbäumen erforschten. Sie krabbelten ihm in die

Nase, schlüpften ihm zwischen die Lippen. Was würden sie dort wohl finden, an den Stellen tief in seinem Inneren? Auf welche Geheimnisse würden sie stoßen? Ich streckte mich neben ihm aus und legte ihm die Wange auf die Schulter, horchte auf die kleinen Heurekas angesichts ihrer Entdeckungen. Ein paar der Tiere setzten sich auch auf meinen Hals, um das Pulsieren meiner Halsschlagader zu erkunden. Ich strich sie weg, sandte sie zurück zu ihrem Festmahl.

Um den Mund, in den Augenwinkeln, unter den Fingernägeln nahm seine Haut einen leichten Blaustich an, als zeigte sich langsam seine wahre Farbe, nachdem kein Leben mehr da war, um ihm Röte ins Gesicht zu treiben. Es heißt, unser Körper besteht zu siebzig Prozent aus Wasser; deshalb stelle ich mir sein langsames Abgleiten ins Blau als Rückkehr in seinen natürlichen Zustand vor. Hätte ich es nicht besser gewusst, hätte ich fast gesagt, er wäre noch am Leben, würde jeden Moment die blaue Verfärbung abschütteln, sich aufsetzen und ins warme Gold der untergehenden Sonne blinzeln.

Bei Einbruch der Nacht war er starr geworden. Seine Augen, im wechselnden Licht halb geöffnet, sprangen so plötzlich weit auf, dass ich mich fragte, ob er wirklich wieder erwacht war, und ich packte seine Krawatte, um sie ihm, wenn nötig, erneut um den Hals zu schlingen. Doch es war nur eine Muskelzuckung gewesen, weiter nichts; der unwillkürliche Reflex des frühen Verfalls. Zur Sicherheit berührte ich sachte eines seiner Augen, ein Test, den mir ein betrunkener Tierarzt beigebracht hatte. Der Lidschlussreflex verschwindet als Letztes.

Nichts. Um uns herum begannen im tiefer werdenden Dunkel die Laubfrösche zu singen.

Du fragst, warum er mich nicht aufgehalten hat. Als er merkte, was passiert, warum er mich nicht abgewehrt, geschlagen, gekratzt und sich weggerollt hat. Schließlich bin ich klein und zierlich, leicht zu überwältigen. Die Antwort ist einfach: Ein Mann, der unter dir liegt, denkt nicht an so etwas.

Außerdem war es seine Idee.
Choking wäre eine lustige Sache, dachte er. Er hatte es in einem Video gesehen. Und ich kam aus der Stadt. Mit mir musste es mehr Spaß machen als mit diesen verklemmten Memmen aus der Schule. Städterinnen wussten, wo es die guten Drogen gab, die besten Partys, die Spiele, die man spielte, wenn alle Lichter ausgingen.
»Würg mich«, sagte er.
Also würgte ich ihn.
Mein Messer hielt ich in Reichweite, nur für den Fall.

Während die Stunden vergingen, beobachtete ich, wie sich das Blut in seinen Gliedern sammelte, zu Lila und Schwarz gerann, das sich in den Körperteilen absetzte, die den Boden berührten. Nach und nach verblasste die Blaufärbung zu fahlem Weiß. Seine Haut nahm eine wächserne Beschaffenheit an, wie die Äpfel im Supermarkt, über die meine Großmutter immer die Nase rümpfte.
»Irgendwas stimmt damit nicht«, sagte sie stets, strich über die Obstberge, nahm eine Frucht, drehte sie in der Hand, legte sie wieder zurück. »Unnatürlich, dieser Glanz. Seelenlos.«
Seelenlos. Das wurde auch er, in der Dunkelheit, in den langen Stunden der Nacht. Bald schon war er nur noch ein Körper. Bleich und wächsern. Was immer es gewesen war, das einmal einen Menschen aus ihm gemacht hatte, nun war es fort.
Bevor er erstarrte, griff ich ihm in den Mund und nahm ihm seine Stimme. Seine rissigen Lippen streiften meine Hand und Ekel überkam mich. Er brach in einen lautlosen Schrei aus; ob als Folge meines Eingriffs oder weil sich Dutzende winzige Muskeln zusammenzogen und zu Fäusten ballten, weiß ich

nicht. Die Leichenstarre setzte langsam ein. Wir schreien nach dem Sterben, wusstest du das? Die letzte Tat eines Schädels, der dem Nichts ins Auge sieht, oder vielleicht Gott, besteht darin, in stumme Ehrfurcht zu verfallen.

Ich wäre gerne geblieben, um zuzusehen, wie er nach und nach weniger wird, um zu spüren, wie seine Organe schrumpfen, wie seine Muskeln krampfen. Ich hätte gern beobachtet, wie sich sein Rücken wie in Ekstase wölbt, wenn kräftige Trapez- und Gesäßmuskeln sich zusammenziehen. Wäre gern Zeugin geworden, wie sich sein Körper selbst vernichtet, durch nichts weiter verursacht als durch ein paar Proteine in einer anaeroben Kammer.

Jedes Muskelzucken störte die Fliegen, und sie erhoben sich verärgert leise summend in die Luft. Trotzdem kamen immer mehr, und nach ein paar Stunden ließen sie sich nicht mehr verscheuchen. Verwirrt durch den Geruch zweier Körper, hatten sie angefangen, auch mich zu beißen.

Die Nacht brach über uns herein. Der Luft wuchsen Dornen, sie war nicht länger angenehm auf meiner Haut, die im aufkommenden Nebel klamm geworden war. Wenn ich nicht bald aufbrach, würde ich mich erkälten. Ich war lebendig. Es wurde Zeit zu gehen. Weiterzuleben und ihn zurückzulassen.

Er starb unter den Apfelbäumen, die das bröckelnde Ufer des Creeks säumten, und als es dunkel genug war, um sich unbeobachtet bewegen zu können, rollte ich ihn ans Wasser. Durch die Leichenstarre war es leichter als gedacht. Er war hart wie ein Brett und keine schlaffe Puppe, die man mühsam hätte fortbewegen müssen. Ich grub die Fersen in den Lehm und schob uns vorwärts. Fliegen erhoben sich von seiner Haut, tanzten einen Heiligenschein um meinen Kopf, legten sich wie Spitze über meine Hände.

In der Flussbiegung, direkt gegenüber der alten Baptistenkirche, gab es eine Höhle. Wahrscheinlich war es einmal ein

Fuchsbau gewesen oder sie hatte Murmeltieren zum Winterschlaf gedient. Teilweise eingestürzt und halb versteckt zwischen dem knorrigen Stamm und den Wurzeln einer alten Weide, hatte sie früher das perfekte Versteck für ein pfiffiges Kind abgegeben, um sich an langen Sommertagen vor den lästigen Hausarbeiten zu drücken. Dieses Erdloch war einmal Bibliothek, Kunstwerkstatt, ein ruhiger Rückzugsort gewesen, wo ich mit meinen Gedanken allein sein konnte. Es lag so hoch, dass der Creek es selten überflutete, und doch hatte ich mühelos meinen Fuß ins kühle Nass halten können. An heißen Nachmittagen saß ich oft, ein Bein im Wasser baumelnd, da und beobachtete das Spiel des Sonnenlichts, das durch den Vorhang aus Weidenblättern auf die Wände meiner kleinen Behausung fiel. Niemals sah mich irgendjemand, nicht einmal an Sonntagen, wenn die Kirche gegenüber ihre Gottesdienstbesucher ausspuckte. Meiner Erfahrung nach schauen Menschen selten genauer hin, als sie müssen. Was sie sahen, wenn sie den Blick über den Creek schweifen ließen, war eine hängende Weide, ein überwuchertes Ufer, Wasser, das zwischen langen Gräsern über Kiesel tanzte, und dahinter Apfelbäume. Kein Mädchen in einem Erdloch, keinen Fuß, der durch sanfte Wellen glitt. Dort würde er also bleiben. Dieser verwilderte, vergessene Ort würde meine Geheimnisse hüten, wie schon immer.

Nach ein paar anstrengenden Minuten hatte ich ihn in die Höhle gezogen. Zur Sicherheit, denn ich konnte die Sorge, die an mir nagte, nicht ganz vertreiben, bedeckte ich ihn mit Blättern und Erde, als zusätzliche Tarnung. In ein, zwei Tagen würden die Tiere kommen und den Rest erledigen. In ein paar Wochen wäre nichts mehr zu finden.

Den letzten Schluck Whisky hob ich mir für den Heimweg auf. Die Apfelbäume standen inzwischen in voller Blüte, leuchteten weiß im Mondlicht. Der Gesang der Grillen und der Laubfrösche erhob sich und erfüllte die Luft. Über mir huschte eine

Fledermaus vorbei. Irgendwo in der Ferne heulte ein Rudel Kojoten in die silberne Nacht. Ich streifte meine Haut ab und gesellte mich zu ihnen.

Eine müde Frau

Die Fliegen bemerkte Nora immer zuerst. Noch bevor sie sich unter das gelbe Absperrband duckte, das die Grenze zwischen der zivilen Welt und ihrer eigenen markierte, strichen ihr die Stimmen wie Finger auf Harfensaiten über die Haut, zupften eine ruhelose Melodie, ließen sie frösteln, während Tausende hauchdünne Flügel in den Hohlraum zwischen ihren Ohren summten, eine blecherne Klangwolke, die die Luft überzog. Es war unmöglich, sie fernzuhalten, sie zu ignorieren. Jeder Versuch scheiterte innerhalb kürzester Zeit; ihr Gesang war unablässig, ihr Appetit unersättlich. Wurden sie durch Schritte oder den Klang einer Stimme gestört, stiegen die Tiere in die Luft; ein merkwürdiges, transparentes Ungetüm, das auf Kopfhöhe zu einem Sprühnebel aus Flügeln, Gesumme und winzigen schwarzen Leibern zerstob, bevor es sich wieder auf seine Festtafel stürzte. Gierig beleckten ihre wahllosen Zungen jeden Körper, auf dem sie sich niederließen, ob lebendig oder tot.

Ihr Schimmer, ihr Glanz, ihr geschmeidiger Flug faszinierten sie. Ihr fieberhaftes Geflüster, ihre hektischen, huschenden Schritte auf aufgeblähten Leichen und klebrigem Blut ekelten sie an. Der Gedanke an sie jagte ihr einen Schauer über den Rücken, sicherlich eine Art Urangst, sich unter freiem Himmel mit irgendetwas zu infizieren.

»Aaskäfer«, sagte sie und schlug sich eine Fliege von der Stirn, während sie zu Boden sah und ein größeres Insekt mit der Schuhspitze anstieß. Es kippte zur Seite, krabbelte um einen Schotterstein herum.

Murph folgte ihrem Blick. »Was hat das zu bedeuten?«

»Wer immer da hinten liegt, ist schon eine ganze Weile tot.«

Käfer hatten ihre Geheimnisse, wusste Nora. Ihr Vater hatte sich durch seine Arbeit auf der Farm mit den gruseligsten Krabbeltieren angefreundet und sie als kleines Mädchen gelehrt, auf die Verheißung schlagender Flügel und klappernder Frontzähne zu hören. Jede Gattung hatte ihre eigene Stimme, ihre eigene Zeit. Zuerst kamen die Schmeißfliegen, flaschengrün und hemmungslos. Sie trafen bei den ersten stummen Qualen eines Körpers ein, der seinen eigenen Verfall noch nicht realisierte. Ihr Summen klang blechern und lästig, aber sie waren leicht zu vertreiben. Dann kamen die Fleischfliegen, Familie der *Sarcophagidae*. Gnadenlos grausam erfreuten sich diese Parasiten an allen Formen der Verwesung. Ihre Ankunft kündigte eine Welle weiterer Einwanderer an: Maden, Würmer, Aasfresser jedweder Art. Wollte man sauber abgenagte Knochen, waren sie die Meister ihres Fachs. An Rons Seite hatte Nora die Namen all dieser grausigen Seelengeleiter gelernt, hatte jede Einzelheit über ihr Verhalten erfahren, wie man sich, so wie er damals, auf sie einließ, wie man das Gewimmel der Insektensprachen entschlüsselte.

Sie ging in die Hocke, um näher hinsehen zu können. Die Käfer, vielleicht einen Zentimeter lang, torkelten in steifen, abgehackten Bewegungen über den Boden, die sie erschauern ließen. Ihre Motorik ähnelte der von Zombies in einem Horrorfilm, irgendwie schwerfällig und schief, als krabbelten sie auf gebrochenen Beinen. Eigentümlich. Natürlich vielleicht, aber nicht normal. Sie unterdrückte ein Gähnen und erhob sich wieder.

»Gehts, Kleine?«

»Ich bin nur müde.«

»Du bist noch zu jung, um müde zu sein.« Seine Worte versetzten ihr einen Stich. Sie verkniff sich die Entgegnung, die sie gerne ausgesprochen hätte, die Entgegnung, die unhöflich gewesen wäre, respektlos. Stattdessen richtete sie den Blick auf einen Käfer, der jetzt vor ihr über den Kies krabbelte. »Na ja, ich hab gestern den ganzen Tag mit Dan draußen in der Sonne verbracht, und dann haben sie mich spät noch angerufen, um die Nachtschicht für Cruz zu übernehmen.«

Nora presste sich die Hände vors Gesicht und versuchte, den Kopfschmerz zu vertreiben, der sich hinter ihrer Stirn bildete. In den vergangenen Nächten hatte sie sich unruhig hin und her gewälzt, während dünne Finger sie berührten, die sich in Luft auflösten, sobald sie zu wach war, um wieder einzuschlafen. Jetzt hatte ihr Kopf sich offenbar entschlossen, mit einer erschöpften Trotzreaktion zu reagieren. Wenn sie nach Hause kam, musste sie eine Schmerztablette nehmen, sonst würde sie die ganze Nacht mit einer Migräne zu kämpfen haben.

Murph grinste. »Diese verdammten Pferderennen. Die hast du als alter Mann nicht mehr auf dem Schirm. Das haben wir alle durch – lass die Hände in den Taschen, dann merkt keiner, dass du zitterst; wenn du kotzen musst, verschwinde um die Ecke. Nicht zu glauben, dass sie dich reinbestellt haben, wenn sie wussten, dass du gestern Party gemacht hast.«

»Wir sind unterbesetzt, wie du weißt.« Angeschlagen von der Sonne und der langen öden Nacht, war ihr Geduldsfaden für persönliche Fragen an diesem Morgen ziemlich dünn. »Außerdem hatte ich nicht viel getrunken. Hab gegen zwei oder drei nachmittags aufgehört, weil ich mir schon dachte, dass das passieren könnte. Ich hab Cruz an nem Biertrichter hängen sehen, als ich mit Dan ankam.«

»Wow, bist du pflichtbewusst, Martin.«

»Ach, halt die Klappe.«

Es missfiel ihr, dass es stimmte. Dass sie so vernünftig gewesen war, sich an einem Tag zu beschränken, an dem sie ihren Spaß hätte haben sollen. In diesem Moment hätte sie verkatert bei Dan im Bett liegen und mit ihm diskutieren sollen, wer von ihnen sich aufraffen und das Frühstück für sie beide machen würde. Stattdessen hatte sie zu unchristlicher Uhrzeit aufstehen und sich in ihre Uniform quälen müssen, um die Nacht über gelangweilt durch dunkle Straßen zu fahren, nur vom Knistern ihres Funkgeräts und den M&Ms begleitet, die sie immer in ihrem Becherhalter dabeihatte.

»Kein Grund zum Austicken. Aber du weißt schon, dass sie dich nur ausnutzen, weil du sie lässt?«

»Und was soll ich deiner Ansicht nach tun? Ich passe eben nicht in ihren Boys' Club.«

»Diese Idioten. Ich bin lange genug hier, Martin, und ich kann dir sagen, dass sie bloß eifersüchtig sind. Sieh dich doch an. Eine schöne Frau, die mal eben über den Berg kommt und mit mir zusammenarbeiten darf. Da würde ich auch rotsehen. Und, noch viel schlimmer, sie können nicht einfach mal die Autotür aufmachen und an den Straßenrand pinkeln, wenn sie mit dir unterwegs sind.«

»Was hat denn das … Wir fahren sowieso fast nie zusammen in einem Wagen.«

»Was ich damit sagen will, Grünschnabel, ist, dass sie nicht einfach Kerle sein können, wenn du mit im Umkleideraum bist.«

»Ach, ich hab nicht den Eindruck, dass sie sich in meiner Gegenwart zurückhalten, glaub mir.« Nora merkte, dass sie zornig wurde.

»Nicht doch.« Murph hob die Hände, als wollte er ein Tier beruhigen. »Ich steh auf deiner Seite, Martin. Und ich glaube, ich weiß ein, zwei Dinge mehr über junge Männer als du, also hör vielleicht auf den Rat eines alten Sacks: Du musst ihnen ein bisschen Honig ums Maul schmieren. Sei nett. Ist mir unangenehm, das zu sagen, aber versuch vielleicht, dich ein bisschen weiblicher zu geben. Wir Kerle sind einfach gestrickt – mach ihnen Komplimente, pluster ihr Ego ein bisschen auf. Sie fühlen sich von dir eingeschüchtert, deshalb trauen sie dir nicht. Mit einem Löffel Honig fängst du mehr Fliegen als mit einem Fass Essig, hat dir das deine Mutter nie gesagt?«

Da hatten sie es wieder, ein Mann, der ihr den Rat gab, sich zu verstellen, sich kleiner zu machen, als sie war. Der sie dazu brachte, sich für etwas schlecht zu fühlen, das sie nicht ändern konnte; nur dass es dieses Mal keine Blicke waren, die ihre Figur musterten, sondern der von ihr respektierte Mentor, der ihr riet, sie solle sich unter Wert verkaufen. Für *die Jungs*. Nora wusste, dass er es nicht so meinte, aber seine Worte schmerzten. Als sie auf der Polizeischule angefangen hatte, war ihr klar gewesen, dass sie sich in eine Männerwelt begab, dass es Tage geben würde, an denen sie nicht sie selbst sein konnte, dass es Enttäuschungen und Ärgernisse geben würde, dass sie ungefragt zur Reviermutter werden würde. Darauf war sie gefasst gewesen. Womit sie nicht gerechnet hatte, war diese Ablehnung. So etwas war normalerweise typisch weiblich. Frauen verstießen einen aus der Gruppe, Frauen zeigten einem die kalte Schulter, Frauen lästerten. Mit weiblichen Kollegen hatte sie noch nie gut gekonnt.

Männer, hatte sie geglaubt, wären einfacher. Stattdessen hatte sie erfahren müssen, dass Männer ihre ganz spezielle Art hatten, subtiler, weniger durchdacht, dennoch klar und deutlich. Sie beobachtete, wie Murph an seiner Zigarette zog, wie das Ende hell im grauen Morgen glühte. Dieselbe Marke, die ihr Vater geraucht hatte, die Sorte, die sie im Friseursalon herumreichten, in dem er und seine Freunde nach Ladenschluss oft noch lange saßen. Nora erinnerte sich, wie sie mit ihrer Mutter immer dorthin gegangen war, um ihn abzuholen. Die Männer hatten es sich mit Bier und Zigarette in der Hand in dem Salon mit der silbernen Innenausstattung bequem gemacht, und Dunst, Gelächter und ihre unanständigen Witze erfüllten die Luft. Wenn Emma eintrat, hielten sie jedes Mal inne. Wie oft sie auch vorbeikam, um selbst ein Bier zu trinken und ihren Mann zum Abendessen mitzunehmen, stets war ein Unbehagen zu spüren, etwas Unbestimmtes, das unter der Oberfläche lag und das Nora nie benennen konnte. Sie fragte sich, ob das der Preis war, den man zahlen musste, wenn man sich in die Männerwelt begab.

Später fragte sie sich dann, ob sie nicht selbst eingeschüchtert waren, ob sie die blonde Frau, die da in der Tür stand, nicht auch fürchteten. Die Grenzen und Regeln ihrer Welt waren so verschwommen, dass Nora oft die Fäden nicht auseinanderhalten konnte. Sie verhedderten sich, bildeten Schleifen, spannen sich manchmal unkontrolliert in eine bestimmte Richtung. Und stets war da diese Anspannung, dieses Gefühl, zwischen den Fronten zu stehen oder auf einem Drahtseil und darauf zu warten, dass sie hinunterstürzt, dass jemand sie hinunterstößt.

Am liebsten hätte sie Murph gefragt, warum er sich nicht für sie einsetzte. Würde sie sich offiziell beschweren, wäre das in ihren Augen ein Zeichen von Schwäche, wofür sie sie an den Pranger stellen konnten. Ein strenges Wort von ihm aber würden sie respektieren. Was hielt ihn bloß davon ab, das zu tun? Warum hatte er so viel Angst davor, für ein bisschen Aufruhr zu sorgen? Interessierte es ihn überhaupt? *Scheiße*, hätte sie am liebsten gesagt. Und: *Zur Hölle mit dir*.

Ihre Erziehung jedoch lehrte sie etwas anderes. Also biss sie sich auf die Zunge, die von den ganzen Enttäuschungen, die sie all die Jahre hatte herunterschlucken müssen, schon brannte, und sagte: »Ja, okay, klar. Kein Problem.«

Murph klopfte ihr lachend auf die Schulter. »Du schaffst das schon. Lass dich von diesen Kerlen nicht kleinkriegen! Und jetzt wieder an die Arbeit. Erläutere mir diesen Tatort. Was haben wir, Detective-Officer Martin?«

Sie kehrte zu der Sprache zurück, die sie kannte, klar und direkt. »Heute Morgen gegen sieben kam ein Anruf von einem älteren Herrn rein. Er war mit seinem Hund draußen. Sagte, er ginge gerne früh spazieren, sogar sonntags, weil es da ruhig ist und er keine Sorge haben muss, auf andere Hunde oder Jogger zu treffen.«

»Macht Sinn«, warf Murph ein.

»Was? Ach. Ja, macht es.« Sie war immer noch wütend, nicht ganz bei der Sache wegen seiner Predigt. Außerdem war sie jetzt schon seit Stunden an diesem Tatort, hatte mit Zeugen gesprochen, hatte Murph und die Leute von der Spurensicherung angerufen, hatte sich selbst schon einmal einen Eindruck vom Umfeld verschafft. Ihr müdes Hirn schaffte nur eine Sache gleichzeitig, Streifendienst fahren oder Detective spielen oder wütend sein. Sie atmete tief durch, ruhig und beherrscht.

»Hierher kommen sie nicht oft, sagte er. Die Gerüche, der Müll und das ganze Gerümpel verwirren den Hund, und er hätte keine Lust, sich damit rumzuschlagen.«

»Was für ein Hund?«

»So ne Art Doodle.«

»Natürlich. Wie alle hier in der Gegend. Ich versteh diesen Hype nicht. So ein guter alter Jagdhund dagegen –«

»Murph.« *Herrgott, muss er denn zu allem seinen Senf dazugeben?*

»Gut. Also ... der Hund, was für einer auch immer, hat etwas gewittert und seinen Besitzer da drüben hingezerrt?«

Nora beruhigte sich, nahm sich ein Beispiel an ihrem Vater. Murph merkte wahrscheinlich nicht, wie sehr er sie enttäuscht hatte. »Nicht ganz. Er hat einen Hirsch gesehen, als sie aus ihrem Hof kamen, und ist weggerannt. Sie wohnen in der Nähe von Grandview, vielleicht einen Kilometer von hier. Der Mann ist ihm nachgelaufen, konnte aber nicht mithalten. Er dachte sich, dass der Hund vielleicht hierherkommt, wenn er seine Jagd aufgibt.«

»Die Restaurants, klar.« Er nickte.

»Genau. Also folgt er ihm hier runter, und als er den Hund findet, hat er etwas im Maul, das wie menschliche Überreste aussieht. Wie Finger, genauer gesagt.«

»Na, guten Morgen!« Murph stieß einen Pfiff aus. »Wette, das hat ihn richtig aufgeweckt?«

»Kann man so sagen, ja.«

»Hast dus dir näher angesehen?«

»Genau genug, um den Tatort abzusperren. Ich hab einen Blick unter den Stapel Gerümpel geworfen und ein Jackett und so was wie eine Strickmütze erkannt. Hab aber nichts bewegt. Die Überreste habe ich auch überprüft. Eindeutig menschlich. Ziemlich verstümmelt. Kommt mir vor, als hätten sie schon eine ganze Weile … na ja, als Tierfutter gedient. Der Zustand, in dem sie sind, und die Käfer deuten darauf hin, dass die Leiche schon mindestens ein paar Wochen hier liegt. Wäre das Ganze frisch und nur von dem Hund angefressen, wären hier andere Käfer.«

»Manchmal machst du mir Angst, Kleine. Gut. Wir lassen die Spezialisten ran und nehmen alles auseinander. Mal sehen, ob du recht hast … Sollen wir dann? Ich glaub, da drüben steht Val.«

Nora rieb sich die Augen. Eigentlich wäre ihr Job jetzt erledigt gewesen. Sie hatte Zeugenaussagen und Kontaktdaten aufgenommen, sie hatte den Tatort abgeriegelt und die Kriminaltechnik angefordert. Es war Zeit für sie, Feierabend zu machen und nach Hause zu fahren. Und heute wollte sie das wirklich. Sie war schlecht gelaunt und erschöpft, hatte Mühe, sich auf irgendetwas zu konzentrieren.

»Komm schon«, drängte Murph. »Wenn du diese Uniform loswerden willst, musst du dafür sorgen, dass sie dich als meine Partnerin sehen. Also los. Schlafen kannst du, wenn du tot bist.«

»Ich hasse dich, weißt du das?«

»Klar weiß ich das. Und das Feuer unterm Hintern macht dich mal zu einem besseren Detective. Gern geschehen.«

Er zwinkerte und machte auf dem Absatz kehrt, um auf Val zuzuschlendern, die unter einem blauen Faltpavillon stand, der sehr dem ähnelte, unter dem Nora kaum einen Tag früher gechillt hatte. Sie atmete aus, strich sich das Stirnrunzeln aus dem Gesicht und folgte ihm.

Nora

Die Wolken, die den ganzen Morgen über den Atem angehalten hatten, begannen zu tröpfeln, als Nora und Murph unter dem Pavillon hervortraten und Val mit ihrem Team zurückließen, um das weitere Vorgehen zu besprechen.

»Na, großartig.« Murph blickte zum Himmel hinauf, der tief und grau über ihnen hing, eine gewaltige Zunge, die sich herabsenkte, um über die darunterliegenden Gebäude zu lecken. »He, Val!«, rief er über die Schulter zurück. »Vielleicht solltest du das Zelt lieber auf die andere Seite des Zauns stellen, es fängt gleich an zu regnen.«

Val blickte von ihren Notizen hoch, anschließend auf das Dach des Faltpavillons. Nora sah sie etwas murmeln, das *Mist* hätte heißen können, wahrscheinlich aber eher *Scheiße*, dann brach Hektik aus, während sie ihr Team anwies, das Zelt anzuheben und zum Ende der Gasse zu tragen, ohne den Fundort durcheinanderzubringen.

Die beiden Detectives traten schnell zur Seite und ließen sie vorbei. Murph nahm eine Zigarette heraus.

»Ernsthaft?«, fragte Nora.

»Dauert sicher nur paar Minuten, und wir sind noch nicht nah bei der Leiche. Das darfst du nicht so eng sehen, Martin.« Er nahm einen Zug. »Und jetzt erzähl mir von den Käfern. Woher weißt du so viel über sie?«

»Mein Vater hat früher auf einer Farm gearbeitet. Wenn da eins von den Tieren gestorben ist, hat er es entsorgt. Manchmal fand er einen Kadaver erst nach Tagen, dann musste er entscheiden, ob er ihn wegbringen oder auf der Wiese liegen lassen soll. Fliegen sind noch okay, manchmal auch Maden, je nachdem, was du sonst noch so siehst, aber wenn erst die Käfer auftauchen, ist es einfacher, das Tier dazulassen, als es zu bewegen. Dann löst es sich nur in seine Einzelteile auf und hinterlässt eine noch größere Schweinerei.«

»Verstehe … du bist ein seltsamer Vogel, weißt du das? Voller Überraschungen. Lass das aber nicht Val hören, sonst versucht sie noch, dich mir für ihre Truppe abspenstig zu machen. Vergiss nicht: Ich hab dich zuerst entdeckt.«

Nora grinste.

Murph zog noch einmal an seiner Zigarette, bevor er sie austrat und für später zurück in die Schachtel steckte.

»Also, hier meine nächste Frage«, sagte er, während ihm Rauch aus den Nasenlöchern kam, was seine Stimme leicht gepresst klingen ließ. »Das ist ein Test: Wenn er schon so lange da liegt, warum ist das niemandem aufgefallen? Kein Verwesungsgeruch? Hat ihn bis heute noch nie jemand gesehen?«

»Na ja, *jemand* hat ihn auf jeden Fall schon gesehen.«

»Okay, du Klugscheißerin. Beantworte meine Fragen, denk nach.«

Nora sah sich in der Seitenstraße um. Grober Schotter, an einigen Stellen löchrig, an anderen überwuchert. Dies war keine vielbenutzte Straße, jedenfalls nicht von bereiften Fahrzeugen. Sie folgte dem holprigen Weg, bis ihr Blick am Geländer einer schiefen Holztreppe hängenblieb. Der Hohlraum darunter war teilweise mit trockenem Gras und den dornigen Zweigen eines Brombeerstrauchs zugewachsen. Der Rest war mit kaputten Transportkisten und alten Paletten vollgestellt. Vor der angrenzenden Hauswand lagen wie verwundete Soldaten ein paar Bierfässer.

»Hinter welchem Laden sind wir hier?«, fragte Murph. »Hier verliere ich immer den Überblick.«

»Hinter dem Blue Bell«, antwortete Nora und deutete auf die Fässer, »und auf der anderen Seite ist eine Buchhandlung, und ein Friseursalon, glaub ich? Haarscharf.«

»Immer wieder faszinierend, diese kreative Namensgebung.«

Er blies eine Rauchwolke aus. »Na schön, also was siehst du?«

»Ich sehe einen Ort mit vielen Ecken und Winkeln. Und alles Mögliche, um jemanden dahinter oder darunter zu verstecken. Zur Straße ist es nicht weit, der Zaun bietet keinen großen Schutz vor neugierigen Ohren oder Augen, aber wenn man die richtige Tageszeit wählt ...«

Sie sah nach oben, erblickte Gesichter, die sich an eine Fensterscheibe pressten, tuschelnde Frauen. Als sie bemerkten, dass sie sie ansah, winkten sie. Nora hob unwillkürlich die Hand, um zurückzuwinken, und biss sich nachdenklich auf die Lippe.

»Oder die richtige *Jahreszeit*. Wenn ich recht habe und unser Opfer schon seit mindestens ein paar Wochen hier liegt, war es vielleicht Winter, als es hier draußen versteckt wurde. Im Februar gab es ein paar richtig kalte Tage, selbst noch im März. Da wäre keiner vor der Tür gewesen, der etwas hätte sehen oder hören können; alle sind zu Hause im Warmen geblieben. Der Geruch lässt sich leicht überdecken. Das Meiste hätte die Kälte erledigt. Auch die Käfer hätte sie ferngehalten. Und wenn irgendwer etwas bemerkt hätte, hätte er wahrscheinlich gedacht, der Gestank käme von den Mülltonnen da drüben. Bei dem Wetter wäre er höchstens ein, zwei Tage aufgefallen, verflogen, bevor sich jemand groß gefragt hätte, ob es nicht nur verdorbene Essensreste sind.«

Sie warf einen Blick nach links, wo keine fünfzig Meter entfernt ein großer grüner Müllcontainer stand. War das vielleicht der Container, in dem Mark Dixon gelandet war? Der Gedanke ließ sie erschauern. Sie sah noch einmal zu den Angestellten hinauf, die noch immer vor dem kleinen Fenster standen. Hatte eine von ihnen vielleicht etwas gesehen?

Murph folgte ihrem Blick. »Aasgeier. Na schön, schauen wir mal, ob Val uns unter ihr Zeltdach lässt, dann können wir uns einen besseren Überblick verschaffen, mit was wirs zu tun haben.«

Und so begann das Ritual der Ermittlungen. Als die beiden Detectives unter den Pavillon traten, schwärmten die Leute von der Spurensicherung aus, begaben sich eiligst daran, den Rest der Gasse zu fotografieren, Hilfsmittel, Plastikbeutel und Notizbücher aus Vals altem Chevrolet zu holen. Die sah ihnen nach, bevor sie sich an Nora und Murph wandte.

»Wir haben nicht viel bewegt. Gerade genug, um ihn freilegen zu können. Ja, männlich vermutlich. Schwer zu sagen bei dem Verwesungsgrad. Um sicherzugehen, müssen wir einen Blick auf sein Skelett und ein paar Haarproben werfen. Aber er trägt Männerkleidung, und seine Stiefel sind groß genug. Hockt euch hin, seht es euch an. Wir haben noch ne Weile, bis der Gerichtsmediziner kommt.«

»Meine alten Knochen schaffen das bei dem Regen nicht«, sagte Murph.

Also sank Nora auf die müden Knie und betrachtete erschöpft den jämmerlichen Toten vor sich. Der Mann lag zusammengekrümmt am Zaun, die Arme eng an die Brust gedrückt, die eingesunkenen Beine ineinander verschränkt. Was sie für sein Gesicht hielt, war fest in den Schotter gepresst. Seine Kleider waren von der Witterung zerschlissen. Als sie ihn mit der behandschuhten Hand berührte, lösten sich Teile von seiner Jacke. Von seinen Haaren waren nur noch ein paar dünne Strähnen übrig, schwer zu erkennen, welche Farbe oder Beschaffenheit sie einmal hatten, als er noch lebte. Alles an ihm schien zu schwinden, zu verschwimmen. Vor ihnen lag ein Geschöpf, das dabei war, wieder eins mit dem Erdreich zu werden.

Als Nora den Kopf hob, fiel ihr Blick auf eine weitere Leiche. Dicht an die Wand gepresst, das vor Entsetzen erstarrte Gesicht hinter dünnen blonden Haaren verborgen, hockte da ein Mädchen. Während Nora sie ansah, stand sie auf, kam hinter einem durchweichten Weinkarton hervor und drückte sich am Rand der Gasse herum; murmelnd, wachsam, neugierig.

Und noch etwas ... zufrieden? Der Gedanke ließ Nora erschauern.

All das lag wie eine schwere Last auf ihr – die Schattengeister, die Leiche, die Erschöpfung durch die nicht enden wollenden Stunden. Zu viele Emotionen erfüllten den Raum zwischen ihren Rippen, um sie verarbeiten zu können. Ihr Herzschlag schien einen Moment auszusetzen, und sie wandte sich ab, holte tief Luft, um sich wieder zu fassen.

»Wir haben in den letzten Wochen keine Vermisstenmeldungen reinbekommen, oder?«, fragte sie, um wieder festen Boden unter den Füßen zu spüren.

»Nein«, antwortete Murph.

Nora drehte sich wieder zu der Leiche. »Wer bist du?«

Schweigen. Wer immer er gewesen war, sie würden es selbst herausfinden müssen.

»Da muss ihn der Hund erwischt haben.« Murph beugte sich neben ihr herunter und deutete auf die Hand des Mannes, der zwei Finger fehlten. Was noch an Haut zu sehen war, hing in Fetzen um die Wunde, grau und blutleer. Es gab keinen Verwesungsgeruch, sein Tod lag schon lange zurück. Die Vorstellung stimmte Nora traurig. Welcher Mensch konnte einfach so unbemerkt verschwinden? Wer verdiente es, hier draußen in der schonungslosen Witterung zu verrotten?

Ein Käfer schob sich aus seinem Kieferknochen, kroch über sein vermodertes Gesicht und verschwand in seinen Haaren. Nora schauderte.

Hinter sich hörte sie die Leute von der Spurensicherung die Gasse durchkämmen. Wie die Bluthunde beschnüffelten sie alles, hatten sämtliche Sinne auf Hinweise gerichtet, die andere übersehen könnten. Ein Blutfleck, ein Knochensplitter, ein winziges Stück Stoff, das an einer scharfen Kante hängen geblieben war. Flüsternd pirschten sie über den Schotter, deuteten auf dies oder jenes oder gingen plötzlich in die Hocke, um ein nummeriertes gelbes Schild zu platzieren. Viel gab es nicht zu finden, nicht nach so langer Zeit, und bald schon versammelten sie sich hinter dem Zelt. Ihr Getuschel schrammte über sie hinweg, eindringlich, ungeduldig, sich wieder über die Leiche herzumachen, die vor ihr lag.

Sie erhob sich. »Sollen wir ihnen ihren Fundort wieder überlassen?«

»Na, dann tauschen wir mal die Plätze«, stimmte Murph ihr zu und wollte damit sagen, dass er seine Zigarette zu Ende rauchen will.

Die Gasse, durch Regen, Dunst und das gedämpfte Geflüster der Ermittler aufgeweicht, war eine eigene kleine Welt geworden, abgeschottet von den Störungen äußerer Ereignisse. Die Ankunft des Transporters der Spurensicherung kam ihr vor wie ein Schrei.

Ungerührt und zielstrebig strebten sie mit der Bahre auf sie zu, die über den Schotter holperte. Val begrüßte sie mit einer Flut aufgeregter Handzeichen und freundlichem Lächeln, die sich alsbald in strenge Anweisungen verwandelten, wie sie dieses bedauernswerte Etwas vom Boden heben sollten. Die Männer nickten zustimmend und machten sich daran, das Zelt auszuräumen.

Sie mussten behutsam vorgehen. Der Tote hatte schon so lange im Freien gelegen, dass das, was noch von ihm übrig war, im Wind flatterte, der in die kleine Gasse wehte. Die kleinste Unvorsichtigkeit, und er wäre ihnen einfach durch die Finger gerutscht. Nora sah sie kurz zusammenzucken und den Blick von der Leiche abwenden.

Ein stummer Seufzer entwich ihm, als sie ihn auf die Bahre legten, eine letzte Erinnerung an Leben, das aus den Nischen drang, in denen sie wochenlang gefangen war. Oder vielleicht Erleichterung, dachte Nora, weil ihn endlich jemand sah. Sie näherte sich der Bahre, die zum Transporter gerollt wurde, und schloss plötzlich die Augen. Hinter sich hörte sie das Mädchen raunen.

Der Mund des Toten war zu einem entsetzlichen Schrei aufgerissen. Ganz hinten, wo die Zunge hätte sein sollen, war nur noch leerer, verstümmelter Gaumen zu sehen, hinter dem sich winzige Wirbel zu seinem zersetzten Gehirn hinaufschlängelten.

Sie sah Murph an. »Seine Zunge.«

Murph biss sich auf die Lippe, warf einen weiteren Blick auf die kümmerlichen Überreste des Mannes, der vor ihnen lag.

»Fahr nach Hause, Martin.«

»Was?«

»Fahr nach Hause.« Er nahm noch eine Zigarette heraus, zündete sie an. »Ich meins ernst. Du hast die ganze Nacht gearbeitet, hast dich hier um alles gekümmert. Lass mich jetzt übernehmen.«

»Murph. Vielleicht ist es nichts – vielleicht waren es Tiere! So lange, wie er hier draußen liegt, könnte es alle möglichen Gründe dafür geben, dass ihm die Zunge fehlt.«

»Martin.« Er blies eine Rauchwolke aus. »Du glaubst doch nicht ernsthaft, dass es ein Tier war, das sich die Zunge dieses Mannes geschnappt hat.«

»Na ja, nein, aber …« Nora erstarrte. Ihr war schwindlig. Noch eine Leiche, noch ein Mann ohne Zunge.

»Wenn du mal meinen Posten übernehmen willst, Kleine, muss ich sicher sein, dass du weißt, wann es Zeit ist, eine Pause einzulegen. Du wirst dich nicht selber verheizen, nicht vor meinen Augen. Du hast hier heute dein Möglichstes getan. Geh nach Hause und ruh dich aus. Ich bring dich morgen auf den neusten Stand.«

»Heute Abend.«

Er seufzte. »Meinetwegen. Und jetzt fahr heim und nerv deinen Freund oder so.«

Sie streifte ihre Überziehschuhe ab und blickte, kurz bevor sie den Tatort verließ, noch einmal über die Schulter zurück. Murph beugte sich über die Leiche, sein Gesicht war bleich und abgespannt.

Nora

Dan lag auf der Couch, als sie heimkehrte. Er war fest in seine Decke gewickelt und sah wie ein riesiger verpuppter Käfer aus. Nora ging duschen.

»Ich bin völlig erledigt«, sagte er, als sie wieder zurückkam.

Sie setzte sich neben ihn, legte seinen Kopf in ihren Schoß.

»Ich glaube, du brauchst ein paar Elektrolyte und ein bisschen Schlaf.«

»Erst wenn ich gesehen hab, ob Kyle und Lisa sich wieder versöhnen.«

»Was?« Sie sah zum Fernseher, wo sich zwei Frauen an einem Tisch gegenübersaßen, duftige rosa Blumen und eine weiße Tischdecke den Platz zwischen ihnen einnahmen, zwei Gläser Wein in der kalifornischen Sonne funkelten. »Aha. Wahrscheinlich nicht, oder? Versöhnen sie sich überhaupt jemals?«

»Darum gehts ja, Schatz. Das Ganze ist praktisch eine Shakespeare'sche Tragödie.«

»Natürlich.«

Sie streichelte ihm über die Haare, bis er leise schnarchend einschlief. Auf dem Fernsehbildschirm schrien sich ein paar weitere Frauen an. Jemand warf mit einem Drink. Nora spürte, wie sich langsam ihr Bewusstsein trübte, sich der Vorhang hinter ihren halb geschlossenen Lidern senkte.

Eine Freundin

»Sieh mal, wer da ist! Was verschafft mir das Vergnügen?« Sophie Braam grinste und schob Nora ein Glas Wasser über die Theke, während die, unsicherer, als ihr lieb war, auf einen der bequemen Barhocker stieg. Ein zierliches junges Mädchen, flüsterleise und genauso unauffällig, drückte ihr eine Cocktailkarte in die Hand. Als Nora sich umdrehte, um ihr zu danken, war sie schon wieder an ihrem Empfangsstand neben dem Eingang verschwunden.

»Es liegt nicht an Ihnen.« Sophie griff Noras ungestellte Frage aus der Luft. »Die Ärmste hat heute Morgen mit ihrem Freund Schluss gemacht.« Sie beugte sich vor, einen Ellbogen auf dem Tresen, und machte freundschaftliche Verschwörerinnen aus ihnen. »Auch noch in der Kirche. Angeblich hat sie ihn nach dem Gottesdienst erwischt, wie er mit ner anderen geknutscht hat. Riesenskandal.«

»Hört sich ganz danach an.« Nora sah über die Schulter zu der jungen Frau, die ihr Handy hervorgeholt hatte, wütend etwas tippte und sich die Tränen aus den Augen wischte.

»Erste Liebe.« Sophie seufzte. »In dem Alter schmerzt das alles noch viel mehr.«

»Ja. Ich erinnere mich noch an meine. *Gott.* Shawn Joyner. So süß. So … mies.« Nora kicherte. »Mensch, hat das wehgetan, als es in die Brüche ging. Aber dann habe ich Dan kennengelernt.«

»Wo ist Dan eigentlich? Bei der Arbeit?«

»Schön wärs. Das wäre ihm auf jeden Fall lieber als das, womit er gerade zu kämpfen hat. Nein, Dan hat einen schlimmen Fall von Sonntagsblues.«

»Wie bitte, was hat er?« Sophie hob die Braue zu einem zarten Bogen.

Nora lehnte sich auf ihrem Barhocker zurück. »Noch nie etwas vom Sonntagsblues gehört?«

»Äh. Nein. Nicht dass ich wüsste.«

»Er ist total verkatert und hängt jetzt im Stimmungstief. Hat sichs gestern ein bisschen zu gut gehen lassen.«

»Haben wir das nicht alle? Mit uns ist heute auch nicht viel anzufangen, wie man sieht.« Sophie schwang in einem weiten Bogen den Arm über den größtenteils leeren Raum, samt der beiden Servicekräfte, die gelangweilt an einem Tisch lehnten. Als sie Nora wieder ansah, verwandelte sich ihr Blick in eine Frage. »Aber Sie sehen aus wie das blühende Leben.«

»Dabei musste ich heute Morgen arbeiten«, sagte Nora.

»Ich dachte, Sie hätten Ihren freien Tag?«

»Hatte ich auch, bis sie mich angefordert haben. Was ich irgendwie im Gefühl hatte, also bin ich gestern relativ früh ausgestiegen. Ungefähr zu der Zeit, als wir uns getroffen haben.«

»Mist. Das ist ätzend. Sagen Sie nicht, Sie waren heute früh da draußen in der Gasse? Haben die Sie deswegen gerufen?« Sophie bückte sich hinter die Theke. Nora hörte Glas klirren, Flaschen und Gläser, die aneinanderschlugen.

»Nicht speziell dafür, aber ja, ich war eine von denen, die zu dem Einsatz gefahren sind.«

»Scheiße. Echt gruselig, die Vorstellung, dass er die ganze Zeit da draußen lag und niemand es bemerkt hat. Haben Sie irgendeine Ahnung, wer er war?«

Sophie kam wieder hoch, und Nora hatte plötzlich den Eindruck, dass sie sie forschend ansah. Sie rieb sich mit dem Handrücken über die müden Augen. »Nein. Es war, ehrlich gesagt, nicht mehr viel von ihm übrig. Aber Murph glaubt, es könnte ein Mann namens Trent Gibson gewesen sein. Obdachlos. Hielt sich manchmal hier in der Gegend auf.«

»Ach, ja, ich kenne Trent.« Sophie, die dabei war, etwas in eine Dose zu gießen, hob den Kopf und sah Nora in die Augen.

Vielleicht war es eine Täuschung durch das Kerzenlicht, das sich auf ihrem Shaker spiegelte, aber Nora meinte, ein kurzes Aufflackern in ihrem Blick zu sehen, das irgendwie ... *boshaft* wirkte? Ein anderes Wort fiel ihr dazu nicht ein. Wie ein Licht erschien es aus irgendeiner dunklen Tiefe in ihr, durchbrach mit einem kurzen Schimmer die Flüssigkeit auf ihrer Augenoberfläche, verschwand so schnell, wie es aufgetaucht war. Sophie hielt den Blickkontakt einen Moment, bevor sie sich wieder ihrer Arbeit zuwandte und sorgfältig den Rand eines Glases in einer Schale Salz rollte.

»Wirklich?«

»Ja, sicher. Ich kenne Trent schon ewig. Jeder, der hier in der Gegend arbeitet, kennt ihn. Er ist uns Mädels nach der Arbeit immer zu den Autos gefolgt, hat gefragt, ob er uns anschnallen darf.«

»Äh ...«

»Ja. Aber wir hielten ihn für harmlos. Wenn ich jetzt so überlege, ich hab ihn schon seit Wochen nicht mehr gesehen. Ich dachte, er hätte sich irgendwo ein warmes Plätzchen zum Überwintern gesucht – einmal hat ers den ganzen Weg bis nach Kalifornien geschafft – Oakland, hat er mir erzählt. Kam braungebrannt zurück. Wanderleben. Du weißt nie, wohin dein Weg dich führt. Ich hab ihn ein bisschen beneidet.«

»Ums Frieren, Nass-Werden und Hunger-Haben?«, fragte Nora.

»Okay, theoretisch habe ich ihn beneidet.« Sophie stellte einen Cocktail vor Nora auf die Theke. »Cheers.«

»Was ist das?«

»Ihr Trostpreis. Weil Sie so viel Verantwortung tragen müssen – ein neues Rezept, ich experimentiere gerade damit.«

Der Auftakt war wunderbar salzig, mit einer gewissen Schärfe, die Nora ein wenig aufrechter sitzen ließ. Ein Hauch frische Zitrusfrüchte, Zitrone oder Grapefruit, glaubte sie, der anschließend den Salzgeschmack milderte und ihr das Brennen von der Zunge nahm. Es war ein angenehmes Gefühl, als stünde sie allein am Ufer eines sonnenbeschienenen Meeres und sähe zu, wie ihr die Gischt über die Füße spülte. Im Abgang lag eine Moschusnote, die sie nicht richtig zuordnen konnte. Essiggurke oder Olive, ein gehaltvoller Geschmack, ein kühler Gezeitentümpel, fernab der heißen Küstenlinie. Sie schloss die Augen, ließ sich in den gepolsterten Barhocker sinken.

»Also, soll ich ihn auf meine Sommerkarte setzen?« Sophies Stimme war glitzerndes Sonnenlicht auf ihrem Cocktailozean.

Nora trank noch einen Schluck, bevor sie antwortete. »Ich kenne mich mit Cocktails nicht aus, aber ich würde sagen, ja. Ein schöner warmer Abend draußen auf der Terrasse … da wäre er perfekt. Hat er einen Namen?«

»He, Goldstück in spe!« Ein Mann mit Schürze trat um die Ecke, hinter der es, wie Nora jetzt bemerkte, zur Küche ging. Sein Gesicht war rot angelaufen, auf seiner breiten Stirn glänzte ein Schweißfilm.

»Bin gleich wieder da«, sagte Sophie, und das Sonnenlicht in ihrer Stimme verblasste.

Nora beobachtete die beiden. Sophie stand mit verschränkten Armen da, ein Schutzwall gegen die wütende Schimpftirade des Mannes, der jetzt mit einem Bon vor ihrem Gesicht herumwedelte. Um seiner Aussage Nachdruck zu verleihen, stieß er mit dem Finger darauf. Nora meinte, die Worte *Boss* und *Lindsey* zu hören. Er deutete auf das junge Mädchen am Empfangsstand, das noch immer über ihrem Handy weinte, anschließend auf die beiden Servierkräfte, die offenbar plötzlich etwas überaus Interessantes auf dem Fußboden entdeckt zu haben schienen. Währenddessen blieb Sophie die ganze Zeit stumm, nickte gelegentlich, verhielt sich ansonsten ruhig wie eine Katze im Gras. Nora kannte den Blick; oft genug hatte sie selbst schon diese Maske übergestreift. Es war der Blick einer Frau, die wusste, wie man sich tief in seinem Innern vergräbt und seine leere Hülle zum Sandsack werden lässt.

Nach ein paar Minuten sagte der Mann nichts weiter und verschwand in der Küche, offensichtlich zufrieden mit der Antwort, die er erhalten hatte. Auf dem Weg zurück zur Bar wurde Sophie angehalten, dieses Mal von einer der beiden Kellnerinnen aus dem Restaurant. Die junge Frau zog sie aufgeregt zu einem Computer. Von einem Tisch ein paar Meter entfernt warf eine Familie ihr böse Blicke zu. Sophies Hände flogen von ihren Hüften, sie tippte flink etwas am Computer ein, druckte es aus, gab es der nervösen Kellnerin und ging zu dem Tisch hinüber. Ihre Maske inzwischen ein freundliches Lächeln, ein verständnisvolles Nicken für den nächsten Mann, in diesem Fall der, der an dem Tisch saß und fünf Minuten damit zubrachte, sie für irgendeine kleine Ungerechtigkeit zu beschimpfen, die ihm beim Essen angetan worden war.

Nora trank noch einen Schluck von ihrem Cocktail, ließ sich vom Meer zurück an sein weites Ufer ziehen.

»Tut mir leid«, sagte Sophie, als sie sich einen Moment später wieder hinter die Theke schob. Auf Nora wirkte sie wie ein leicht erschlaffter Luftballon, überdehnt, überstrapaziert und verrunzelt, doch der Glanz in ihren Augen war zurück, ein bisschen heller noch als zuvor; er zeigte eine Entschlossenheit, wie Frauen sie tief in ihrem Inneren fanden. Nora hatte sie schon gesehen, sie war in ihrem Blaulicht aufgeblitzt oder unter den Leuchtstoffröhren eines Krankenhauszimmers.

»Kein Problem. Sah aus, als hätten Sie alle Hände voll zu tun.«

Sophie trank einen Schluck aus einem Plastikbecher, den sie hinter der Theke stehen hatte. »Das sind wohl die kleinen Vorzüge, wenn man die Verantwortung trägt? Jeden Scheiß abkriegen, ohne extra dafür bezahlt zu werden. Großartig. Danke auch, Ty.«

»Was ist passiert?«

Sophie stellte ihren Becher zurück und stöhnte genervt. »Heute Abend ist echt nicht viel los. Die Leute vom Service drehen Däumchen, und ich kann sie nicht dauernd auffordern, ihre Arbeit zu machen, sonst machen sie irgendwann mich zur Schnecke. Und an so einem ruhigen Sonntagabend gibts hier, ehrlich gesagt, nicht viel zu tun. Wir haben die Vorräte aufgefüllt, wir haben geputzt, was wir putzen konnten, während Gäste im Restaurant sind. Es ist einfacher, sie rumsitzen und quatschen zu lassen, als sie ständig damit zu nerven, beschäftigt auszusehen. Dann machen sie bloß dumme Fehler, weil sie sich langweilen, und ich werde von der Küche angeschnauzt, weil das irgendwie was mit mir zu tun hat. Und meine Empfangsdame, na ja, die sollte nicht am Handy hängen, aber, ehrlich gesagt, bin ich froh, dass sie heute Abend überhaupt aufgetaucht ist, also werde ich sie nicht runterputzen, auch wenn Chefkoch meint, ich müsste.

Außerdem ist das noch nicht mal mein Job. Aber Ty verkrümelt sich, wann es ihm passt oder wenn er, wie heute, einen Kater hat. Ich bin die Einzige, die schon lange genug hier ist, um ihr die Verantwortung fürs Restaurant zu überlassen, also werde ich an solchen Abenden zur ›amtierenden Managerin‹ ernannt. Meistens machen sie ne große Sache draus, als wärs eine riesige Errungenschaft, die Zugangsdaten für den Computer und die Türschlüssel zu bekommen. Aber werde ich dafür bezahlt? Wo denkst du hin.« Sie holte Luft. »Sorry. Herrgott. Ich bin doch hier die Barkeeperin. Ich sollte mir Ihren Frust anhören, nicht umgekehrt.«

»Nein, nein, ich weiß genau, wie Sie sich fühlen.« Nora seufzte. »Ich muss mich bei der Arbeit zwischen zwei Posten aufteilen und krieg es auch von allen Seiten ab. Die Jungs glauben, ich hätte ihnen den Job weggenommen, und Murph, so nett er auch ist, quatscht mir an manchen Tagen ein Ohr ab. Die

Hälfte der Zeit fahre ich Streife, dann darf ich noch zur Mordkommission, wo ich eigentlich auch lieber arbeiten würde und wofür ich eingestellt wurde, um ehrlich zu sein. Ich weiß, dass sie mich da derzeit nicht Vollzeit einsetzen können. Murph hat jahrzehntelange Erfahrung, wir sind unterbesetzt, und unsere Mittel werden ständig gekürzt. Momentan ist einfach nicht der richtige Zeitpunkt. Aber langsam ist mein Akku leer.

Und dann die Sache mit heute, dass ich an meinem freien Tag reinkommen musste, von dem ich wusste, hundertprozentig *wusste*, dass ich ihn nicht frei haben würde, weil ich Cruz gestern stockbesoffen gesehen habe … Ja, ich weiß, wie Sie sich fühlen. Lästern Sie ruhig weiter.«

»Okay, aber nur, wenn wir ab jetzt Du zueinander sagen, einverstanden?«

»Einverstanden.«

»Arbeitest du morgen auch?« Sophies Stimme klang freundlich wie eine Einladung.

»Nein, Gott sei Dank. Warum?«

»Ich hab hier«, Sophie sah auf ihre Uhr, »in ungefähr einer Stunde Feierabend. Heute gibts nicht viel aufzuräumen. Hast du Lust, mit rüber zu mir zu kommen? Ein paar von den Flaschen haben ihre beste Zeit hinter sich, die wollte ich mitnehmen und mir selbst genehmigen. Aber ich teile gerne. Ist schon lange her, dass ich einen Mädelsabend hatte. Falls du nicht zu müde bist. Ich weiß, dass du einen harten Tag hinter dir hast. Du kannst gerne auf meiner Couch übernachten, wenn du willst.«

Nora überlegte einen Moment. Es war wirklich ein langer Tag gewesen. Aber es würde immer ein langer Tag sein. Dan fiel heute Abend aus, und was würde sie tun, wenn sie nach Hause kam? Allein irgendwelchen Blödsinn im Fernsehen schauen? Sie suchte Sophies Blick und meinte, plötzlich einen Moment Bewegung unter dem Gesicht der Frau zu erkennen. Fast schon ein Schwirren. Sophie lächelte, und Nora realisierte, dass sie wahrscheinlich einfach aufgeregt war, eine Freundschaft zu schließen, falls sie sich jetzt Freundinnen nennen konnten. Sie spürte sie auch, diese freudige Erregung darüber, jemanden gefunden zu haben, mit dem sie auf einer Wellenlänge lag. Nora hatte nicht allzu viele Freundinnen, deshalb war jede neue, die sie fand, wie ein Geschenk, das man nicht so einfach ausschlug.

Sie erwiderte das Lächeln. »Nein, das klingt gut. Ich meine, ich bin zwar müde, aber ich hab mich vorhin ein bisschen hingelegt. Lass uns das machen. Bevor ihr schließt, sollte ich aber vielleicht einen Happen essen, und – sorry für die Mühe, aber könnte ich vielleicht ein bisschen Wasser haben? Der Cocktail war großartig«, sie tippte an den Rand ihres Glases, »aber noch so einer, und ich bin erledigt. Wie heißt er eigentlich?«

Sophie beugte sich über die Theke, mit einem verschwörerischen Lächeln, wie ein herzlicher Händedruck. »Men's Tears.«

Eine Anatomin

Früchte, Säfte, Eis, Sirup, Salzlake. Das ist das Rückgrat einer Bar. Ich bilde es jeden Tag neu. Zuerst, die Grundlage, das sakrale Eis, das Eimer für Eimer in den glänzenden Schlund meiner Eiswanne wandert. Das A und O jeder Bar ist es, alles kühl zu halten, damit das Obst sich so langsam wie möglich verfärbt, der Saft nicht anfängt zu gären, der Alkohol eiskalt in dein Shotglas fließt. Eine Bar befindet sich im dauerhaften Kriegszustand, gegen Fäulnis und Zerfall, gegen die Schwärme von Fruchtfliegen, die sich überall breitmachen, wo es warm und dunkel ist. Wir müssen peinlichst auf Haltbarkeit achten, auch wenn das auf Kosten meiner Fingerspitzen geht. Nachdem ich den Job jahrelang mache, habe ich keine Scheu mehr, die Hände in einen Eimer Eis zu stecken, um eine Bierflasche herauszufischen oder nach der Schaufel zu suchen. Nach einer Weile verschwindet der Schmerz.

Dann wären da die Säfte. Frisch gepresst oder aus der Tüte; jeder in seiner eigenen Flasche, grüner Ausgießer für Limette, rot für Cranberry und gelb für Zitrone. Den einfachen Sirup bewahren wir in einer Quetschflasche auf, gemeinsam mit seinen Geschwistern, den verschiedenen Beerenlikören; Grapefruit und Ananas bleiben in ihren Dosen, weggesperrt im brummenden Dunkel des Kühlschranks. Daneben und nur für Hausfrauen mittleren Alters verwendet, und für Millennials, die verwegen wirken wollen, steht das Genick dieses Rückgrats: das Glas mit der Salzlake.

Es ist ganz einfach. Zuerst, lass einen Ozean entstehen: Salz und Wasser. Schmeckst du es? Wie es im Mund brennt?

Ich nehme ein Glas, das einen Liter fasst. Gerade groß genug, damit mir an einem vollen Abend der Vorrat nicht ausgeht, aber nicht so groß, dass die Lösung verdirbt, bevor ich sie aufbrauchen kann. Warum benutzt du nicht die Salzlake aus dem Olivenglas?, höre ich dich fragen. Das wäre doch am einfachsten. Aber diese Olivengläser sind riesig, und es kann Wochen dauern, bis sie leer sind. Wochen, in denen man ständig hineingreift, eine Handvoll Oliven herausnimmt, Haut- und Schmutzreste hinterlässt, die diversen Ausscheidungen zellulären Lebens. Du könntest einen Handschuh tragen, aber das ist nicht viel besser. Wenn sie so viele Tage der Luft ausgesetzt war, alle möglichen Hände hineingefasst haben, sie gerüttelt und geschüttelt wurde, verdirbt die Lake trotzdem. Das kannst du nicht beeinflussen. Du hast es nicht im Griff. Mache ich etwa den Eindruck, als überließe ich irgendwas dem Zufall?

Der Knackpunkt bei der Salzlake ist die richtige Mischung aus Salz und Wasser. Sie hat einen intensiven, leicht scharfen Geschmack, besitzt ein Stadium stiller Vollendung. Finde es. Spüre es auf deiner Zungenspitze.

Salz, Wasser, mehr Salz; wenn du denkst, sie ist fertig, gib noch etwas dazu. So viel, dass eine Olive oder ein Stück Sellerie darin schwimmt. Genug, um ins Innere der Bakterien zu dringen, die sich in deinem Aqua-Terrarium einnisten wollen, um sie aufzubrechen, bis ihre Mäuler zerreißen. In der Lake ist kein Platz für Leben, kein Raum für Hefe, die sich selber frisst, es sei denn, du willst eine stinkende, klebrige Brühe haben.

In deiner Salzlake kannst du alles Mögliche einlegen. In der Branche nennen wir das gern hausgemacht oder traditionell. Klingt gut, oder? In meine hausgemachte Lake wandern natürlich Oliven, für Dirty Martinis. Sellerie für Bloody Marys. Oder Gurken, Kapern, falls das deinem Geschmack entspricht; südlich der Mason-Dixon-Linie bevorzugen wir Okra. Pack sie ein paar Minuten in Salz; so lange, wie eine Tasse Tee zum Ziehen braucht, oder du, um ein paar Zitronenspalten zu schneiden. Das entzieht ihnen überschüssiges Wasser, hält sie frisch und knackig. Verhindert, dass sie die Salzlake verschmutzen. Wenn du fertig bist, tupfe die Kruste ab.

Presse sie fest in das Glas, so viele du kannst. Es kommt darauf an, dass sie mit Flüssigkeit bedeckt sind. Sauerstoff ist hierbei dein Feind. Sauerstoff ist Atem, Atem ist Hefe und Verderb, eine ranzige Ansammlung in den weichen Nischen deiner Wangen.

Bevor ich am Abend nach Hause gehe, lege ich noch die Zunge hinein. Die hier habe ich dem armen Jungen mit der Fliege herausgeschnitten, während er unter meinen Apfelbäumen lag. Mit einem Löffelstiel drücke ich sie auf den Boden, wo sie der meines Gassen-Manns Gesellschaft leistet. Darunter liegt, inzwischen ganz grau und zerfasert, die von Mark.

Dieses Frühjahr habe ich beschlossen, einen neuen Cocktail zu kreieren, eine Abwandlung der Margarita, des beliebten Klassikers. Ich nenne ihn Men's Tears. Tequila, ein Spritzer Zitrone, etwas Grapefruit, ein Schuss von meiner Speziallake. Im gekühlten Glas ohne Eis serviert. Ein Zitronen-Twist als leuchtender Hingucker. Allein schon der Name würde dafür sorgen, dass er ein Erfolg wird.

Kühl und dunkel aufbewahren.

Nora

Es war schon eine gefühlte Ewigkeit her, seit Nora mit einer Freundin auf einer Couch gesessen und geklönt hatte. Wo war nur die Zeit geblieben? Warum hatte das aufgehört? Sie lehnte sich an die dicke Lehne von Sophies weicher Couch zurück, auf deren mittlerem Polster sie ihre Beine verschränkt hatten, während jede von ihnen ein halb geleertes Glas Wein in der Hand hielt. Es lag nicht daran, dass sie keine Freundinnen gehabt hätte. Es lag daran, dass das Leben verging. Es lag an der Arbeit. An Ehemann und Familie, am stetigen Ablauf der Tage, bis sie irgendwann aufwachte und sich ziemlich allein in einer neuen Stadt wiederfand, in der ihre Gesellschaft nur aus Männern bestand. Wie sehr ihr Freundinnen fehlten, war ihr gar nicht aufgefallen, bis sie Sophie begegnete.

»Ziemlich warm hier drin, oder? Ich mach mal ein Fenster auf.« Sophie, die gerade über den Spruch eines Gastes gelacht hatte, stand auf und ging zu einem Erkerfenster, vor dem ein Tontopf stand, über dessen Rand ein paar elfenbeinweiße Blüten hingen. Sie hielt sie vorsichtig zur Seite und schob die alte Fensterscheibe hoch, die sich ächzend aufwärtsbewegte. Froschgesang drang ins Zimmer.

»Ich liebe das Quaken der Frühlingspfeifer, du nicht auch?«, fragte Sophie und ließ sich wieder an ihrem Ende der Couch nieder.

»Dein Haus ist wunderschön, Sophie. Du kannst wirklich froh sein, hier zu wohnen.« Nora seufzte. Sie gab sich Mühe, langsam zu trinken, aber der Wein stieg ihr trotzdem zu Kopf.

»Das weiß ich, glaub mir. Komm, machen wir zusammen die Flasche leer.« Ohne Noras Antwort abzuwarten, verteilte sie den letzten Schluck Rotwein auf ihre beiden Gläser. »Cheers, meine Liebe.«

Abzulehnen wäre Nora unhöflich erschienen. »Cheers.«

»Eigentlich unglaublich, das Mom das Haus nicht haben wollte«, kam Sophie wieder auf das Thema zurück. »Aber ich habs gerne übernommen. Diese kleine Farm ist schon seit Generationen in unserem Familienbesitz. Seit dem 18. Jahrhundert, glaube ich. Schottisch-irische Sippschaft, sind hier raus ans Ende der Welt gekommen, um einen Neubeginn zu wagen. Genau wie alle anderen in der Gegend. Weiße Mittelklasse.«

»Meine Familie auch«, sagte Nora, »beziehungsweise meine Mutter«, korrigierte sie sich angesichts Sophies fragenden Blicks. »Ein bisschen was Deutsches steckt auch in ihr, glaube ich. Aber wer weiß. In mir steckt jedenfalls von allem etwas.«

»In uns allen vermutlich. Das ist der Punkt, oder? Unser großartiger Schmelztiegel. All diese Einwanderer, und jeder auf der Suche nach dem American Dream.«

»Es waren nicht alles ›Einwanderer‹.«

»Nein«, sagte Sophie leise. »Nein, vermutlich hast du recht.«

Die beiden Frauen verstummten einen Moment, nur die unzähligen Laubfrösche waren noch zu hören, die einander nächtliche Liebeslieder vorsangen. Nora hätte gern noch etwas gesagt, wollte aber nicht anecken. Sie fragte sich, ob sich nun ein Keil zwischen sie schieben würde, wie es manchmal passierte, wenn die verrotteten Knochen dieses schönen Ortes aus ihrem Grab emporragten.

»Darf ich dich was fragen?« Im Halbdunkel des Wohnzimmers waren Sophies Augen dunkel und reglos, wie die Oberfläche eines stillen Sees im Sommer; wie stumm er auch ruhte, er barg stets eine Verheißung, eine Bedrohung durch etwas, das tief darin verborgen lag.

»Schieß los.«

»Du bist Cop. Warum? Ich meine, ich sehe Nachrichten. Ich

kriege mit, was passiert. Sorry, wenn das jetzt ein bisschen daneben ist ... also, ist es sicher, aber ...« Sie klemmte ihr Glas zwischen die Polster und hob ergeben die Hände.

Nora nahm einen kräftigen Schluck von ihrem Wein. Diese Frage hörte sie nicht zum ersten Mal, und es überraschte sie nicht, dass sie jetzt aufkam, aber sie war nicht leicht zu beantworten. Diese Frage hatte es in sich; niemand stellte sie ohne Erwartungen. Ihre aufkeimende Freundschaft war Nora viel wert; sie wollte behutsam damit umgehen.

»Wusstest du, dass Virginia zur Zeit der Reconstruction die niedrigste Lynchrate innerhalb der Südstaaten hatte?«

»Wusste ich nicht.«

»So wars tatsächlich.« Sie leerte ihren Wein, stellte das Glas zur Seite. Der Klang des Laubfroschgesangs um sie herum schwoll an. Nora wartete, bis er explodierte, sich ausbreitete und mit dem Gesang der Zikaden vereinte, der sich im Hintergrund erhob, bevor sie weitersprach. »Aber nicht etwa aus selbstloser Nächstenliebe für die Schwarzen. Auch nicht aus Anstand oder Moral. Der Grund war schlicht und einfach, dass es in Virginia über die Gerichte lief – Richter, Gefängnisse, die Polizei. Unschuldige wurden aufgrund von Scheinanklagen verhaftet und anschließend hingerichtet. Auf diese Weise schien Virginia sauber, während sie hier genau die gleichen schrecklichen Verbrechen begangen haben wie anderswo.«

»Shit. Ich hatte keine Ahnung«, sagte Sophie.

»Das haben die wenigsten. Nachdem ich die Polizeischule geschafft hatte, hab ich meinen Bruder angerufen – er wohnt oben in D.C. –, und weißt du, was er gesagt hat?«

Sophie wartete, den Blick fest auf Noras gerichtet.

»Er sagte, er wäre froh, dass ich jetzt Uniform trage, dann gäbe es nun wenigstens einen Cop auf der Straße, vor dem er keine Angst haben muss, wenn er zu Besuch nach Hause kommt. Das hat mich unendlich traurig gemacht. Und wütend. Ich will, ich muss in einer Welt leben, in der solche Unterhaltungen nicht geführt werden müssen.«

Zum zweiten Mal an diesem Abend schien der Luftdruck im Zimmer zu sinken. Nora warf einen Blick über die Beine und Kissen zwischen ihnen und stellte fest, dass Sophies Augen noch immer ruhig und dunkel waren. Friedliche Seen, die auf Gewitterwolken warteten. Die Frau ihr gegenüber presste die Lippen zusammen, legte den Kopf zur Seite.

»Du bringst also die Welt in Ordnung.« Aus einem anderen Mund hätten diese Worte wie ein Vorwurf klingen können oder wie ein Scherz.

Nora zuckte mit den Schultern. »Die Welt hats nötig. Nicht nur bei den Cops, insgesamt. Tod und Gewalt, diese ganze Resignation, die ich bei den Menschen erlebe.«

Sophie schwieg einen Moment, sah auf den Wein in ihrem Glas, den sie langsam und bedächtig zuerst in die eine, dann in die andere Richtung schwenkte. Als sie den Blick schließlich hob, hatte sich in ihren Augen Leben eingestellt, Sonnenlicht tanzte über sanft gewelltes Nass. »Ich bewundere das, Leute, die etwas unternehmen, um ein Problem zu lösen. Zu viele von uns jammern und jammern, aber keiner will sich die Hände schmutzig machen. Wie soll sich etwas ändern, wenn wir alle nur untätig zusehen? Oder? Ich betrachte mich selbst gern als Problemlöserin.« Sie leerte ihr Glas. »Noch eins?«

»Für dieses Problem? Ein leeres Glas?«

»Wenn du meine Gäste fragst, schon.«

Nora lachte. »Klar. Aber nein, danke. Ich nehme einen Tee, wenn du hast. Und vielleicht ein Glas Wasser. Besser, ich werde nüchtern, bevor ich mich auf den Heimweg mache.«

»Ach, komm schon. Du bist nicht mal beschwipst, im Vergleich zur Hälfte der Leute, die jetzt gerade irgendwo hinterm Steuer sitzen.« Sophie erhob sich von der Couch und nahm Nora das leere Glas aus der Hand.

»Genau das macht mir Sorgen.«

»Verständlich. Dann also Tee ...« Ihre Stimme hallte, während sie in die Küche ging. Nora hörte, wie Glas auf den stählernen Boden einer Spüle traf, Wasser aus einem Hahn strömte. »Lass uns über was anderes reden ... Wie hast du Dan kennengelernt? Die Geschichte hast du mir, glaube ich, noch nicht erzählt.«

»Oje, die willst du gar nicht hören.« Nora kicherte.

»Aber sicher will ich das.« Der Teekessel war gefüllt und wurde auf den Herd gestellt.

»Nur wenn du versprichst, nicht zu lachen.«

»Großes Indianerehrenwort.«

»Also«, begann Nora, »so peinlich es ist, aber unser Leben ist im Grunde ein Country Song. Mein Vater hat auf einer großen Farm auf der anderen Seite der Berge gearbeitet, tut er übrigens immer noch. Pferde und Rinder. In einem Sommer tauchte plötzlich Dan auf, kurz vor seinem Junior Year. Wir sind auf dieselbe Highschool gegangen, aber er war älter als ich, und wir hatten unterschiedliche Freundeskreise, deshalb hatten sich unsere Wege vorher nie wirklich gekreuzt.«

»Und?«

»Ich hab im Sommer vormittags auf der Farm gearbeitet. Er hat hallo gesagt, mir morgens beim Misten oder beim Reinholen der Pferde geholfen, aber, ehrlich gesagt, glaube ich, hatte er Angst vor meinem Vater. Die ersten ein, zwei Jahre hat er sich nie richtig mit mir unterhalten.«

»Die Jungs hier in der Gegend haben alle Bammel vor den Vätern der Mädchen.« Der Teekessel begann zu brodeln. Der Anklang eines Pfeifens drang aus seinem Auslauf.

Nora lachte. »Ja ... keine Ahnung. Eines Tages haben wir jedenfalls angefangen zu reden und bis heute nicht mehr aufgehört.«

»Da gibts doch bestimmt noch mehr zu erzählen.« Der Wasserkessel heulte jetzt. Sophie zog ihn von der Herdplatte; Nora hörte, wie sie den Schrank öffnete, um eine Tasse herauszunehmen. »Sonst wärs nämlich ein ziemlich langweiliger Country Song. Schwarz, grün oder Minze?«

»Pfefferminz, bitte«, antwortete Nora. Sie wusste nicht recht, wie sie erklären sollte, wie aus ihrer flüchtigen Neugier auf den Jungen mit dem freundlichen Lächeln mehr geworden war. Sie war sich selbst nicht ganz sicher. »Wenn ich einen Zeitpunkt benennen sollte, würde ich sagen, es fing so richtig an, als er mitbekam, wie ich eines morgens den Wassertrog ausleeren wollte. Der Trog war schwer, fast noch voll, aber eine von den Kühen hatte reingeschissen, deshalb musste er sauber gemacht werden. Vierhundert Liter Wasser, und ich quälte mich ab, das Ding hin und her zu schaukeln, damit es umkippt. Ich weiß nicht, ob du so was jemals versucht hast?«

»Ich habe schon Fässer gewuchtet, ich hab eine Vorstellung.« Sophie kam mit Noras dampfender Tasse in der Hand zurück ins Zimmer.

»Danke. Und, na ja, Dan hat gesehen, wie ich mich abmühe, und ist gekommen, um mir zu helfen.« An dem Tag waren ihr zum ersten Mal die Sommersprossen auf seiner Nase aufgefallen, die sich bis auf seine Wangen zogen. Und die Bräunungsstreifen auf seinen Armen, die unter seinen Hemdsärmeln hervorlugten, wenn er sich bewegte.

Er hatte ihr beim Auskippen und Schrubben geholfen und danach mit ihr auf dem alten schwarzen Zaun gesessen und dabei zugesehen, wie der Trog wieder volllief, während der Schlauch langsam strudelnd Wasser ausspuckte. Ein oder zwei Wochen später hatten sie sich genau an diesem Trog zum ersten Mal geküsst, beide klatschnass lächelnd nach einer Wasserschlacht epischen Ausmaßes. Das wars, sie hatten nie zurückgeblickt. Was sie verband, war eine bodenständige Beziehung, die in der Jugend entstanden war, schlicht, einfach, unkompliziert.

Sophie zog eine Augenbraue hoch. »Die meisten würden das charmant finden, nicht peinlich. Du warst die Jungfrau in Not, und er kam auf seinem Schimmel daher.«

Nora spürte, wie sie bei Sophies Worten errötete, registrierte den vorwurfsvollen Unterton. »So was in der Art, wahrscheinlich. Ich meine, er wusste natürlich, dass ich den Trog selber hätte auskippen können, aber er wollte hilfsbereit sein. So ist er eben – ein guter Kerl.«

»Es fällt mir schwer zu glauben, dass irgendwelche Männer ›gute Kerle‹ sind.«

»Gar keine? Was ist mit deinem Vater?«

Sophie lachte, ein kurzes spitzes Bellen, bevor sie sich an die Kehle fasste. »Entschuldige, das hat mich gerade kalt erwischt.« Sie unterdrückte ein Husten. »Mein Vater hat uns verlassen, als ich noch ein Kind war. Wir sind ihm wohl zu langweilig geworden. Er hat irgendwo eine neue Familie gegründet, glaube ich, hab sie nie kennengelernt. Seitdem hab ich höchstens ein paar Mal mit ihm gesprochen, und jedes Mal hab ich mich hinterher mies gefühlt. Ich werde wütend, wenn ich nur an ihn denke. Er ist wie ein verdammter Vampir – selbst wenn er gar nicht im Raum ist, kriegt er es hin, alles Leben rauszusaugen.«

»Tut mir leid, das zu hören.«

»So ist es nun mal. Ich habs jedenfalls satt, über ihn zu reden. Außerdem bin ich ein bisschen betrunken, also … Hör zu Nora, kann ich ehrlich zu dir sein?«

»Du meinst, das warst du bisher nicht?« Nora zog eine Augenbraue hoch, lehnte sich an der Couch zurück. Der Tee in ihren Händen war warm, sie fühlte sich wohl in diesem Haus.

»Du weißt, was ich meine.« Sophies Augen funkelten. Nur das Kerzenlicht, das vom Dampf reflektiert wurde, sagte sich Nora. Sie konnte jedoch die Gänsehaut nicht ignorieren, die sich plötzlich in ihrem Nacken bildete.

»Schieß los.«

»Du siehst sie, oder? Die Frauen.«

»Wie bitte?«

»Die toten Frauen. Ich spüre sie. Überall. Ich höre sie, sie raunen mir etwas zu. An bestimmten Orten in dieser Stadt kann ich nicht mal vorbeigehen, ohne dass ein Gesicht oder eine Erinnerung sich nach mir streckt. Aber ich glaube, du weißt, was ich meine. Dich verfolgen sie auch, stimmts? Ich habs an deinem Blick erkannt, an der Haltung deiner Schultern. Ich könnte schwören, manchmal einen Schatten hinter dir herschleichen zu sehen.«

Als der Schreck nachließ, holte Nora tief Luft. »Meine Mutter nannte sie Schattengeister«, antwortete sie dann. »›Menschen, die mit unausgesprochenen Fragen von uns gingen‹, hat sie immer gesagt. Und ja, ich sehe sie. Sie sind nicht alle wirklich körperlich tot, aber irgendwo tief in ihrem Inneren, dort, wohin niemand dringt. Klingt ziemlich klischeehaft, was? Eine Polizistin, die Gespenster sieht. Aber so ist es. Das gehört zu meinem Job. Sie sind nicht real, aber sie sind da, verstehst du?«

»Ich weiß genau, was du meinst.«

»Gott sei Dank, ich glaube, das wissen nicht viele.«

Sophie wurde einen Moment ganz still. Als sie weitersprach, war ihre Stimme dünn, eine Schlange, die das kalte Wasser zerteilt. »Frauen, glaube ich, schon.«

»Da könntest du recht haben.« Ein Chor von Stimmen erfüllte Noras Herz. Nicht die leisen, rasselnden, die sie nachts hörte, sondern vollere. Warnungen, die zwischen Freundinnen ausgetauscht wurden, die ersten Ermahnungen ihrer Mutter, auf sich zu achten, die Lektionen aus der Mädchenzeit: Lass nie dein Getränk aus den Augen, halt immer den Schlüssel parat, offene Haare sind schwerer zu packen als ein Pferdeschwanz, schick mir eine Nachricht, wenn du zu Hause bist. Frauen wussten es, oder? Sie begegneten diesen Geistern täglich, ob sie das stetige Murmeln im Kopf als ihre gespenstischen Stimmen erkannten oder nicht. Denn hinter jeder Warnung, hinter jeder Geschichte, verbarg sich einer von ihnen.

Nora blickte auf, sah Sophie in die Augen. Die Frau saß seelenruhig auf der Couch, beobachtete sie, bedachte ihre Reaktion. Dann beugte sie sich vor, fragte: »Was ist mit Mark? Verfolgt er dich auch? Trent? Sind sie auch mit unausgesprochenen Fragen gestorben?«

Nora ließ sich in den dunklen See sinken, der ihr entgegenblickte. »Nein. Ich glaube nicht. Irgendwie habe ich das Gefühl, sie haben vielleicht verdient, was ihnen zugestoßen ist.«

»Das liegt daran, dass alle Männer gleich sind, Nora. Mark, Ty, mein Vater – ich wette, sogar dein Dan, wenn du mal richtig drüber nachdenkst. Sie machen alles kaputt. Rücksichtslos. Grausam. Kindisch.« Ihr Mund war zu einer festen Linie zusammengepresst, ihre Augen funkelten, vor Tränen oder vor Zorn, vielleicht auch vor beidem, Nora war sich nicht sicher. Sophie hatte beim Trinken anscheinend das Stadium erreicht, in dem alles schwer und drückend wurde. Sie verzog angewidert das Gesicht und kippte den Rest ihres Weines hinunter. »Man sollte sie alle in den verdammten Müll werfen.«

Nora lehnte sich an ihre Armstütze. Sie kannte diese Wut. Die Wut, vor der ihr Vater sie immer gewarnt hatte, die Wut, die ein Maul besaß und Zähne. Die Wut, die einen komplett verschlang. Auch sie spürte sie manchmal. Und wenn sie ehrlich war, hatte Mark dieses Ende irgendwie verdient. Aber sie würde diese Wut nicht zulassen, nicht heute Abend. Sie trank einen langsamen Schluck, hörte die Worte ihres Vaters aus ihrem Mund kommen: »Niemand ist Müll, Sophie, nicht einmal Mark. Wenn ich eins in meinem Beruf gelernt habe, dann, dass alle *Menschen* gleich sind. Männer morden am häufigsten, das stimmt, aber Frauen können genauso grausam sein. Manipulativ, böse, auf andere Art brutal. Wir wollen alle dasselbe, brauchen alle dasselbe. Ich spreche vielleicht nicht so oft mit Gott, wie ich sollte, aber ich weiß, dass wir alle Sünder sind. Und wir alle verdienen Gnade.«

Sophies Blick sank zurück in die Tiefe, und sie lächelte, das schale Plastiklächeln, das sie während des Hochbetriebs aufsetzte. »Ich glaube, was das betrifft, müssen wir uns darauf einigen, dass wir uns uneinig sind.«

Sie saßen noch eine Weile auf der Couch, Nora schlürfte ihren Tee, Sophie schwenkte ihren Wein. Die Atmosphäre um sie herum schien schwer nach der Anstrengung, heikle Wahrheiten zu offenbaren, und Nora, die nicht genau wusste, was sie von alldem halten sollte, war froh über die plötzliche Stille. Sophies Zorn verunsicherte sie; sie zog ihren Becher näher an sich, ließ sich den Dampf übers Gesicht strömen.

Sie

Am östlichen Rand meines Grundstücks überspannt eine Brücke den Creek, an der Stelle, wo er um Speckstein und Quarz plätschert und tanzt, wo er Fische durch die schnelle Strömung treibt, bevor er sich auf der anderen Seite zu ruhigen Tümpeln sammelt. Dort starb sie.

Du kennst sie. Sie ist ich, deine Mutter, die Frau, an der du auf der Straße vorbeigehst. Du hast ihr Gesicht schon in der Zeitung gesehen oder auf deinem Fernsehbildschirm, du hast die Gerüchte gehört. Ihr Mann hat sie beim Fremdgehen erwischt. Vielleicht auch sie ihn. Er war betrunken oder bekifft oder wütend oder angsterfüllt. Er hat hier draußen am Creek gewartet oder sie an den Haaren hergezerrt. Vielleicht hat er sie und ihren Liebhaber auch hier ertappt, eng umschlungen zwischen den Wurzeln der Weide.

Du wirst es dir schon denken. Er hat sie ermordet. Sie ertränkt, sie erstochen, sie mit einem Stein erschlagen. Ihre Leiche hier unter der Brücke im Wasser versenkt, wo sie in ihrem flachen Grab bleich und kalt und blau wurde. Vielleicht hat er sie mit irgendetwas beschwert, so dass sie, als sich ihr Körper schließlich mit Gasen gefüllt hatte, nicht nach oben und den Fluss in Richtung Stadt hinuntertriebe. Ihre Haare, welche Farbe sie auch immer einmal hatten, wären bis dahin schwarz vor Schmutz und Schlamm und würden sich wie Schilf um die glitschigen Steine schlingen, die in der Strömung kauerten. Irgendwann würden die Fische so viel von ihr gefressen haben, dass sie auseinanderfallen und in Einzelteilen davonschwimmen würde. Eine Hand, die in der Biegung südlich der Stadt hängenbleibt, ein paar Zähne, die von neugierigen Opossums oder Eichhörnchen herausgefischt werden; vielleicht bleibt ihre Halskette zurück, funkelt an sonnigen Tagen im Licht, nicht zu unterscheiden vom glitzernden Wasser, in dem sie einst verloren ging.

Ein Teil von ihr jedoch wird nie vergehen, wie fest sie auch schrubben. Etwas von ihr bleibt haften an der rostigen Unterseite dieser Brücke, macht sich bemerkbar, wenn du oder ich oder ein Auto sie überqueren, streckt stumme Finger und Zehen über das knarrende Holz, um uns an die Knöchel zu stoßen. Auch ihr Stöhnen dringt durch die Ritzen hinauf.

In besonders dunklen, nebelreichen Nächten, erzählte mein Onkel mir einmal, als wir auf dem Heimweg vom Jahrmarkt über den Creek holperten, erhebt sie sich auf die Straße und wartet, bis ein Auto sie im Scheinwerferlicht erfasst. Lange Zeit hielt ich mir jedes Mal die Augen zu, wenn wir die Brücke überquerten, aus Angst, dieses Gesicht zu erblicken, das mich bestimmt aus den Nebelschwaden anstarren würde, die über dem trüben Wasser lagen.

Aber man kann sich nirgendwo verstecken. Sie ist unter jeder Brücke dieser Stadt, sie ist in jeder Stadt, von den salzigen Gezeitensümpfen bis zu den verlassensten Tälern der Appalachen. Sie findet sich in Liedern und Lagerfeuergeschichten, in Polizeiberichten, auf selbstgedruckten Suchplakaten, die an Telefonmasten flattern. Du siehst sie an, wegen des Nervenkitzels, aus Spaß, um etwas zu lernen, um dich lebendig zu fühlen.

Ich fürchte mich nicht mehr vor ihr. Ich bin jetzt die Vielzahl von ihr. Die gierigen Mäuler weit geöffnet.

Wenn du mich siehst, bete.

MAI UND JUNI

Die Neue

Ich hab wieder einen für dich.« Murph warf ihr eine Akte auf den Tisch. »Brody Samuels. Bei dem Pferderennen verschwunden, bei dem du dich nicht amüsiert hast.«

Nora sah von ihrem Arbeitsplatz hoch, der sich in letzter Zeit in ein chaotisches Sammelsurium aus Mappen, Schriftstücken und Bonbonpapierschnipseln verwandelt hatte, einschließlich eines ringförmigen Dauerabdrucks, der die Stelle verunstaltete, wo ihre täglichen Kaffeetrinkgewohnheiten eher zur Sucht geworden waren.

»Ist seit einer Woche nicht mehr aufgetaucht und soll am 16. seine Abschlussprüfung an der Uni machen.«

Nora sah auf das Gesicht des jungen Mannes, der ihr vom unscharfen Ausdruck eines Social-Media-Fotos entgegenblickte. Er sah aus wie alle anderen College-Jungs aus dem Süden, die sie kannte: abgetragene Baseballkappe über Sonnenbrille, Khakihose und Flip-Flops und darüber eine dicke Schicht lässiges Selbstbewusstsein, wie es nur Jungen wie ihm beschert war. Auf dem Foto hatte er den Arm erhoben und hielt eine Flasche Whisky in der Hand. Ein bisschen ähnelte er Dan. *Männer sind alle gleich.* Der Gedanke traf sie wie ein Faustschlag; sie verdrängte ihn mit einer Frage: »Glaubst du, er hat Panik bekommen? Und ist aus Angst vor seiner Prüfung abgehauen?«

»Möglich wärs«, antwortete Murph. »Hab ich alles schon erlebt. Der Sohnemann schafft vielleicht die Noten nicht, die er braucht, kriegt ein Praktikum oder einen Job nicht und macht sich aus dem Staub, um Mom und Dad nicht unter die Augen treten zu müssen. Vielleicht war er auch feiern und hat ein bisschen zu viel Spaß gehabt. Kommt schon mal vor, bei Jungs in dem Alter. Normalerweise tauchen sie innerhalb einer Woche wieder auf, aber ich hab auch schon anderes erlebt, vor allem bei diesen Reichen-Kids, die es sich leisten können, einfach irgendwohin zu jetten.«

»Hat er eine Freundin? Einen besten Freund? Irgendwen, zu dem er Kontakt aufnehmen würde?«

»Er hat sein Handy bei seinen Kumpels im Truck gelassen.«

»Okay, das ist allerdings merkwürdig.«

»Du sagst es.«

»Und die Montleigh Farm liegt nicht in der Nähe des Creeks, oder? Er könnte zum Pinkeln hingegangen und reingefallen sein.«

»Ich hab schon zwei von den Jungs losgeschickt, um das Ufer abzulaufen, aber ich glaube das nicht. Zu dieser Jahreszeit ist er recht flach, und vom Hauptgelände ist es ein ziemliches Stück bis dahin. Er hätte ganz schön weit laufen müssen. Das machen junge Leute nicht, wenn sie feiern.«

»Stimmt.« Ein Gedanke tippte Nora hinters Ohr, kalte Finger, ein heiseres Flüstern. Das lange Haar, das der Tote von den Bahngleisen umklammert hatte. Sie sah Murph an. »Glaubst du, es gibt eine Verbindung zu den anderen?«

Murph sah sie ratlos an. »Solange wir keine Leiche haben, sollten wir lieber keine Vermutungen anstellen.«

»Ja, aber …«

»Schon klar, Martin.« Er hob die Hand. »Ich halte mir alle Optionen offen, das solltest du auch tun. Aber dieser Fall hier ist was ganz anderes. Der Junge ist an einem belebten Ort verschwunden, am helllichten Tag.«

»Na ja, eigentlich wissen wir nicht, ob zwei der drei anderen nicht auch am helllichten Tag umgebracht wurden. Der Junge auf den Gleisen …«

»Das mit dem Jungen auf den Gleisen war höchstwahrscheinlich ein schrecklicher Unfall.«

»Er hatte ein Haar in der Hand, und wir warten noch auf die entsprechenden Untersuchungsergebnisse.«

»Wenn du mich mit nem Kamm absuchst, findest du auch ein Dutzend Haare von meiner Frau, glaub mir. Nichts für ungut, aber ihr Ladys haart wie die Hunde. Nun zurück zu dem Fall.« Er stieß mit dem Finger auf das Foto. »Arbeiten wir erst mal mit dem, was uns vorliegt. Alles andere behalten wir im Hinterkopf. Ehrlich. Ich bin auch überzeugt, dass hier etwas nicht stimmt. In drei Jahrzehnten in meinem Job hab ich so etwas noch nie erlebt.«

»Du meinst, dass Männer sterben.«

»Normalerweise trifft es Frauen.«

Diese Tatsache legte sich bedeutungsschwanger zwischen sie.

»Also«, fuhr er fort, »hast du heute sonst noch was Dringendes zu tun?«

Nora blickte auf die Stapel mit ihren Unterlagen. Sie musste Berichte für die Sozialarbeiter unterzeichnen, Strafzettel schreiben und Notizen für ihren monatlichen Termin bei Gericht durchgehen. Sie hatte jede Menge zu tun.

»Komm schon, Martin. Raff dich auf, machen wir uns auf den Weg. Ich sag Sarge, dass du die letzte Stunde deiner Schicht mit mir rausfährst. Den Papierkram kannst du doch zu Hause erledigen, oder?«

»Schon …«, begann Nora, während sie einen stechenden Schmerz hinter den Augen spürte.

Das Ende ihrer Antwort wartete Murph nicht ab. Er war bereits den Flur hinunter und im Büro des Sergeants verschwunden.

Dan war schon weg, als Nora in ihre Auffahrt einbog. Das mit seinen Nachtschichten hatte funktioniert, solange sie noch Streife gefahren war und sich ihre Arbeitsstunden so weit überschnitten hatten, dass sie mindestens einen Tag in der Woche gemütlich zusammen auf der Couch verbringen konnten. Je öfter Murph jedoch darauf bestand, sie unter seine Fittiche zu nehmen, umso deutlicher änderte sich ihr Dienstplan. Aus ihren langen Abenden wurden frühe Morgen; ihre Wochenenden, früher voller betrunkener Autofahrer und randalierender Jugendlicher, waren inzwischen öfter, als ihr lieb war, einsame Leerstellen, hohl und belanglos. In letzter Zeit sah sie Dan höchstens auf einen raschen Kuss im Flur, wenn er auf dem Weg nach draußen war.

An den Abenden, an denen er Dienst hatte, ließ er ihr aber immer, sorgsam im Kühlschrank verstaut, Abendessen da. Zusammen mit einer Nachricht, in der er von seinem aufregenden Tag mit Netflix berichtete oder seinen neuesten Flachwitz vom Stapel ließ. Heute passte die Scherzfrage zu dem Gericht, das er gekocht hatte: *He, Nor, welches sind die gelenkigsten Nudeln?* Sie wendete den Haftzettel um und verdrehte lächelnd die Augen. *Spaghatti.*

Das Abendessen ging schnell und einsam vonstatten, vor dem plärrenden Fernseher. Übermäßig aufgetakelte Frauen stolzierten über einen Strand irgendwo in Costa Rica, vielleicht auch Mexiko, da war Nora sich nicht sicher. Man sah, wie sie krakengleich einen glattbrüstigen Mann umschlangen, und sie fragte sich, ob ihm es wohl weh tat, ihre Arme wieder von seiner gebräunten Haut zu lösen. Nach einer Stunde wählte er eine von ihnen, um mit ihr über den Strand zu einem netten Candle-Light-Dinner zu entschwinden, während die anderen kindisch beleidigt Brust und Lippen vorschoben und schmollten.

Sie versuchte aufzupassen. Dan würde wissen wollen, wer diese Woche gewonnen, wer das größte Drama veranstaltet, wer die besten Krokodilstränen vergossen hatte. Er begeisterte sich für diese hirnlose Unterhaltung. Nora konnte es ihm nicht verdenken; sein Berufsalltag war voller Blut und Tränen und Erbrochenem, erfüllt vom beißenden Geruch von literweise Desinfektionsmittel. Sein tägliches Drama war, genau wie ihr eigenes, tödlich und unvorhersehbar. Im Gegensatz zu ihr fand er jedoch ein Ventil in diesen albernen Sendungen. Nora hingegen interessierten sie nicht. Sie hörte bei der Arbeit genug weiße Frauen schreien. Aber ihm zuliebe würde sie heute hinschauen und sich Mühe geben, alles zu behalten. Dabei war sie schon für kleine Mildtätigkeiten dankbar – wenigstens ging es dieses Mal nicht um Hausfrauen.

Dennoch verfolgte sie der Tag, quälte sie auf einer Frequenz knapp unterhalb der Fernsehbilder, schob spitze Fingernägel unter den Rand ihrer Gedanken, zog ihre Aufmerksamkeit vom Bildschirm weg.

Die Befragung von Brodys Freunden hatte nichts ergeben, außer dem üblichen Uni-Stress. Er stand unter Druck wegen seiner Abschlussprüfung; er hatte einige Monate zuvor mit seiner Langzeitfreundin Schluss gemacht und danach eine Reihe Gelegenheitsbekanntschaften gehabt. Er hatte wahrscheinlich zu viel gefeiert, aber taten sie das nicht alle? Nichts Ungewöhnliches in seinem Zimmer, keine verzweifelten Tagebucheinträge, die auf seelische Not hindeuteten, keine nicht eingenommenen Medikamente. Brody Samuels war allem Anschein nach ein ganz normaler Zweiundzwanzigjähriger gewesen.

Murph bestand darauf, dass sie mit seinen Eltern sprach. »Das ist sowieso bald dein Job, Martin. Gewöhn dich besser schon mal dran, solange ich noch da bin, wenn du mich brauchst.«

Aber wie erklärst du einer Mutter, dass ihr Kind verschwunden ist, sich einfach so in Luft aufgelöst hat? So etwas brachten sie einem auf der Polizeischule nicht bei. Wie sollte sie dieser Frau sagen, dass sie überall gesucht, zig Befragungen durchgeführt hatten und trotzdem mit nichts als leeren Händen dastanden? Wie sollte sie einer Mutter vermitteln, dass ihr Sohn erwachsen war, dass Erwachsene manchmal merkwürdige Dinge tun und dass sie nichts weiter unternehmen konnten, bis sie nicht etwas Hieb- und Stichfestes finden würden, an das sie sich halten konnten? Mrs Samuels hatte am Telefon geweint. Herzzerreißend geschluchzt. Und Nora hatte einen Schmerz gespürt, den sie hoffentlich niemals würde richtig nachempfinden können.

»Es tut mir leid, Ma'am. Wir geben die Suche nicht auf. Wir schicken ein Team zur Rennstrecke raus, um alles durchzukämmen. Wir werden ihn finden.« Es war unnötig zu fragen, ob das Versprechen für die Frau am Ende der Leitung ebenso hohl klang wie für sie. Es gab Tage, da machte ihr Beruf sie zur Lügnerin, und das hasste sie an ihm.

Nachdem ihr der Appetit vergangen war, zog Nora sich in die Geborgenheit ihres Schlafzimmers zurück. Das halb verspeiste Abendessen blieb auf dem Sofa stehen. Sie würde sich morgen früh darum kümmern.

Das Schluchzen der Frau hatte sie bis nach Hause verfolgt. Jetzt hörte sie es in dem Luftzug, der durchs offene Fenster pfiff. Und sie hörte noch etwas. Sie waren da, flimmerten am Rand ihrer Wahrnehmung, zogen sich mit dürren Armen am Bett hoch, tippten ihr mit knochigen Fingern an den Nacken. Sie musste versuchen zu schlafen.

Wenn sie einfach einschlafen könnte, würden sie vielleicht verschwinden.

Psyche betet in den Nonen

Der Junge unter den Wurzeln erstrahlte in leuchtendem Grün; infolge, habe ich gelesen, des Abbaus von Hämoglobin im Blut. Nicht viele nehmen einen Farbton an, der so sehr an die böse Hexe des Westens erinnert, aber außerhalb des Möglichen liegt es nicht. In den folgenden Wochen konnte ich beobachten, wie er die Farbe wechselte, wie gelbliches Grün zu einem schmutzigen Gelb wurde, schließlich zu Braun und zu Schwarz, das in dem Erdreich versickerte, das ihn umgab. Seine Augen quollen hervor. Seine Zunge, hätte er denn eine gehabt, hätte irgendwann herausgehangen. Ich sah seine Haare und Fingernägel wachsen und die Haut um das Gerüst seiner Knochen schrumpeln. Einer nach dem anderen trat hervor. Er wurde zur Kathedrale, in der dünne Strahlen Sonnenlicht in heilige Hallen fielen. Seine Gemeinde, all das schwirrende Insektenleben, versammelte sich dort, um das Abendmahl einzunehmen.

Wie ein Fuchs kroch ich in meinen Bau, um mich auszuruhen; ließ mich von der Sommerhitze in ein Nickerchen im Schatten ziehen oder zu einem langen Nachmittag, an dem ich, die Füße im Creek baumelnd, dem Mann etwas vorlas, der modernd unter der Weide lag. Die Bienen schwärmten aus, um mir Gesellschaft zu leisten. Sie bauten sich einen Stock in seinem Brustkorb; als der Sommer halb vorbei war, tropfte Honig aus seinen leeren Augenhöhlen.

Nora

Für so etwas forderten sie jedes Mal Nora an. Sie war die einzige Frau im Team, und bei diesen Einsätzen brauchten sie eine Frau. Ihre beiden Kollegen standen in der Auffahrt, zurückgelehnt, wie Männer, die das Gewicht von Holster und Bierbauch auf den Hüften tragen; die Daumen um die Gürtel geklemmt, die Finger als Drohung gespreizt. *Meine Waffe ist nur ein Händezucken entfernt, es kostet mich nicht mal eine Sekunde. Willst du dich wirklich bewegen?* Die Gesichter finster, die Lippen zu schmalen Linien zusammengepresst, die Augen von verspiegelten Sonnenbrillen verdeckt, die in der strahlenden Sonne blitzten. Undurchsichtig. Undurchdringlich. Unmenschlich. Nora würde nie verstehen, warum einige Cops nicht einsahen, dass das die Leute verunsicherte. Wie würden sie sich wohl fühlen, wenn sie sich selber an ihre Tür klopfen sähen?

Das war das Problem. Sie sahen sich nicht, oder sie wollten sich nicht sehen. Genau deshalb hatten sie sie hinzugezogen.

Als sie sie kommen hörten, sahen die beiden hoch: zwei identische Stirnrunzeln, zwei Bürstenschnitte, zwei glänzend silberne Dienstmarken an Zwillingsbrüsten, standen statuenstill da, während sie auf sie zuging, warteten darauf, dass sie nahe genug war, damit sie sich auf sie stürzen konnten wie die Aasgeier auf einen Hirschkadaver.

»Folgende Lage ...«

Nora hörte zu und nickte, ermahnte sich zu atmen, eine Notwendigkeit in der Sommerhitze, die seit Kurzem herrschte. Die Tage, die bisher zumindest in den späten Abendstunden abgekühlt waren, hatten eine Art Haut bekommen, hatten angefangen zu schwitzen und zu keuchen, die glatten Verzweigungen der Lunge zu verkleben; dir salzig brennend Finger in die Augen zu stechen. Jede Bewegung hatte Gewicht. Genau wie jedes Wort, deshalb hütete sie vorerst ihre Zunge.

»… hat vor circa einer Stunde angerufen, nachdem sie Schreie aus dem Nachbarhaus gehört hatte.«

»Aus dem Haus hier. Die Nachbarin, die sich gemeldet hat, wohnt nebenan.«

»Ja, natürlich.«

Hörst du uns zu? Wir brauchen dich jetzt. *Hörst du?*

Hörst du? Die Geister stimmten mit ein, heisere Stimmen in ihrem Nacken. *Hörst du uns nachts, wenn wir dir unsere Geschichten auf die Haut malen? Hör zu, Nora. Hör gut zu!*

Direkt vor ihrer Stirn war plötzlich Leben, schwarze Flügel, Krächzen und Flattern, Picken, Erinnerungen, die durch Geflüster drangen, durch das heftige Blinzeln der Männer hinter ihren Sonnenbrillen. Nora spürte eine Schweißperle zwischen ihren Brüsten herabrinnen und unterdrückte den Drang, sie wegzuwischen. Sie sollten nicht sehen, wie sehr sie schwitzte, sollten ihren Körper nicht noch mehr gegen sie aufbringen, als sie es schon hatten.

»Sie will nicht mit uns reden«, erfuhr sie weiter. »Hat sich im Bad eingeschlossen.«

Deshalb bin ich also hier, dachte Nora.

An einem kleinen Fenster schnellte die Jalousie nach oben. Dahinter blitzte, blank wie zwei Münzen, ein Augenpaar auf, bevor die Jalousie abrupt wieder zuschlug. Ein Faustschlag, eine Warnung. Ein Tier, das in die Ecke gedrängt wurde. Diese Hitze, diese bleierne Stille, es war genau so ein Tag wie der, an dem sie Lauren Morris gefunden hatten. Als sie noch neu in der Stadt gewesen war, unerfahren und ständig besorgt, einen Fehler zu machen. Als die Kollegen, die sie jetzt mit verschränkten Armen anstarrten, sie noch mit Glacéhandschuhen angefasst hatten, unsicher, wie die Dinge sich entwickeln würden. An dem Tag hatte Murph sie wissen lassen, dass er sie unter seine Fittiche nehmen würde, und an dem Tag hatten sie ihre Mauer errichtet. Jetzt, fast ein Jahr später, war sie noch höher geworden. Aber auch Nora war gewachsen.

»Wo ist er?« Sie sah über die Schulter, als erwartete sie, dass der Ehemann vortreten würde, mit erhobener Hand, wie ein Schüler, der sich im Unterricht meldet, um eine Frage zu beantworten. *Ich wars, Miss! Ich bin der, der seine Frau schlägt!*

Die Sonnenbrillen wandten sich zu einer alten Zeder, die sich schief über das Ende der Einfahrt neigte. Unter ihren hängenden Zweigen saß halb verdeckt, die Arme fest vor der Brust verschränkt, ein Mann und beobachtete sie argwöhnisch.

»Hat er irgendwas gesagt?«

»Nur, dass er nichts getan hat.«

»Natürlich. Wie sieht er aus?«

»Hat ein paar Kratzer am Arm, behauptet, der Hund hätte ihn heute Morgen gebissen; er ist ihm angeblich beim Fressen in die Quere gekommen. Sie sind verschorft, aber sie könnten frischer sein, als er zugibt. Wir müssen einen Blick auf die Frau werfen, um das beurteilen zu können.«

Ein paar Nachbarn hatten sich an der Grundstücksgrenze versammelt. Das leise Gewirr ihres neugierigen Tuschelns erhob sich in die Luft wie der Gesang der Zikaden. Sie hatten Blut geleckt. Am kalkweißen Himmel kreiste eine Schar Truthahngeier. *Irgendwo muss etwas Totes liegen*, dachte Nora, *irgendwo im Wald hinter dem Haus.*

»Soll ich mitkommen?«, fragte die eine der Sonnenbrillen.

»Nein. Wie heißt sie?«

»Mrs Massey.«

»Ihr Vorname.« Sie ließ ihre Stimme zur Ohrfeige werden, hoffte, das würde sie zu so etwas wie Respekt beschämen. In der Hitze lagen ihre Nerven blank, hinter ihrer Stirn bildete sich Kopfschmerz. Sie hatte es satt, für jeden die Mutter zu spielen.

»Ah.« Sonnenbrille sah zur anderen, die auf ihre Notizen schaute.

»Tara. Tara Massey.«

»Na schön. Ich rede mit ihr.« Nora ließ die beiden stehen. Es wurde Zeit zu tun, weswegen man sie gerufen hatte.

Das Haus sah schlimm aus. Sie befanden sich am Rand von Bellairs Außenbezirken, wo die Stadt langsam in ländlicheres Gebiet überging, wohin die ärmeren Anwohner verdrängt worden waren, als die Immobiliensteuern stiegen. Sie fragte sich, wie lange diese schlaglochübersäte Schotterstraße wohl noch existieren dürfte. Wie viele Jahre es wohl dauern würde, bis der nächste Investor durchkam und die Leute hier in die Knie zwang?

Der Gedanke bereitete Nora Bauchschmerzen. Noch mehr Menschen, die zu Grunde gingen, noch mehr Seelen, die verkümmerten. *Das hätte dein Erbe sein sollen, weißt du das nicht? Wer bist du, dass du nach mehr greifst? Dass du in diese Fenster schaust und die Ausstattung ihres Lebens neu ordnen willst?*

Auf einem Beistelltisch neben der Haustür stapelte sich die Post. Nora warf einen Blick darauf. Arztrechnungen, Telefonrechnungen, Steuerbescheide, Kontoauszüge, Kreditkartenabrechnungen, Schreiben vom Arbeitsamt; ausgedruckte Stressfaktoren, die verschickt und in Briefkästen gesteckt wurden, auf Tische gestapelt, die stumm aus der Ecke schrien. Sie türmten sich mit jedem Tag höher, oder? Die Schuldgefühle, die Scham, die Wut. *Du bist krank. So viel schuldest du uns. Zahl deine Schulden ab, sieh zu, wie deine Kreditwürdigkeit den Bach runtergeht. Dieser Stein in der Magengrube? Gewöhn dich dran. Du gehörst uns. Schlag deine Frau. Sie gehört dir.*

Tara Massey war im Badezimmer, genau wie die Jungs es gesagt hatten. Und genau wie es ihre Aufgabe war, klopfte Nora leise an.

»Ma'am? Tara?«

Das eiserne Schweigen der Scham schlug gegen die Rückseite der Tür.

Nora wartete. Sie hob eine der Zeitschriften auf, die auf dem Wohnzimmerfußboden verstreut lagen (die Aprilausgabe von *Women's Bow & Rifle*), setzte sich in den alten Fernsehsessel und wartete.

Und wartete.

Und wartete.

Am Himmel, das spürte sie, kreisten in weiten Bögen noch immer die Geier über dem Haus. Was sahen sie wohl von dort oben? Die Nachbarn, die tuschelnd draußen auf dem Kies herumschlurften. Ihre Kollegen, die glänzend schwarz bebrillt an ihrem Wagen lehnten. Und dazwischen etwas Düsteres und Zitterndes, Geflüster in dunklen Schatten, die Geister der Toten, die sich auf dürren Beinen erhoben.

Sie hatte alles klar vor Augen, die Vögel, die schwarz und schweigend kreisten, und darunter das Verhängnis, das Warten. Alle warteten.

Nora befand sich im Zentrum. Sie fühlte sich in letzter Zeit ausgelaugt, verschlissen wie ein alter Stiefel, auf dem ständig herumgetrampelt wurde. Abgenützt und aufgerieben. Viel zu lange machte sie schon zwei Jobs – wenn dieses Hin und Her zwischen zwei Schreibtischen noch lange so weiterging, würde sie vor die Hunde gehen. Aber sie konnte nichts tun. Im Sommer unterbesetzt zu sein, war katastrophal für eine Polizeistation. Bei der Hitze gab es mehr Schlägereien, mehr überdrehte Kids, die nach der Schule nichts anderes zu tun hatten, als Ärger zu machen, mehr angetrunkene Fahrer, die nach freitäglichen Musikabenden aus den Weingütern strömten. Dazu eine wachsende Anzahl von Männern mit trüben, aber eindringlichen Blicken, die vor Sorgen aufheulten, die sie täglich quälten. Und gefunden hatten sie *nichts*.

Nein, das war nicht richtig, korrigierte sie sich. Nicht nichts. Sie hatten den Einstich eines Messers an Mr Gibsons Kinn entdeckt. Irgendwas Kleines, das problemlos in ihre Hand passte. Scharf, aber nicht das hochwertigste Metall. Es durchtrennte Därme nicht wie Butter; die Hiebe hatten richtig Kraft erfordert. Und es hatte eine glatte Klinge, keine gezackte, wie bei einem Jagdmesser, keine Redneck-Good-Old-Boys-Waffe.

Und das Haar. Nur dieses eine, ihr schwächster Anhaltspunkt, aber immerhin. Wenn sie ihr doch nur bald irgendwelche Untersuchungsergebnisse liefern würden, dann hätte sie etwas, woran sie sich halten könnte.

Sie war sich sicher, dass dieser Student auch einer von ihnen war, aber was sollte sie tun ohne Leiche? Er war erwachsen, und Erwachsene verschwinden aus allen möglichen Gründen. Vielleicht hatte er Prüfungsangst, vielleicht hatte er Streit mit einem Mädchen, vielleicht log irgendwer, vielleicht lag auch er irgendwo, ohne Zunge im Mund.

Bowles, eine der Sonnenbrillen, kam herein. Die Fliegengittertür knallte quietschend hinter ihm zu, als er in das stickige Zimmer trat und sich schräg gegenüber ihrem Sessel auf die Couch setzte. Er sagte nichts, aber Nora bemerkte, dass er nervös mit dem Fuß auftippte. Er wollte die Sache zu Ende bringen.

Ihr war nicht nach Reden, also drehte sie sich um und sah aus dem Fenster.

Der Mann unter der Zeder war aufgestanden. Er sprach jetzt mit einem der Nachbarn, beide lachten. Die einsame Sonnenbrille draußen ging zu ihnen und ergriff die Hand des Mannes. *Um sein Vertrauen zu gewinnen*, wusste Nora. So gingen Männer diese Dinge an. Trotzdem konnte sie die Frage nicht verdrängen, die sich in ihre Gedanken schlich: Wie würde er wohl ohne Zunge aussehen? Wie viele Tage würde es in der bevorstehenden Hitze dauern, bis er sich schwarz verfärben und aufplatzen würde, ein Festmahl für die Maden?

Mist.

Die Badezimmertür ging auf, und eine Frau stolperte in den Flur. Sie lief gebeugt, wie jemand, der es gewohnt war, sich unter zu großer Last zu ducken. Ein ausgebeultes Tweety-T-Shirt, das ihr bis zu den Oberschenkeln hing, bedeckte ihre Brust.

»Sie können gehen. Wir brauchen Sie nicht.«

»Ma'am.« Bowles erhob sich, seine Schultern füllten den ganzen Raum. »Wenn wir feststellen, dass zwischen Ihnen und Ihrem Mann etwas vorgefallen ist, dass er Sie vielleicht geschlagen hat, müssen wir ihn verhaften. Da lässt uns der Gesetzgeber keine Wahl.«

»Es geht mir gut, sage ich.«

»Ihr Mann hat Kratzer an der Hand. Irgendeine Vorstellung, woher die stammen?«

»Die verfluchte Töle hat ihn heute Morgen gebissen. Der Trottel hat die Finger in ihren Futternapf gesteckt, wollte sie ärgern.«

»Bowles«, sagte Nora. Sie hatten sie wegen dieser Sache angefordert; also sollten sie ihr auch das Reden überlassen.

Er machte unbeirrt weiter. »Sind Sie sicher, dass es so war? Sie beide geraten öfter in Streit, sagen die Nachbarn. Ich bin seit zehn Jahren verheiratet, Mrs Massey. Ich weiß, wie Auseinandersetzungen manchmal ablaufen. Es ist nicht Ihre Absicht, aber Sie kratzen ihn vielleicht, während Sie sich um die Fernbedienung streiten, und dann hat er zugeschlagen?«

Die Frau sah ihn wütend an, und Nora merkte, dass ihr selbst gerade der Geduldsfaden riss.

»Ma'am.« Sie hob die Hand, hinderte Bowles am Weitersprechen. »Wir sind hier, um Sie zu schützen. Ich weiß, Sie lieben Ihren Mann, und wir wollen niemandem das Leben schwerer machen, als es ohnehin ist. Sie haben, scheint mir, schon genug Probleme.« Sie wartete auf ein Nicken, ein Lächeln, irgendein Zeichen des Vertrauens, aber die Frau starrte sie nur an, ein

Tier, in die Enge getrieben in der eigenen Höhle. Sie hörte, wie Bowles sich vorbeugte. Bevor er etwas sagen konnte, fuhr sie fort. »Hat denn schon einmal jemand mit Ihnen über häusliche Gewalt gesprochen?«

»Ich bin doch nicht blöd.«

»Das denke ich auch nicht. Viele kluge Frauen stecken täglich in schrecklichen Situationen. Wir Ladies müssen bloß gegenseitig auf uns aufpassen, okay? Und ich kann nicht weggehen, bevor ich nicht weiß, dass Sie in Sicherheit sind. Wenn es Ihnen lieber ist, dass mein Kollege wieder nach draußen geht, dann macht er das. Wir können alleine reden, wir Mädels unter uns.«

Bowles erstarrte neben ihr zu Stein. Nora hoffte, er wäre wütend, tadelte sich dann dafür, so kindisch zu sein.

»Es ist alles in Ordnung.«

Diese Antwort hatte sie erwartet. Während sie mit der Frau sprach, hatte sie den Blick auf der Suche nach irgendwelchen Rissen in ihrem Panzer über Tara Masseys Gesicht gleiten lassen. Hatte sie sich kaltes Wasser ins Gesicht gespritzt, um die Tränen zu lindern, um den Bluterguss zu kühlen, der dort in einem Tag entstehen würde, trotz all ihrer Anstrengungen? Die Farbtöne ihres Make-ups so gemischt, wie ihre Mutter, Schwester oder Freundin sie es gelehrt hatten? Gelb, um das erste tiefe Blau einer frischen Prellung zu neutralisieren; Grün, wenn die geplatzten Äderchen zu nah an der Oberfläche lagen und hellrot leuchteten; später dann Pfirsich, um die bräunliche Verfärbung eines abklingenden Blutergusses aufzuhellen. Das war die Farbfolge, die alle kleinen Mädchen auswendig lernten, die in Orten ohne Perspektive aufwuchsen.

Sie musterte sie so genau, wie sie es wagte, aber nur ein kaum merklicher Schimmer in Taras grünen Augen verriet eine Spur Verzweiflung.

»Sind Sie sicher, Tara?«, fragte Nora. »Ich kann eine Weile bei Ihnen bleiben. Oder wir suchen Ihnen einen Ort, wo Sie heute übernachten können – bei einer Freundin vielleicht? Oder einer Verwandten?«

»Wir hatten bloß Knatsch, das ist alles. Er hat über meine Lieblingssendung gelästert. Hält einfach nie die Klappe, dieser Mann.« Sie seufzte. »Aber es gab keinen Streit. Meine Nachbarin schnüffelt gern mal. Hält sich für unheimlich wichtig.«

Als sie später wieder in ihren Wagen stieg, betete Nora, dass sie niemals aufwachen würde, um das Gesicht dieser Frau zu erblicken, das ihr aus dem Halbdunkel ihres mitternächtlichen Wohnzimmers entgegenblickte.

Hält einfach nie die Klappe.

Manchmal wünschte ich, sie würden einfach die Klappe halten, wissen Sie?

Die Männer hatten keine Zungen.

Sie kramte nach ihrem Handy und tippte Murphs Nummer ein.

Über ihr kreisten die Geier am wolkenlosen Himmel.

Eine verliebte Frau

An diesem Abend ging Dan mit ihr aus.

»Mein Schatz wirkte heute ein bisschen niedergeschlagen«, hatte er Sophie geantwortet, als die Barkeeperin fragte, wie ihr Tag gewesen sei, und Nora mit seiner warmen Hand über den Rücken gestrichen. Nora und Dan saßen einander zugewandt am Ende der Theke, hatten die Beine übereinandergeschlagen, während ihre Knie sich berührten und Dan ihr spielerisch gegen die Füße trat.

Sophie wandte ihre Aufmerksamkeit Nora zu. »Langer Tag?«

»Lange Woche.«

»Ich glaub, da kann ich was tun, zumindest ein bisschen Linderung schaffen. Men's Tears?«

Dan verschluckte sich an seinem Wasser. »Men's was?«

Nora lachte und kniff ihn in den Oberschenkel. »Das ist ein Cocktail. Sophies hochgeheimes Spezialrezept.«

»Wenn ich dir verrate, was drin ist, muss ich dich leider umbringen.«

Nora mochte Sophie, aber ihren Sinn für Humor fand sie manchmal etwas fragwürdig.

»Alles klar«, sagte er und zwinkerte Nora zu. »Also, mir ist heute Abend nicht so nach Sterben, ich verzichte. Hast du ein gutes Pils vom Fass? Ich hätte gern etwas Erfrischendes, ohne irgendwelchen Schnickschnack. Du, Nora?«

Nora warf einen Blick auf die Reihe Zapfhähne, auf die Weinkarte und zu Sophie, die reglos ihre Antwort abwartete. Als Dan anfing, sie zu kitzeln, schob sie quietschend seine Hand weg. »Ich glaub, ich nehme ein Glas Wein, Sophie. Irgendeinen Roten, kommt nicht so drauf an. Lieber keinen Cocktail, sonst kitzelt mich der Spaßvogel hier noch den ganzen Abend weiter. Einer von deinen Martinis reicht schon, um mich auszuknocken, und ich brauch meine fünf Sinne, um mich zu wehren.«

Dan hob eine Braue und verzog die Lippen zu einem schiefen Grinsen. »Ach, ja?«

»Ihr seid schrecklich, alle beide«, sagte Sophie, bevor sie sich umwandte, um ihnen ihre Getränke zu machen.

Sie sahen sich an und lachten.

Zum ersten Mal seit Langem waren sie wieder wie Teenager. Scherzten miteinander, hielten Händchen, turtelten, vergaßen die ganze Last, die sich im vergangenen Jahr auf ihre Schultern gelegt hatte. Sie hatten sich so sehr daran gewöhnt, einander immer beizustehen, dass sie ganz vergessen hatten, wie es war, einfach zusammen zu lachen, sich nicht allen präsentieren zu müssen, Paar spielen zu müssen, statt einfach nur ein Paar zu sein.

Während sie an diesem Abend im Blue Bell neben ihm saß, mit ihm aß und trank und sie sich immer wieder küssten, verliebte Nora sich erneut in Dan. Er war der Mann an ihrer Seite, der lächelnd ihre Hand fest in seiner hielt. Sie beide gegen den Rest der Welt.

»Kann ich euch noch was bringen?«, fragte Sophie ein paar Stunden später, nachdem die Lichter angegangen waren und das kleine Restaurant sich langsam leerte.

Dan sah Nora an. »Möchtest du noch was, Liebling?«

»Nee«, antwortete sie. »Lassen wir Sophie in Ruhe Feierabend machen.«

Die Rechnung kam und Dan übernahm sie. »Dein Vater würde mich umbringen, wenn er wüsste, dass ich seine Tochter ausführe und nicht zahle.«

»Dan. Wir leben zusammen. Ich glaube kaum, dass ihn das kümmern würde.«

»Heute Abend kümmere ich mich jedenfalls um mein Mädchen.« Damit war die Sache erledigt. Er half ihr vom Barhocker, sie riefen Sophie einen Abschiedsgruß zu und verließen das Lokal.

»Lass mich mal machen«, sagte er später im Zwielicht ihres Schlafzimmers. Nora, die sich vergeblich mit ihrem Reißverschluss abgemüht hatte, drehte sich um, damit er die widerspenstigen Metallzähnchen aufziehen konnte. Seine Hände lagen sanft auf ihren Schultern. Ihr Kleid fiel zu Boden. Kurz darauf gefolgt von seinem Hemd.

Zum ersten Mal seit Langem war ihr Sex wach und sinnlich. Kein Kuscheln im Halbschlaf, bei dem zwei müde Körper sich ein paar Augenblicke trafen, bevor sie wegdämmerten. Dan war Nora ganz nah, und sie ihm, und als er sie küsste, musste sie weinen, so sehr liebte sie ihn, so sehr hatte sie das vermisst. Er trocknete mit dem Daumen ihre Tränen, bedeckte ihren Körper mit seinem, und bald schon sanken sie in tiefen, traumlosen Schlaf.

Die Schattengeister, die durchs Zimmer streiften, hielten stumme Wache, und ihre gebrochenen Herzen bluteten im Angesicht von so viel Zärtlichkeit.

JULI

Ein Geist nimmt sich zusammen

Der Juli in Virginia ist schwül und träge, die Tage langgezogen wie das Toffee, das wir früher an der Strandpromenade kauften, und genauso salzig-süß. Er ist ein Zimtmonat, den man fest im Mund hält, voller Aroma und Würze, und ganz am Ende, eingefangen an einem stillen Spätnachmittag, ein leiser Seufzer. Im Juli erstrahlen lehmige Flussufer gelb und weiß mit Forsythien, Geißblatt; die ersten reifen Brombeeren tropfen von dornigen Ranken, werfen zarte Blütenblätter ab, während sich langsam ihre runden Bäuche wölben. Dann habe ich sie am liebsten, in diesen frühen Tagen, wenn sie noch sauer sind und voller Saft, der dir in den Wangen brennt.

Im Juli türmen sich die Gewitterwolken, bleigraue Ungetüme, regenschwanger und spannungsgeladen. Die Nachmittagsluft flirrt und schwankt, die ganze Welt hält den Atem an und wartet auf den ersten Donnerschlag.

»Nichts ist mächtiger auf dieser Welt als eine Frau«, sagte meine Großmutter an diesen langen Sommertagen stets, wenn wir auf ihrer Veranda saßen und den Gewittern dabei zusahen, wie sie über die Bergrücken zogen. »Mutter Natur. Du. Ich. Lass dir diese Macht von niemandem nehmen. Wir Frauen erschaffen. Wir gebären. Und wir können zerstören.«

Ich frage mich, ob sie diese Macht noch immer spürt, während sie einsam in ihrem Bett im Pflegeheim liegt? Ich hoffe es.

In diesem brütend heißen Sommer öffneten mir die Berge ihre Leiber, und ich kroch hinein. Im hellen Mai und Juni hatte ich noch gewartet, in der Erde verwurzelt und tief in mir selbst, hatte Stück für Stück meine alte, schmutzige Hülle abgeworfen, bis ich ein neues Wesen wurde, glatt und glänzend. Im Juli waren die Milben nicht mehr unter meiner Haut. Ich hatte sie zu einer Rüstung gemacht.

Ich verschlang die Gewitter, öffnete dem Blitz meinen Mund, tanzte im prasselnden Regen. Als der Sommer seinen Höhepunkt erreichte, spürte ich, wie die krabbelnden Wesen in mir ihre Beine ausstreckten, um auf meinen Füßen in die Welt hinauszuziehen. Bei der Arbeit hielt ich sie zurück, gefror das Gesicht zu einem Lächeln, warf mein Lachen in den frischen Luftzug, der durch die offenen Fenster in die Bar wehte.

Die Fruchtfliegen, die im Dunst schwebten, störten mich nicht mehr. Ich gewöhnte mir an, Essensreste hinter die Eiswanne zu legen. Ein sicherer Platz, um zu fressen, um Eier zu verstecken. Den Rest der Bar wischte ich sauber, polierte das Kupfer, bis es im Abendrot glänzte.

Die Gerüchte füllten sich mit der Feuchtigkeit, wanderten von einem Ohr zum anderen, an der Bar entlang, durch das kleine Restaurant, hinaus auf die maroden Straßen der Stadt. Es war jetzt sechs Monate her, seit Mark gefunden wurde. Sechs Monate und zwei weitere Männer. Drei, eigentlich, aber den Jungen, der vom Zug erfasst wurde, hatten sie schon vergessen. Der war schließlich selbst schuld gewesen.

Die Gerüchte blähten sich und bekamen Beine, wanderten durch Bellair, mit Geistern als Gesicht. Mantragleich hörte ich ihre Namen: Mark und Trent und Brody. Mark und Trent und Brody. MarkundTrentundBrody. Ein paar schöne Wochen lang sah ich Männer über ihre Schultern blicken, bevor sie hinaus in die Dunkelheit traten.

Der Hochsommer setzte dem jedoch ein Ende. Die sanfte Wärme einer Nacht genügte, um die Angst aus ihren Köpfen zu vertreiben. Der letzte Mord war im April passiert, doch April lag schon lange hinter uns. Männer, nicht daran gewöhnt, ihr Leben als zerbrechlich zu betrachten, vergaßen leicht den Jäger, der im hohen Gras lauerte.

Es war mein Fehler. Ich hatte mich zu lange ruhig verhalten, mich zu lange mit der Geistergeschichte getröstet, die ich erschaffen hatte, den Nervenkitzel der Jagd vergessen. Ich hatte langsam das Gefühl, zu zerfallen, zu zerlaufen, im Boden zu versickern, wenn ich mich nicht rührte. Von dem Mann unter meiner Weide war nicht mehr viel übrig, wie ein zerfetzter Vorhang hing ihm die Haut von den kahlen Knochen. Pilze sprossen zwischen seinen Fingern und Zehen aus dem Boden, vorbei an seinem Nasenknorpel. Es war Zeit, wieder zuzuschlagen. Ich langte in meine Brust und fand eine Löwin; ich langte in meine Brust und ließ sie frei. Ich würde mich tarnen, ich würde das Grauen werden, das den Männern unter die Haut kriecht.

Circe

Meine Hexe wuchs. Sie gedieh, bis ihre Arme über die Wände des Blumentopfes hingen, in den ich sie vor einer Ewigkeit gepflanzt hatte. Sie wurde stark und kräftig, entfaltete grüne Blätter in der Sonne, schob trompetenförmige Blütenköpfe aus festen Knospen. Im Frühjahr, als die Sonne unsere Tage in angenehme Wärme tauchte und das klaffende Maul der Nacht seine Zähne verlor, nahm ich meine Hexe auf den Arm, trug sie hinaus auf die Veranda, auf der ich so oft mit meiner Großmutter gesessen hatte.

In Gedanken saß sie wieder bei mir, hielt erneut die Medizin umklammert, die bis zum Spätsommer harte Samenkapseln bilden würde. Vorsichtig zog ich sie aus ihrem Baby-Topf und setzte sie in den Bauch des Kübels, der ihr neues Heim sein sollte. In den Boden pflanzen konnte ich sie nicht; der steinharte rote Lehm hätte ihre Wurzeln erstickt. Nur wenig überlebt in diesem schonungslosen Erdreich. Also stellte ich sie an die Verandatreppe, wand ihre dünnen Arme ums Spalier, schlang ihre Beine durchs morsche Geländer. Behutsam wanderten Stängel, Blüten, Blätter von Hand zu Hand, während ich sie durch die Rippen dieses alten Hauses wob. Bienen schwirrten herbei, Schmetterlinge küssten mir Schweiß von den Schultern. Als ich meine Flechtarbeit beendet hatte und die Hände vom splitternden Holz nahm, waren sie mit Kleemilben bedeckt. Rot wie Blut. Ich zerquetschte sie, zog mir mit dem Finger die Spur ihrer Körper über die Handflächen.

Die andere Seite meiner Veranda wird von Blumen umrankt, die vom Aussehen her die Schwestern meiner Hexe sein könnten, in Wirklichkeit aber haben sie wenig gemein. Form und Farbe ähneln sich. Elegante Blütentrichter, die zwischen grünen Blättern prangen; einige haben das Gesicht zur Sonne gewandt, bis der Tag zu heiß wird, um ihn anzuschauen, und sie sich zum Schlaf zusammenzwirbeln. Sie sind weiß, haben jedoch zuweilen einen violetten Rand oder werden zu ihrer zarten Mitte hin bläulich. Auch einen gemeinsamen Beinamen teilen sie, diese falschen Schwestern: Mondblume. Die eine, weil sie nur zur Nachtzeit blüht und die Morgendämmerung fröhlich grüßt, bevor sie sich zurück in ihren Tagtraum rollt. Du kennst sie vielleicht auch als Prunkwinde. Die andere, meine Hexe, wird wegen ihrer blassen, kalten Blütenfarbe so genannt. Jedes Mal, wenn ich in diesem Sommer in der Dunkelheit nach Hause kam, empfingen mich Dutzende dieser gespenstischen Augen, beobachteten mich aus der erdrückenden Stille eines leeren Heims.

Und noch etwas haben sie gemeinsam, die Mondblumen. Wie alle schönen Frauen sind sie giftig.

Die freundliche Prunkwinde befördert dich nur ein paar Stunden in andere Sphären. Der Stechapfel jedoch, meine alte Hexe, ist von gefährlicher Natur. Tief in ihren Fäusten trägt sie Samen, die mich, sparsam zu mir genommen, dazu bringen würden, mich vergnügt auf die Apfelbaumwiese zu legen, um den vorbeiziehenden Wolken zuzuschauen, die mich jedoch, zu gierig verzehrt, töten würden, bevor ich wüsste, was mir geschieht. Wie der Mond hat sie eine dunkle Seite. Unter ihrem hübschen Glockenrock verbirgt sich die ganze Macht der Frau.

Was die Stechapfelpflanze so tückisch macht, sind die Alkaloide, die sie in ihren Samen birgt. Atropin: ein Nervengift, das deinen Herzschlag verlangsamt; du wirst zu Schneewittchen, das im Wald schläft. Hyoscyamin: Schmerzlinderung, trockener Mund, Erröten, Hitzewallungen, verschwommene Sicht, es packt dich mit Haut und Haaren, bis du dich ergibst. Scopolamin: Deine Pupillen öffnen sich so weit, bis die Welt in sich zusammenstürzt.

Sie ist die Schwester der Tollkirsche, die Frauen sich einst in die Augen tropften oder auf die Zungen legten. Berauscht und voller Leben tanzten diese Mänaden über Feste bei Kerzenschein, wandelten dabei stets auf Messers Schneide.

Ich bin bei der Arbeit darauf gekommen. Ein Gast, eine Allergie, *keine Paprika bitte*. Das sind ihre harmlosen Cousinen, verstehst du. Paprika, Tomaten, Auberginen, Chili. In ihnen steckt essbares Gift, das nur für die tödlich ist, die das Pech haben, überempfindlich darauf zu reagieren. Die meisten von uns machen diese Erfahrung nie. In der Hinsicht bin ich wie ein Mann. Ignorant.

Männer haben die Erde vergessen, deren Teil sie sind, und ihre Großmütter. Sie missbrauchen uns, schlagen uns, fesseln uns, sie bringen uns zum Schweigen, aber das würde nun ein Ende haben. Die Sommergewitter erweckten mich aus dem Schlaf, damit ich mit den jungen Äpfeln reifte. Die Frühlingsblüten waren schön gewesen, aber zu zart auf lange Sicht. Es war die pralle Frucht, die sich wölbt und wächst, zu glühend bunten Farben explodiert, zu der ich werden wollte. Der Sommer war lang, der Sommer war heiß, während ich auf meiner kleinen Plantage zu vollem Aroma gedieh. Sollten sie zubeißen, sehen, wie ich schmecke.

Die Schmetterlinge verschwanden nach einer Weile, die Bienen jedoch tanzten noch den ganzen warmen Nachmittag um mich herum. Ich setzte mich auf eine Treppenstufe, beobachtete, wie sie in die weißen Blütentrichter krochen; ob Prunkwinde oder Stechapfel, das schien sie nicht zu kümmern. Ihr Gift kann ihnen nichts anhaben, auch sie sind Schwestern.

Ich sah ihnen zu, bis die Sonne hinter dem mächtigen Bergkamm verschwand und die Welt in Dunkelheit fiel; da öffneten sich die Mondblüten, begleitet von einem Chor aus Zikaden und Laubfröschen, dem Leuchten unzähliger Glühwürmchen.

Eine Spinne

So schnappst du dir einen Mann in einer Bar:

Zuerst wähle dein Outfit. Du willst gesehen werden, nicht in Erinnerung bleiben. Gesichter sind unverwechselbar. Körper sind einfacher zu verbergen, leichter zu vergessen. Setze deinen richtig ein. Jeans, schwarzes Tank-Top; falls dir der Sinn nach etwas Femininerem steht, tuts ein schlichtes Etuikleid. Damit hast du schon den Anfang.

Dein Make-up hältst du dezent. Konzentriere dich auf ein Merkmal, mach es zu deinem Köder. Ich nehme gern die Augen, andere entscheiden sich für rote Lippen. Die Haare trägst du offen; dahinter kannst du dich verstecken. Frauen wissen das. Wie oft hat meine Mutter mich als Kind ermahnt, ich soll die Haare zusammennehmen? *Ich kann dein hübsches Gesicht gar nicht sehen! Nervt es dich nicht, dass sie dir dauernd in der Stirn hängen?* Nein, Mom, im Gegenteil. Als junges Mädchen hasste ich mein Gesicht und verbarg es hinter einem zerzausten Wirrwarr. Jetzt, als erwachsene Frau, verberge ich es wieder, obwohl meine Haare kein fettiger Vorhang mehr sind, für Gesichtszüge, die nicht richtig zusammenpassen wollen, sondern eher eine duftende Einladung zu Küssen, zu Seufzern, zu Geheimnissen. Habe ich mir zumindest sagen lassen. Ich bin daran gewöhnt, deshalb kann ich sie selber nicht riechen.

So wirst du zur Allerweltsfrau, eine leicht zu vergessende Fantasiegestalt, wie das Gespinst eines Spinnennetzes, offen sichtbar und doch nicht zu sehen.

Zweitens, such dir einen düsteren Ort. Kein romantisches Halbdunkel mit sanftem Kerzenschein und geschwungenen Sitzecken, wo die Barkeeper dafür bezahlt werden, den Unterschied zwischen Geliebter und Ehefrau zu erkennen. Die Männer, die schreiben, was angeblich gutes Fernsehen ist, glauben, dass es Frauen wie mich an solche Orte treibt. Sie bilden sich ein, jemand wie ich müsste übergeschnappt oder verrückt sein, meine Macht über Männer müsste durch den Hass genährt werden, den ich für sie empfinde, weil einer mich garantiert als Studentin vergewaltigt hat. Diese Annahme ärgert mich. Ich wurde nicht vergewaltigt. Belästigt, betatscht, verspottet, ignoriert, ja. All das trifft zu. Aber vergewaltigt, nein. Diese Version der Geschichte erlaubt ihnen, sich einzubilden, sie wären eine treibende Kraft im Leben einer Frau. Der Phallus zuerst als Auslöser von Schmerz, schließlich als Mittel zur Veränderung. In diesem Hirngespinst wird der weibliche Schmetterling durch die transformierende Kraft des Penis wiedergeboren. Für wie wichtig halten sie sich eigentlich?

Diese Vorstellung akzeptiere ich nicht. Ich will Männer bestrafen, weil sie mich langweilen, weil sie glauben, mich zu besitzen, weil sie mich belästigen, betatschen, verspotten, ignorieren. Weil sie mir auf die Nerven gehen. Ihre Stimmen, die durch die verborgenen Stellen meines Körpers kriechen, machen mich wahnsinnig.

Also ging ich nicht dorthin, wo sie mich erwarten würden, wo sie auf der Hut sein würden, diese Männer, die glauben, die Welt drehe sich nur um sie. Ich mied die Jazzclubs, die romantischen Bars, wo Pärchen bei Kerzenschein sitzen, all die Orte, an denen die Barhocker großzügig ausgelegt sind und die Preise auf der Karte das einfache Volk fernhalten. An solchen Orten falle ich noch auf.

Ich wählte eine andere Bühne. Mein düsterer Ort wurde durch LED-Streifen beleuchtet. Er roch nach billigem Bier und Schnaps und klebte mir an den Sohlen, als ich über den Betonboden lief. Er gehört zu den Bars, in denen jeder in unserem Job seine ersten Erfahrungen sammelt. Wo du weißt, was dein Kollege meint, wenn er zum dritten Mal in einer Stunde sagt, er bräuchte mal ne Pause, und du deshalb nicht nachfragst, wenn er wieder aus der Toilette kommt und sich die Nase abwischt; eine von den Bars, in denen die Stammgäste wissen, dass die am weitesten von der Tür entfernte Kabine fürs Geschäft vorgesehen ist, und sich keiner darum schert, außer die Jungs aus der Küche, die über das Mädchen kichern, dessen Knie inzwischen alle gesehen haben, während sie auf dem dreckigen Fliesenboden ihr Bestes gibt.

Wieso hat sie uns noch nie gefragt?, wird einer sagen.

Weil sie weiß, dass du ne Pussy bist!, wird die Antwort lauten, begleitet von einem Schlag mit dem Küchenhandtuch auf Beine, Arme oder Schritt.

Ich kannte so eine Bar, ein ziemlich maroder Schuppen, der an einer einsamen Kurve des Interstate Highways stand, weit genug von mir zu Hause weg.

Das ist die letzte Regel: Wenn du einen Sport aus der Männerjagd machen willst, bedenke dein Umfeld.

Es war widerlich. Diese typische heruntergekommene Kneipe, die Einheimische lieben und in der sich Touristen wie etwas Besonderes fühlen, wenn sie sie entdecken; als wären sie in einer National-Geographic-Doku gelandet. Jedes Mal dasselbe Spiel, oder? Kann ich mich unters Volk mischen, ohne aufzufallen? Akzeptieren mich die Stammgäste, erzählen mir ihre Geschichten, betrachten mich als Freund? Gibt der Barkeeper uns eine Runde Shots aus?

Es spielte eine Band. Diese schmächtigen Jungs, die du in Garagen und Kellern antriffst, die engere Jeans tragen als ich, die ihre Hemden bis zur Mitte ihrer Hühnerbrüste aufreißen. Als ich reinkam, begannen sie gerade mit ihrem Set Grunge-Covers aus den Neunzigern, bei dem sie hier und da einen ihrer eigenen Songs einschoben. Irgendwann später, wenn die Leute schon gut drauf waren, würden sie »Peaches« oder »War Pigs« spielen, vielleicht »Brown Eyed Girl« für die hübschen Dinger, die in dünnen Fähnchen direkt vor der Bühne herumtanzten, sich lächelnd hin- und herwiegten, wie Feen auf einer imaginären Waldwiese.

Diese Mädchen hasse ich schon immer. Aber sie erfüllen einen Zweck. Alle schauen sie an.

Dies ist ein Ort, an dem sich mein ganzes Ich unbemerkt bewegen kann.

Ich fand, was ich brauchte, auf der Toilette. Ein junges Mädchen, vielleicht *das* junge Mädchen. Sie kauerte an der Wand, während ihr die Wimperntusche in verschmierten Streifen über die Wangen rann und ihr die Haare wirr ins Gesicht fielen. Sie umklammerte ein Handy, das wie verrückt klingelte und blinkte. Noch mehr Tränen, dann löste sich ein kläglicher, fast schon animalischer Laut aus ihrer zarten Kehle.

»Er ist es nicht wert«, sagte ich über das Waschbecken gebeugt, während ich mir den Kajalstift aufs Lid setzte. Er musste gespitzt werden, weshalb mein schwarzer Strich zu dick wurde, eine Raupe, die mir über den Wimpernkranz kroch. Ich zog sie zu einem Flügel, verwischte sie zu Rauch.

Die Wand hinter ihr war mit Kritzeleien übersät; der gesammelte Bodensatz vergessener Nächte, gebrochener Herzen und Sex-Dates; dieses Übergangsritual, das so alt ist wie die Menschheit, deinen Handabdruck, deinen Namen, deine Zeichnung auf einer Wand zu hinterlassen. *Ich war hier. Ich habe gelebt. Ich hab mit dem Barkeeper gevögelt. Lächle!* Direkt über ihrem Kopf, das Kronjuwel, ein dicker roter Kussmund. Sie blickte nach oben, so dass das Juwel ihre Haare streifte, und ich sah, dass sie blaue Augen hatte; diese großen Augen mit dem Unschuldsblick, die ich mir immer gewünscht habe. Meine sind braun, die Farbe von Schlamm und Undurchschaubarkeit.

Das Handy in ihrer Hand summte, und ihre Augen füllten sich wieder mit Tränen.

»Gib das mir.« Sie wehrte sich nicht, als ich mich bückte, um ihr das Gerät aus der Hand zu nehmen. Sie war noch ein Kind, zitternd und zwiegespalten. Ich kannte ihr Gesicht. Ich hatte es schon tausend Mal gesehen, in meinem Spiegel oder freitagabends auf der anderen Seite meiner Theke. Wut stieg in mir hoch, vergrub sich in dem Knoten unter meinem Schulterblatt. Die winzigen Füße auf meiner Nase hielten inne, machten kehrt, huschten zurück in mein Auge. Ich war froh, dass sie betrunken war, zu sehr auf ihre Tränen fixiert, um die Welle aufgeregter Stimmen zu bemerken, die mich überwältigte. In dem Moment wäre es zu viel für sie gewesen, sie war noch nicht so weit, so gelähmt, wie sie durch die Attacken war, die aus dem Handy auf sie zielten.

Ich wusste, was ich sehen würde, als ich einen Blick darauf warf. Die üblichen Beleidigungen. *Fotze. Schlampe. Psycho.* Ich löschte alles. Blockierte seine Nummer, bevor er seine schärfste Waffe zücken konnte: *Es tut mir leid. Ich liebe dich.*

Bullshit.

So beginnt die Übung, die jede Frau kennt, die Übung, sich um Fremde auf Toiletten zu kümmern. Hilf deiner Schwester auf und wisch ihr die Tränen weg. Streich ihr über den Rücken, um sie zu trösten, um sie daran zu erinnern, aufrecht zu stehen. Kein Mann hat das Recht, dich unglücklich zu machen. Du bist eine Göttin. Komm, wir bringen dein Make-up in Ordnung. Hier, du kannst meinen Lippenstift ausprobieren; er wird dir stehen. Rot steht jeder Frau, glaub mir, man muss nur den richtigen Ton finden. Wir machen uns jetzt einen schönen Abend, scheiß auf diesen Loser. He! Nicht weinen, Prinzessin. Schau dich an, du siehst *heiß aus.* Manchmal wünschte ich glatt, ich wäre lesbisch (Lachen), aber leider steh ich auf Schwänze. Eigentlich (noch mehr Lachen) sollten wir sie alle kastrieren. Hast du schon mal was von den Amazonen gehört? Ich erzähl dir von ihnen …

Als ich noch jung war und gerade anfing, in billigen High Heels in die Welt hinauszuwackeln, glaubte ich diese Worte noch, wenn sie aus meinem Mund kamen. An diesem Abend wusste ich bereits, dass sie eine Lüge waren, wirkungslose Sprüche, die wir Frauen untereinander austauschten, um den Schmerz in unseren Herzen zu lindern. Eigentlich hätte ich ihr am liebsten zugebrüllt, dass es einen anderen Weg gibt, dass die Macht in unseren Händen liegt, dass Männer, wenn man die Sache erst einmal anging, ganz leicht zu vernichten waren. Am liebsten hätte ich ihr die Haut von den Armen gezogen, ihr die Milben gezeigt, die auch darunter entlangkrochen. *Spürst du sie nicht?*, hätte ich am liebsten gefragt. *Ich kann dir zeigen, wie man sie loswird.*

All das hätte ich gern getan, weil ich es leid bin, Frauen von ekligen Toilettenböden aufzuhelfen, um ihnen die Gesichter abzuwischen und die Haare zu richten, um ihnen zu versichern, dass sie besser sind als dieser Abschaum, der da ihr Handy vollmüllt. Ich bin die Tränen und die gebrochenen Herzen leid, die Scherben, die ich ein Leben lang, so gut ich konnte, gekittet habe. Ich bin die Gewissheit so leid, dass sie ihm bei Tageslicht wieder die Tür öffnen wird. *Nur eine Chance noch, Schatz. Ich liebe dich.*

Aber sie ist ziemlich betrunken, und ich bin zu wütend, außerdem habe ich jetzt eine andere Verwendung für sie.

Ich nahm ihre Hand. Sie war warm; meine Hände sind immer kalt. »Komm. Die Band ist zu gut, um noch länger hier drin unsere Zeit zu verschwenden. Wir suchen uns jemanden, der uns ne Runde Drinks spendiert, dann tanzen wir uns den Arsch ab. Außerdem«, und damit besiegelst du die Sache, hör also gut zu, »sehen deine Titten in dem T-Shirt großartig aus. Wäre doch ne Schande, sie weinend auf diesem dreckigen Fußboden zu verschwinden.«

Jetzt waren wir Schwestern, verließen gemeinsam die Toilette, unsere Arme wie ein gordischer Knoten verschränkt, den kein Mann je durchtrennen würde. In der Nähe der Bar warteten wir. Es dauert nie lange. Zwei Frauen ohne Begleitung sind Blumen, erblüht für die Bienen. Ich verwandelte mich in eine Statue. Aufrecht und wohlgeformt, das Gesicht von einer Heiterkeit erhellt, die ich nicht spüre. Ich fuhr mir mit den Fingern durch die Haare, ließ sie mir über die Schulter fallen, wandte mich auf meinem Platz zu ihr, so dass ich im Profil zu sehen war. *Hier bin ich*, sagte mein Körper. *Lern mich doch kennen.*

»Nicht schlecht, die Band, was?« Ein Mund presste sich an mein Ohr, schwielige Finger streiften meinen Ellbogen.

Als ich mich umdrehte und ihn ansah, hatte ich meinen Abend vor Augen. Alles ergab sich so leicht von selbst, dass ich fast misstrauisch wurde.

Er sprach weiter, während sein Blick zwischen meinen Augen und meinem Schmollmund hin- und herglitt, zu dem ich meine Lippen formte. »Was trinkst du?«

Seine Finger lagen noch auf meinem Ellbogen. Ich spürte ihre Berührung, heiß wie ein Brandeisen und ebenso schwer. Er spielte damit, ließ zuerst eine verhornte Fingerspitze über den rundlichen Knochen streichen, dann zwei, eine, zwei. Winzige Wesen krochen mir die Kehle hinauf und in die Gänge hinter meinem Kiefer. *Rühr dich nicht. Du bist die Löwin im hohen Gras.*

Ich wandte mich meiner Begleiterin zu, die ihren Arm noch immer unter meinen geschoben hatte. In ihrem ängstlichen Blick erkannte ich die erwartete Ablehnung. Ich würde sie diesem Mann überlassen, unseren Schwesternbund lösen, durch das einzige Schwert, das in der Lage war, den Knoten zu durchtrennen.

»Wir hatten uns noch nicht entschieden. Irgendeine Empfehlung?« Ich hielt ihren Arm fest unter meinem, während ich mit ihm sprach.

»Whisky oder Tequila, würde ich sagen.«

Seine Stimme ließ den Barkeeper aufhorchen, der sich postwendend umdrehte, wie ein Hund, der seinen Namen hörte, und sich vor uns hinstellte. Lange würde er nicht warten. Das Lokal war voll, an der Bar drängten sich die Leute. Ich spürte, wie jedes Zögern, jedes Dringen, jedes Quietschen der Bonmaschine an seinen Nerven zerrte. Wir mussten uns entscheiden, bevor ihm die Sache lästig wurde, bevor wir unseren Platz in der Reihe verloren.

Beide sahen mich an, also traf ich die Wahl. »Drei Tequilas.«

»Wodka!«, meldete sich meine Freundin plötzlich zu Wort, als der Barkeeper zum letzten Shot-Glas griff. »Sorry.« Sie wurde zur personifizierten Entschuldigung, presste sich mit großen Augen auf ihren Barhocker. »Ich mag keinen Tequila.«

Alles, was aus dem Speedrack kommt, ist billiger Fusel, aber der Wodka ist unterirdisch, und Mädchen, die ihn trinken, werden schnell rührselig. Sie war ein hoffnungsloser Fall, aber sie war mir nützlich.

Drei Gläser glitten auf uns zu. Ein Salzstreuer erschien, zwei Limetten. Das war die Gelegenheit für mich. Ich wusste, was zu tun war. Ich nahm ihre Hand und streute ein bisschen Salz auf den weichen Ballen zwischen Daumen und Zeigefinger. Seine Hand an meinem Ellbogen erstarrte. Ich vergewisserte mich, dass er mich ansah, als ich das Salz von ihr ableckte.

»Cheers.«

Drei Shots wurden an die Lippen gehoben, drei Finger wurden auf meine Hüfte gelegt, in meine Gürtelschlaufe gehakt, zwei Limetten wurden ausgelutscht und in leere Gläser versenkt.

Ich war diejenige, die noch eine Runde vorschlug, zur Feier der neu erlangten Freiheit meiner Freundin. Sie küsste mich auf die Wange, nachdem sie ihr zweites Glas auf die Theke geknallt hatte, dann watschelten wir, ihren Arm unter meinen geschoben, seine Finger im Bund meiner Jeans, wie ein unbeholfenes Insekt zu dritt hinaus auf die schmutzige Tanzfläche.

Männer machen es einem wirklich leicht, sie in einer Bar aufzureißen. Ich habe keine Ahnung, warum, so genau ich sie auch studiert habe. Diese Geschöpfe, die es dermaßen auskosten, ihre Aufmerksamkeit als Waffe einzusetzen, sie zu verwehren, wenn sie wütend sind, oder uns damit zu überhäufen, wenn ihnen der Sinn danach steht. Trotzdem sind sie in diesen schmierigen Bars so verunsichert, wo sich alle Hände gleich anfühlen und Küsse billig zu haben sind. Wenn ich allzu lange drüber nachdenke, erscheint es mir erbärmlich, fast schon unanständig. Ihre plötzliche Anhänglichkeit hat etwas von der Verzweiflung eines Tieres, wie der eines Hundes, der seinem Herrchen rund ums Haus folgt. Hier in dieser verwirrenden Wildnis hat er ein weibliches Wesen gefunden, das ihn an ihre Hüften fassen, ihn den Mund in ihre Haare pressen lässt. Vielleicht meldet sich sein Instinkt, warnt ihn, das ist womöglich deine einzige Chance, lass sie dir nicht entgehen. Du könntest ihn abblitzen lassen, dich über ihn lustig machen, vor seinen Augen einen anderen küssen, und trotzdem wird er am Ende des Abends auf dem Gehweg vor der Bar stehen und auf dich warten, denn du hast ihm die Tür geöffnet. Alles nur für die Aussicht auf ein paar Minuten peinliches Gestöhne.

Essen, Sex, ein Dach über dem Kopf. Sex. Das ist alles, was Männer wollen. Sobald du das kapiert hast, kannst du damit arbeiten. Du gewinnst. Intelligent musst du nicht sein, um einen Mann zu jagen, nur clever.

Das Mädchen blieb bei uns, bis sie jemand Interessanteren fand, jemanden, der sie in ihrem Liebeskummer besser trösten konnte als ich. Warum ich nicht selbst diese Rolle übernehmen wollte, werden einige von euch jetzt fragen, und ich kann nur antworten, dass mein Körper für niemanden als Trost dient. Die Zeiten, in denen ich für jeden, der mich wollte, Trostpflaster gespielt habe, sind vorbei. Außerdem hatte ich anderes zu tun. Die quälenden Stimmen, die in der ersten schweißtreibenden Stunde auf der Tanzfläche verstummt waren, meldeten sich wieder. Das Etwas in meiner Brust schritt unruhig auf und ab. Also war es mir recht, als das Mädchen mein Gesicht nahm, mich küsste und mit dem Mann zurück zur Bar ging, mit dem sie das Lokal verlassen würde, sobald es hell wurde. Sie schmeckte nach Zigaretten und vertrocknetem Lippenstift.

Dann waren wir allein, er und ich, und obwohl ich es eigentlich nicht wollte, erlaubte ich, dass er mich küsste, wie ich es Männern schon so viele Male zuvor erlaubt hatte. Fauchend und knisternd brannte sich das Feuer meines alten Ich durch meinen Brustkorb, schlang mir heiße Flammen um die Knochen. Seine Finger wanderten abwärts, unter den Bund meiner Jeans. Ich tanzte, um ihre Berührung so lange wie möglich auszublenden, bis ich anfing, mit mir zu kämpfen. Diese Annäherung ging mir zu weit.

Es war noch zu früh, um zu gehen. Er war noch zu nüchtern. Ich hatte ihn noch nicht. Aus seinen Haaren tropfte Schweiß auf mein Gesicht; ich schloss die Augen, verkroch mich beim Klang eines Gitarrenriffs nach innen. Weiter und weiter, versank in mir selbst, bis meine feste Mitte zu einer schweren Kugel in der Brust wurde, hinter einer zornig atmenden Lunge ausharrte, hinter einem Herzen, das heftig im Herzbeutel hämmerte, hinter Zwerchfell und Nieren und hinter meiner Leber, die unaufhörlich Alkohol wegpumpte. Sämtliche meiner feuchten Muskelfunktionen schlossen mich beim Rückzug in die Arme, boten mir eine Zuflucht, während meine Hüften kreisten, die Milben Sturm liefen und er mich anfasste.

Meine Haut wurde wachsbleich, meine Augen wurden glasig. Wie mein Opfer auf der Apfelwiese entschwand ich an einen übernatürlichen Ort. Nicht in den Tod, nur vorübergehend entrückt, abgetaucht, damit ich funktionierte. Ich konnte das, denn so machte ich es schon seit Jahren. Er durfte mich wieder küssen, und als seine Lippen über meine strichen, legte ich ihm meine tauben Finger auf die Hüfte.

Wir stolperten zurück zur Bar, um noch mehr zu trinken, zurück zur Tanzfläche, um noch mehr zu tanzen. Die Stunden zogen sich hin. Die Löwenzähne und -klauen, die sich in meiner Brust verbargen, blitzten zwischen meinen Rippen hervor. Ein Knurren, ein funkelnder Blick. Er registrierte es auch, missdeutete es als Verlangen. Er war im Verlauf des Abends forscher geworden, schob mir die Hand unters T-Shirt, steckte mir verstohlene Finger in den BH, erforschte meine geheimsten Stellen. Wut stieg in mir auf. Einmal konnte ich mich nicht beherrschen, legte meine Hand auf seine, versuchte ihn wegzustoßen; als Reaktion drückte er meinen Oberkörper nach unten, presste sich von hinten an mich. Seine Zähne schabten mir über den Nacken, während seine freie Hand mir über den Oberschenkel glitt. Aus meinem Rücken stob schreiend ein Schwarm Vögel. In einem anderen Leben wäre das vielleicht erotisch gewesen. In seinem auf jeden Fall.

Wir setzten uns in Bewegung, und ich merkte, wie ich die Kontrolle verlor. Beinah hätten meine Angst und Abscheu mich verraten, mich klein und unbeherrscht und wütend gemacht. Er steuerte auf die dunkle Sitzecke zu.

»Nein.«

Meine Hand auf seiner Brust wurde zur Barrikade.

»Komm schon.«

Er lastete mit seinem ganzen Gewicht auf mir, und das Raubtier in meinem Brustkorb brüllte. Ich ermahnte mich, ruhig zu bleiben, gab mir alle Mühe, die in Aufruhr geratenen Teile meines Körpers wieder zu besänftigen. Du hast alles im Griff, Sophie. Entspann dich. Versinke einfach im Schlamm.

Betrachtest du einen Mann als Eroberung, betrachtest du ihn anders. Seine Augen, die dich anstarren. Sein kantiges Kinn, seine pulsierende Kehle. Er hält sich für den Größten. Tritt einen

Schritt zurück, dann siehst du auch den Rest von ihm: Arme, Beine, Brust, attraktiv oder nicht, zusammengenommen ergeben sie ein Wesen, das dich leicht überwältigen kann, wenn du es lässt. Und das will er. Er will dir die Kleider vom Leib reißen und dich gegen eine Wand schleudern, dich an den Haaren ziehen, dich schlagen, dich würgen, das Leben, das sie so leichtfertig verschwenden, tief in dir begraben.

Aber ich weiß inzwischen, wie es ist, wenn man dafür sorgt, dass sie sich sterblich fühlen.

Alles in mir, meine Wut, meine Scham, die Abscheu, die ich empfand, nachdem ich stundenlang seinen Schweiß auf mich habe tropfen lassen, konzentrierte sich in einem einzigen glühenden Blick. Ich presste mich an ihn, drückte ihm die Lippen aufs Ohr.

»Nicht hier. Ich weiß einen besseren Ort.«

Wir zahlten und hinterließen ein Trinkgeld an der Bar; immer dreißig Prozent. Ich bin kein Unmensch. Dann verließen wir das Lokal. Niemand sah uns in der Dunkelheit in mein Auto steigen.

Irgendwo in Texas grenzt eine einsame Gegend an den Highway, die Killing Fields genannt wird. Dutzende Leichen, größtenteils Frauen und Mädchen, wurden seit den siebziger Jahren in dieser kargen Wüstenlandschaft gefunden. Manchmal, wenn ich an dem verlassenen Streckenabschnitt entlangfahre, frage ich mich, wie viele wohl niemals entdeckt wurden. Wie viele wohl noch ermordet und zusammengesunken in ihren flachen Gräbern modern, die Gesichter in den Sand gepresst, die Münder voller Dreck und Zweige, voller Steine und kaputter Zähne; ihre Schreie vom Wind verschluckt, der über die Ebene fegt.

Bei uns gibt es solche offenen Flächen nicht. Die Interstate 64 durchtrennt eine Armee starrer, schweigender Kiefern, die sich vor dichten Ranken wilden Weins, Kudzus und süßen Geißblatts erheben. Der Boden in diesem Teil des Staates ist weich und mit einer dicken Schicht Kiefernnadeln bedeckt. Die Luft ist abgestanden und riecht, als wäre sie vor langer Zeit zurückgelassen worden, wie ein Traum oder ein Albtraum.

Nachts liegt dieser Straßenabschnitt völlig im Dunkeln. Kaum jemand lebt in den Sümpfen zwischen dem feuchten Talkessel von Richmond und meinen Blue Ridge Mountains. Es ist schlicht zu heiß. Gewitter sammeln sich im Überschwemmungsgebiet und liegen schwer in der Luft. Mücken vermehren sich massenhaft. Der Boden ist zu sandig, um groß etwas anzubauen, zu giftig für etwas anderes als Tabak und Erdnüsse. Die großen Farmen befinden sich oben im Norden Virginias, oder jenseits der Berge – hügelige Grasflächen mit Pferden und Rindern.

Hier, in diesem lehmigen Erdreich, legte ich ihn zur Ruhe, verborgen unter einem Dornendickicht. Um uns herum erhoben sich Baumwurzeln in seltsam fremden Hügeln. Grillen spielten ihr Konzert. Kiefern wankten knarzend hin und her.

In seinem flachen Grab in dieser traumverlorenen Erde wird ihn niemals jemand finden, bis auf die Füchse und die Vögel und all das muntere Waldleben.

Ein Geist legt sich zur Ruhe

Zu Hause legte ich mich in meine Badewanne, genoss die kühle Berührung auf meiner erhitzten Haut. Vom Boden aus wirkt die Welt ganz anders. Ob sie es spürten? Ob sie dort, wo sie lagen, wohl spürten, wie die Schwerkraft sie nach unten zog? Wie die Erde sich unter ihnen drehte, während sie verfaulten?

Fühlten sie sich klein?

Nora

Die Meldung kam rein, während Nora auf Streife war, eine undeutliche Stimme zwischen Funkgerätrauschen. Joseph Aguilar, siebenundzwanzig, aus Richmond, war irgendwann am Wochenende verschwunden. Seine Spur verlor sich in einer Bar etwas außerhalb der Stadt, einem heruntergekommenen kleinen Club, der hauptsächlich für seine Live-Bands und seine starken Cocktails bekannt war; die Art von Kneipe, die gern von abgebrannten Jugendlichen und aus der Spur geratenen Erwachsenen aufgesucht wurde.

Sie hätte die Nachricht gar nicht gehört, wenn ihr nicht langweilig gewesen wäre und sie am Drehknopf ihres Funkgeräts herumgespielt hätte. Eine schlechte Angewohnheit, das wusste sie, aber ihre Schicht war schon fast zu Ende, und es war ein schrecklich ereignisloser Tag gewesen; sie war neugierig, ob in anderen Teilen des Staates Leben herrschte. Während sie allein in ihrem Wagen saß und der Stimme lauschte, die knisternd durch das Rauschen drang, spürte Nora, wie sich etwas Kaltes um ihr Herz legte und es zusammenpresste.

Wieder einer, spurlos verschwunden.

Sie rief mit dem Handy Murph an. »Kannst du dich mit dem Police Department in Richmond in Verbindung setzen? Sie haben gerade einen jungen Mann als vermisst gemeldet. Ende zwanzig. Wurde zuletzt in einer Bar kurz vor der westlichen Stadtgrenze gesehen.«

»Und warum sollte ich das tun?« Seine Stimme klang heiser und träge. Nora sah ihn vor sich, wie er auf der Dienststelle zusammengesunken an seinem Schreibtisch saß. Wie jedes Jahr brachte die Sommerhitze die Kleinkriminalität in die Stadt. Als einer von lediglich zwei Detectives in Bellair übernahm Murph nicht nur die Mordfälle, sondern auch sämtliche Einbrüche,

Diebstähle und Sexualdelikte. In letzter Zeit steckte er bis zum Hals in Anzeigen, Jugendliche, die in Häuser eindrangen, deren Besitzer gerade in Urlaub waren, oder an der Tankstelle Bier aus dem Kühlregal mitgehen ließen. Kleinere Straftaten, vorhersehbar langweilig, immer nervtötend.

»Weil es zusammenpasst, Murph. Ein Mann. Der vermisst wird.«

»Männer verschwinden täglich. Wenn du Langeweile hast, dann check doch mal das Nationalregister vermisster Personen.«

»Ja, ich weiß!« Auch sie war heute reizbar. Die Hitze und ihr Einsatzplan hatten sie müde gemacht. Murph stellte sich bloß stur, weil er schlechte Laune hatte, das wusste sie. Aber manchmal wünschte sie sich einfach, er würde auf sie hören, statt an ihr zu zweifeln oder sie aufzuziehen.

»Wir haben keinen Mörder, Martin. Wir haben zwei ungelöste Fälle, die mir keine Ruhe lassen, einen schrecklichen Unfall und einen Jugendlichen, der sich abgesetzt hat, wahrscheinlich in irgendeine Hippie-Kommune in Colorado.«

»Aber Murph, du glaubst doch nicht wirklich …«

»Ich ruf sie an, Martin!«, schnauzte er. »Ich ruf sie an. Bloß … dann lass es gut sein, okay? Ich stimme dir zu, sieht aus, als steckt da mehr dahinter. Ich bin mir noch nicht sicher, was, und ich will keine Vermutungen anstellen, die zu dummen Fehlern führen. Leute werden umgebracht, Leute verschwinden, normalerweise gibts dafür einfache Erklärungen. Das weißt du.«

»Aber du rufst an?«

»Ja. Aber mach dir nicht zu große Hoffnungen, und nerv mich nicht. Dieser Typ ist nicht unser Fall. Wir können ihnen sagen, was wir wissen, aber wir werden nicht ermitteln. Du hättest auch was dagegen, wenn irgendeine andere Dienststelle sich einmischen und dich rumkommandieren würde, oder?«

»Nein …«

»Na schön. Gut. Immerhin hältst du Augen und Ohren offen. Auch wenn es Tage gibt, an denen du mich echt auf die Palme bringst, Kleine. Ich hätte lieber ein scharfes Messer in der Schublade als ein stumpfes. Also reg dich ab und hör auf, dich so reinzusteigern.«

»Hast du gerade einer Frau gesagt, sie soll mal runterkommen?«

»Nur weil ich ein paar Kilometer zwischen uns weiß. Wenns sein muss, kann ich immer noch ziemlich schnell rennen.«

»Dann renn lieber schon mal los.«

Sophie

Die Hände meiner Großmutter zitterten, wie immer, wenn ich sie nahm, und ich fragte mich, ob sie auch mein Zittern spürte. Wir saßen in der Gruft namens Pflegeheim vor einem schmutzigen Fenster, das mit Scherenschnitten aus Seidenpapier vollgekleistert war, buntes Glas für dieses Mausoleum der Lebendigen, in das wir unsere Alten sperren.

Sie wiegte sich auf ihrem Stuhl, tippte mit den Füßen einen sanften Rhythmus, bevor sie sich wieder in sich zurückzog. Sie schwindet. Die Demenz, hat man mir erklärt. Sobald das Gehirn anfängt, sich selbst zu zerstören, kehren die Menschen sich nach innen, verkrampfen sich zur Faust. Bevor ich es besser wusste, habe ich versucht, sie wieder zu öffnen, sie zu strecken, so wie sie einst so vielen anderen Erleichterung verschaffte. Da fing sie jedes Mal an zu schreien, klammerte sich weinend an mich wie ein Kind.

Die Bewegung tut ihr weh, macht ihr Angst. Also halte ich jetzt ihre Hände, lege sie sanft in meinen Schoß und höre zu, wie sie ins Leere flüstert und erzählt, was sie alles verloren hat. Ihre Stimme, früher so kräftig und bestimmt, ist jetzt nur noch ein leiser Luftzug.

Ich würde ihr gerne von den Männern berichten, die ich ermordet habe, vom Sturmlauf von Fleisch und Blut und Atem im Kampf gegen meine bloßen Hände. Ich würde ihr gerne erzählen, dass ich jetzt zwei Körper besitze, die Hülle, die mein altes Ich umschließt, und den anderen, den zappelnden, zuckenden, kriechenden, den machtvollen Körper, der sich unter der Oberfläche bewegt. Ich wünschte, ich könnte sie einbeziehen. Ich glaube, das würde ihr gefallen. Trotz all ihrer Wut hat sie sich nie aus der Schublade befreit, in die Männer sie gesteckt hatten. Ich glaube, es würde sie zum Weinen bringen, und zum

Lachen, wenn sie sehen würde, dass es geht. Sie hatte die ganze Zeit recht. Ein Körper ist ein offenes Buch, eines, das ich inzwischen lesen kann.

AUGUST

Eine Freundin

Eigentlich hatte es nicht zur Gewohnheit werden sollen, doch irgendwann während der gähnend langweiligen Sommertage wurde Nora fast so etwas wie eine Stammkundin im Blue Bell. Auf das *fast* legte sie Wert, denn sie wollte nicht zu den Cops zählen, die schlaff auf einem Barhocker hängen und ihren Stress in wechselndem Nachschub an Pintgläsern ertränken. Doch ein oder zwei Mal in der Woche, gelegentlich mit Dan, gelegentlich alleine, saß sie auf einem dieser Hocker, manchmal, um etwas zu trinken, manchmal nur, um ihre Sorgen loszuwerden. Das gehörte eben zum Kleinstadtleben dazu, sagte sie sich, es war die Haut, in die man schlüpfte, um als Einheimische zu gelten. Nach ein paar Wochen wurde die Kuhglocke, die über der Eingangstür läutete, zum Signal für ihre Schultern, sich zu entspannen. Hier brauchten sie nicht Teil ihrer Rüstung zu sein. Hier hatte sie eine Freundin.

Sophie Braam besaß noch immer etwas Unergründliches. Irgendwie wirkte die Frau, als wäre sie dauernd in Bewegung, beinah verwackelt, wie eine Gestalt auf einem alten Foto, reglos und doch ruhelos. Tief im Inneren beunruhigte das Nora, doch sie verdrängte das Gefühl. Sophie hatte eben Temperament, daran war schließlich nichts verkehrt. Hatte man dasselbe nicht auch schon über sie gesagt?

»Murph meinte, ich müsste mal runterkommen«, erzählte Nora an einem brütend heißen Abend im August.

»Warum das? Warte, ich schenk dir gerade mal nach, ist sowieso nicht mehr viel in der Flasche.« Sophie beugte sich über die Theke, um Nora den letzten Rest des neuen Rosés eines lokalen Weinguts ins Glas zu füllen.

Nora seufzte. »Danke. Gott, ich komme mir vor wie meine Mutter, während ich den trinke, aber er ist wirklich gut.«

»Wirklich bedauerlich.« Sophie zwinkerte. »Also, erzähl mir von Murph. Ich hab dich unterbrochen.«

»Ach, er hält mich für verrückt«, antwortete Nora. »Und, ehrlich gesagt, hat er wahrscheinlich recht ... Eine meiner Theorien über die ganzen Mordfälle, die wir hier in letzter Zeit haben.«

»Du meinst Mark und Trent?«

»Die beiden und dieser junge Mann, der vor ein paar Monaten verschwunden ist, ungefähr zu der Zeit, als wir Mr Gibson gefunden haben. Ein Student. Aber, weißt du ... eigentlich sollte ich nicht über das alles reden.«

Da war sie wieder, diese Bewegung unter Sophies Haut, fast als rieselte ihr ein Gedanke die Wange herab. Nora zwang sich zu einem Lachen, um die Sorgen zu verdrängen, die ihr keine Ruhe ließen.

Sophie nahm lächelnd eine Kiste Obst heraus, um es zu schneiden. »Nein, natürlich nicht.« Sie stach in die feste Schale einer Limette.

Während sie ihrer Freundin bei der Arbeit zusah, schoss Nora plötzlich eine Frage durch den Kopf. Das Herz schlug ihr bis zum Hals, aber sie fing sich rechtzeitig, um mit ruhiger Stimme zu fragen: »Kann ich das Messer mal kurz sehen?«

»Das?« Sophie hob den Blick.

»Wenns dir nichts ausmacht.«

»Absolut nicht. Es ist aber nichts Besonderes, bloß ein billiges Ding, das ich vor Ewigkeiten mal im Walmart gekauft habe.«

Nora streckte die Hand über die Theke. Sophie holte kurz Luft, zögerte einen Moment. Dann drückte sie lächelnd den Messergriff hinein. Er war noch warm von ihrer Berührung.

»Benutzt das sonst noch jemand, Sophie?« Nora gab ihr das Messer zurück.

»Jeder. Wir sind in einer Bar. Ich versuche zwar, meine Sachen beisammenzuhalten, aber wenn in der Küche ein Messer abhandenkommt und schnell Ersatz hermuss oder wenn einer der Kellner hier hinten rumwerkeln will … dann nehmen es die Leute.« Sie zuckte mit den Schultern.

Nora suchte noch nach Worten, als sich der Mann am Ende der Theke erhob. »Entschuldigung, *Miss*? Ich versuch schon dauernd, deine werte Aufmerksamkeit zu gewinnen, aber du bist offenbar zu sehr damit beschäftigt, mit deiner Freundin zu quasseln.«

»*Shit*«, flüsterte Sophie. Ihr Gesicht nahm einen verschlossenen Ausdruck an, während sie sich zu dem Mann umdrehte, der jetzt ungeduldig schnipsend halb über der Theke lehnte.

»Ja, Mack?« Nora spürte die Messerspitze durch Sophies Stimme blitzen.

Der Mann griff in seine Gesäßtasche, und Noras Hand zuckte unwillkürlich an ihre Hüfte, wo sie zu einer anderen Tageszeit ihre Waffe gefunden hätte.

»Bisschen schreckhaft, was?« Der Mann namens Mack kicherte. »Beruhigen Sie sich, Officer. Es ist bloß Geld.« Grinsend zog er einen zerknitterten Hundert-Dollar-Schein aus der Tasche. Nora lehnte sich zurück, ihre Nerven lagen blank. Sie suchte Sophies Blick, erkannte darin das gleiche hilflose Bedauern, das auch sie empfand. Dieser Mack hatte sie getäuscht.

»Ich hätte gern noch ein Bier.« Er wedelte mit dem Geldschein vor Sophies Gesicht.

Sie holte tief Luft. »Mack, ich habs dir schon vor einer halben Stunde gesagt. Wenn du noch ein Bier willst, musst du erst ein Glas Wasser trinken.«

»Komm schon. Ich geb dir das alles«, *flatter flatter*, »wenn du mir nur noch einen Drink machst. Ich weiß, du denkst, ich kann es mir nicht leisten, aber hier nimm. Der ist echt.« Er hielt ihr wieder das Geld unter die Nase, und Nora sah, wie Sophies Blick sich verfinsterte, wie der Ärger hinter der Wand wuchs, die sie vor ihren Augen errichtet hatte.

»Ich weiß, dass du diesen kleinen Stift da hinten hast, und du hast einen Cop hier, oder?« Er zeigte auf Nora. »Sie kann mich verhaften, wenn er falsch ist.«

»Sir, ich –«, begann Nora, aber Sophie hob die Hand, was sie verstummen ließ, als wäre es eine Ohrfeige. Die Hand war blass, in die Luft gestreckt wie ein Speer.

»Danke, Nora, aber ich hab das im Griff. Du bist nicht im Dienst. Mack, du kennst deine Optionen. Und ich mache bald zu, also entscheide dich.«

»Du wirst zumachen, bevor ich mein Wasser austrinken kann! Zapf mir einfach noch ein Bier.« Er knallte sein Geld auf die Theke.

In Noras Welt verkrampfte diese Art Spannung deinen Kiefer, erhöhte deine Herzfrequenz, zog deine Hand an den Kolben deiner Waffe. In ihrer Welt mussten Entscheidungen getroffen werden, und zwar viel zu oft viel zu schnell. Sie hatte schon lange gelernt, dass Menschen Tiere sind und dass der Gewinner einer Auseinandersetzung nicht immer derjenige ist, der am lautesten brüllt, oder derjenige, der am schnellsten zuschlägt. Manchmal, wenn sich ein Tier in die Ecke gedrängt fühlte, machte es keins von beidem. Stattdessen erstarrte es. Einige, wie Schlangen oder Opossums, stellten sich tot. Die Gefährlicheren jedoch erstarrten einfach zu Stein, zogen sich hinter eine verschlossene Tür zurück, deren Griff man nicht fand. Das waren die Tiere, die nichts zu verlieren hatten. Sie verkrochen sich einfach tief in ihrem Inneren.

Einmal hatte sie es selbst erlebt; ein tollwütiges Stinktier hatte sich im Schuppen hinter ihrem Haus versteckt. Das arme Tier rührte sich nicht mehr, als es sie sah, starrte sie nur mit eiskaltem Blick aus glänzenden Augen an. Das Knurren, das es von sich gab, während es im Dunkeln hinter dem Rasenmäher ihres Vaters und der Gartenhacke ihrer Mutter kauerte, kam so tief aus der Kehle, dass Nora sich vorbeugen musste, um es zu hören.

»Nora! Weg da!«, hatte ihr Vater gerufen, als er sah, wie sie in ihrem Schuppen dem Tod ins Auge blickte. Es war das einzige Mal gewesen, dass sie erlebte, wie er wirklich Angst hatte, wie ihm die Stimme versagte, während er seine Tochter an sich riss und in Sicherheit brachte. »Nähere dich niemals einem Tier in diesem Zustand, Kleines. Ein tollwütiges Tier läuft nicht weg, wenn es einen Menschen sieht. Es reagiert nicht mehr normal. Es ist krank. Und es macht dich auch krank. Du holst mich, hörst du? Und du fasst es auf keinen Fall an!«

»Was machst du jetzt mit ihm, Daddy?«

»Ich werde es von seiner Qual erlösen, Schatz. Es leidet.« Dann hatte er das Gewehr genommen, das er sonst nur bei der Arbeit benutzte, und war wieder hinaus in den Schuppen gegangen. Als sie den Schuss hörte, war sie zusammengezuckt und hatte in den Armen ihrer Mutter geweint.

Diesen Tag würde Nora nie vergessen, diesen kalten Zorn im Blick des Stinktiers, nicht ängstlich, sondern wütend. *Krank. Wahnsinnig. Leiderfüllt.* Manchmal beobachtete sie das auch bei Menschen. Nicht häufig, aber oft genug. Das waren diejenigen, vor denen man sich am meisten fürchten musste.

Der Mann, Mack, wusste um so etwas offenbar nicht. Er lehnte sich auf seinem Barhocker zurück, während das Geld auf der Theke lag wie ein Hohn. »Was, wenn ich dir ein Gedicht aufsage? Komm schon, frag deine Freundin, sie wird wissen, dass ich okay bin, wenn ich ein Gedicht vortragen kann. Macht ihr das nicht so, bevor ihr jemanden wegen *Trunkenheit* am Steuer verhaftet?«

Seine dahingelallten Worte streiften Nora wie ein nasser Pinselstrich im Nacken. Sie empfand plötzlich eine ungeahnte Achtung für Sophie. Es war eine Sache, einem solchen Mann gegenüberzutreten, wenn man bewaffnet war und Verstärkung nur einen Funkspruch entfernt. Es war eine andere, sich dem alleine zu stellen. Sie blickte sich Hilfe suchend nach den anderen Angestellten um. Aber es war niemand zu sehen; sie waren schon lange nach Hause gegangen. Außer ihnen war das einzige Anzeichen von Leben in der Bar nur der grauenhafte Chor, der durch die Küchentür drang, der Koch und der Tellerwäscher, der die letzten Teller spülte. Von Ty, der, wie sie erfahren hatte, gegen Feierabend gewöhnlich auftauchte, war nichts zu sehen.

Am liebsten hätte sie selbst etwas unternommen, aber solange der Mann nicht das Gesetz brach, waren ihr die Hände gebunden. Sie sah Sophie an. Die Frau hielt stand, felsenfest.

Mack begann mit seinem Vortrag, einem schleimigen Wortschwall, der Sophie über Brüste und Bauch rann, über ihre Oberschenkel lief. Seine Worte schlangen ihr Zungen um den Hals, der nicht errötete; keine Spur von Scham war auf ihrer Haut zu sehen, selbst, als er beschrieb, wie er mit den Händen darüberstrich. Sie stand nur da, völlig ungerührt, ein Meer der Ruhe, wartete, bis er zum Ende kam, dankte ihm und wandte sich wieder ihrem Obst zu.

»Ich hab dir ein Gedicht vorgetragen – wo bleibt mein Bier?«, fragte Mack.

»Ein schlechtes Gedicht.« Sophie zerteilte die nächste Limette in zwei Hälften, presste sie in der Zitruspresse aus. Grüner Saft rann in die Öffnung einer bereitstehenden Plastikflasche.

»Ach, ich wusste gar nicht, dass ich an der Bar einer verdammten Literaturkritikerin sitze.«

»Nacht, ihr Scheißer!« Chefkoch kam aus der Küche spaziert, warf die Hand in die Luft und schlang sich seinen Rucksack um die Schulter. Der Tellerwäscher schlurfte direkt hinterher, grunzte einen Abschiedsgruß, während er in seinen Hosentaschen nach Zigaretten suchte.

Ty, der endlich aus seinem Büro erschien, erhob als Reaktion die Faust.

»Hast dus bald, Sophie?«, fragte er, stieg auf einen Barhocker und holte sein Handy hervor. Es war klar, dass ihre Antwort, falls sie eine gab, keine Rolle spielen würde. Er hatte Wichtigeres zu scrollen. Die Faust in Noras Brust, die sich in den letzten Wochen etwas gelöst hatte, ballte sich wieder. Wie konnte er nur so gleichgültig sein?

Das nächste Gedicht begann.

»Sir.« Nora konnte nicht länger unbeteiligt zusehen. »Ich glaube wirklich, Sie sollten auf sie hören und ein Glas Wasser trinken.«

Sophie sah von ihren Zitrusfrüchten hoch und warf ihr ein kurzes Lächeln zu. Ihr Blick blieb jedoch genauso kalt und leer wie einige Minuten zuvor. War die Rüstung erst einmal angelegt, war sie schwer wieder abzunehmen, bevor der Angriff endete.

»Und wer *verdammt* glaubst du, wer du bist?«, fuhr Mack Nora an. »Willst du mich verhaften, wenn ichs nicht mache?«

Die Faust boxte ihr ans Brustbein. »Wollen Sie es wirklich drauf ankommen lassen?«

»Verpiss dich doch dahin, woher du gekommen bist, Bulle!«

»He! Langsam, Kumpel!« Ty sprang von seinem Barhocker auf, die Brust unübersehbar geschwellt. »Das reicht, Mann.«

»Und wer zum Teufel bist du?«

»Ich bin der Manager hier, und ich denke, Sie sollten jetzt gehen.«

»Ich will ihr bloß hundert Dollar geben!« Mack wedelte wieder mit seinem Geldschein, seiner Kriegsflagge, seinem Beweis, dass er ein guter Gast war. Nora sah, wie Sophie hinter der Theke vor Wut kochte.

»Er muss verschwinden, Ty. Sofort.«

Ty behielt Mack fest im Blick und hob die Hand, um Sophie zu beruhigen. »Aber sie will ihn nicht, Kumpel.«

»Ich meins ernst, Ty.« Das Messer in Sophies Hand blitzte, und einen kurzen Moment fragte sich Nora, wie es wohl wäre, es diesem Mann in die Brust zu stoßen.

»Ich weiß, Sophie. Zeit für dich, zu gehen, Kumpel.« Er legte

Mack die Hand auf die Schulter, schob ihn langsam Richtung Tür.

»Ich kann alleine laufen!«, rief Mack und stieß Tys Hand weg. »Herrgott! Ein Haufen Jammerlappen hier. Ich dachte, die Polizei verhaftet mich jetzt.«

»Niemand verhaftet Sie. Stimmts, Nora?« Ty drehte sich zu ihr um, als erwartete er eine Bestätigung. Sie behielt weiter den Mann im Auge, der aussah, als wolle er jeden Moment hinter die Theke hechten. Das Flaschenregal war nur eine gute Armlänge entfernt.

Der Ekel in Noras Mund gerann, und sie merkte, wie ihr Stacheln wuchsen. »Das überlege ich mir noch.«

Ty stellte sich Mack in den Weg, legte ihm wieder seine Hand auf die Schulter. »Im Ernst, Mann. Zeit für Sie, nach Hause zu gehen.«

»Na schön.« Er wich ein paar Schritte zurück. »Verfluchte *Schlampen*!«, brüllte er dann und stürmte durch die Eingangstür, über der die Glocke fröhlich läutete.

»Verdammt.« Ty fuhr sich mit den Händen durch die Haare und ließ sich auf den Barhocker neben Nora sinken. »Alles okay, Ladies? Tut mir wirklich leid, Nora. Das war völlig daneben. Er hat Hausverbot. Endgültig. Sie haben mein Wort. Und Ihre Getränke gehen heute Abend auf mich.« Er lehnte sich auf seinem Platz zurück, den Schrecken noch ins Gesicht geschrieben.

»Sie ist natürlich nicht okay«, sagte Sophie gereizt.

Nora bedankte sich und versicherte ihm, dass alles in Ordnung sei, wirklich, obwohl das nicht stimmte. Später fragte sie sich, was schlimmer war – ihre Freunde anzulügen oder sich selbst.

»Na schön, so oder so. Heute Abend geht jedenfalls alles aufs Haus, einverstanden? Niemand tritt meinen Girls zu nahe.« Er stand auf, klopfte Sophie auf die Schulter und nahm drei Shotgläser vom Regal. »Was darfs sein?«

Später, nachdem sie angestoßen hatten und die Bar geschlossen war, stand Nora in der Dunkelheit neben ihrem Auto und beobachtete, wie Sophie in der Peach Street verschwand. Sie musste wieder an das Stinktier in dem Schuppen denken, wie gequält es sie angesehen hatte, mit einer Finsternis im Blick, wie man sie nur im tiefsten Inneren spürte, dort, wo die Instinkte lagen. Dunkle Schatten schienen der Barkeeperin zu folgen, verschwanden, bevor der Gedanke richtig Gestalt annahm. Sie erinnerte Nora an einen Geist, böse, unergründlich, ruhelos.

Nein, sie ist bloß manchmal unbeherrscht, sagte Nora sich. Wer wäre das nicht, nach Jahren mit Abenden wie diesem?

Sophie

Eine Bar ist ein Körper. Jedes Jahr durchläuft sie ein ganzes Leben. Es beginnt im Januar mit den rauschenden Festen, einem euphorischen Aufbruch ins Leben. Im eisigen Winter entzünden wir ein Feuer in ihr, lassen uns wärmenden Alkohol die Kehlen hinabfließen, vertreiben die Kälte mit Anis- und Zimtcocktails und schaumigen Drinks mit Eiweiß. Im Frühling und Sommer ist sie prallvoll mit Gästen, die aus Türen auf Terrassen strömen und jedes neue Cocktailrezept mit geschlossenen Augen kosten, den einzigartigen Genuss eines harmonisch komponierten Drinks genießen, so ähnlich wie ein Fechter, der sich am Erl eines Schwerts auf seiner Fingerspitze erfreut.

Im August, wenn das Jahr schon zerplatzt ist und anfängt in sich zusammenzufallen, nimmt meine Bar ein ganz anderes Wesen an. Die erbarmungslose Hitze lullt die Gäste in einen Schlaf, aus dem nur der eisigste Aperitif sie wecken kann. In der Fäulnis fördernden Schwüle träumt sie nur noch von Verderbnis.

Dann übernehmen sie das Kommando.

Das erste leise Wispern flattert schon im Frühling herein, schwebt sanft verträumt knapp außer Sicht. Im Sommer haben sie Abflüsse und Mülleimer besiedelt, jeden unverschlossenen Zapfhahn, und suchen nach irgendetwas Klebrig-Süßem. Früher habe ich die Fruchtfliegen gehasst. Jedes Jahr habe ich versucht, sie zu erschlagen, zu zerquetschen, ihnen mit Seifenfallen zu Leibe zu rücken. Jedes Jahr haben sie gewonnen.

Dieses Mal ließ ich sie kommen. Ich sah zu, wie sie auf Luftwogen tanzten, um Kirschen tippelten, hielt sie schwirrend im Mund, wenn ich eine mit einem Wort oder Atemzug fing. Wirklich schlimm, dieses Jahr, sagte ich zu den Gästen.

»Einfach nichts zu machen. Klimawandel, wissen Sie. Es werden jedes Jahr mehr.«

Die Fallen, die Ty aufstellte, warf ich weg, hinterließ Lachen im Mülleimer, um sie zu füttern, trat Obststückchen unter den Bierkühler, wo es warm und feucht war. Ich hörte sogar auf, die letzten Saftreste aus den Ecken der Theke zu wischen. Wer war ich, meinen Schwestern einen Leckerbissen zu verwehren? Hatten wir nicht alle dieselben langen Tage bei der Hitze?

Auch ich bin ein kriechendes Wesen. Wir bewegen uns im Einklang, die Fliegen und ich. Ich spüre, wie sie mir aus dem Mund quellen; wie Midas hinterlasse ich Tropfen auf allem, was ich berühre. Ich bin abgetaucht, ich verwandle mich.

Unter meiner Haut herrscht Aufruhr.

Nora

Im August waren die Wolken schwer geworden und hingen langsam tief, streiften pralle Bäuche über Wipfel, und verwandelten, vom Spätsommer zerrissen, den Himmel in ein Meer. Die Unwetter und die zuckenden Blitze des Juli nahmen neue Form an, wurden heftiger, erbarmungsloser. Diese frühen Sommergewitter waren ein Wutausbruch gewesen, eine einstündige, stampfende Atempause zwischen den fetten, aufgeblähten Tagen, die sich durch die Flaute zogen.

Das Monster, das im August erschien, war von stürmischerer Natur. Weit draußen über dem Meer entfesselt, tosend und brüllend an die Küste geschleudert, ließ es die Menschen nach Hause hasten, um erschrocken zuzusehen, wie die Welt unterging. Wer das Pech hatte, im Freien überrascht zu werden, war den himmlischen Gewalten erbarmungslos ausgeliefert. In Minutenschnelle wurden Straßen überflutet; Bäume, deren flache Wurzeln zu schwach waren, um den harten Lehmboden zu durchdringen, auf Stromleitungen und Highways gestürzt, Flüsse über die Ufer getrieben, deren Wasser schlammig in ihren Betten strudelte. Die einzige Wahl, die dir blieb, war, zum Stillstand zu kommen; deinen Wagen zu bremsen, deinen Spaziergang zu unterbrechen, deinen Atem anzuhalten, weil dir Regen aufs Gesicht prasselt; einfach innezuhalten und dir in Erinnerung zu rufen, dass du ein winziges Etwas bist, ein schwaches Herz, das in einer wunderbaren Welt schlägt. Halte inne. Und bete.

Und dann war es vorbei, der Donner verzog sich mit einem Grollen nach Norden, wo er krachend am Bergrücken zersplitterte. Das Gewitter hatte sich aufgelöst, die Welt war stumm und nass, atmete auf, war froh, noch am Leben zu sein. Bis zum Monatsende würden sie sich ausregnen, diese Wolkenungetüme, dann würde die Welt wieder staubtrocken werden, Flussbetten rissig, der Boden unter deinen Füßen felsenfest; und sie würde die Luft anhalten und auf die nächste Runde im September warten, auf weitere Gewitterstürme, die aus tiefen Wassern wirbeln.

Konnte wohl ein Mensch zu einem werden? Sich am entfernten Horizont zusammenbrauen, bis er prall voll Wind und zornig war, zuckte wie ein Blitz? Nora flüsterte ihre Namen: Mark Dixon, John Doe, Trent Gibson, Brody Samuels, Joseph Aguilar. Ihre Namen waren kaum zu hören, ihre Anwesenheit nicht greifbar. Sie sanken nicht nachts auf ihr Sofa oder legten sich zu ihr ins Bett, um ihr Albträume ins Ohr zu raunen, und verfolgten sie dennoch. Auch die Mädchen, die Frauen ließen ihr keine Ruhe, erschienen aus dem morgendlichen Dämmerlicht, um dünne Finger um ihr Handgelenk zu schlingen, um ihr Ohr nah zu der Finsternis zu ziehen, die von ihren bleichen Lippen strömte. Ihre Herzen stets im Takt mit ihrem.

Hör zu. Hör uns gut zu!

»Ich höre zu«, sagte Nora zur elektrisch aufgeladenen Luft, doch alles, was sie vernahm, war das Pochen ihres eigenen Lebens in der Brust. Der Rhythmus ein stetiges Ba-dum, Beweis dafür, dass sie hier stand, beide Beine auf dem Boden, die Lunge mit Sauerstoff gefüllt und mit noch immer leeren Händen.

Als ihr Handy klingelte, zuckte sie zusammen.

Die Neue begehrt auf

Brauchst du nen Sauger für das Glas?«

»Was?«

»Dein Glas.« Murph, der neben ihr saß, nickte in Richtung ihres inzwischen lauwarmen Biers, das auf dem Tresen schwitzte. Das nächtliche Gewitter hatte sich am Vormittag aufgelöst und eine Schwüle hinterlassen, die so stickig war, dass man mit dem Finger hätte hindurchfahren können. »Du nuckelst an dem Bier. Soll ich dir einen Sauger besorgen?«

»Ach, halt die Klappe, Murph.« Nora sah ihn genervt an. »Was machen wir überhaupt hier? Es ist noch nicht mal Mittag. Ich dachte, so was machen Detectives bloß in Büchern.« Sie blickte über die Schulter, als rechnete sie damit, dass jeden Moment der Sergeant hereinspaziert käme. Doch alles, was sie sah, war die erste Schar ergrauender Männer, die an wackeligen Tischen über Bieren saßen, und diverse Grüppchen Damen mit rot geschminkten Lippen, die an Gläsern Pinot Grigio nippten und häppchenweise Caesar Salad aßen. Die Welt wirkte verhalten, ermattet nach der nächtlichen Sintflut, sie schien beinah reglos zu verharren, bis sie wieder Kraft schöpfen konnte. Alle bewegten sich wie in Zeitlupe. Über ihren Köpfen trieb ein träger Ventilator heiße Luft von einer Ecke in die andere.

»Du hast ausgesehen, als bräuchtest du einen Drink.« Er zuckte mit den Schultern und kippte den letzten Rest seines Biers herunter.

»Ausgesehen? Du hast mich angerufen.«

»Na ja, ich habs am Klang deiner Stimme erkannt.« Er zog eine Braue hoch. »Außerdem kann ich nicht in Rente gehen, ohne meine Betriebsgeheimnisse weiterzugeben, zum Beispiel montags hier Bier trinken. Stimmts, Mike?«

Der Barkeeper nickte. »Montag ist Murph-Tag.«

»Beim Trinken kann ich am besten nachdenken.« Murph grinste wie ein Honigkuchenpferd.

»Meine Güte«, murmelte Nora. »*Montag ist Murph-Tag.*«

»Du hast dich gemacht, Grünschnabel. Ich denke, du bist bereit, in meine Fußstapfen zu treten.«

»Ach ja?«

»Ziemlich bald, Kleine.« Er klopfte ihr grunzend auf die Schulter und erhob sich von seinem Stuhl, der, als er ihn zurückschob, laut über den Betonboden schrammte. »Du bleibst hier, ich geh kurz eine rauchen. Und«, er tippte mit zwei rauen Fingern auf die Theke, »trinkst dein Bier aus, während ich weg bin.«

Sie beobachtete, wie er zur Tür wankte, den Bauch vor sich ausgestreckt, in der engen Bar an Stuhlrücken und Tischecken stieß, und spürte so etwas wie Groll in sich hochsteigen, unvermittelt und unerwünscht.

Natürlich lag es an der Hitze, dem Schweigen unbeantworteter Fragen, den vielen Überstunden während dritter Schichten, den Auseinandersetzungen mit Betrunkenen und daran, dass man sie als Schutzschild zwischen ihren Kollegen und den Bürgern benutzte. Es lag an dem abfälligen Getuschel und an den Blicken, die sie noch immer von gewisser Seite auf der Wache trafen; es lag an Dans hoffnungslosem Optimismus, weil in seinem Leben alles Sinn ergab. Sie konnte nicht mehr. Schon über ein Jahr war es nun her, seit sie ihr Leben auf den Kopf gestellt hatte, und nun saß sie hier, nach all der harten Arbeit, um an ihrem freien Tag mit dem Mann Bier zu trinken, dessen Platz sie schon vor Monaten hätte einnehmen sollen.

Es war nicht Murphs Schuld; sie wusste das, konnte es logischerweise verstehen. Er war genauso startklar wie sie. Man merkte es an seiner zunehmenden Reizbarkeit, an seinem immer gebeugteren Gang. Doch Bellair war genauso knapp besetzt wie alle anderen Kleinstadtposten, und ihr schrumpfender Personalbestand führte dazu, dass sie sie nicht versetzen konnten, dass sie es sich nicht leisten konnten, die Überstunden der Kollegen zu bezahlen, die ihre Schichten übernehmen müssten, bis sie jemand Neuen fanden.

In den ersten paar Monaten war das alles noch in Ordnung gewesen, verständlich, vor allem angesichts dieses Albtraums von Todes- und Vermisstenfällen, den sie zu bearbeiten hatten. Nora war froh gewesen, Murph dabeizuhaben. Jetzt aber war ihr heiß, sie war müde und sie fragte sich, warum sie an ihrem freien Tag mit ihm in einer billigen Bar saß. Und weshalb er überhaupt hier war, heute und offenbar jeden Montag, inmitten seiner Dienstzeit. Das Ganze sagte so viel über ihr Verhältnis aus, dass sie hätte schreien können. Es war kein gutes Gefühl. Enttäuschung war klebrig und unangenehm. »Einen Groll gegen jemanden zu hegen«, hatte ihr Vater immer gesagt, »belastet dich nur, mein Kind.«

Sie trank einen Schluck von ihrem Bier, stellte das Glas mit größerer Wucht auf die Theke zurück als beabsichtigt. Vielleicht brauchte sie ja eine zusätzliche Last im Leben. Vielleicht würde diese Last ihr helfen, ein Bein auf die Erde zu kriegen und weiterzukommen. Vielleicht wäre es gut, in Selbstmitleid zu verfallen, sich die Wunden zu lecken, Wunden, die brannten und schmerzten und Narben hinterließen. Was wussten ihr Vater oder Murph oder sonst irgendein Mann schon über ihren Platz in der Welt? Was konnten sie ihr schon Bedeutsames sagen? Sie hörten ihr doch nie zu; sie verließen sich auf sie, weil sie wussten, dass sie immer parat stehen und sich niemals beklagen würde. Und gerade lieferte sie wieder den Beweis, dass sie recht hatten.

Murph stand jetzt vor dem Fenster und klopfte eine Schachtel Zigaretten auf die Handfläche. Für ihn war alles so einfach – die Zuversicht, das Lächeln, der Job. Sie wusste, dass auch er arbeitete, dass jedes Lächeln, jeder Händedruck eine Frage waren, dass Nachmittage, in denen man sich in Bars umhörte, genauso viel bringen konnten wie die im Verhörraum. Murph war clever, wie eins dieser Hündchen, die sie in Fuchsbauten schickten. Er ließ die geifernden Jagdhunde um ihn herum die Beinarbeit übernehmen und stürzte sich dann auf die Beute. Das war es, was einen guten Detective aus ihm machte, das Abwarten, das Beobachten, der mutige Zugriff am Ende. Sie hatte viel von ihm gelernt, aber jetzt war es Zeit für sie, selbstständig zu arbeiten.

Schon so viel Lebenszeit hatte sie mit Warten verbracht, mit Zusehen, damit, ihre Meinung für sich zu behalten. Die Leute hatten ihr geraten, dies oder jenes zu sein, dann etwas anderes und wieder etwas anderes, bis ihr ganz schwindelig war, weil sie versucht hatte hinterherzukommen. Also hatte sie sich angewöhnt stillzuhalten; sollten sie in ihr sehen, was sie wollten. So hatte sie den Überblick behalten; gewusst, wer sie war und wohin sie wollte. Früher zumindest.

Jetzt aber hatte sie das Warten satt. Es belastete sie, zusätzlich zu allem anderen. Und dann noch diese ständige Anspannung, dieser permanente Drahtseilakt, die Gefahr abzustürzen. Vielleicht sollte sie einfach springen. Vielleicht würde sie dann feststellen, dass sie Flügel hatte.

»Erde an Martin. Bitte kommen!«

Nora zuckte zusammen, als Murphs Barhocker über den Boden schrammte. Er hievte sich auf seinen Platz und ließ sich seufzend sacken. Ein Hauch Zigarettengestank zog ihr übers Gesicht, das abgestandene Andenken an seinen Ausflug nach draußen.

»Was? Ach, sorry. Ich habe gerade nachgedacht.«

»Ich hab den Rauch aus deinen Ohren kommen sehen. Dein Bier ist ja fast leer?« Er sah mit einem anerkennenden Nicken auf ihr Glas. »Gut. He, Mike. Noch ne Runde. Und können wir uns an den Ecktisch da hinten setzen?«

Mike, der noch immer dasselbe Glas polierte, das er schon in der Hand gehabt hatte, als Murph nach draußen gegangen war, nickte. »Soll ich deine Bestellung dann auf Katie bongen? Das ist ihr Bereich.«

»Sicher. Können wir auch noch ein paar Mozzarellasticks kriegen?«

»Geht schon mal rüber, ich sag ihr, sie soll euch alles bringen, wenn sie fertig sind.«

»Braver Junge«, sagte Murph, während der Barkeeper sich umdrehte, um etwas auf seinem Computer zu tippen. Murph holte ein paar Geldscheine heraus und hinterließ sie auf der Theke. »Hat er verdient«, sagte er mit einem Schulterzucken.

»Braver Junge?« Nora grinste.

»Wer hat dir beigebracht, so ein Klugscheißer zu sein?«, frotzelte Murph und signalisierte ihr, dass sie vorangehen sollte.

Diese Frage honorierte Nora nicht mit einer Antwort.

»Also«, sagte er, nachdem er sich auf seinem neuen Platz niedergelassen hatte. Die hintere Ecke des Lokals war ruhiger, als sie erwartet hatte, die Umgebungsgeräusche wurden vom Brummen des Fernsehbildschirms über ihren Köpfen übertönt, auf dem sonnenbebrillte Pokerspieler an einem blauen Tisch saßen und sich anstarrten. »Also, was bedrückt dich, Martin? Und erzähl mir nichts, ich spüre, dass was nicht stimmt. Ich hab nämlich den sechsten Sinn.«

Nora holte tief Luft, streckte einen Zeh von der festen Geraden ihres Hochseils. »Murph, falls ich demnächst deinen Posten übernehme…«

»Kein ›Falls‹. Das wirst du. Ich hab gestern mit Sarge gesprochen, hab ein bisschen Druck gemacht. An Halloween höre ich auf. Schien mir passend für son altes Monster wie mich.«

Sie verschränkte die Arme, gewährte ihm kein Lächeln auf seinen Witz. »Gut. Danke. Aber wenn du dir so sicher bist, dass ich so weit bin, frage ich mich, warum du mir nicht vertraust?«

Die Worte saßen, legten sich als schwergewichtige Frage

zwischen sie. Ein junges Mädchen, Katie vermutlich, kam vorbei und schob ihnen zwei frische Gläser Bier über den Tisch. Schaum schwappte über die Ränder. »Die Mozzarellasticks sind unterwegs!«, trällerte sie und eilte wieder davon.

Murph verschränkte die Arme vor der Brust. »Ich kann dir nicht ganz folgen, Kleine.«

Nora umfasste den Boden ihres Glases. Das Hochseil wackelte unter ihren Füßen, und der Wind peitschte, aber sie hielt stand. Sie musste nur daran glauben, dass sie Flügel hatte. »Murph, mein Bauchgefühl sagt mir hundertprozentig, dass bei diesem Fall eine Frau die Finger im Spiel hat, und du weigerst dich, den Gedanken überhaupt in Erwägung zu ziehen.«

»Martin«, begann Murph und holte tief Luft. »Das haben wir schon durch. Bis auf ein Haar bei einem durch einen Unfall verursachten –«

»Der Lokführer sagt, er hat eine Frau gesehen.« In Noras Bauch regte sich Zorn, und sie biss sich in die Wange, um das Gefühl zu verdrängen. Vielleicht bin ich nur müde, dachte sie, schob den Gedanken wieder weg, als sie ihr typisches Muster darin erkannte. Sie war müde. Aber sie war sich auch sicher, dass sie recht hatte.

»Ein Haar macht noch keinen Fall. Es deutet höchstens darauf hin, dass vermutlich eine Frau vor Ort war. Und darf ich dich daran erinnern, dass wir noch auf die Laborergebnisse dazu warten?«

»Immer noch? Das ist fünf Monate her!«

»Val sagt, es wurde durch Hitze stark beschädigt. Das braucht Zeit, ziemlich heikle Sache. Außerdem sind sie genauso knapp besetzt wie wir.« Er zuckte mit den Schultern. »Die Sache hat keine Priorität. Wenn du also in der Zwischenzeit nicht jede Person mit langen dunklen Haaren persönlich befragen willst, in welchem Radius auch immer, stecken wir irgendwie fest.«

»Und das Messer? Ich hab dir von Sophies Barmesser erzählt.

So ein Obstmesser könnte ich in jedem Supermarkt kaufen. Oder jeder, der in der Bar arbeitet, hätte es mitnehmen können. Verdammt, wie viele Bars gibt es an der Peach? In Bellair? Es hat die richtige Größe, die passende Klinge. Eine Frau könnte locker damit umgehen.«

»Umgehen vielleicht, kann sein, aber hast du schon mal jemanden erstochen? Das erfordert ziemlich viel Kraft. Und ein billiges Messer würde wahrscheinlich abbrechen, hast du daran mal gedacht? Ganz zu schweigen von der Frage, die sich am meisten aufdrängt – was ist mit Mark? Wäre eine Frau in der Lage, einen Mann zu erdrosseln? Ich sag nicht, dass es unmöglich ist.« Er hob die Hand, damit sie ihn nicht unterbrach. »Ich sage nur, solange wir keine weiteren Beweise haben, haben wir nichts. Und darf ich dich daran erinnern, dass wir Brody Samuels noch nicht gefunden haben beziehungsweise irgendeinen Hinweis auf eine Straftat.«

»Und Joseph Aguilar?«

»Nicht unser Fall. Und nach dem, was ich höre, ist da auch nichts. Wie geht der Satz, Martin: Keine Leiche …«

»Kein Mord«, murmelte sie. »Es ist nur eine Frage der Zeit, Murph. Und was ist mit ihren Zungen?«

»Was ist damit?«

»Jede Frau, die ich kenne, wollte irgendwann schon mal dafür sorgen, dass die Männer den Mund halten.«

»Na schön, was das betrifft, hast du recht … Aber ich weiß nicht, Kleine. Menschen haben schon Seltsameres gemacht. Ich glaube nicht, dass das genug Gewicht hat, und apropos Gewicht …«

»Ja, ich weiß, du glaubst nicht, dass eine Frau diese Leichen vom Fleck bewegen könnte, aber Murph, ich hab schon Berge versetzt, wenn ich musste. Mit genug Entschlossenheit und ausreichend Adrenalin im Blut, wer will da behaupten, das wäre nicht zu schaffen?«

»Hör zu«, setzte er in dem Moment an, als eine Portion Mozzarellasticks über den Tisch geschoben wurde, gefolgt von zwei Papptellern und einem Stapel Papierservietten. »Danke, Katie.« Er wartete, bis sie wieder weg war. »Hör zu, Nora, ich weiß, dass du enttäuscht bist, und ich kanns verstehen. Seit einem Jahr bist du jetzt schon startklar, und glaub mir, mein alter Hintern auch. Keiner will mich dringender loswerden als ich. Und wäre dieser Psychopath nicht letzten Winter aufgetaucht, wär ich auch schon weg.

Aber wenn du meinen Posten willst, musst du das Spiel mitspielen. Und darin kommen keine wilden Verschwörungstheorien über Killerinnen vor, die in keins der Muster passen, die wir kennen. Frauen töten aus zwei Gründen: Liebe oder Geld. Punkt.« Er klopfte mit zwei Fingern auf den Tisch, um seiner Aussage Nachdruck zu verleihen. »Liebe oder Geld. Ich weiß, dass der Feminismus euch irgendwelche Flöhe ins Ohr gesetzt hat, von wegen, wir sind alle gleich, und verdammt, wenn wir alle gleich sind, warum soll das nicht auch für Serienkiller gelten? Aber so läufts in der realen Welt einfach nicht. Du *musst* in der Sache einen klaren Kopf behalten, wenn du willst, dass Sarge uns beiden gibt, was wir wollen.

Und jetzt halt dich fest: Im Grunde bin ich deiner Meinung, Martin.« Er lachte, bevor sein Gesicht einen Ausdruck annahm, den sie bei Murph noch nie gesehen hatte. Er wirkte resigniert. »Wahrscheinlich ist wirklich eine Frau in diesen Fall verwickelt. Irgendwie weist mich mein sechster Sinn auch in diese Richtung. Ehrlich gesagt, wunderts mich sowieso, dass nicht sämtliche weiblichen Wesen schon auf uns losgegangen sind. Ihr seid auf jeden Fall im Vorteil. Du glaubst mir sicher nicht, aber es stimmt. Männer haben eine Scheißangst vor Frauen. Kann sein, dass das auch der Grund ist, warum wir sie umbringen.

Hör zu, ich weiß, du denkst, dass ich nicht auf dein Urteil vertraue und zu oft an dir zweifle, aber ich musste sichergehen, dass du das, was deine innere Stimme dir sagt, auch begründen kannst. Vielleicht bin ichs ungeschickt angegangen, aber ich musste dich wütend genug machen, damit du mir beweisen willst, dass ich falsch liege. Ein Bauchgefühl ist ein guter Ausgangspunkt, Kleine, aber es bringt uns nichts, wenn es nicht zu irgendwas führt, was wir vor Gericht verwenden können. Also, gibts jemanden, den du vernehmen willst?«

Sie musste passen. »Nein.« Sie verschränkte die Arme, schlug die Beine übereinander. Ein etwas widerwilliger Respekt war wieder in ihr aufgestiegen. Murph konnte ein echter Idiot sein, aber er vertraute ihr.

»Na, dann.«

»Noch nicht.« Sie biss in einen Mozzarellastick, Dampf strömte ihr übers Gesicht.

Er warf den Kopf in den Nacken und fing an zu lachen. »Wir hätten dich früher einstellen sollen, Martin. Du hältst dich besser als die meisten der Kerle, die wir auf der Dienststelle haben.«

»Dann kann ich die Akten also mit nach Hause nehmen? In Ruhe einen Blick drauf werfen? Eine Liste erstellen?«

Murph seufzte, trank einen Schluck von seinem Bier. »Ich würde vorschlagen, dass du einen Tag frei machst, aber ich weiß, du hörst nicht auf einen alten Mann.«

»Ich –«

»Keine Angst, Kleine. Weil wir beide wissen, dass dein großes Hirn sich martert, ob du auf der Dienststelle bist oder nicht, wie wärs da, wenn wir zurück an meinen Schreibtisch gehen und zusammen daran arbeiten? Klingt das gut?«

Nora nickte, sie konnte ihr Glück kaum fassen und hatte nicht vor, es weiter herauszufordern.

»Allerdings«, fuhr er fort, und seine Stimme klang plötzlich ernst, »glaube ich nicht, dass wir in dem Fall weiterkommen, bevor wir nicht eine weitere Leiche finden. Das Schlimmste an dem Job ist nicht die Ungewissheit; es ist das Warten. Und wer diese Person auch sein mag, er oder sie macht seine Sache ziemlich gut.«

Ein kalter Luftzug schien auf einmal in die Bar zu ziehen, die Hitze dieses schwülen Tages zu durchdringen. Nora presste ihr Ohr daran, streckte einen Finger danach aus, wollte ihn berühren. Sie spürte sie, wer immer sie waren, die da draußen im Verborgenen lauerten. Sie warteten, wachten, genau wie sie. Wie lange würde es wohl dauern, bis ihnen langweilig wurde? Bis sie einen Fehler machten?

SEPTEMBER

Sophie Braam

Dass Frauen so schwer zu fassen sind, habe ich gelesen, liegt daran, dass wir vorsichtiger sind als Männer. Ich habe viel über uns gelesen. Wir halten uns im Hintergrund, ziehen Strippen statt Abzüge, streifen Gift oder Kissen über ein Leben. Du kennst unsere Namen. Siehst du uns vor dir? Dort drüben lehnt, eine Zigarette zwischen den Lippen, die Schwarze Witwe an der Bar. Und da hinten, im Arztkittel über einen Patienten gebeugt, steht der Todesengel. Oder draußen, im Gespräch mit ihrer Tochter, die am meisten verschmähte Gestalt, die Femme fatale, die einen gefährlichen Pas de deux mit ihrem Liebhaber tanzt, ihm junge Opfer für seine Spielchen wie Fische an Land zieht. Böse Geister.

Wissenschaftler werden dir erklären, dass es uns nicht gibt. Dass wir zu emotional, zu liebevoll, zu schwach sind. Dass wir nur dann töten, wenn wir müssen; aus Mitleid, wegen Geld, um uns vor Männern zu schützen.

Dann bin ich wohl eine Seltenheit unter den Frauen. Denn ich habe festgestellt, dass ich es ziemlich genieße, das Morden.

Und aus diesem Grund beging ich einen Fehler.

Damit fing es an: Ich ignorierte einen Mann an der Bar. Ty hing wie ein gestrandeter Walfisch über der Theke, wo er mit gebräunten Händen nach der Tequilaflasche angelte, von der er wusste, dass sie sich knapp außerhalb seiner Reichweite befand. Er streifte den metallenen Ausgießer, einmal, zweimal, so nah dran und doch so vergeblich.

»Gehst du noch einen mit uns trinken, Soph?« *Streif.*

Ich antwortete nicht, denn das Letzte, was ich wollte, war, einen auf Kumpel mit den Servicekräften machen, die gerade draußen auf der frisch geputzten Terrasse Räder schlugen, nachdem die Tische zur Seite geräumt und für die Nacht angekettet worden waren. Gelächter brach aus, als sich Amber, von einigen Shots, die sie sich heimlich während der Hektik des Abendessens genehmigt hatte, bereits beschwipst, mitten in ihrer akrobatischen Übung langlegte.

Ein früher heftiger Ansturm und ein langsames Abebben zum Ende des Abends bedeuteten, dass meine Bar sauber war, das Geschirr gespült und abgetrocknet, das Obst ordentlich verpackt und weggeräumt. Die folgenden zwei Tage hatte ich frei; sie erstreckten sich weit und leer vor mir, ein Abgrund, in den man stürzen, ein Ort, an dem man sich verlieren konnte. Der Teil von mir, der langsam hohl wurde, der hallte und dröhnte und gefüllt werden musste, zog mich am Arm. *Geh nach Hause. Sie werden dich sehen.* Ich räumte den Geschirrspüler aus, dessen Abwasser lautstark abfloss.

»Du kannst mich nicht ewig ignorieren.«

»Warum nicht? Ich bin Profi.«

»Ich weiß.« Ty erwischte mit zwei Fingern den Ausgießer, hob an, bis er die Flasche weit genug aus dem Regal gezogen hatte, um sie ganz herauszunehmen. »Gib mir zwei Shotgläser, ja?«

Der Müll. An ruhigen Abenden vergaß ich jedes Mal, den Müll rauszutragen. Ich nahm den schwarzen Beutel, drehte ihn einmal um sich selbst, schlang mir das Plastik um die Finger und band ihn fest zu. Aus seinem Inneren drang Luft; der strenge Geruch nach gärendem Obst, Essensresten, schalem Bier und abgestandenem Wein zog an meinem Gesicht vorbei. Eine Wolke Fruchtfliegen stieg vom Boden des Mülleimers auf.

»Himmel, was für eine Plage dieses Jahr, was?« Ty stand plötzlich hinter mir. Seine Abscheu vor meinen Schwestern, die zwischen uns schwebten, war nicht zu übersehen.

»Ist mir noch gar nicht aufgefallen.«

»Im Ernst?« Ich sah im Augenwinkel, wie er den Kopf zur Seite legte wie ein horchender Hund.

Er langte an meiner Schulter vorbei ins Regal. »Trink einen Shot. Und komm mit uns.«

»Warum?«

»Weil«, er drückte mir eins der Gläser in die Hand, »ich es leid bin, nach Feierabend der einzige Erwachsene im Raum zu sein. Außerdem will ich mich mit meiner netten Kollegin unterhalten, rausfinden, warum sie so viel in sich reinlächelt.«

Die Worte sprudelten aus mir heraus, bevor ich sie zurückhalten konnte. »Weil ich einen Mann umgebracht habe.«

Er verschluckte sich an seinem Tequila, bevor er lachend den Kopf in den Nacken warf. »Du hast es faustdick hinter den Ohren, Soph. Bleib so.«

Er hatte es vergessen. Kaum ein paar Monate, in denen nichts diese Stadt erschütterte, und schon hatte er vergessen, wie klein sein Leben war. Er sah die Wahrheit nicht, weil er sie nicht sehen wollte, sie niemals sehen würde; so etwas lag für ihn außerhalb des Möglichen. Beinah hätte ich angefangen zu lachen, dermaßen absurd war das Ganze. Ich hätte vor versammelter Mannschaft in dieser Bar ein Geständnis ablegen können, und jeder hätte es für einen Witz gehalten. Ich wog den Gedanken einen Moment ab, zog in Erwägung, sie alle zu schocken. Stattdessen antwortete ich zwinkernd: »Solange die Cops mich nicht erwischen.«

Und Ty lachte.

Die Nacht im samtweichen Spätsommer, die nach frischem Heu duftete und mir vorkam wie ein Mühlstein um den Hals, öffnete ihr Maul und verschlang uns. Ich schob entspannt meinen Arm unter Tys, während wir uns auf den Weg zum Tap House machten und die Servicekräfte vor uns herumkasperten wie die Kinder.

Vielleicht war es diese feuchte Atmosphäre oder die Ausgelassenheit meiner Kollegen oder Tys nostalgische Anwandlung, die mich in dieser Nacht aus der Tür und über die Straße lockten. Vielleicht war es die Langeweile, nach wochenlangem Schweigen der Polizei; ich hatte Lust, mal wieder richtig einen draufzumachen und zu sehen, was passiert. Aus welchem Grund auch immer, in dieser Nacht Mitte September tat ich etwas, was ich sonst nie tat: Ich folgte meinen Kollegen hinaus in dieses flimmernde, pulsierende Dunkel.

Jede Stadt hat ihr Spülbecken, die eine Bar, in der alle landen, wenn der Abend zu Ende geht, um den Abfluss zu umkreisen. Oft ist sie zu hell oder zu stickig, zu laut; der Whisky ist immer warm und der Wein immer schlecht, aber die Nachos sind unschlagbar, und der Barkeeper ist der einzige Mann, dem du zutraust, dir deine Drinks zu machen. In Bellair heißt diese Bar Tap House. Und dienstags war sie wie immer voll, versammelte Stammgäste nach Feierabend und Angestellte aus anderen Kneipen nach Ende ihrer Schicht. Wir verschwanden im Abfluss.

Der Abend verlief, wie diese Abende eben laufen. Einen Shot runterkippen, ein Bier trinken, eine Zigarette vor der Tür, wenns drin zu eng wird. Bargäste und Arbeitskollegen, die es nicht mehr gewohnt waren, mich feiern zu sehen, drängten sich plötzlich, um mich zu begrüßen. Ich ließ sie einen nach dem anderen zu mir wanken, ließ sie mir mit glasigen Blicken die Hände auf die Schultern legen und versichern, wie sehr sie sich freuten, *dass ich mich auch mal amüsierte*.

»Also, Soph«, sagte Ty irgendwann zu später Stunde.

»Also was?«

»Wir sitzen schon die ganze Zeit zusammen. Ich würde sagen, wir haben noch ein halbes Stündchen bis zur letzten Runde, und du hast noch nichts über deinen heimlichen Liebhaber verraten.«

»Ich sag dir doch, den hab ich umgebracht.«

Sein Lachen klang nun verhaltener, der Glanz in seinen Augen trübte sich etwas. »Bist du sicher, dass alles in Ordnung ist? Ich hab immer noch ein schlechtes Gewissen wegen Mack neulich Abend, weißt du …«

Ungefähr da hörte ich auf ihm zuzuhören. Die Bar war mir zu viel, all die lachenden Gesichter, die verklebte Theke, das helle Deckenlicht. In mir herrschte Aufruhr, und sie würden mich sehen. Ich erhob mich von der Theke, um zu gehen.

»Mark konnte genauso unausstehlich sein, ich weiß. Ich kann mir vorstellen, dass er dich wahnsinnig gemacht hat, aber ich hab mich immer gefragt, ob da nicht was gelaufen ist zwischen … Oh, shit.« Ty schlug sich die Hand vor den Mund.

Angeblich bleibt dir in solchen Momenten das Herz stehen. Das stimmt nicht. In Wahrheit beginnt es, durch den unvermittelten Schock mit Adrenalin geflutet, schneller zu schlagen. Das Zittern, der Tunnelblick, die plötzliche Atemnot, das alles sind Anzeichen, dass dein Gehirn mit Sauerstoff überschwemmt ist und Mühe hat nachzukommen. Mein Herz blieb nicht stehen, als Ty mein Geheimnis anrührte; es rüstete mich zur Flucht. Wahrscheinlich kann ich von Glück sagen, dass ich jahrelange Erfahrung mit solchen unguten Gefühlen habe. Ich verbarg mein Gesicht hinter einer Maske der Trauer, ließ mir Tränen in die Augen steigen.

Ty erstarrte wie ein Hirsch im Scheinwerferlicht, dann stellte er langsam sein Glas zurück auf die Theke. »Mist. Ich hab vergessen, dass du in der Nacht noch mit ihm zusammen warst. Tut mir leid. Ich bin ein Idiot. Vergiss es einfach. Noch eine Runde, auf mich – für Mark. Mike! He! Hier wird dein Typ verlangt.« Er drehte sich zum anderen Ende der Theke, die Wangen von Alkohol und Scham gerötet. Ich sah, wie er nervös an seinem Bierglas fingerte.

Wenn er nur wüsste.

Ich fragte mich allerdings, ob er es nicht, genau wie diese Hirsche, ahnte, ob er nicht die Anwesenheit des Todes neben sich spürte. Konnte er die Unruhe unter meiner Haut wahrnehmen, die Gräber riechen, die ich mit den Händen ausgehoben hatte? Sah er ihre Gesichter in meinem aufblitzen?

Mein nächstes Opfer trat kurz vor der letzten Runde durch die Tür. Ich hatte ihn noch nie gesehen, obwohl sein Tonfall und die Tüten mit chinesischem Fastfood, die seine blau verfärbten Finger langsam abquetschten, auf jemanden schließen ließen, der unsere Gegend kannte, wenn nicht von hier stammte.

Er kam herein wie eine Dampfwalze. Selbst in meinem angetrunkenen Zustand spürte ich, wie die Luft stehen blieb, während er sich stampfend näherte, wie bei seinem dickbäuchigen Aufprall an der Theke mein Rückgrat zusammenzuckte.

»He, trink einen mit mir!«, rief er jedem zu, der das Pech hatte, Blickkontakt mit ihm herzustellen. Mich schreckte das nicht, und ich sah ihm ins Gesicht, erblickte zwei winzige Augen, die über fetten Hängebacken saßen, die bei jedem Schritt, den er machte, erzitterten. Die Tüten zwirbelten sich enger um seine Finger, aber er beachtete es nicht, sondern konzentrierte seine Energie darauf, ahnungslosen Opfern seine Gastfreundschaft aufzudrängen.

»He, ich geb dir einen aus.« Sein Atem fegte mir über den Kopf Richtung Ty.

»Nein danke, Kumpel. Ich bin versorgt.«

»Was ist mit dir?« Eine Hand senkte sich auf die Lehne meines Barhockers. »Dann spendier ich dir nen Drink.«

Es war der Übergriff, auf den ich unbewusst gewartet hatte, trotzdem biss ich die Zähne zusammen. In dem grellen Licht, umgeben von Menschen, die mein Gesicht kannten, konnte ich nicht zur Giftschlange werden; ich musste stillhalten. Die Grube, die sich in meinem Inneren aufgetan hatte, klaffte weit. Meine krabbelnde Rüstung, praktisch meine zweite Haut inzwischen, berührte seine Fingerspitzen, kostete, probierte. Der hier, ja, der könnte gehen. *Durchatmen, Sophie. Lass ihn nicht den Abgrund in deinem Blick sehen.*

»Sie will auch nichts, mein Freund. Aber danke. Setzen Sie sich doch einfach hin und trinken Sie ein Glas Wasser? Was, Mike?« Ty, der es nicht gewohnt war, überhört zu werden, legte die Hand auf die Theke.

Dieses typische Spiel unter Männern. *Kumpel* und *Mann* und *Freund* sind halb gedrückte Abzüge. Hände auf dem Tresen werden, wenn man sie drängt, zu Fäusten. Brüste schwellen an wie große Segel, Kehlen schnüren sich zu, Kiefer spannen sich. Und meine Stimme, falls ich die Dreistigkeit besäße zu glauben, ich hätte eine, wird sich über die Schulter geworfen und von der höheren Macht namens Mann davongetragen. Aber ich war gelangweilt und unruhig, und die Milben kribbelten auf meiner Haut. *Du hättest nach Hause gehen sollen, bist du aber nicht. Jetzt wird er dir auf dem Silbertablett serviert. Lass ihn nicht entkommen.*

Ich hatte genau einen Zug. Die Königin gewinnt. Leg die eine Hand auf einen Oberschenkel, die andere auf die Brust des Gegenübers. Senke deine Stimme, lass sie sanft und beruhigend klingen, kaum wahrnehmbar, so dass man ihr Gehör schenken muss. Wie einer Klapperschlange. Lass deinen Körper sowohl Waffe als auch Schutzschild werden.

»Ist schon gut, Ty. Danke für das Angebot, Sir. Aber ich wollte gerade gehen.«

Ich hasse dieses Spiel. Ich hasse diesen Teil der Show. Am liebsten hätte ich sie angeschrien, ihnen gesagt: *Ach, verschwindet doch, schlagt euch die Köpfe ein, wenn ihr euch dann besser fühlt, ihr bescheuerten Riesenbabys!* Am liebsten wäre ich zum Donnerwetter geworden, hätte ihnen zugebrüllt, dass ich schon fünf Männer ermordet habe und niemand mich entlarvt hat – was wären da schon zwei mehr? Aber ich ließ es. Ich saß da, die eine Hand auf Tys Oberschenkel gelegt, die andere dem Fremden an die Brust gedrückt, mein Körper Blitzableiter zwischen beiden, der ihre Spannung erdete und ihr Augenmerk auf mich lenkte. Ich musste mich zum stillen Epizentrum ihres Interesses machen. Das war ein Spiel, nichts als ein Spiel. Genau wie jedes Mal, wenn ich mit den Jungs aus der Küche im Kühlraum eingeschlossen war. Nur ein Spiel. Zähne fletschten sich angesichts der Männerkörper unter meinen Händen. *Wir wissen, was zu tun ist, lass es uns tun.* Ich zwang mich zu einem Lächeln.

Soll Ty sich doch für was Besonderes halten, soll der Fremde sich doch wundern, dass ich ihn anfasse. Schluck deinen Stolz herunter, entzünde damit ein Streichholz in deinem Inneren. Wenn sie nicht hersehen, verbrenne sie alle.

»Komm, wir gehen, Ty.«

Wir warfen jeder ein wenig Bargeld auf den Tresen und stiegen von unseren Barhockern. Seine Hand, die er mir auf den Rücken legte, während wir die Bar verließen, brannte wie ein heißes Eisen. Ich beschleunigte meinen Schritt, um den Mäulern zu entkommen, die an seinen Fingerspitzen klebten.

»Wir wollen noch rüber zu Bill. Kommt ihr mit?« Eine Stimme drang durch die Dunkelheit, eine Zigarette erhob sich vor einem umschatteten Gesicht. Rote Glut. Qualm.

»Bin dabei.« Ty, immer noch neben mir, nahm endlich die Hand von meinem Rücken. »Sophie?«

Du erinnerst dich an ihre Namen: Bundy, Dahmer, Ramirez. Auch an meinen wirst du dich erinnern. Du wirst dich an meinen Namen – Sophie Braam – erinnern, weil ich klug bin, weil ich ein Spiel daraus gemacht habe, aus dem Männermorden. Du wirst dich an meinen Namen erinnern, weil ich mehr bin als ein böser Geist.

Eine Unmöglichkeit

Ein Koch, mit dem ich vor Jahren einmal zusammengearbeitet habe, in einer anderen Bar in einem anderen Leben, erzählte mir eines Morgens, er habe einen Pfotenabdruck in seinem Garten gefunden. Der Abdruck, direkt neben der Schaukel seiner Tochter tief in den roten Lehm gepresst, war zu groß, um von einem Kojoten zu stammen, und wies keinerlei Klauenspuren auf, wie der eines Bären es getan hätte. Der Abdruck, war mein Kollege sich sicher, stammte von einem Tier, das, wie Ranger dir bestätigen werden, seit den siebziger Jahren nicht mehr in Virginia gesehen wurde. Ranger ziehen es vor, genau wie Polizisten, zu ignorieren, was sie nicht verstehen. Berglöwen zum Beispiel oder gefährliche Frauen.

Was diese Katzen so tödlich macht, ist ihre Lautlosigkeit. Sie folgen ihrer Beute kilometerweit, schleichen leiseren Schrittes durch den Wald, als der Atem deinem Mund entweicht. Außerdem sind sie geduldig. Warten Stunden im Verborgenen auf den richtigen Moment.

Er überholte mich auf dem Weg zu meinem Wagen, sein schwerfälliger Schritt ein Erdbeben, das auch die letzten Zweifel losrüttelte, die noch an mir hafteten. Während meine Kollegen winkten und riefen, lautstark diskutierten, ob die Tankstelle noch aufhatte und Bier verkaufte, stand ich da und beobachtete, wie der Mann mit den baumelnden Essenstüten vom Chinesen davonstolperte. Ich signalisierte den anderen, schon mal vorzugehen. »Ich muss mich noch umziehen. Wir treffen uns dort. Ja, ich weiß, wo ich hinmuss.«

In die Dunkelheit.

Der Alkohol kochte unter meiner Haut, deshalb war es leicht, sie abzustreifen, in der warmen Luft, in den Schatten, die über dem löchrigen Parkplatz lagen. Ich bin klein, meine Schritte sind leicht. Ich bin klein: »Tut mir wirklich leid wegen meinem Freund vorhin. Er ist betrunken, da spielt er gern den Beschützer.« Ich bin klein: »Moment, Sie haben so viel zu tragen, ich mache Ihnen die Tür auf.« Ich bin klein.

Sein Wagen stand am hintersten Rand des schlaglochübersäten Parkplatzes. Wo das Licht der Straßenlampen nicht mehr hinkam, in der dornigen Umklammerung einiger Brombeerbüsche.

Ich bin klein.

Ob er wohl sah, wie es in mir wimmelte, als ich mich ihm näherte? Sah er die Raubkatze aus meinem Brustkorb stürmen, spürte er, wie sich die Zähne unter meiner Haut fletschten, als ich nach seinem Handgelenk griff?

Ich bin klein. Vertrau mir. Ich bin klein. Sieh mich nicht an.

Ich habe Klauen.

Er sank röchelnd auf seine Rückbank, und ich ließ ihn dort. Auf dem Sitz lag eine Decke, ich zog sie unter ihm heraus, warf sie über sein fettes Gesicht, ging davon. Ich fühlte mich wie ein Mann. Verwegen und frei. Ich würde mich später um ihn kümmern. Morgen. Heute Abend hatte ich eine Party zu besuchen, das Leben zu feiern.

Eine Mänade

Leute, die im Gastgewerbe arbeiten, strahlen auf einer Party mit einem gewissen, allzu hellen Glanz. Das ist schwer zu verstehen, wenn du es noch nie erlebt, wenn du noch nie zu dieser seltsamen Familie gehört hast, die ihre Tage an vorderster Front verbringt und zwei Dollar die Stunde bekommt, um auch die schlimmsten Exemplare der Menschheit freundlich anzulächeln. Ähnlich einem Tiefseefisch hat der Schein, der von einer Servicekraft nach Schichtende ausgeht, befreit von den gesellschaftlichen Zwängen, etwas Neonartiges, Irritierendes. Irgendetwas stimmt nicht mit ihnen. Bei den Fischen sind es vielleicht das entsetzlich große Gebiss oder der merkwürdig leere Blick. Meine Arbeitskollegen, bis auf ihre Trinkgewohnheiten keine Wasserwesen, hatten andere Wege gefunden, um aufzufallen. Ich sah es am Leuchten ihrer Augen, das in meinen Scheinwerfern aufblitzte, als ich anhielt; an der merkwürdigen Neigung ihrer Schultern, wenn sie gingen oder tanzten oder sich vorbeugten, um Geheimnisse aus ihren Mündern in erwartungsvolle Ohren zu befördern. Ich hörte es an ihrem Lachen, das in der Stunde, seit ich sie das letzte Mal gesehen hatte, einen scharfen Unterton bekommen hatte. In der Dunkelheit, in der Nacht, fernab von Gästen und Computern und den Belastungen eines Alltags, in dem man ständig sichtbar ist, aber niemals richtig gesehen wird, konnten sie endlich ihre Stacheln aufstellen. Ich sah sie, spitz und glitzernd in der Nacht.

Dort liegt mein Ursprung. Tage, so lang, dass meine Füße, selbst nachdem ich jahrelang daran gewöhnt war, manchmal noch brannten wie Feuer und mein Rücken nicht aufhören wollte zu schmerzen. Tage, an denen ich, nachdem ich Hilfskellner und Hostess ihr Trinkgeld gegeben und mein Personalessen bezahlt hatte, feststellte, dass ich noch drauflegen musste, um zu arbeiten. Berührungen an meinen Handgelenken, Blicke auf meinen Oberschenkeln und dumme Sprüche, die an mir zerrten; so belastbar sind wir alle nicht. Jahr für Jahr arbeitest du dir die Knochen wund, bis du irgendwann merkst, dass du dich in etwas Gefährliches verwandelt hast, etwas, das im Dunkeln leuchtet.

Es ist ein Wunder, dass nicht noch mehr von uns zu Killerinnen werden. Wären wir nicht so sehr damit beschäftigt, durch Selbstmord oder Alkoholsucht zu sterben oder durch Selbstmord durch Alkoholsucht, würden wir das vielleicht.

So erwarteten sie mich, in dieser schwülen Septembernacht, als ich die Kieseinfahrt hinauffuhr, um auf dem Rasen vor Billys Haus zu parken. Inmitten ihres wilden Bacchanals, während sie tanzten und lachten, rauchten und tranken, vor dem Feuer zusammensanken, das sie entzündet hatten.

Und in dieser einen sternenübersäten Nacht erlaubte ich mir, mit ihnen eins zu werden. Ich ließ meine Maske ins Gras fallen, und die ganze rasende, beißende, kribbelnde Qual in mir streckte sich in die weite Welt und ließ nach. Mir konnte nichts passieren. Im flackernden Lagerfeuerlicht würde niemand sehen, wie ich zitterte.

Jemand drückte mir einen Becher in die Hand, und ich leerte ihn, verlangte nach einem weiteren. Jemand hakte sich bei mir unter, und ich ließ mich mit in die Küche ziehen, wo Ty seine Spezialmixtur aus Cherry Limeade und Wodka zusammenbraute. Vielleicht ein bisschen Zitronenlimo noch und, ach, kann mal jemand ne Dose Sodawasser aus dem Kühlschrank holen? Damits für Soph ein bisschen britzelt. Er vollendete seine Kreation mit einer Handvoll Obststückchen und einem kleinen Kiefernzweig von einem Baum vor der Tür.

»Herzallerliebst.« Es schmeckte wie falsche Entscheidungen.

Wir tranken, bis der Himmel aufriss und langsam seinen morgendlichen Farbton annahm. Die letzten Zigaretten wurden angezündet, rote Spitzen, die wie die Sterne in der Dämmerung verblassten. In diesen friedlichen Momenten wurden jene von uns, die noch wach waren, zu einer eigenen Konstellation; zwischen Frühlingspeifern, Tau und Nebel, der still und schwer über der grauen Dämmerung hing, darauf wartete, dass wir zerfielen, erschlafft auf den kalten Boden sanken.

Hätte ich hingehört, hätte ich vielleicht eine Warnung vernommen in dieser Stille. Stattdessen ließ ich mich mitreißen vom erwachenden Vogelgezwitscher, von der Freude über die wachsende geheime Macht in mir, die ich besser zu beherrschen lernen sollte, um einer ausgelassenen Verrücktheit wie dieser einen Abend opfern zu können.

In dem Moment strahlten wir, alle. Träumer, die im Morgengrauen flirrten. Frei und in die Welt verliebt. Auf immer und ewig interessanter als du.

Ich hätte allerdings hören sollen, auf das Flüstern im Nebel, auf das kaum merkliche Kribbeln im Nacken, auf das Gefühl in den Beinen, mich zu schnell zu drehen, die Kontrolle zu verlieren. Hätte ich darauf gehört, dann hätte ich es kommen sehen. Dann hätte ich angehalten. Dann wäre ich nicht auf der Kreuzung mit dem Auto kollidiert.

Sophie

Sie sperrten mich in einen Käfig.

Aber vorher zogen sie mich aus.

Mit meinen Schuhen fingen sie an, mit den billigen Flip-Flops, die ich immer im Wagen habe, um den Füßen Erleichterung zu verschaffen, nachdem sie in der Hitze stundenlang in meinen engen Arbeitsclogs eingesperrt waren. Sie hatten keine Schnürsenkel, nichts, womit ich mich aufhängen oder mir sonst Schaden zufügen konnte, aber sie nahmen sie trotzdem. »Vorschrift« und »Darum«. So lauteten die Antworten auf meine Fragen nach dem Warum. Meinen Gürtel auch, wurde ich aufgefordert, steck ihn hier in die Plastiktüte. Armbanduhr, Halskette, Ringe, alles unter wachsamen Blicken abgestreift, wanderten in denselben klaffenden Schlund. Das Letzte, was sie mir nahmen, war mein Selbst. Eine Frau mit ernstem Blick und zu strengem Dutt ließ mir meine Handtasche in den Schoß fallen.

»Wir brauchen deinen Ausweis.«

Ich habe mich schon auf vielerlei Weise ausgeliefert, aber das war eine neue Art, mich meiner Identität zu berauben.

»Was haben Sie damit vor?«

Sie antwortete nicht. Verschränkte nur die Arme vor der Brust und sah mich finster an. Vermutlich hatte sie schon zu viele wie mich gesehen. Dabei sind wir Schwestern, sie und ich, haben es Nacht für Nacht mit Betrunkenen und anderen lästigen Zeitgenossen zu tun. Doch in diesem Moment betrachtete sie mich als eine von ihnen, und ich konnte nichts dagegen machen.

Nur eins. »Ich will mit Nora Martin sprechen. Sie ist Officer hier.«

»Nein, ist sie nicht.«

»Sie arbeitet fürs Bellair Police Department.«

»Das sind wir nicht, Schätzchen. Ausweis, bitte.«

Die Grube in meinem Bauch, diese Bestie, der Zähne und Klauen gewachsen waren, die aus meinem Inneren brüllte, erstarrte. Die Milben hinter meinen Augen erschauerten, ihre Stimmen verstummten. Manchmal musste man aufpassen, keine Miene verziehen, einfach nur eine Frau sein. Die Raubkatze in mir musste schnurren.

»Ich bin mir ziemlich sicher. Hier ist das Gefängnis. Arbeiten Sie nicht zusammen?«

Schweigen.

»Darf ich sie anrufen? Ein Anruf steht mir doch zu, oder?«

»Nein. Du bist betrunken.«

Am liebsten hätte ich ihr gesagt, dass das nicht stimmt, dass der Schrecken der vergangenen Stunde mich wunderbar ausgenüchtert hat. Stattdessen griff ich in meine Handtasche, tastete nach der Zunge, die ich ein paar Stunden zuvor in eins der Seitenfächer gesteckt hatte. Sie war noch da. Ich zog meinen Ausweis hervor, schob ihn über den Tisch, zu der Frau, die mich weiter ungnädig ansah.

»Wir wollen doch nicht, dass du deinen einen Anruf verschwendest. Schalt jetzt dein Handy aus. Wenn du wieder nüchtern bist, kannst du es zurückhaben. Und die Tasche kommt hier rein.« Sie hielt wieder die Plastiktüte auf. Da konnte ich mich kaum beherrschen, konnte kaum die Kichersalve unterdrücken, die mir bei dem Gedanken in den Hals stieg, die Zunge in diesem neuen Schlund zu versenken.

Die Frau, garantiert ein Michelob Ultra, wenn sie kam, ein Barefoot Moscato, wenn sie gut drauf war, verzog keine Miene. »Gibts irgendwas zu lachen?«

»Nein, Ma'am.«

»Hände.«

Sie stieß meine Finger, einen nach dem anderen, auf ein Fingerabdruckkissen, das auf ihrem Schreibtisch stand, während ich starr im Licht der Leuchtstoffröhren saß. Die Farbe war kalt. Bei jedem Aufprall wurde meine Fingerspitze weiß, dann rot, wenn sie wieder losließ. Weiß, rot, weiß, rot, immer so weiter, bis jede einmal dran war. Die erlangten Fragmente meiner selbst wanderten auf einen Bildschirm, verschwanden in einem Gewirr aus Kabeln und Leitungen, das seine Augen mit einem Gehirn irgendwo weit weg verband.

Würden sie eine Übereinstimmung finden?

Das Kichern, das in mir aufgestiegen war, verwandelte sich in Panik, die unter meinen Rippen kochte, mir in den Schädel wanderte, mir siedend heiß durch die Hirnhäute – Dura mater, Arachnoidea mater und Pia mater – schoss, den ganzen hohlen Raum zwischen meinen Ohren. Ich hatte aufgepasst, aber was, wenn ich irgendwo etwas von mir hinterlassen hatte? Einen Fingerabdruck auf Marks Hals, den Hauch einer Spur auf Trents Reißverschluss? Was, wenn jemand eine Leiche im Wald fand? Was, wenn; was, wenn; *was, wenn?* Die Fragen überrollten mich wie eine Welle, und ich war plötzlich ein Schiff, das auf dem Ozean schwankte. All die *Was-wenns*, die kurzen Momente des Zweifels, die schleichenden Sorgen, die Nervosität und die Gänsehaut im Nacken holten mich wieder ein, und ich ertrank in den Ängsten, die ich schon mein Leben lang kannte. Was, wenn ich diesen Rock trug, diesen Drink trank, diesen Jungen küsste? Sie kreisten krächzend in meinem Kopf wie die Aasgeier, bis ich wieder meine Großmutter mit ihrer heiseren Stimme sagen hörte: »Sophie. Atme.«

Solange ich hier in diesem Käfig saß, konnte ich nichts tun. Also holte ich einmal Luft, kroch in meine Brust und begann damit, mein Innerstes an einem geschützten Ort zu sammeln.

Die Frau gab einem Mann ein Zeichen, der etwas abseits stand. Ein Befehl. »Da rüber.«

Ich war ein Staffelstab, der zwischen Teamkollegen wanderte. Der Mann trat vor und streckte die Hand aus.

»Stell dich auf das schwarze X. Gut. Sieh mich an.«
Blitz.
»Dreh dich nach rechts.«
Blitz.

Sie kommandierten mich und drehten mich, pickten an mir wie die Geier, und ich ließ sie gewähren, denn was hatte ich für eine Wahl? Alles in mir sträubte sich, bis ich ein juckendes, brennendes Gewimmel von Füßen und Körpern unter meiner Haut war, während mein Gesicht darüber ausdruckslos blieb. Ich wusste, wie man sich in einem Käfig geben musste. Der hier war zwar hässlicher, schäbiger, der schlimmste von allen, in denen ich je saß, aber im Grunde unterschied er sich nicht sehr von dem, in dem ich schon mein Leben lang gefangen war.

Der Mann an der Kreuzung hatte nicht mit sich reden lassen, als ich ihm sagte, er solle meine Versicherungsdaten nehmen und einfach weiterfahren. Es interessierte ihn nicht, dass ich sicher war, nur müde zu sein, nicht betrunken, *nur müde*; dass ich nicht ahnen konnte, dass er anhalten würde, weil niemand vor sieben Uhr morgens an dieser mickrigen roten Ampel an der Peach Street hielt, am Wochenende nicht vor acht. Welcher Irre stoppt auf einer verlassenen Straße, wenn die Ampel auf Rot steht? Wer sei hier also eigentlich im Unrecht? Wir sollten beide froh sein, dass keiner verletzt wurde, und unseren Weg fortsetzen. Die Polizei zu rufen, sei unnötig.

Er stellte sich komplett stur. »Für Sie ist das vielleicht kein Problem, Miss, für mich aber schon, wenn ich meinem Arbeitgeber keinen Nachweis bringe, warum ich heute früh nicht zu meiner Schicht erscheine.«

Erst da bemerkte ich das Krankenhauslogo auf seinem T-Shirt, und ein paar helle Bleichmittelflecken am Saum. Er trug feste Schuhe mit Gummisohle. Eine Putzkraft offenbar.

Die Befehle gingen weiter, ein geknurrtes Stakkato. »Nimm dir eine Matratze von dem Stapel. Ja, von dem da drüben. Bring sie her. Das ist deine Zelle. Wie lange du hierbleibst? Bis wir entscheiden, dass du nüchtern genug bist.

Hast du einmal einen Fuß über diese Linie auf dem Boden gesetzt, gehörst du zu uns.«

Mist.

Die Zelle war zu hell. Zu kalt. Zu sauber. Betonboden und weiß gestrichene Hohlblocksteine, Licht, so grell, dass ich spürte, wie es mir Krallen hinter die Augen schob, wie mir winzige Körper in die Nebenhöhlen strömten, bis meine Knochen vor Unbehagen trieften.

Zwanzig Meter entfernt pflanzten sich diese Scheusale vor ihren Fernseher, begannen, sich mengenweise Chips und Süßigkeiten in die sabbernden Mäuler zu stopfen. Gefängnisaufseher fristen ihr Dasein, habe ich gehört, auf der untersten Stufe in der Strafverfolgungshierarchie. Müssen tagaus, tagein die übelsten Beschimpfungen über sich ergehen lassen, würden freundlichere Gemüter zugestehen, und dass es jeden fertigmachen würde, acht Stunden täglich in einen stickigen, grell erleuchteten Kasten eingesperrt zu sein. Aber ich bin kein freundliches Gemüt, deshalb waren sie in meinen Augen das, als was sie sich mir präsentierten: Schulhoframbos, zu faul oder zu unfähig, um wenigstens die Polizeischule zu absolvieren, zu verbittert, weil ihnen klar war, dass das jeder wusste, und zu resigniert, um sich darum zu scheren. Warum sollten sie auch? Schließlich besaßen sie die Macht hier, in dieser Betonwelt, wo die Lichter nie ausgingen, wo stets grässlich künstlicher Tag herrschte, wo jeder Laut auf harte Böden schlug, wo die Herrschaft des Gesetzes so etwas Ähnliches war wie das Arme-Verdrehen, das Kinder häufig machten. Wer würde wohl länger durchhalten – derjenige, der mir die Knochen bis kurz vorm Brechen krümmte, oder ich, die bei jeder knacksenden Warnung die Zähne zusammenbiss?

In der Zelle gegenüber stand ein Mann, der aussah, als wäre er schon öfter hier gewesen. Er hatte die Arme bis zum oberen Rand des Türrahmens gestreckt, hielt sich fest, holte tief Luft, nahm den ganzen Raum mit dem gestreiften Körper ein. Eine Stunde später brachten sie noch einen Gefangenen, in Handschellen und in der gleichen Gefängniskluft.

»Nicht nötig, dass du so was trägst«, erfahre ich, als der Aufseher an mir vorbeigeht. »Du bist bloß ein kleiner Fisch.«

So klein fühlte ich mich nicht. Scham und Schrecken in meiner Brust wuchsen plötzlich an, bis sie die ganze grell bestrahlte Zelle füllten. All die Jahre, in denen ich mich gefangen fühlte, hatte ich nicht gewusst, was Gefangensein bedeutet. Dass es Gestalt annehmen konnte, samt einem Maul, um meinen Albträumen zu entsteigen und mich zu verschlingen. *Bloß ein kleiner Fisch*, hatte er gesagt, so beiläufig, als wären diese Stunden, in denen ich meines Selbst beraubt und weggesperrt war, nur ein Witz; wie ein Catcall an einem heißen Nachmittag, wie ein schlechtes Gewissen, weil du einem Date zugestimmt hast, zu dem du nicht gehen willst, es aber leichter ist, als seine Gefühle zu verletzen. Und sicherer. All die Käfige, in die ich mich mein Leben lang gesperrt hatte, rissen an diesem grauenhaften Morgen ihre Mäuler auf, und ich merkte, wie ich darin verschwand. Nirgends etwas, um mich festzuhalten, kein Weg, mich selbst zu retten. Alles, was ich tun konnte, war, mir zu schwören, mich nie wieder in einen Käfig stecken zu lassen.

Er schloss sich in seinem Wagen ein. Vielleicht waren ihm Frauen wie ich schon früher begegnet; vielleicht spürte er die wilde Löwin hinter meinen Rippen.

Mein Wagen.

Sein Wagen. Er. Jemand würde ihn finden. Aber was würden sie in meinem Wagen finden? Auf meine Arbeitsbluse war Blut gespritzt. Was hatte ich damit gemacht? Ich erinnerte mich dunkel, etwas in den Wald geworfen zu haben, aber ich konnte es nicht richtig greifen. Das Licht war zu grell, meine Gedanken fanden keinen Halt.

Ich sah auf meine Hände, stellte erleichtert fest, dass ich das Blut unter meinen Nägeln weggewaschen hatte. Es war in Billys Haus im Abfluss verschwunden. Immerhin.

»Wo ist mein Auto?«, fragte ich, als der Aufseher das nächste Mal vorbeikam, den Essenswagen vor sich herschob wie ein widerlicher Flugbegleiter.

»Frühstück.«

»Lassen Sie mich meinen Anruf machen. Ich bin nüchtern. Was ist mit meinem Auto?« Eine Faust ballte sich in meinem Bauch. Meine Maske verrutschte, eine Milbe schlüpfte heraus, kroch mir über den Kopf. Er würde sie sehen; das Licht war so hell, ich konnte mich nicht verstecken.

»Willst du Frühstück oder nicht?«

Es ist ernüchternd festzustellen, wie schnell einen so etwas wie Wahnsinn überkommt. Ich konnte die Sonne nicht sehen, aber ich spürte sie, wie sie am Himmel emporstieg. Die Minuten zogen sich. Würde ich je wieder entkommen? Was, wenn sie ihn fanden, bevor ich entlassen wurde? Ob sie es schon wussten? Wer immer ein bisschen aufmerksam war, würde bemerken, dass ich zwischen Zigarettenrauch und Alkohol nach Tod roch. Nach einem Hauch von Verwesung, der ekelhaft süß stumm in der flachen Mulde über meinem Schlüsselbein lag, über der weichen Baumwolle meines Tanktops. Was, wenn sie es auch in meinem Auto feststellten? Was, wenn sie in meine Handtasche sahen und die Zunge dort fanden? Was, wenn sie in diesem Moment schon Ermittlungen gegen mich einleiteten? In dieser kalten, stickigen Zelle wurde ich selbst zur Milbe, die unter ihrer toten Betonhaut kroch und kratzte.

»Ich will jetzt meinen Anruf.«

»Dann hast du anscheinend keinen Hunger.«

Ich hämmerte mit der Faust gegen mein Zellenfenster, während er sich mit dem Wagen entfernte. »Verdammtes Arschloch.«

Falls er mich hörte, ließ er sich nichts anmerken, setzte seine Runde von einer Zelle zur nächsten fort, klatschte Essen auf Tabletts, lief an denen vorbei, die es wie ich wagten, etwas anderes als respektvoll zu sein.

Der Tag kroch dahin, zog an mir vorbei, während ich mich setzte und erhob, auf und ab lief und wieder setzte, hin und wieder innehielt, um zu den Wärtern hinüberzuschauen, die, sämtliche Blicke auf irgendwas im Fernsehen geheftet, an ihren Schreibtischen hockten. Sie tauschten Witze aus wie Spielkarten, ignorierten den Mann, der ein paar Zellen entfernt lautstark nach einem Arzt verlangte.

Irgendwann, als sie es überdrüssig waren, oder vielleicht meine Zelle brauchten, oder zu dem Schluss kamen, dass sie es nicht länger rechtfertigen konnten, mich festzuhalten, kamen zwei von ihnen zu mir. Sie waren fett, vornübergebeugt, wie Menschen, die schon ihr Leben lang einen Job machten, bei dem sie viele Stunden stehen mussten; ihre Gesichter fahl vom Frischluftmangel.

»Ich will meinen Anruf.«

»Wie wärs, wenn du erst mal für uns hier reinbläst? Dann denken wir über den Anruf nach«, sagte der fettere von ihnen und zog einen Alkoholtester aus der Tasche.

»Ich bin nüchtern. Rede ich etwa nicht klar und verständlich mit Ihnen?«

»Die Leute vertun sich leicht, wenn sie selbst beurteilen sollen, ob sie betrunken sind.« In einem anderen Leben hätten wir uns jetzt zugenickt, angegrinst, vielleicht sogar zugezwinkert. Dachte ich nicht schließlich dasselbe, wenn ich freitagabends hinter meiner Bar stand?

Der andere meldete sich zu Wort. »Tus einfach für uns, Schätzchen, dann sehen wir, was wir für dich tun können.«

Schätzchen. Ich schloss die Augen, um die Tränen der Wut und Scham zu verbergen, die in mir hochstiegen, und ließ mir von den Männern das Röhrchen in den Mund schieben.

»Blasen«, sagte einer von ihnen. *Schätzchen. Kleine. Blasen.* Und ich blies, während ich mich genauso ausgeliefert und missbraucht fühlte, wie so viele Male zuvor, als ich noch jünger war, als ich zugelassen hatte, dass Männer mich wie ein Spielzeug benutzten, das sie aus dem Regal holen konnten, wenn sie Lust darauf hatten. Tief in meiner Brust, krümmte sich der Teil von mir enger zusammen, den ich zur Sicherheit dorthin gesteckt hatte. Meine Haut begann zu kribbeln. Meine Fäuste ballten sich. Wenn sie wüssten.

»0,6, fast geschafft. Trink noch ein paar Becher Wasser. Wir kommen wieder, wenn wir mit den Jungs da drüben durch sind.«

»Das ist unter der zulässigen Höchstgrenze. Ich bin nüchtern. Außerdem fahre ich sowieso nicht.«

»Es dauert nicht lange.«

»Ich will meinen Anruf.«

»Dein Handy kriegst du zurück, wenn wir dich rauslassen.«

Sie hatten gewonnen. Also wartete ich, trank das lauwarme Wasser aus dem Hahn über dem Waschbecken neben meiner Toilette, legte mich auf die Matratze in der hinteren Ecke der Zelle. Nach einer Weile klebte einer von ihnen mein Sichtfenster zu. »Damit du pinkeln kannst, falls nötig«, sagte er. Nicht unangebracht, angesichts der Tatsache, dass ich die einzige Frau in einem Raum voller Männer war, alle in Sichtweite. Vermutlich machte er es aber nur, damit sie mich nicht ansehen mussten, bis sie so weit waren. Ich starrte auf das Fenster, ließ meinen Blick Löcher hindurchbohren.

Immerhin einen Hoffnungsschimmer gab es. Mein Auto. Sie mussten es inzwischen durchsucht haben, ohne etwas zu finden. Der bloße Gedanke, dass Fremde in mein Reich eingedrungen sind, alles durchstöbert haben, war schrecklich. Angeblich machen sie das »mehr in deinem Interesse als in ihrem«. Dir zuliebe. Um Rechtsstreitigkeiten zu vermeiden, falls auf dem Abschlepphof etwas gestohlen wurde.

»Ich tu das dir zuliebe«, »Ich tu das nicht gern, glaub mir« – das sagen sie, um sich besser zu fühlen, wenn sie dich zerstören. Dieses Verlassenheitsgefühl, diese Demütigung, dieser Schmerz, all das, was ich dir zufüge, »alles nur zu deinem Besten. Weil du mir so wichtig bist«. Als wären sie bei meinem Vater in die Lehre gegangen.

Auf jeden Fall können sie nichts gefunden haben, sonst hätten sie es gesagt. Daran klammerte ich mich. Sollten sie mich unter die Lupe nehmen, sollten sie mich untersuchen, solange sie nur das Verborgene nicht sahen. Seine Leiche würden sie bei mir nicht finden. Den Rest ... was hatte ich in den Wald geworfen? Wo war mein Messer?

Aber sie hätten bestimmt etwas gesagt, wenn sie irgendwas entdeckt hätten, da war ich mir sicher.

Um halb eins wurde ich hinausbefördert. Meinen Anruf hatte ich nicht machen dürfen. Später, auf dem Rücksitz meines Taxis, fließen die Tränen. Mein Fahrer stellt zum Glück keine Fragen. Ich habe das Gefühl, etwas packt meinen Knöchel, mich überkommt der unbändige Drang, die Flucht zu ergreifen, mich zu wehren, zu entkommen. Und gleich darauf, zögerlicher, und doch genauso machtvoll: Zorn. Heißer, rasender Zorn.

Nora

Es war ein Kadaver, dieses aufgeblähte, schwarz verfärbte Etwas auf dem Rücksitz der zerbeulten Limousine. Ein Kadaver, keine Leiche. Eine Leiche war menschlich. Eine Leiche besaß einen Namen und eine Familie, eine Leiche besaß ein Lächeln. Aber dieser Mann, der ein Kadaver war und keine Leiche, war für denjenigen, der ihn getötet hatte, kein Mensch gewesen.

Nichts passte zusammen. So starben Männer nicht. Männer wurden nicht erdrosselt oder abgeschlachtet wie Schweine, nackt und gedemütigt zum Verrotten in Müllcontainer geworfen. Die Zungen wurden ihnen nicht wie Trophäen aus dem Hals geschnitten. Männer starben bei Kneipenschlägereien, Revierkämpfen um Freundinnen, Streitigkeiten um Drogen, Geld. Sie starben durch Schläge und Kugeln, gelegentlich durch einen unsauberen Stich, der irgendetwas Lebenswichtiges durchtrennte. In Noras Welt waren die Tode von Männern laute, sinnlose Angelegenheiten. Die Gewalt, die sie untereinander anwandten, nichts als ein kurzes Strohfeuer, schneller vorbei, als es angefangen hatte, und eine blutige Sache. Selbst im Zorn behandelten Männer sich noch wie Menschen.

Die Verstümmelung, die Demütigung, die maßlose Abscheu und Wut, die sich an dieser zerfleischten Kehle zeigten, waren Frauen vorbehalten. Männer schlugen Frauen, als würden sie damit die gigantische Last ihrer Welt zu Boden schleudern, warfen sie hinaus, als wären sie wertlos, als bedeuteten sie nichts. Sie zu würgen, zu verstümmeln, zu bespucken und zu missbrauchen, selbst nachdem sie schon tot waren, das war etwas, was Männer typischerweise Frauen antaten, um sich von der Vorstellung zu befreien, sie wären unvollkommen. Ihnen fehlte etwas. Sie wären krank. Kranke Menschen zerstörten andere zur Linderung ihrer eigenen Seelenqual.

Aber Männer taten Männern so etwas nicht an. Nein, das konnte Nora nicht glauben, egal, was Murph dachte.

Der Kadaver, die Leiche, der Mann leuchtete und schillerte, und eine Wolke aus tausenden flügelschlagenden Schmeißfliegen verschlang sie, als sie sich hinunterbeugte, um in sein Gesicht zu schauen, das in einem merkwürdigen Winkel tief in den Fußraum geschoben worden war. Wie die grausige Nachbildung eines Bumerangs bog sein gebrochenes Genick sich unter dem Kinn. Ein Atemzug schien aus seiner zertrümmerten Mundhöhle zu dringen, und der widerliche Gestank nach Verwesung streckte Nora seinen Arm in den Hals. Sie würgte. Wandte sich ab, fand sich dem Blitzen klickender Kameras gegenüber. Sie durchkämmten den Parkplatz, spähten in den Wagen, stellten ihre Fragen in Auslösegeschwindigkeit. Nora wandte sich wieder der Leiche zu.

Blitz.

Dieser Mann, diese Leiche, dieser Kadaver war von Abscheu zerfleischt. Von Wut, wieder und wieder entladen in tiefen Einstichwunden. Das war die Sprache eines Tieres, das in die Enge getrieben war, hemmungslos und unkontrolliert. Da und dort, wieder und wieder, Zähne und Klauen. Zähne und Klauen.

Aber anscheinend nur auf der vorderen Körperseite des Opfers. Diese Attacke war ein Sprengsatz gewesen, kein Feuer. Sie hatte ihn nicht ganz verschlungen.

Nora stellte fest, dass er die Hände an die Brust gepresst hatte, und hob eine hoch, um sie genauer zu untersuchen. Wenn er von vorne angegriffen wurde, hatte er sich sicher gewehrt; tatsächlich, auf der breiten kalten Handfläche befanden sich längliche Schnittwunden. Und noch etwas entdeckte sie.

Haare. Lange dunkle Strähnen, um Finger gewickelt, in ausgefransten Furchen zerfetzter Haut hängen geblieben. Haare, dachte Nora sofort, die genauso aussahen wie das Haar, das sie vor Monaten in der Hand des toten Jungen gefunden hatten.

Mit hämmerndem Herzen zog sie einen Plastikbeutel und eine Pinzette aus der Tasche. Sie hatte recht gehabt, sie hatte es gewusst. Diese Morde wirkten nicht wie die Taten von Männern, weil es keine waren. Und es gab keinen Komplizen. Hier zeigte sich eine Wut, die nur Frauen erfassen konnte. Eine lange überfällige Abrechnung. Sie schauderte. Der Gedanke löste ein beklemmendes Gefühl in ihrem Inneren aus, einen dunklen Gedanken, dem sie sich nicht stellen wollte. Das hier war eine Wut, die auch sie verstand, die sie unter ihrem Bett verbarg, wo sie nichts weiter anrichten konnte, als ihr in der Nacht um die Knöchel zu streichen.

»Was hast du da, Schätzchen?« Val beugte sich über ihre Schulter. Vor lauter Aufregung hatte Nora die Frau gar nicht über den Schotterparkplatz kommen hören.

»Fragen ... Eine Ahnung, ich weiß nicht ... Ich ... Sieh dir das an, Val.« Nora hielt den Beutel hoch. »Haare. Lange Haare.«

Val hockte sich neben sie, schlug eine Wolke Fliegen weg, die auf sie zuschwirrte, zweifellos angezogen von der Aura des Todes, die diese Frau ständig umgab, die so viel Zeit mit Leichen verbrachte.

»Du glaubst, es war eine Frau beteiligt?« Val betrachtete nachdenklich die Haarsträhnen, die sich in dem Beutel ringelten.

»Sie sind lang.«

»Auch Männer haben manchmal lange Haare ...« Val blickte auf den Kadaver, bewegte ihre behandschuhte Hand über seinen schrecklich zugerichteten Hals bis zum qualvoll klaffenden Mund. Schmeißfliegen verteilten sich summend im Wageninneren. »Wer immer ihm das angetan hat, war jedenfalls nicht zimperlich. Sein Genick ist gebrochen. Siehst du.« Sie spreizte vorsichtig das Loch in seiner Kehle so weit, dass Nora hineinsehen konnte. »Damit wurde er sicher ins Jenseits befördert.«

»Du glaubst also nicht, dass es eine Frau gewesen sein könnte?«, fragte Nora entmutigt.

Vals Blick verriet jedoch, dass sie dieselben Fragen beschäftigten. »Ich sage nicht, dass es *unmöglich* ist. Ich sage nur, dass auch Männer lange Haare haben können. Oder dieser Mann hat eine Frau angegriffen, und jemand hat sich eingemischt. Solange wir nicht mehr wissen, kann ich Notwehr nicht ausschließen.«

»Solange wir nicht wissen, ob diese Haare mit dem Haar übereinstimmen, das wir im März gefunden haben«, räumte Nora ein. »Ist es überhaupt schon untersucht worden?«

Val seufzte. »Davon musst du dich, glaube ich, verabschieden. Es sieht aus, als hätte die Hitze vom Zug sämtliche DNA-Spuren zerstört, die wir daran hätten finden können. Ich tue, was ich kann; wir können es zumindest vom Aussehen mit denen hier vergleichen. Wenn unser Freund hier sie jemandem im Kampf ausgerissen hat, kann es gut sein, dass die Wurzeln noch dran sind. Das würde uns wenigstens das Geschlecht liefern.«

»Sieh ihn dir nur an«, sagte Nora. »Sieh dir bloß diese hemmungslose Wut an. Und dann sag mir, du glaubst nicht, dass eine Frau so etwas tun würde.«

Val grinste. »O doch, das glaube ich. Aber ich muss mich an die Wissenschaft halten.«

»Natürlich.« Nora seufzte. »Das musst du wohl.« Val hatte recht. Aber diese innere Stimme war so deutlich. »Trotzdem, können wir die Sache wenigstens beschleunigen?«

Das war die Tat einer Frau, davon war sie überzeugt.

Murph wartete in dem kleinen blauen Zelt auf sie, das sie an jeden Tatort begleitete. Zur Begrüßung hielt er Nora einen dampfenden Becher Kaffee hin, den sie dankbar annahm. Neben ihm stand Charlie, die Sonnenbrille im Gesicht, die Lippen zu einer ernsten Linie verzogen, sein eigener Kaffee schon halb geleert.

»Du hast also den Fall gelöst? Kann ich mich schon zur Ruhe setzen?«, fragte Murph, während sein Bauch sich wölbte wie ein Ballon im Wind.

Einen kurzen Moment schien es, als würde er einfach davonfliegen. Bei dem Gedanken stieg Nora ein Lachen in die Wangen. Sie schluckte es herunter. Zu viele vage Gefühle beschäftigten sie, um irgendwie schlau daraus zu werden, und jetzt war keine Zeit, sie zu entwirren, also antwortete sie einfach: »Noch nicht ... Aber wir haben Haare gefunden.«

»Nicht seine, nehme ich an?«

»Hat nicht den Anschein.«

Murph hob das Gesicht zum wolkenlosen Himmel. Die Sonne, die jetzt, nachdem die Tage kürzer und die Schatten länger wurden, eigentlich nicht mehr so erbarmungslos scheinen sollte, brannte noch immer zu heiß. Nora sah Schweiß auf seiner Stirn glänzen, spürte, wie welcher über ihre eigene rann. Schon seit einer Weile zog sich der Sommer bis in den Herbst, und es schien, als würde dieses Jahr keine Ausnahme bilden. So spät jedoch hatte die Hitze, die noch ein paar Wochen zuvor gern gesehen war, etwas Erdrückendes. Sie war flau und ermüdend und längst nicht mehr willkommen.

»Charlie«, sagte er, »bring mich auf den neuesten Stand. Wann kam die Meldung rein? Mit wem hast du gesprochen?«

Charlie trank einen Schluck von seinem Kaffee. »Irgendwann am Spätvormittag«, begann er, »kurz vor dem Mittagessen. Chris Perfater, einer der Köche vom Tap House, wollte draußen noch eine rauchen, bevor der Betrieb losging.«

Er nickte in Richtung eines Mannes, der ein paar Meter entfernt mit einer Zigarette im Mund auf dem Bordstein saß. Zitternde Hände, unfokussierter Blick, ein Gesichtsausdruck, wie Nora ihn schon unzählige Male gesehen hatte. Ein Mensch, der den Tod nicht gewohnt war.

»Er sagt, der Wagen steht hier schon seit ein paar Tagen. Niemand hat ihn groß beachtet. So was kommt dauernd vor, die Leute betrinken sich und nehmen ein Taxi nach Hause. Ihr Auto holen sie irgendwann später ab. Und das hier steht so weit hinten auf der Parkfläche, dass keiner sich wirklich drum gekümmert hat.«

»Gut.« Murph nickte.

»Also, er war neugierig, weil es eben schon so lange da stand. Dachte, er wirft mal einen Blick rein und versucht rauszufinden, wem es gehört. Oder ob sie besser den Abschleppwagen rufen sollten ... da bemerkt er den Gestank. Und die Fliegen.«

»Hat er irgendwas angefasst?« Murph zog sein eigenes Päckchen Zigaretten hervor, zündete sich eine an. Sie flammte vor seinem Gesicht kurz auf, ringelte sich dann zu blassem Rauch.

»Er sagt, nein. Er hätte uns sofort angerufen.«

»Kluger Mann. Dann bist du also rausgefahren. Und du, Martin, seit wann bist du hier?«

»Ich war schon im Büro, also hab ich Charlie einfach begleitet.«

Murph schob seine Sonnenbrille nach unten, um Nora direkt in die Augen zu sehen. »Martin, wie oft hab ich dir schon gesagt, du sollst deinen freien Tag nehmen?«

Sie wurde rot, biss sich auf die Zunge, wandte den Blick aber nicht ab.

»Okay«, fuhr er fort, »also gehen wir die Sache durch, Käfer-Lady. Was hast du gesehen?«

Die Worte *verlassener Wagen, Schmeißfliegen, Maden, Verwesungsgeruch* waren leicht ausgesprochen. Es war alles da, klar und deutlich und mit einer sterilen Schleife verschnürt. Aber das lieferte nicht das ganze Bild. Diese Worte – *verlassener Wagen, Schmeißfliegen, Verwesungsgeruch* – zeigten nicht das schleichende Grauen, das Nora überkommen hatte, kaum dass sie den Parkplatz betrat. Wie hätte sie das wilde Summen beschreiben sollen, das unter dem knackenden Metall tobte, das sich in der Sonne dehnte? Die paar Fliegen, die durch verborgene Ritzen schlüpften und ihr um den Kopf schwirrten? Wie ekelerregend und unausweichlich der Gestank sie überrollte und sie zwischenzeitlich umkehren musste, um sich zu fassen, bevor sie die grausige Aufgabe angehen konnte, die Tür aufzumachen und das zu finden, wovon sie, ohne hinzusehen, wusste, dass es der Tod sein würde? Konnte Murph die Fliegen spüren, die ihr gegen die Beine geprallt waren, als sie diesen Blechsarg öffnete? Tausende von ihnen, die, nach tagelangem Braten in diesem Albtraum von Ofen, nach Fressen und Brüten, Kacken und Sterben endlich befreit, in die kostbare frische Luft stoben? Die Decke, unter der der Kadaver gelegen hatte, der einmal ein Mann gewesen war, nun auf ewig verfärbt, schwarz und braun, verwest? In der einen Ecke die Kartons mit chinesischem Essen, widerlich süßer Orangensoße, alles auf den Boden verschüttet, wo sich hunderte weiße Maden räkelten? Und in der anderen das Gesicht, dieses grauenhafte Lächeln in der Halsbeuge, wo jemand ihm die Zunge herausgerissen hatte.

»Charlie, geh doch noch mal zu Mr Perfater und lass dir seine Kontaktdaten geben, sorg dafür, dass er jemanden zum Reden hat, falls er wen braucht … verstehst du. Das Übliche. Nora und ich sollten mit Val reden, und ich will einen Blick auf den Mann da drüben werfen, bevor sie ihn wegbringen.«

Charlie nickte. »Wird erledigt.«

»Okay, Kleine, sollen wir?« Murph signalisierte Nora, ihm zu dem summenden Wagen zu folgen.

»Murph«, sie tippte ihn an den Arm, »lange Haare. Schon wieder.«

»Lass mal sehen.«

Sie zeigte sie ihm.

»Und ich dachte schon, ihr würdet den ganzen Tag da drüben im Zelt verquatschen und mir hier allein den Spaß überlassen«, sagte Val, als sie bei dem Wagen ankamen. Ihr Team näherte sich von Minute zu Minute, und Nora war sich sicher, dass Murph nicht mehr lange Gelegenheit haben würde, sich die Leiche anzusehen, wenn sie sich nicht beeilten.

Er sah sie an und zwinkerte. »Bisschen ungeduldig heute, die gute Val, was?«

»Sie ist nicht die Einzige, die Hummeln im Hintern hat«, sagte Nora und schlug sich rasch die Hand vor den Mund, als sie merkte, dass ihr der Gedanke einfach herausgerutscht war.

»Martin!«, rief Murph. »Das hätte ich nicht von dir erwartet. Du bist tatsächlich bereit, in meine Fußstapfen zu treten. Sehr gut.«

Gerade als Val anfing zu sprechen, klingelte Noras Handy.

»Hallo, Barb, was gibts?« Nora wandte sich ab und signalisierte Murph, weiter mit der Ermittlerin zu sprechen.

»Hallo, Martin. Hör zu, kann einer von euch zwischendurch den Tatort verlassen? Uns wurde gerade ein Einbruch in dieser neuen Wohnanlage gemeldet. Briefkästen demoliert, Terrassenmöbel gestohlen, Blumenbeete zertrampelt. Teenager wahrscheinlich, die ein bisschen Randale gemacht haben. Aber du weißt ja, wie diese Hausbesitzervereinigungen sind. Verschwenden lieber ihr eigenes Steuergeld, indem sie uns rufen, als ne Gemeindeversammlung einzuberufen.«

»Typisch Neureiche«, murmelte Nora und schlug eine Fliege weg, die ihr um den Kopf schwirrte.

Barb lachte am anderen Ende der Leitung. »Lass sie das nicht hören, Mädchen.«

»Auf keinen Fall.«

»Wie auch immer ... Sarge will jedenfalls, dass einer von euch hinfährt. Ich weiß, ihr habt gerade einen größeren Einsatz beim Tap House, und Murph als der Erfahrenere wird vielleicht dranbleiben wollen. Also entweder er oder du, das ist beides in Ordnung, ich muss es bloß wissen.«

»Klingt gut, Barb, Ich frag ihn.«

»Prima. Ruf mich einfach zurück und gib mir Bescheid, wer wo ist, wenn ihr euch einig seid.«

»Mach ich, Barb. Danke.«

»Ich fahr hin«, sagte Murph, als sie ihm von dem Telefonat erzählte.

»Wirklich?«

»Ja, Kleine. Du bist so weit, den Tatort alleine zu übernehmen. Charlie kann bei dir bleiben, und wir sehen uns dann auf der Dienststelle, wenn wir beide den Tag hinter uns haben.«

»Bist du sicher?« Sie wollte ihm die Gelegenheit geben, es sich noch einmal zu überlegen, nicht aus Respekt vor seiner Erfahrung, sondern weil sie auf eine Diskussion gehofft hatte, darauf, sich noch einmal für ihr eigenes Fortkommen einzusetzen, ihm zu beweisen, dass sie bereit war. Doch selbst diese kleine Genugtuung verweigerte er ihr. Sie hätte ihn ohrfeigen können. Und gleichzeitig umarmen.

Er lachte und trat scherzhaft nach ihr. »Zwing mich nicht, mein eigenes Urteil in Frage zu stellen. Du bist so weit. Abgesehen davon hast du kein Auto, wie willst du also hinkommen?«

Er zwinkerte, worauf Nora ihm den Mittelfinger zeigte, aber sie konnte ihr Lächeln nicht verbergen. Und als sie zurück zu dem Wagen lief, strahlte sie übers ganze Gesicht.

Sophie

Ich spürte, wie ich mich entrollte; wie eine Schlange, wie eine Leiche, wie eine Larve. Ich erwachte zum Leben. Meine Lunge entfaltete sich, fiel wieder zusammen. Ich erwachte zum Leben. Das Glas in meiner Hand war perfekt poliert.

Verwirrt durch meine Verhaftung und die leeren Stunden danach, hatte ich vergessen, das Auto wegzufahren, und jetzt hatten sie etwas gefunden.

Die Hostess bemerkte sie zuerst. *Sieh mal.* Sie deutete aus dem Fenster, die Fingerspitze nur eine Spur von dem sauberen Glas entfernt. Ihr Pferdeschwanz fiel ihr schimmernd über die Schulter und baumelte auf ihrem Rücken. Ich weiß noch, wie es war, so einen Pferdeschwanz zu haben, zu glänzen und zu strahlen. *Sieh mal.* Sie stand da, schimmerte im Sonnenlicht, war noch nicht müde und verbraucht, und auch mein Barhelfer sah diesen Glanz, ließ sich von ihm anziehen wie ein Fisch vom Köder. *Sieh mal*, sagte sie zu ihm; mit Augen, so rund wie Monde, und er folgte ihrer schlanken hübschen Hand mit dem Blick, presste seine auf die Scheibe, während er über die Straße zu dem Menschenauflauf blickte, der sich dort versammelt hatte.

Ich brauchte nicht hinzuschauen. Ich wusste, was die beiden sahen. Doch als die Hostess sich zu mir umdrehte und er auf ihren Hals starrte, ging ich trotzdem zu ihr, um mich zwischen sie zu schieben. Als er zurückwich, hinterließen seine Finger einen Fettfleck auf der Scheibe.

Ich hatte den Wagen des Mannes noch nicht weggefahren. Ich hatte noch keine Gelegenheit gehabt, hatte den Gedanken nicht ertragen können, in seinem Dreck zu sitzen. Sollte er doch verrotten, sollte er sich aufblähen, sollte er sich auflösen, bis nichts mehr übrig war, um das ich mich kümmern musste. Das war mein Plan gewesen. Während ich jetzt am Fenster stand, den Trupp beobachtete, der das Auto auf der anderen Straßenseite auseinandernahm, rann mir so etwas wie Furcht über das Rückgrat.

Dort drüben, noch entfernt und unscheinbar, schlich eine Falle über den Parkplatz. Nasen und Blicke und tastende Zungen machten sich über meinen Fehler her wie über ein Festmahl. Wir Frauen werden nicht gefasst, weil wir vorsichtiger sind, aber ich hatte im Affekt gehandelt, wie ein Mann. Das hatte ich nun davon.

Mein ungutes Gefühl verwandelte sich in Panik. Mein Inneres, das ich in den letzten Wochen zu besänftigen, es nur dann zu entfesseln gelernt hatte, wenn es sein musste, rebellierte plötzlich.

Du bist nur erschöpft, sagte ich mir. Die Furcht, die ich spürte, sei nichts weiter als der Nachhall einer zu langen Nacht, die Folge von Wut und Enttäuschung, von der Scham, die zurückgeblieben war, wie Schimmel an den Wänden eines alten, vergessenen Schuppens. Ich entfernte mich vom Fenster, suchte mir irgendwas zum Putzen.

Doch meine Gedanken wanderten, an diesem ruhigen Tag durch nichts gehindert, zurück und zurück und zurück; schwammen weit hinaus in die Erinnerungen an jene Nacht. Zogen jede davon triefend aus den tiefen Wassern, wischten mit fester Hand die Schatten weg und zwangen mich, sie anzuschauen, diese Nacht, als der Mann, der kein Mann war, sondern eine Bedrohung, einfach hereinplatzte und mich aufforderte, mich seiner Herausforderung zu stellen. Diese Nacht, als die Langeweile unerträglich wurde und ich irgendetwas brauchte, um mich in Schwung zu bringen, und er mich erhörte und kam. War das mein Verhängnis? Ich wollte, dass mich jemand sieht, und es war geschehen.

Ich sah ihn noch vor mir, übergroße Hängezunge zwischen feuchten Lippen, pralles Ego, das ihn vorwärtszog, das Ganze auf zwei dürren Beinen. So war er in der Bar bei allen abgeblitzt. Ich sah, wie sie zusammenzuckten, wie sie sich beherrschen mussten, während er vorbeiwalzte, ihm die Fastfood-Tüten an den geschwollenen Fingerspitzen baumelten.

Dann standen wir draußen. Wir unterhielten uns, in dieser Nacht. Ty strahlte, in dem Farbton, den Männer annehmen, wenn sie etwas tun, das sie für heldenmütig halten, berauscht von Adrenalin, von Testosteron, von ihrer Selbstüberschätzung. Ich hielt mich zurück, sollte er doch glauben, er hätte mich gerettet. Mir blieb die Dunkelheit.

Ab da wird es verschwommen. Alle gingen zu ihren Autos, die in irgendwelchen Seitenstraßen parkten, in abgelegenen Ecken, an all den Plätzen, von denen aus Service-Mitarbeiter laufen müssen, damit die Gäste sicher und zufrieden sind. Aber ich wartete, dann folgte ich ihm. Und weil er kein Angestellter war, hatte er seinen Wagen auf dem Parkplatz abgestellt, in der hintersten Ecke, einsam in der überwucherten Dunkelheit.

Da bückte er gerade schnaufend seinen fetten Körper, um die Türe aufzuschließen. Als ich mich näherte, drehte er sich um. Was für eine Bestie war ich wohl in dieser Nacht? In welcher Farbe hatte ich gstrahlt, von meinem eigenen Heldentum erfüllt? Das war das Problem. Ich erlaubte mir, zum Mann zu werden. Ich vergaß das Wesen meiner selbst, wurde nachlässig und überheblich. Ich hatte getrunken, ich wurde verhaftet, ich hatte meine Chance verpasst, die Spuren zu verwischen. Nun hatten sie noch eine Leiche, eine ziemlich frische. Welchen Preis würde ich für meinen Fehler zahlen müssen?

Danach war ich zur Bar zurückgegangen.

Wo war das Blut? Hatte ich meine Hand abgewischt, bevor ich seine Wagentür schloss? Mein Messer? Ich hatte es nicht mehr, hatte mir einen Tag lang eins aus der Küche borgen müssen, bis ich mir ein Neues kaufen konnte. Mein altes hatte ich zusammen mit meiner Bluse in den Wald geworfen.

Aber welcher Wald? Direkt bei seinem Wagen? Oder weiter entfernt?

Meine Erinnerung versank noch tiefer im Nebel. Ich vertrieb ihn, doch er ließ mich mit Fragen zurück. Die Bonmaschine spuckte eine Bestellung aus, eine Wolke Fruchtfliegen erhob sich aus dem Abfluss, Ty grinste, als er mich sah.

»Alles in Ordnung, Soph? Immer noch verkatert von Billy? Dieser typische Langzeit-Brummschädel, echt lästig, was?«

»Das kannst du laut sagen.«

Er klopfte mir auf die Schulter und ging weiter zur Hostess. »Was ist da draußen los?«

Eins hatte ich noch zu tun. Ich nahm meine Handtasche aus der Vorratskiste unter der Theke, öffnete das Seitenfach. Sie war vertrocknet und verschrumpelt, grünlich verfärbt; aber sie war noch da, gut verwahrt und unversehrt. Wenigstens das hatte ich hingekriegt.

Als ich mir sicher war, allein zu sein, nahm ich die Zunge aus meiner Tasche und versenkte sie in der Salzlake.

Klotho an ihrem Spinnrad

Ich wartete darauf, dass sie etwas finden würden, dass sie Fragen stellen, mich sehen, mich durchschauen würden, aber nichts passierte. Die Tage zogen sich zu einer langen, weiten Fläche, die sich vor und hinter mir erstreckte, stumm und leer, bis auf das beinah stete Murmeln meiner Milben, die in verborgenen Körperhöhlen, Foramen, Fossae, Sinus, wimmelten und wuselten. Ihr Gekrabbel machte mich nervös und reizbar, ließ mir spitze Stacheln wachsen.

Eines schönen Nachmittags beugte sich Ty in meinen Kühlschrank und fragte: »He, Soph, was hast du in dem Glas da hinten?«

Ich knallte die Kühlschranktür zu. »Das ist ein Experiment.«

Er hob beschwichtigend die Hände und wich zurück. »Schon gut, Kollegin. Ich war bloß neugierig. Sorry!« Er sah mich erschrocken fragend an. Ich versuchte ihn zu beruhigen, mir Sonnenschein ins Gesicht zu malen, ohne Erfolg; vor Schreck war ich unfähig zu lächeln. Also begann ich stattdessen zu hantieren, mich mit irgendetwas zu beschäftigen, damit er mich nicht zittern sah. Nicht die Milbe sah, die mir aus dem Ohr über den Nacken kroch.

»Das ist frische Salzlake. Ziemlich licht- und luftempfindlich. Deshalb ... außer mir sollten alle die Finger davon lassen, okay?«

»Alles klar, Soph. Dein Wunsch ist mir Befehl.«

Als Murph und Nora hereinkamen, dachte ich, sie würden endlich eins und eins zusammenzählen, aber Murph ließ sich nur auf seinen Barhocker sacken und fing dröhnend an zu lachen.

»Ich hab gehört, du hast Bekanntschaft mit den Schwachköpfen im Knast gemacht.«

Herrgott.

»So könnte mans auch ausdrücken.«

»In den Genuss kommen mehr Leute, als du denkst. Lass dich nicht einschüchtern. Das wird schon, Kleine.« Er sprach die Worte aus, als sollten sie mich trösten, nachdem ich in einen Käfig gesperrt, meiner Identität beraubt, mit einem Eintrag in meinem Vorstrafenregister in die Welt hinausbefördert wurde, den ich den Rest meines Lebens mit mir herumschleppen würde. Vergeblich natürlich.

Nora saß schweigend neben ihm, den Blick auf mein neues Messer gerichtet, das auf dem sauberen Schneidebrett lag. Ich sah, wie sich ihre Gedanken drehten. Ich spürte, wie sie versuchte, sie anzuhalten. Sie ahnt es, es liegt ihr auf der Zunge, aber sie spricht die Frage nicht aus, weil sie noch nicht richtig weiß, wie die Antwort aussehen soll.

»Alles in Ordnung, Nora?«

Sie sah mich an, ihre Augen dunkle Fragezeichen. »Ja, alles klar. Bloß ne lange Woche. Tut mir leid, von deiner Nacht im Gefängnis zu hören. Sophie. Blöde Sache. Welcher Tag war das noch mal?«

»Ist jetzt eine Woche her. Letzten Dienstag.« In Wahrheit hatten sie mich am frühen Mittwochmorgen verhaftet, aber irgendeine Eingebung flüsterte mir zu, ich sollte lügen, dass Tage erst dann zu Ende sind, wenn man zu Bett gegangen ist, und das war ich noch nicht, als ich eingesperrt wurde.

»Ah ja. Dienstag. Mist. Dann hast du also bald deinen Gerichtstermin?«

»Nächste Woche.«

»Willkommen in den Mühlen der Justiz.« Sie lächelte, der Spuk war aus ihrem Gesicht verschwunden, ihr Blick wieder herzlich, ihre Augen braun wie der Creek nach dem Gewitterregen.

Da wusste ich, dass ich noch daran arbeiten musste, dass sie mich sieht. Sie war schon so nah dran, aber das Alibi, dieses perfekte, makellose Alibi stand ihr noch im Weg. Es war so praktisch, ich hätte lachen können! Wie einfach wäre es gewesen, im Verborgenen zu bleiben. Aber ich war es leid zu schweigen, die ganze Stadt über einen Mann tratschen zu hören, einen *Mann*, der getan haben sollte, was ich getan hatte. Typisch. Immer bekommen Männer die Anerkennung für Taten von Frauen. Es war an der Zeit, ein Zeichen zu setzen, so groß, so fett und unübersehbar, dass sie es nicht ignorieren konnten. Es war an der Zeit, meine Absicht kundzutun, mich furchtlos in die Welt zu entlassen.

»He, Sophie.« Murphs Stimme platzte in meine Gedanken. »Kriegen wir zwei von deinen Spezial-Margaritas? Wir waren den ganzen Tag draußen in der Hitze, ich hab Lust auf irgendwas, das frisch und salzig schmeckt.«

»Sicher.« Lächeln.

»Nur einen«, sagte Nora und verzog das Gesicht. »Ich hab schon stundenlang Kopfschmerzen. Da ist Alkohol wahrscheinlich keine gute Idee. Aber kann ich etwas Wasser haben?«

»Geht klar.«

Ich musste die letzte Zunge tief ins Glas drücken, bevor ich es aus dem Kühlschrank nehmen konnte. Noch voller Wasser und dicker als die anderen, wollte sie nicht unten bleiben, beharrte, ein bisschen wie der Mann, dem sie einmal gehörte, penetrant darauf, gesehen zu werden.

Noch nicht, noch nicht. Nicht auf diese Weise. Ich würde ein Ereignis daraus machen, eine Story, einen Albtraum. Was ich dazu brauchte, wartete endlich erwacht voller Ungeduld zu Hause. Die letzte Figur im Spiel würde bald erscheinen, und wenn es so weit war, würde ich es wissen.

Nora

Draußen sagte sie es. »Sophie hat ein neues Messer.«

»Was, Martin?«

»Ihr Messer. Es ist nicht dasselbe, das sie sonst benutzt. Der Griff hat eine andere Farbe.«

»Interessant.« Murph zog eine halb gerauchte Zigarette aus ihrer Schachtel. »Wir sollten uns diese Woche mal mit ihr unterhalten.«

Eine sehr müde Frau

Kaum dass sie durch die Tür trat, schlug ihr das Geschrei entgegen. Erwachsene Frauen, die sich beschimpften. Eine nannte die andere Nutte, die nächste rief: »Schlampe!«, dann offenbar Szenenwechsel zu einer dritten Frau, die die ganze schäbige Angelegenheit unsichtbaren Produzenten schilderte.

»Dan, können wir den Fernseher heute Abend mal ausmachen?«, fragte Nora und schälte sich aus den Hüllen, die sie bei der Arbeit täglich trug: Jacke, Schuhe, ernstes Gesicht. Schon seit Stunden baute sich ihre nächste Migräne auf. Der erste Schwindelanfall überkam sie, und sie klammerte sich an den Türgriff, um das Gleichgewicht zu halten. Wenn nicht bald etwas Ruhe um sie herum einträte, würde sich das rächen.

»Dan? Hörst du mich?«

Sie ging ins Wohnzimmer, das bis auf den flimmernden Fernsehbildschirm dunkel war. Die Frauen waren jetzt um einen Esstisch platziert. Eine von ihnen weinte. Nora schloss die Augen, um sich wieder zu fangen, aber das Licht flirrte hinter ihren Lidern. Wo war Dan? Es war erst acht. Er müsste doch noch wach sein.

Herrgott, diese bescheuerten Weiber, dachte sie. *Ich kann bei ihrem Gequatsche nicht denken.*

Die Fernbedienung lag auf dem Boden. Sie bückte sich langsam, bedacht darauf, nicht das Gleichgewicht zu verlieren, und hob sie auf, um den Fernseher auszuschalten.

»He, ich schaue das gerade.« Ein Bündel auf der Couch, das sie für eine Decke gehalten hatte, wandte ihr das Gesicht zu.

»Nein, tust du nicht, du hast geschlafen.«

»Ich hab mich bloß ausgeruht, Nor. Lass es an.« Dan zog sich die Decke fester um die Schultern.

»Wie kannst du damit überhaupt schlafen?« Am liebsten

hätte sie ihn geohrfeigt. Sie fragte sich, warum sie so wütend war.

»Womit?«

Grelles Licht flammte vor ihren Augen auf, Nora streckte die Hand aus, um sich an der Couchlehne abzustützen. Das Blut rauschte ihr in den Ohren, sie hörte ihren keuchenden Atem, während sich der Boden unter ihren Füßen zu drehen begann und ihr übel wurde.

»Mit dieser Decke! Draußen ist eine Affenhitze, schwitzt du nicht? Und diese alberne Sendung. Es ist mir ein Rätsel, wie du bei dem Gekreische einschlafen kannst.«

»Bist du heute Morgen mit dem falschen Fuß aufgestanden, oder was?«

»Machst du Witze?« Nora presste sich die Hand an die Stirn. Nicht jetzt. Das konnte sie jetzt nicht ertragen.

»Tut mir leid, das hätte ich nicht sagen sollen. Komm her.« Dan richtete sich auf und breitete die zugedeckten Arme aus. »Setz dich zu mir, wir können zusammen schauen. Wann haben wir zum letzten Mal gemeinsam gechillt? Ich hab das Gefühl, ich seh dich in letzter Zeit nur noch, wenn du schläfst.«

»Dan, ich kann heute nicht.« Sie brauchte Wasser und ein kühles Zimmer. Vielleicht eine Dusche. Dunkelheit und Ruhe, nur so lange, bis es wieder halbwegs ging. Der Boden begann sich zu neigen; wenn sie nicht schnell wieder Halt fand, würde sie stürzen.

»Dann gib mir wenigstens die Fernbedienung zurück.« Er wickelte sich wieder in die Decke.

»Kannst du es heute Abend nicht einfach mal lassen?« Nora hörte die Gereiztheit in ihrer Stimme.

»Schatz. Ich brauch das heute. Du hast ja keine Vorstellung …«

»Ich hab keine Vorstellung? *Ich* hab keine Vorstellung? Womit hast du dich heute beschäftigt, Dan, an einem Donnerstagvormittag? Mit einem gebrochenen Arm? Einem Herzinfarkt? Vielleicht ein paar verkaterten College-Deppen, die ihre Dosis Infusionsflüssigkeit abholen wollten?«

Er machte ein zerknittertes Gesicht. »Ach, komm, Nora. Das ist nicht fair.«

»Fair? Weißt du, was nicht fair ist? Ich habe heute Stunden damit zugebracht, mir Notizen über ein verkommenes Haus zu machen, das von verkommenen Leuten zurückgelassen wurde, die damit durchkommen werden, verkommen zu sein, weil wir weder Mittel noch Mitarbeiter haben, sie aufzuspüren. Kein Strom. Kein fließendes Wasser. Der Hof völlig vermüllt – verrosteter Schrott, Plastikabfälle, ein verdammter Albtraum von Tetanusfallen.

Wir sind uns nicht sicher, aber wir gehen davon aus, dass sie die Kinder und die Hunde im selben Zimmer gehalten haben, weil es voller Fäkalien, tschuldige, *Scheiße* war und überall Babyspielzeug rumlag. Die Nachbarn haben uns gerufen, als sie Glas splittern hörten. Einer der Hunde ist dermaßen durchgedreht, dass er durchs Fenster gesprungen ist. In dem Block beteuern alle«, sie warf in gespielter Unschuldsgeste die Hände in die Luft, »dass sie keine Ahnung hatten, was da vor sich ging. Dabei kann es überhaupt nicht sein, dass niemand was bemerkt hat. Wie sollte einem so etwas entgehen? Irgendwer wusste jedenfalls Bescheid, denn als wir dort ankamen, waren sie schon verschwunden. Jemand muss sie gewarnt haben. Kinder, Hunde, alle weg. Wir haben keine Ahnung, wo sie hin sind.

Währenddessen werde ich in meinen Träumen von sechs toten Männern angestarrt und von toten Frauen verfolgt und hab mich nie zuvor so nutzlos gefühlt. Dass die Leute keine gute Meinung von uns haben, macht die Sache nicht besser.«

»Von uns? Du meinst von dir und mir? Wer hat keine gute Meinung von uns?«

»Nicht von uns, ich meine von *uns*. Den Cops. Entweder die

Leute biedern sich bei mir an, damit ich ihnen wohlgesinnt bin. Oder sie sagen mir, ich soll mich verpissen. Ich habs einfach satt, Dan.«

»Na ja, du hast dir den Job schließlich ausgesucht.«

Sein erschrockener Blick sagte ihr, dass er das ausgesprochen hatte, ohne nachzudenken, dass er es nicht wirklich so meinte, dass auch er müde war und schlecht gelaunt. Jedem schlimmen Autounfall, zu dem sie gerufen wurde, begegnete er später in der Notaufnahme. Jedem Sturzbetrunkenen, jeder misshandelten Ehefrau. Sie arbeiteten jeweils auf der Kehrseite derselben Medaille, und es war unfair, dass einer von ihnen seinen Part gegen den anderen ausspielte. Aber diese Worte, so wahr sie auch sein mochten, schmerzten. Er sollte an ihrer Seite stehen, sie unterstützen.

»Wie bitte?« Noras Zunge, die sie den ganzen Tag hatte hüten müssen, wurde zur Peitsche.

Er fuhr sich mit der Hand übers Gesicht und versuchte, einzulenken. »Ich schaff das heute nicht, Nor. Willst du wissen, wie mein Tag gewesen ist? Erste Patientin: Schwangerer Teenager. Sexueller Missbrauch, vermuten wir. Aber weißt du, was ich tun kann? Nichts. Sie will nicht reden. Wir haben deine Kollegen gerufen und jemanden vom Jugendamt. Vielleicht haben die mehr Glück, aber wer weiß. Danach? Ein Mann mit schwarz verfärbtem Fuß. Nicht grün, nicht gelb. Schwarz. Völlig abgestorben. Er ist schwerer Diabetiker, hat aber seine Medikamente nicht regelmäßig genommen und sich nicht genug bewegt, jetzt verliert er sein Bein. Und ist wütend auf mich, als könnte ich was dafür, dass er ein Trottel ist. Sorry, ich sollte nicht so über meine Patienten reden, aber Herrgott, ich bins leid, Nora.

Und so ging es den ganzen verdammten Tag weiter. Schreiende Menschen, die uns beschimpft und uns für ihre Probleme verantwortlich gemacht haben. Einer der Ärztinnen wurde mitten ins Gesicht gespuckt, und ich hab, ehrlich gesagt, keine

Ahnung, wie sie ihre Fassung behalten konnte. Ich hätte dem Kerl eine reingehauen. Also ja, ich brauche keine Vorträge von dir. Ich hab meinen eigenen Stress.«

Sie spürte die Worte aufsteigen, über ihre Lippen kommen, bevor sie die Chance hatte, sie zu unterdrücken. »Ach, ja? Na ja, wie du schon sagst, du hast dir den Job schließlich ausgesucht.«

Dan stand von der Couch auf, die Decke glitt zu Boden. Sein Gesicht war versteinert, hatte einen kalten, unbarmherzigen Ausdruck angenommen. Nora spürte, wie sich eine Wand zwischen sie schob, eine Funken sprühende, lodernde Wand, die durch ihrer beider Sturheit und Stolz noch gewaltiger wurde.

»Ich übernachte heute zu Hause.«

»Du bist zu Hause.«

»Bei meinen Eltern. Wir sprechen uns morgen«, sagte er. Seine Stimme war ein Feuerstein, bereit, einen Brand zu entfachen, wenn sie ihn noch weiter reizte.

»Wie du willst. Dann schlaf gut.« Nora wusste, dass der bittere Geschmack in ihrem Mund eher Schmerz als Angst war, aber sie konnte nicht klein beigeben. Sie stand wie angewurzelt da, war zum Einlenken noch nicht bereit. Genauso wenig wie er.

Er warf ihr noch einen letzten Blick zu, schob mit glänzenden Augen, ob vor Wut oder Tränen, ließ sich nicht sagen, das Kinn vor. Dann schnappte er sich seinen Autoschlüssel vom Sideboard und stürmte zur Haustür hinaus.

Stille.

Später, nach einer Dusche, einem Glas Wasser und einer Stunde allein in ihrem kühlen, dunklen Zimmer, begann Nora zu weinen. Sie konnte sich nicht erinnern, wann sie das letzte Mal mit Dan gestritten hatte. Hin und wieder hatte es mal Zank gegeben, ein paar größere Differenzen vielleicht, als sie noch jünger und hitzköpfiger waren, aber Streit kannten sie normalerweise nicht. Das war nicht ihre Art. Er unterstützte sie und umgekehrt; sie waren Partner. Im Grunde vermisste sie ihn. Es war schon viel zu lange her, dass sie einen schönen Tag für sich alleine gehabt hatten, ohne dass irgendetwas anderes dazwischenfunkte.

Beinah hätte sie ihn angerufen, aber dann hörte sie plötzlich das schrille Gackern irgendeiner New Yorker Schickeria-Lady. In ihrer Wut hatte sie vergessen, den Fernseher auszuschalten. Sie legte das Handy wieder weg. Er sollte er derjenige sein, der sich entschuldigt. Schließlich war es seine Schuld gewesen, dass der Streit überhaupt angefangen hatte, oder?

Sie stellte den Fernseher aus, legte sich ins Bett und fühlte sich so einsam wie schon lange nicht mehr.

Die Schattengeister erschienen nicht in dieser Nacht; das war nicht nötig. Es gab anderes, was Nora keine Ruhe ließ.

Sophie

Der Abend, an dem es endlich so weit war, schien wie ausgestorben. Die Luft, die den ganzen Tag schwül und reglos dagelegen hatte, geriet in Erwartung des Sturms, der an die entfernte Küstenlinie krachte, plötzlich in Wallung. Ich spürte die Blitze über uns am Himmel zucken; im Osten prasselte heftiger Regen auf die Erde, schwollen Flüsse an. Alles stand unter Spannung, wartete fieberhaft darauf, dass das Gewitter losbrach. Ich hatte das Gefühl, jeden Moment durchzudrehen.

Und dann kam er herein.

»Du hast nicht vielleicht Nora gesehen?«, fragte er und ließ sich auf einem meiner Barhocker nieder. Das Restaurant war leer, das Licht gedämpft; nicht mehr lange, bis wir zumachen würden. Die Küchenmannschaft war schon vor einer halben Stunde gegangen. Nur ich war noch an der Bar, und dann er, im spannungsgeladenen Halbdunkel.

»Nee. Wart ihr hier verabredet?«

»Eigentlich nicht, ich dachte bloß … wir haben uns vor ein paar Tagen gestritten und noch nicht wieder miteinander gesprochen. Ich hatte gehofft, sie hier zu finden.«

Er rutschte nervös auf seinem Barhocker hin und her.

»Ihr habt nicht miteinander gesprochen? Ihr wohnt doch zusammen.«

»Ich bin ein paar Tage nach Hause gefahren. Zu meinen Eltern. Ich wollte sie anrufen, früher zurückkommen, aber … ich weiß nicht. Ich brauchte ein bisschen Abstand, und ich dachte, sie vielleicht auch. Die Arbeit hat uns beide in letzter Zeit ziemlich mitgenommen. Sie hat mir gestern eine Nachricht geschickt, aber ich war, ehrlich gesagt, zu aufgeregt, um sie zu lesen. Hast du sie diese Woche wirklich noch nicht gesehen?«

Ich verwandelte mein Gesicht in einen Spiegel. Ich weiß nicht mehr genau, wann ich angefangen habe, das große Verstellspiel mit Dan zu spielen. Nicht lange, nachdem ich ihn kennengelernt hatte, wahrscheinlich nachdem ich erkannt hatte, wie schrecklich normal er war, ein Abklatsch der ganzen Langweiler in den gleichen Jeans und Baseballkappen und T-Shirts. Er ist billiger Whisky, Lager und Football an Sonntagen, aber in ihr steckt viel mehr. Gegen ein einfaches Leben ist nichts einzuwenden, solange es interessant ist, aber an Dan war nichts interessant. Schlimmer noch, er würde Nora in seine fade Mittelmäßigkeit hinunterziehen. Sie hatte etwas Besseres verdient.

Und in dem Moment, in diesem drückenden Zwielicht begriff ich, dass ich ein Geschenk bekommen hatte. Er war ein zappelnder Käfer auf meiner Theke, und mir war klar, dass ich ihm eine Nadel in den Rücken stoßen und ihn festpinnen konnte.

»Ich hab sie nicht gesehen. Aber bleib doch noch ein bisschen, manchmal schaut sie nach Feierabend rein.«

»Klar.« Er blickte sich im Raum um, als wollte er sich vergewissern, dass ich sie nicht irgendwo versteckte. »Nicht viel los heute Abend?«

»Sonntag. Und die Schule hat gerade angefangen. In den ersten vier Wochen, nachdem die Kids wieder hinmüssen, herrscht bei uns immer Flaute.«

»Wirklich? Wieso?«

Ich bückte mich und öffnete den Kühlschrank. »Die Leute spielen gern Vorbild. Keine Kneipenbesuche, wenn am nächsten Tag Unterricht ist. Bei euch gibt es sicher auch Schwankungen, je nach Jahreszeit.« In der hinteren Ecke lag meine Tüte, sicher verwahrt, wo ich sie hingelegt hatte. Den Leuten vom Service hatte ich gesagt, das wären meine Chiasamen, um mich fit zu halten, und wenn irgendwer sie anrührt, ist er tot. Ganz gelogen war das nicht.

»Ach, ja …« Er faselte weiter über die Arbeit, und ich ließ ihn gewähren.

Eis in den Shaker geben, Wodka, Zitrone, ein bisschen von meinem Brombeersirup.

»… in meinem Metier langweilen wir uns natürlich gerne.« Kicher. »Aber die Ferien sind schneller da, als man denkt, und die bringen immer jede Menge Stress; dabei haben wir gerade den Sommer überstanden. Im Sommer machen die Leute den größten Unsinn.«

Samenkörner. Schütteln.

»Ja, ich weiß.«

Den Rand einer Sektschale zuckern, den Cocktail hineinfüllen. Mein Obst aus dem Kühlschrank nehmen.

»Musstet ihr schon mal jemanden bei uns einliefern? Wahrscheinlich nicht, so vornehm, wies hier ist.«

»Du würdest dich wundern … irgendwann hat mein Barhelfer sich mal für den Barkeeper gehalten. Geschlossene Gesellschaft, da nimmt man das mit den Regeln nicht so genau, weißt du. Jedenfalls hat er einen Trauzeugen mit ungefähr zehn Wodkas versorgt, und wir haben den armen Kerl dann ohnmächtig draußen auf der Terrasse gefunden. Er kann von Glück sagen, dass er noch lebt.«

»Der Barhelfer oder der Trauzeuge?« Seine Lippen verzogen sich in aufgeregter Erwartung, eine Schale, um die Pointe des Witzes aufzufangen, von dem er hoffte, ich würde ihn verstehen. Wenn ich auf seiner Seite stünde, dachte er sicher, stünde Nora es auch.

Ich ließ ihn in seinem Glauben. »Beide.«

Er wäre gleich wieder da, war das Letzte, was mein Vater gesagt hatte, bevor er uns verließ. Sie würden das wieder hinkriegen, sie würden später reden. Immer später, immer gleich, immer bald. Wenn Männer das versprechen, bedeuten die Worte *später* und *bald* so viel wie *nie*. Sie heißen *es sei denn, ich will es.*

Sie heißen *bleib zu Hause und mach dir Sorgen. Bleib zu Hause und mach dir Vorwürfe.* Genau das hatte er Nora angetan. Mir wurde klar, dass ich sie retten konnte und gleichzeitig mich aus dieser schrecklichen Warterei befreien. An ihm würde ich ein Exempel statuieren.

»Was mixt du da?«

Zwei Brombeeren auf ein Bambusstäbchen spießen, behutsam über Rand des Glases legen.

»Neues Rezept.« Ich schob den Drink über die Theke. »Ich experimentiere schon eine ganze Weile damit. Meine Geschmackstester probieren natürlich kostenlos.«

»Wie nett! Danke, Sophie. Kein Wunder, dass Nora dich so mag.«

»Zumindest mag sie meine Drinks. Cheers.«

Ich verbarg meine Hände, damit er nicht sah, wie sie zitterten.

Eine Hexe im Wald

Als Erstes verfiel Dan in eine Art unschuldiges Staunen. Seine Glieder erschlafften, seine Pupillen weiteten sich. *Atropin, Hyoscyamin, Scopolamin*. Ich wand mir ihre Namen um die Zunge wie einen Rosenkranz.

»Verdammt, Sophie, was ist da drin? Wir werden bei der Arbeit immer noch manchmal getestet. Ich darf nichts nehmen, was illegal ist.«

»Da muss ich mich wohl mit den Mengen vertan haben – ich bin noch am Ausprobieren. Alles in Ordnung mit dir?«

»Ich glaub schon.« Er rieb sich über die Stirn, die blass und feucht geworden war. »Bin bloß ein bisschen überarbeitet. Wir sind unterbesetzt. Und der Streit mit Nora hat mich wahrscheinlich mehr mitgenommen, als ich dachte. Ich finde es furchtbar, nicht mit ihr zu reden, weißt du?«

Sein Lächeln wirkte, als er den Blick hob, hilflos. Seine Augen waren geweitet, seine Stirn leicht beunruhigt in Falten gelegt.

»Hier, trink einen Schluck Wasser.« Ich schob ihm ein Glas hin, das er mit zitternd-bleichen Händen nahm. Sie wirkten wie Blätter, die kurz vor einem Gewitter im Wind flattern.

»Mist.« Er starrte auf sein Wasserglas, das er, wie ich wusste, zunächst mal gar nicht sehen konnte, weil sich seine Pupillen so weit geöffnet hatten, dass sie nur noch schwarze Löcher bildeten, die das Licht verschlangen. Das würde sich wieder geben.

Ein Luftzug strich durch das offene Fenster hinter der Bar. Es roch nach Regen, nach Donner, der irgendwo in nicht allzu weiter Ferne grollte.

»He, Sophie, tut mir leid, wenn ich dir Umstände mache, aber könntest du vielleicht Nora eine Nachricht schicken? Ich kann so nicht nach Hause fahren. Er schob mir sein Handy hin. »Die Nummer ist 87 ... 92 ...«

Aber da war er schon weg, am Thekenrand eingedöst. Ich nahm sein Telefon und steckte es in die Tasche. Es war das Beste, keine Aufmerksamkeit auf ihn zu lenken.

»Dan?«

»Hm?«

»Komm doch lieber mit mir. Ich hab ein schlechtes Gewissen. Ich hab da von irgendwas zu viel reingetan. Ich wohne nur eine Viertelstunde zu Fuß von hier entfernt. Wir können bei mir auf Nora warten. Ich habe Tee und etwas zu essen. Der Spaziergang und ein bisschen frische Luft werden dir guttun.«

Er mühte sich von seinem Barhocker und ließ mich seine Hand nehmen, wie ein Kind. Seine Augen waren schwarz, er wich dem Licht aus, als er hineinsah. Ich dachte an die Damen früherer Zeiten, die sich Nachtschatten in die Augen tropften, damit sie im Kerzenschein puppenartig groß wirkten, nicht wirklich menschlich. Ob er mich jetzt wohl so sah wie sie damals die Welt? Sein Verstand hatte sich irgendwohin verabschiedet, wohin ich ihm nicht folgen konnte. Ich löschte das Licht und führte ihn zur Tür hinaus. Richtung Süden zuckten Blitze am Himmel, ein leichter Wind umspielte unsere Schritte.

Ich setzte ihn auf die Verandaschaukel, auf der meine Großmutter vor langer Zeit gesessen hatte, den Kopf in sanfte Rauchbänder gehüllt, während sie mir die geheime Kraft meiner Hände erklärte. Um uns herum leuchteten blass meine Mondblumen, hingen locker über dem Geländer und wiegten sich sanft im Wind, der irgendwann auf unserem Weg hierher heftiger geworden war.

Dan streckte die Hand nach einer Blüte aus. »Wow, Sophie.«

»Schön, nicht?«

»Kommt Nora jetzt? Die würden ihr gefallen.« Er sank auf den Verandaboden und kroch zu ihnen, steckte das Gesicht tief zwischen ihre Blütenkelche. Seine Haut wirkte im Mondlicht transparent. Er zitterte.

»Bald. Komm.« Ich zog ihn zurück auf die Schaukel. Keine leichte Aufgabe, dieses bebende Etwas hochzuhieven; ich stemmte die Füße aufs Holz unter mir. »Schau dir das Gewitter mit mir an.«

Und so saßen wir da, zwei schwache Seelen, verloren in der Brandung aus Wind und Wolken und berstendem Licht. Und in seinem Körper tobte noch ein anderer Sturm. Sein Mund trocknete aus, klappte auf, er wurde zum Stummen, der sich matt an meine Schulter lehnte. Seine Atmung verlangsamte sich, sein Herz schlug nicht länger kraftvoll, sondern spülte nur noch sanft das Blut hin und her. Der Puls unter seiner klammen Haut beruhigte sich, während der Donner immer lauter grollte und der Wind mir durch die Haare blies.

Irgendwann während der Nacht drehte er sich zu mir um, und ich sah, dass er Angst hatte. In meinem Gesicht erblickte er den Gewittersturm in seiner ganzen Fülle, er sah das Böse, das sich aus mir erhoben hatte, das sich unter der stillen Oberfläche verbarg.

Er sah mich, erkannte in mir, was ich war. Und als ich seinen Blick erwiderte, erkannte ich mich selbst im tiefen Schwarz seiner Pupillen, die Augen ebenso weit wie seine, in der aufgeladenen Atmosphäre des Gewitters oszillierend.

Ich nahm seine Hand und wandte uns dem Regen zu, dem Wind, dem Donnerkrachen. Eine Zeitlang verharrten wir in atemloser Spannung, beobachteten die ungehemmte Energie, die uns umgab. Und zum ersten Mal seit Monaten fühlte ich mich klein.

»Sophie«, sagte er, als es vorbei war und wir allein in der leeren Dunkelheit saßen. »Mir ist nicht gut. Kann ich etwas Wasser haben?«

»Ich mach dir einen Tee, wie mir meine Großmutter immer einen gemacht hat. Der bringt dich wieder auf die Beine.«
Kamille. Honig. Die restlichen Samen. Umrühren.

Wir gingen hinaus auf die Apfelwiese, seine Kinderhand feucht in meiner. Bis die Lichter meines Hauses langsam schwanden, liefen wir, immer tiefer zwischen die knorrigen Bäume. Der süßliche Geruch nach Apfelfäulnis, durch den Regen noch verstärkt, erfüllte die Luft um uns herum. Vom düsteren Gebirgszug jenseits meiner Grenze erhob sich wild und ungezähmt das Heulen der Kojoten. Auf meinen Armen bildete sich Gänsehaut. Auch ich war ein ungezähmtes Wesen, sie riefen mich nach Hause.

Dan stolperte ein, zwei Mal. Ich hielt seine Hand, schlang ihm den Arm um den Rücken, um ihn zu stützen, bis wir uns so weit von meinem Haus entfernt hatten, dass niemand sehen würde, dass er mir gehört.

Dann legte ich ihn unter die knorrigen Äste eines alten Baumes, und gemeinsam beobachteten wir, wie die letzten Wolken durch die schwarz funkelnde Nacht zogen. Wir lächelten den Sternen zu, weit entfernt und kalt.

Am Morgen war er blau.

Eine einsame Frau

Ohne Dan kam ihr das Bett leer vor. Das enorme Ausmaß seiner Gliedmaßen ließ es immer riesig erscheinen, groß genug, um seine endlos langen Arme und Beine zu fassen. In dieser donnergrollenden Nacht rollte Nora sich einsam und schlaflos darin zusammen.

Noch nie hatte so lange Funkstille zwischen ihnen geherrscht. Sie fand es furchtbar, dass sie gestritten hatten, dass sie ihn seitdem nicht mehr gesehen hatte, um ihm zu sagen, wie leid es ihr tut, dass sie nur müde und gestresst gewesen sei und dass sie es nicht an ihm hätte auslassen dürfen. Sie versuchte sich zu entsinnen, wann ihre Dienstpläne einen gemeinsamen freien Tag hergeben würden, überlegte, wann sie wieder reden, sich wieder versöhnen konnten. Nächsten Dienstag vielleicht? Oder Mittwoch?

In letzter Zeit waren die Tage immer mehr miteinander verschwommen, so dass sie gar nicht mehr wusste, wo oben und wo unten war. Als Kind war sie in der Abenddämmerung einmal in den Pool gefallen, gerade als Himmel und Wasser langsam dieselben düsteren Gold- und Blautöne annahmen. Ihr Vater hatte sie herausgefischt, sie zu ihren Liegestühlen in Sicherheit gebracht, und Nora hatte geschluchzt, aus Erleichterung, noch am Leben zu sein. Doch bevor er ins Wasser gesprungen war und die stumme Welt um sie herum zertrümmerte, hatte es einen Moment gegeben, in dem sie das Gefühl gehabt hatte, einfach im Trüben zu treiben. Schwerelos und den Gesetzen der Schwerkraft beraubt, hatte sie die Orientierung verloren, waren Himmel und Beckenboden ihr wie ein einziger endloser Raum erschienen.

Später hatte sie von ihrem Vater erfahren, dass sie abwärts geschwommen war, dass sie die schimmernde Reflexion einer

Poollampe auf dem Grund versehentlich für die Sonne gehalten hatte. Piloten passierte so etwas auch, im Dämmerlicht, in der Wüste, da verloren auch sie leicht das Bewusstsein dafür, wo oben und unten war.

Draußen zuckte ein Blitz auf, und ihr Zimmer erstrahlte. Nora wandte rasch den Blick von dem Mädchen ab, das zitternd in der Ecke stand. Sie begann zu zählen, wie ihre Mutter es sie gelehrt hatte. »Eins ... zwei ... drei ... vier ... fünf ... sechs ...« Ein Donnerschlag ertönte. »Sechs Kilometer entfernt.«

Sie schloss die Augen, um die dunklen Schatten zu vertreiben, die über die Wände strichen, dachte an die toten Männer. Sechs Leichen. Mindestens drei von ihnen ohne Zunge.

Wieder Blitze, noch ein Donnerschlag. Vier Kilometer.

Sechs Männer. Drei Zungen. Lange dunkle Haare. Und was noch? Ein Messer. Zertrümmerte Halsknochen, tiefe Schnittwunden. Ein Messer, scharf genug, um schwere Verletzungen zuzufügen, klein genug, um es in engen Räumen zu benutzen, um es zu verstecken, wahrscheinlich. Die Verwesung, das weiche Körpergewebe, erschwerten es, sich ein klares Bild zu machen. Die Schnittspuren waren zerklüftet, unregelmäßig, brutal. So brutal, dass dieses Mal die Spitze der Klinge abgebrochen war. Wenn sie doch nur den Rest des Messers hätten, um es abzugleichen.

Sophie hat ein neues Messer. Aber sie hatten mit ihr gesprochen. Wie mit allen Angestellten im Blue Bell. Sophie hatte ein Alibi. Eine Party. Eine Nacht im Gefängnis. Und außerdem war sie *Sophie*. Sie konnte es nicht sein. So sehr konnte ihre Menschenkenntnis Nora doch nicht täuschen. Andererseits, Männer freundeten sich ständig mit ihren gewalttätigen Artgenossen an. Aber sie war kein Mann. Nein, unmöglich, Sophie war es nicht.

Noch einmal Blitz und Donner, dieses Mal so heftig, dass es das ganze Haus erschütterte und schroffe Schatten in ihr Zimmer warf. Das Gewitter war jetzt direkt über ihr.

Nora zog sich die Decke bis ans Kinn, lauschte dem Wind, der durch die alten Fenster pfiff. Ein Geist, hatte ihre Mutter ihr immer erzählt, als sie noch ein Kind war. Black Annie. Es war nicht der Wind, der da heulte, sondern diese grässliche Frau, die draußen herumschlich und Kinder stahl. Noch so eine ihrer Gespenstergeschichten, das wusste Nora, aber eine nützliche. Sie sorgte dafür, dass sie sich bei Unwettern vom Fenster fernhielt, sicher im Schutz des Hauses blieb.

Doch etwas schob sich über die Scheibe. Lange, bleiche Finger, dünn wie winterlicher Atemhauch. Ein Gesicht. Eine Warnung. Nora schloss die Augen. Aber die Finger zerrten an ihr, selbst als sie sich wieder zum Schlafen wandte. Sie wurde das Gefühl nicht los, ein heiseres, verzweifeltes Flüstern zu hören. Es war dringend. Ein kalter Schauer kroch ihr über den Rücken bis zum Grund ihrer Wirbelsäule, sammelte sich in ihrem Bauch, und plötzlich hatte Nora das Gefühl, sie müsste sich die Seele aus dem Leib zittern, wenn sie nicht aufstehen, wenn sie nicht etwas unternehmen würde.

Sie drehte sich auf die andere Seite, kniff die Augen zu, zog sich die Decke über den Kopf. Hitze und Feuchtigkeit kümmerten sie nicht, der Luftzug vom Fenster war kühl genug, und sie wollte ein bisschen Ruhe, wollte sich im Dunkeln einmummeln, wollte fort von den zitternden Schatten, die noch immer in der Ecke standen.

Als die blauen Lippen des Kindes sich an ihre pressten, schlug sie die Augen wieder auf. Sie waren noch genauso kalt wie an dem Tag, als sie es aus diesem engen Schrank gezogen hatte. Nora hielt sich die Hand vor den Mund, um den Schrei zu unterdrücken, der ihr in die Kehle schoss. Donner schrammte übers Dach, Blitze zuckten wieder.

»Eins ...« Sie gab sich Mühe zu atmen, drehte sich vorsichtig um und starrte stattdessen an die alte Stuckverzierung ihrer Decke. »Zwei ...« Sie musste abgeschliffen werden, brauchte eine neue Schicht Farbe. Dan hatte versprochen, sich darum zu kümmern. »Drei ...«

Zwei Paar Füße sackten von oben herab. Nora schrie. Schrie weiter, während sie, die Decke um die Hüfte verdreht, aus dem Bett flüchtete und fast auf Jane Doe getreten wäre, die jetzt bäuchlings auf dem Boden lag.

»Was wollt ihr?« Sie konnte die Tränen nicht länger zurückhalten, ihre Stimme klang rau und brüchig. Zitternd sank sie auf die Dielen, verkroch sich in der Zimmerecke. Sie waren überall, glitten von den Wänden, lagen auf dem Boden, baumelten von der Decke. Sie nannte ihre Namen, ein Rosenkranz. Lauren Morris, Patricia Ng, Samantha Wyatt, Rachel Barber, Jane Doe, Arya Ward. Sie rollten ihr langsam von der Zunge, während immer neue Gesichter, neue Namen um sie herum erschienen. Gesichter, die sie noch nicht kannte, zerstörte Leben, denen sie früher oder später noch begegnen würde. Eines Tages.

Der Regen trommelte aufs Dach, und zwischen den prasselnden Tropfen vernahm sie ihre Antwort. *Hör zu!*

Und in der Dunkelheit, in der Nacht hörte Nora zu. Und es brach ihr das Herz, während um sie das Gewitter tobte. Sie sah das Messer vor sich aufblitzen, klein und leicht, perfekt für die Hand einer Frau geeignet. Sie sah Haare, lang und dunkel, denen sie bisher nie richtig Beachtung geschenkt hatte, weil sie sie bei der Arbeit immer zu einem Zopf flocht oder zu einem Knoten zusammennahm.

Manchmal wünschte ich, sie würden einfach die Klappe halten.

Ihre Zungen. Sie hatte sie zum Schweigen gebracht. Dabei war sie so gelassen, aber das konnte sie eben, nach jahrelanger Übung.

Unmöglich.

»Sophie«, flüsterte Nora.

Natürlich.

Es war, als hätte jemand einen Vorhang gelüftet; alles, was kurz zuvor noch in Nora gebebt hatte, kam zur Ruhe, und die Welt vor ihren Augen klärte sich. Allerdings musste sie das Ganze auch belegen. Noch passten ein paar Puzzleteile nicht zusammen. Sophie war zierlich – wäre sie fähig, einen Mann wie Mark von der Stelle zu bewegen? Und Trent? Sie schien jedes Mal ein Alibi zu haben, obwohl dieses Alibi sie immer in die Nähe der Männer brachte. Blieb außerdem das Problem der fehlenden Beweise. Nur vier Leichen, aber sechs Männer, und drei der Toten so verstümmelt, dass sie ihnen so gut wie keine Anhaltspunkte lieferten.

Plötzlich war sie auf den Beinen, stand im Wohnzimmer, hatte ihre Aktentasche geleert, ihre Notizen um sich ausgebreitet. Das Puzzle, das sie seit Monaten beschäftigte, lag direkt vor ihr, sie musste es nur noch zusammensetzen. Sie brauchte etwas, um es Murph zu zeigen, einen Weg, den sie gemeinsam einschlagen konnten, eine Marschrichtung. Die Antworten waren alle da, sie mussten nur ans Licht gelangen.

Etwas beunruhigte sie, ein leises Wispern, ein Finger, der sich ihr ins Herz bohrte. Sie sah noch einmal auf ihr Handy, nichts. Vielleicht sollte ich ihn anrufen, dachte sie. Sie nahm das Telefon zur Hand. Legte es wieder weg. Das Gewitter würde sicher die Verbindung unterbrechen. Sie würde bis zum Morgen warten müssen; sie würde bis zum Morgen warten können.

Der Morgen begann mit einem Paukenschlag.
»Martin!«
Der Schrei riss sie aus ihren Gedanken. Als sie sich umdrehte, sah Nora Barb durch den Flur auf sich zueilen.
»Noch eine Leiche«, keuchte er. »Unten am Creek, hinter Mechum's Autowerkstatt. Charlie und Babson sind schon rüber. Sie haben alles abgesperrt und reden mit den armen Leuten, die ihn gefunden haben.

Ihn. Wieder ein Mann.

»Ist Murph da? Ich muss ihn unbedingt sprechen.«

»Er kommt erst später rein. Sarge will, dass du schon mal mit rausfährst.«

»Aber ich muss mit Murph reden.«

»Keine Zeit, Schätzchen. Du wirst ihm einen Besuch abstatten müssen, wenn du zurückkommst. Oder du rufst ihn an.«

Und so wurde Nora plötzlich weit aufs hohe Meer hinausgeschleudert, und die Welt kehrte sich erneut kopfüber.

Nora Martin

Das Skelett, denn das war praktisch alles, was von dem Mann noch übrig war, hatte sich in den wehenden Ranken einer Jungfernrebe verfangen. An normalen Tagen ließ die Pflanze ihre grünen Fingerspitzen sanft durch den über Kiesel plätschernden Creek gleiten, doch an diesem Morgen versank sie halb im trüben Wasser, das durch das nächtliche Gewitter angestiegen war. Der Mann, der einmal eine Leiche war, aber jetzt nur noch Knochen, wiegte sich mit ihr, schien Nora zuzuwinken, als hätte er sie von einem entfernten Ufer aus erblickt und wollte sie begrüßen. Wahrscheinlich stimmte das sogar.

Charlie stapfte in seiner Wathose durch die Strömung flussaufwärts, stocherte mit einer Stange am Ufer, suchte nach Spuren, Hohlräumen, Verstecken. Die Pflanzen blieben stumm, ignorierten sein Tun, enthüllten nichts. Nora ließ ihn fortfahren, während sie sich auf den Weg zu Babson machte, der mit den Werkstattbesitzern in einiger Entfernung stand. Das Ehepaar war bleich, wirkte erschüttert, beide hatten schockiert die Hände vor den Mund geschlagen. Kein Wunder, dachte Nora. Wer rechnete schon damit, ein Skelett vorzufinden, wenn er mal kurz für eine Zigarettenpause vor die Tür ging?

Sie ließ ihre Stimme freundlich klingen, aber bestimmt, wie Murph es ihr beigebracht hatte.

»Hallo, Martin«, begrüßte Charlie sie, als sie später das glitschige Flussufer herunterschlitterte, nachdem sie das Paar bei Babson gelassen hatte, damit er mit ihnen das Protokoll durchging. Brombeerdornen zerrten an ihrer Hose. Ein paar harte rote Früchte hingen noch an den dünnen Zweigen, und sie wusste, ohne zu kosten, dass sie sauer schmecken würden.

»Hey, Charlie«, antwortete sie mit einem erleichterten Seufzen in der Stimme. Sie war froh, ihn hierzuhaben, an diesem Tag, an dem sie irgendwie neben sich stand. Die Gedanken an Dan ließen ihr keine Ruhe. Wo blieb bloß Murph? Sie schaute sich um, hoffte, irgendwo seinen dicken Bauch zu erblicken, der sich über die Straße schob, doch er war nirgends zu sehen. Sie musste dableiben, im Creek, in der Sonne, im Hier und Jetzt; bei einem Skelett, das einmal eine Leiche war.

»Hat Murph dich heute mal von der Leine gelassen, Grünschnabel?«

»Er ist noch nicht zum Dienst erschienen, also ja, ich denke schon. Sarge zumindest.« Sie strich sich eine verirrte Locke aus der Stirn. Der Tag wurde langsam schwül und warm; dieser September war ein langer modernder Sommer.

Er lächelte. »Du hast es verdient. Ich freu mich jedenfalls für dich.«

»Da bist du vielleicht der Einzige.«

Er sah sie wortlos an, und sie nahm sein Schweigen als Verständnis. Genau wie Murph begriff Charlie mehr, als er sich anmerken ließ. Und genau wie Murph zog er den Kopf ein, machte seinen Job, respektierte jeden, der dasselbe tat, und ignorierte alle anderen. Die Kollegen, die erst langsam wieder mit ihr warm geworden waren, würden von der plötzlichen Aufwertung ihrer Stellung sicher nicht begeistert sein. Es würde einen Rückschlag geben, so viel stand fest. Deshalb war es gut, einen Freund auf dieser Insel zu haben, auf der sie gestrandet war.

»Du hast heute noch nichts von ihm gehört, Charlie, oder? Ich muss dringend mit ihm reden.«

»Nein, hab ich nicht. Alles in Ordnung?«

»Ja … na ja. Ich bin mir nicht sicher.« Sie verstummte, betrachtete den dahinziehenden Creek, die Pflanzen, die im sonnengesprenkelten Wasser tanzten. Ein schöner Anblick, bis auf das Skelett, das aus dem Ganzen hervorstach. Ihr Schweigen bekam eine Hülle; sie durchbrach sie. »Hast du was für mich?«

Finger stupsten sie am Rand ihres Bewusstseins, Lippen pressten sich an ihre Ohren, flüsterten ihr etwas zu. Sie versuchte, sie wegzuschieben. Sophie würde nirgendwohin gehen. Sie würde mit Murph reden, sobald er in die Dienststelle kam.

»Ich glaube … Hast du ne Wathose dabei? Sieh dir das an.«

Nora zog sich die lange Gummihaut über ihre eigene, watete in den Creek, nahm die Hand, die Charlie ihr reichte, als ihr das Wasser entgegenschlug, stemmte sich gegen die heftige Strömung. Unter der Oberfläche brodelten beschwörende Gesichter herauf. Sie wandte den Blick ab, zu dem Mann, der auf sie wartete. Sie gingen weiter.

Das Skelett winkte noch immer.

»Lustiger Geselle, was?«, sagte Charlie.

Als sie bei ihm waren, ging Nora in die Knie, um in die zertrümmerten Überreste des Gesichts zu schauen. Ein paar Weinranken hatten sich in dem gebrochenen Kiefer verfangen, der herunterhing wie im Schrei erstarrt, als hätte ihn jemand gewaltsam aufgerissen, um die Zunge zu entfernen. Sie beugte sich näher heran, leuchtete mit der Taschenlampe in die Öffnung. Und sah, was sie erwartet hatte: Schnittspuren, wahrscheinlich ein kleines, schmales Messer. Genau wie das, mit dem der Mann erstochen wurde, den sie vor einer Woche gefunden hatten. Nicht länger als zehn Zentimeter, glatte Klinge, kein Jagdmesser, wie sie zuerst angenommen hatten. Ein Messer, wie es jeder zu Hause hatte, um Obst damit zu schneiden.

»Ist Val unterwegs?«, fragte Charlie, als Nora sich wieder erhob.

»Ja. Steht im Stau aus Richmond. Unfall auf der Interstate. Du weißt ja, wie die Leute auf der 64 rasen.«

»Ein paar Kumpels von mir fahren da Streife.« Er nickte. »Na, dann zeig ich dir mal, was ich sonst noch entdeckt habe, da entlang.«

Sie setzten ihren Weg durch den angeschwollenen Creek

fort. Mehr als einmal packte Nora Charlie am Ellbogen, um nicht zu stürzen. Ihre Füße rutschten über glitschigen Speckstein und Quarz.

»Alles in Ordnung, Martin?«

»Alles okay, Charlie. Danke.« Sie fing sich rasch wieder.

Er führte sie zu einer Flussbiegung, ungefähr hundert Meter aufwärts von der Stelle, wo die Knochen fröhlich aus ihrem Blätternetz winkten. Dort stand einsam eine Weide im hohen Gras, ließ die langen Zweige im Wasser baumeln. Nora erkannte sie nicht gleich, weil sie vom südlichen Ende des Creeks heraufkamen, einem Weg, den sie nicht so gut kannte. Jetzt im Herbst wirkte sie auch anders, war vom Sommer dicht belaubt. Aber das war genau der Baum, den sie an jenem Tag im Januar von der Bank aus betrachtet hatte, als sie Mark zu Grabe trugen. Zu ihrer Rechten stand stumm die Kirche, wärmte ihren roten Backstein in der Morgensonne.

»Sieh dir das an.« Charlie zog ein paar dünne Zweige zurück.

Die Höhle war in der Nacht überflutet worden, aber noch deutlich zu erkennen. Ein verborgener Hohlraum, groß genug für ein Kind, oder für einen Mann, wenn er zusammengekrümmt darin verborgen wurde, und tief genug, damit sie nie jemand fand.

»Ich hab unter den Zweigen nachgesehen, weil Weiden echte Monster sind. Die Wurzeln untergraben einfach alles. Ich dachte, wenn es einen guten Platz gibt, um jemanden zu verstecken, dann hier.«

»Ich glaube, du lagst richtig«, sagte Nora. »Weißt du, wem dieser Abschnitt des Creeks gehört? Wir brauchen wahrscheinlich einen Durchsuchungsbeschluss.«

Ihr Blick wanderte zu den Apfelbaumreihen hinter der Weide, und ihr zog sich der Magen zusammen. Eine Bank in eisiger Kälte, Sophies leuchtende Augen. *Ich muss an den Familienbetrieb denken.* Das Schreien. Sie hatten diese knorrigen Bäume im Winter mit Schreien versorgt, und tatsächlich waren sie im Frühjahr in voller Pracht erblüht. Die Fruchtknoten, vor einigen Wochen noch harte, grüne Knötchen, verdickten sich schon langsam und fingen an, sich rötlich zu verfärben. Noch ein paar Wochen, dann wären sie reif zum Ernten.

»Na ja, kommt drauf an, an welchem Ufer du stehst«, begann Charlie, wurde jedoch durch das Vibrieren von Noras Handy unterbrochen. Sie sah nach unten. Val.

»Hallo, Val!« Nora hob entschuldigend den Finger und entfernte sich ein Stück von Charlie, während ihr Blick übers Apfelfeld schweifte, nach irgendetwas suchte, um ihren wilden Herzschlag zu beruhigen. »Brauchst du noch lange?«

»Ungefähr zehn Minuten, Kleine. Aber vorher, ich hab gerade einen Anruf aus dem Labor bekommen. Sie konnten inzwischen eine Wurzel von dem Haar analysieren, das ihr gefunden habt ...«

»Und?« Nora kannte die Antwort, schon seit Monaten, aber sie musste es von Val hören.

»Weiblich. Passt zu den Speichel- und Hautproben, die wir von seiner Leiche genommen haben.«

»Ich wusste es.«

»Und noch was – wir haben einen Teilfingerabdruck an der Wagentür gefunden ... noch ein Treffer. Kennst du jemanden namens Braam?

»Scheiße. Scheiße!«

Charlie sah sie fragend an. »Nora?«

»Sophie Braam. Die Barkeeperin im Blue Bell. Es ist sie, Charlie. Und ... Dan ... O Gott!« Die Erkenntnis traf sie wie ein Schlag. Er war noch nie so lange weg gewesen. Hatte sie noch nie so lange ignoriert, selbst dann nicht, wenn er wütend war, selbst dann nicht, wenn er eine Auszeit brauchte. Aber sie hatte ihm gestern Nacht eine Nachricht geschickt, in Tränen aufgelöst hatte sie es in dem Gewitter nicht mehr länger ausgehalten.

Inzwischen musste er wach sein. Sie kontrollierte ihr Handy. Nichts.

»Martin. Beruhig dich.« Charlie packte sie am Arm. »Rede mit mir.«

»Dazu haben wir keine Zeit, Charlie. Wir müssen los, *sofort*! Ich *wusste* es. Es ist sie. Shit!«

Bevor er sie bremsen konnte, war sie schon die glitschige Uferböschung hinaufgeklettert und rannte zu ihrem Wagen. Ob er mitkam oder nicht, war ihr egal. Sie wusste, wohin sie musste, und niemand würde sie aufhalten.

Danach
(Das Ende)

Da wären wir, am Ende. Am Anfang.

Ich wusste es schon, bevor es sich am Horizont abzeichnete, dass mir jemand auf die Spur gekommen ist. Ich hab es in den Knochen gespürt, in den Muskeln, in jedem winzigen schwingenden Teil von mir. Wir tanzen, wusstest du das? Die allerkleinsten Teile von dir, von mir, sie tanzen zu einem Rhythmus, der sich auf der ganzen Welt überträgt, ein Geflecht aus Leben und Tod. Pulsierende, schwingende Bewegung. Sogar ich, die ich selbst zu einem Wesen geworden bin, das zuckt und zittert, spüre es. Vielleicht spüre ich es sogar noch mehr, seit ich mein festes Rückgrat aufgegeben habe.

Schade, dass das Picknick nun stehen bleiben muss. Das ist meine Lieblingsmarmelade. Brombeere ... *Braam.*

Hinter mir erhebt sich kühl und dunkel der Wald. Der Tag hat seinen Atem noch nicht ins Unterholz gehaucht, die Bäume sind erwacht und zittern in der taubenetzten Kälte. Durch den Giftefeu führt ein Pfad, den ich gut kenne, nachdem ich so viele Jahre zwischen kriechenden, krabbelnden Wesen lebe. Ich kann lautlos verschwinden wie ein Fuchs. Sie würden Tage brauchen, um mich zu finden, aber ich will nicht weglaufen. Noch nicht. Zuerst beobachten. Horchen.

Die Eisenbahn pfeift, hörst du sie? Sie schreit, gar nicht weit entfernt. *Ich komme. Ich komme! Lauf.*

Das Auto nähert sich, eine Wolke aus Split wirbelt in die feuchte Luft. Ein paar Bienen haben sich auf Dan niedergelassen, ihre langen dunklen Zungen tasten, kosten, probieren. Sie hinterlassen Spuren aus Blütenstaub auf seiner blau verfärbten Haut. Ich könnte lachen. Das waren meine Highschool-Farben. Blau und Gold. Und jetzt trägt sie Dan.

Er ist aber nicht, was sie wollen, und eine nach der anderen erheben sie ihre tollpatschigen Körper von dem seinen, taumeln zurück in die hängenden Köpfe der nahen Blüten. Ein paar fliegen in den weiten, klaren Himmel davon, und ich frage mich, ob sie ihn mitnehmen. In uralten Erzählungen sind es die Bienen, die unsere Seelen davontragen; Stückchen für Stückchen werden wir unserem Schicksal zugeführt.

Ein paar Schmetterlinge gesellen sich zu ihnen, schlagen aufgeregt mit den kleinen weißen Flügeln. Und meine Schmeißfliege hat Freunde mitgebracht. Inzwischen haben sie sich in seinen Hohlräumen versammelt: in seinen Augen, seiner Nase, seinem Mund. Bald schon werden sich die Käfer durch den Boden zu ihm graben. Er wächst in die Erde. Er ist erfüllter von Leben als jemals zuvor.

Der Nachbarshund bellt. Zwei Wagentüren gehen auf, schlagen wieder zu. Ich bin hier verborgen, im Gras, zwischen Wurzeln, nasser Erde und fauligen Äpfeln. Noch werden sie mich nicht finden; sie werden zuerst ins Haus gehen. Gute zweihundert Meter entfernt können sie mich nicht sehen. Ich habe noch Zeit. Wenn ich fortlaufe, kann ich mir dann wohl eine Geschichte ausdenken? Kann ich ihnen, wenn sie mich in ein paar Tagen oder Wochen oder Stunden finden, erzählen, wir wären beide überfallen worden? Heftiges Herzpochen überkommt mich, wie in der ersten Nacht, als ich jemanden umgebracht habe, wie in der Nacht, als ich hinter einem Plexiglasfenster auf und ab lief. Ich lasse mich nicht noch einmal in einen Käfig sperren. Ich lasse mich nicht noch einmal von ihnen drangsalieren, weil sie verstehen wollen, was sie nicht verstehen können. Ich weiß, was sie über mich sagen werden.

Sie klopfen an die Haustür. Mein Name schallt hinaus in die Hitze. Schroff, scharf, pro Klopfen eine Anschuldigung. Es ist Nora. Sie weiß es. Sie wird auch wissen, wo sie mich findet, am Ende.

Die Bäume hinter mir flüstern. Die Berge rufen. Es wäre einfach, zu entkommen.

Wieder schreit der Zug. Ihr Klopfen ist nicht mehr zu hören, es wird vom Rattern Dutzender Räder übertönt. Die Bienen schweben in der Luft, summend und suchend. Sonnenlicht fällt durch die Blätter. Einen letzten Moment ist alles friedlich auf der Welt. Atme. *Atme.*

Als Kind bin ich einmal auf einem Schwebebalken ins Stocken geraten, einhändig, die Beine in der Luft. Ich hatte gerade ein Rad geschlagen, als ich den Schwung verlor und plötzlich stillstand. In dem Augenblick hatte ich das Gefühl, ich könnte ewig so verharren, könnte Wurzeln bilden, die sich um den Balken winden und mich zum Baum werden lassen. Oder ich würde fallen und mir die Knochen brechen. Ich musste mich entscheiden.

In diesem Moment des Innehaltens, der mir zum Nachdenken blieb, in dieser absoluten stummen Balance, in der ich meine Glieder von den Fingerspitzen bis zu den Zehen spürte, stieß ich mich ab.

Ich komme! Die Eisenbahn schreit. Der Wald ist kühl und dunkel.

Sie kommen. Schau! Siehst du sie von der Veranda stürmen? Meine armen Blumen werden vertrocknen.

Sie kommen.

Efeu schlingt sich um meine Knöchel. In meiner Hast habe ich vergessen, den Pfad zu suchen. Egal, darum kümmere ich mich später.

Wer wird die Hand meiner Großmutter halten, wenn ich fort bin?

Keine Zeit mehr. Sie kommen. Sie kommen.

Lauf!

Dank

Ewige Dankbarkeit schuldet dieses schwarze Schaf seiner Familie, die mir, obwohl sie mich vielleicht nicht wirklich versteht, immer zur Seite steht. Mom, Abby, ohne eure Unterstützung gäbe es dieses Buch nicht. Und meiner Großmutter, die mich stets ermutigt hat, meinen eigenen Weg zu gehen. Ich wünschte, du wärst hier, um diesen Augenblick mit uns zu teilen.

Ein Dankeschön an Mark Falin, meinen Agenten. Dein kluger, aufrichtiger Rat während dieses ganzen Projekts war unbezahlbar. Jeder introvertierte Mensch braucht einen Cheerleader, und eine bessere Cheerleaderin als dich, Daphne Durham, hätte ich mir nie wünschen können. Danke für die ganze harte Arbeit, die du in dieses Buch gesteckt hast, und dafür, dass du offenbar durch irgendeinen Lektorinnen-Siebten-Sinn immer wusstest, wann ich neuen Antrieb brauchte. Lydia Zoells, danke, dass du dafür gesorgt hast, dass ich mich zusammenreiße und den Zeitplan einhalte. Dank an meine Lektorin Andrea Monagle und meine Korrektorinnen Elizabeth Schraft und Vivian Kirklin dafür, dass ihr diesen Text so gründlich überprüft habt. Brianna Fairman, danke, dass du für mich da warst, um mir über die Ziellinie zu helfen. Danke dem ganzen Team von MCD, was für ein riesiges Glück, euch alle bei dieser Unternehmung an meiner Seite zu haben.

Ein großartiger Lehrer ist Gold wert, und ich hatte viele. Dank an Mark Marini, der mehr Zeit damit zugebracht hat, die lyrischen Ergüsse meiner geplagten Teenagerseele zu lesen, als gut für ihn war. Er hat als Erster die Schriftstellerin in mir erkannt und mich ermutigt weiterzumachen. Und an Bill Guerrant, der mich bestärkt hat, an mich zu glauben und der jederzeit für eine spannende Diskussion über die Artussage zu haben ist. Dank an meine Mentorin und Doktormutter Elizabeth Reeder.

Deine kritischen Anmerkungen sind manchmal ziemlich streng, aber ohne deine Fragen wäre ich nicht die Autorin, die ich heute bin. Carolyn Jess-Cooke, danke, dass du mir auf dem holprigen Weg geholfen hast, einen Verlag zu finden, und dass du mir auch auf meiner weiteren Reise eine Unterstützung warst. Und an Martin Cathart Fröden, den tapferen Leiter unserer offenen Arbeitsgruppe – Autoren und Autorinnen können ziemlich schwermütig sein, ein besonderes Dankeschön also, dass du uns aufgeheitert hast.

Ein Buch kann man, genau wie ein Kind, nicht allein großziehen. Emma Chaiken, Sophies erster Fan, danke für die Gespräche, die Unterstützung, die Tränen, das Lachen, danke für alles. Dank an meinen Lieblingsstammgast in der Bar, Richard Field, dafür, dass er Murph eine Stimme gegeben und mir genug Feuer unterm Hintern gemacht hat, um dranzubleiben, als ich kurz davor war aufzugeben. An meine Freunde im Charlottesville Writers Critique Circle, besonders Chris Register, danke für all eure klugen Erkenntnisse. An meine New Yorker Dichter*innen: Margaux Galli, Jack Tricarico, Masuma Ahmed, Sherri Donavan und Jesse Bernstein, ohne euren Ansporn würde ich meine Texte vielleicht immer noch in meinen Notizbüchern unter Verschluss halten. Besonderer Dank an Isaiah Pittman, unsere nächtlichen Unterhaltungen im Barrow Street Ale House verhalfen Sophie Braam zum Leben. Kate Porter, wo soll ich anfangen? Es kommt nicht alle Tage vor, dass jemand wie du einen zur Freundin erwählt, ich bin unendlich dankbar, dass du mich zwangsadoptiert hast. Danke für dein ehrliches Feedback, für die Ermutigung, wenn ich sie brauchte, und dafür, dass du immer ein Stück zu weit mit mir gelaufen bist.

Zum Schluss möchte ich all jenen Frauen meinen Respekt erweisen, die mir Inspiration für große Teile dieser Geschichte waren. Bei der Recherche über Serienmörder begegnet man häufig einem besonders heftigen Schmerz. Einem Schmerz, den auch ich persönlich kenne, nachdem ich geliebte Frauen durch männliche Gewalt verloren habe. Deshalb an alle, die ihr mich in Gedanken stets begleitet, seid versichert, ihr werdet vermisst, ihr werdet geliebt, ihr werdet ewig unvergessen bleiben.